HALO®

CONTACT HARVEST

HALO
CONTACT HARVEST

Joseph Staten
ジョセフ・ステイテン／作
富永和子／訳

TOブックス

「HALO®: CONTACT HARVEST」

Original Publisher of the Work: Tom Doherty Associates, LLC.

This book is published in Japan by arrangement with Microsoft Corporation.
through Tuttle-Mori Agency, Inc., Tokyo.

CONTENTS

ヘイロー５
コンタクト・ハーベスト
目次

HALO®

CONTACT HARVEST

ヘイロー　コンタクト・ハーベスト

PROLOGUE
プロローグ

PROLOGUE
プロローグ

UNSC COLONY WORLD TRIBUTE, EPSILON ERIDANUS SYSTEM, JUNE 16, 2524(MILITARY CALENDAR)

二五二四年六月一六日（軍事カレンダー）／イプシロン・エリダヌス星系、UNSC植民惑星トリビュート

四人一組の二チームが二機に分乗し、海兵隊員たちは夜明けを待たずに発進した。翼が胴体よりも上にあるホーネット快速戦闘機の機動力は、四人の海兵隊員を乗せても、ほとんど変わらない。火山作用による平原の激しい起伏に合わせて一時間近く飛んだあと、パイロットが大昔に焼けた森の、化石化した木の幹をよけて左右に機体を振りはじめると、右舷ランディング・スキッドに立っているエイヴリー・ジョンソン二等軍曹は、ブーツの底をスキッドに貼り付けておくのに苦労した。

エイヴリーはほかの海兵隊員と同じ、濃い灰色の野戦服に、首から膝までのあらゆる急所を防護する、くすんだ黒の衝撃吸収プレートをつけていた。ヘルメットが最近剃ったばかりの頭を保護し、銀色の反射ヴァイザーがいかつい顎と茶色い目をほぼ隠している。黒い肌が露出しているのは、革の手袋とシャツの袖口のあいだの、わずかな隙間だけだ。

だが、その手袋があっても、指先は凍るように冷たかった。ぎゅっと拳を握っては開き、血流を保ちながら、彼はヴァイザーの前方表示装置《HUD》に示されたミッション・クロックを確認した。青く光る数字が00：57：16に変わった直後、ホーネットが不規則に崩された丘を越え、今回の任務の目的地、トリビュートのさびれた産業都市が見えてきた。そこには反政府活動家たちが爆弾を造っている作業場があるのだ。

パイロットが海兵隊員のＨＵＤに〝準備完了〟を示す緑のアイコンをともさないうちに、エイヴリーとそのチームは支度にとりかかっていた。武器にマガジンを叩きこみ、チャージング・ハンドルを引いて、安全装置を解除する、そのあいだも丘の斜面を弾丸のように降下するホーネットが、数えきれないほど繰り返されてきた準備段階の、カチリ、パチッ、ピシッという音を呑みこむ。パイロットは町はずれで機首を上げ、急停止すると、海兵隊員がハードポイントからクリップをはずし、霜に覆われた軽石に飛び降りるあいだ、翼端にある推進機を回転させ、機体を水平に保った。

奇襲チーム・アルファを率いるエイヴリーは、先頭を走った。夜明け前の灰色の光のなかでは、濃灰色の野戦服はいかにも目立つ。敵に探知されずに目当ての作業場にたどり着けるかどうかは、迅速な行動にかかっていた。彼は全力で走り、低い金網を飛び越えて、積み重ねられたプラスチックの荷箱や運搬台《パレット》のあいだを縫い、みすぼらしい小屋にしか見えない修理店の駐車場を横切っていった。

　店の正面入り口に達するころには、アルファチームはすっかり息があがっていた。ヘルメットがなければ、四人とも冷たい空気のなかに大量の白い呼気を吐きだしていたにちがいない。一刻を争う空からの奇襲に、重い対爆風装備《ブラスト・ギア》を着けることはまずない。だが、反政府活動家たちが自分たちの作業場に爆弾を仕掛けるようになっていたため、この任務では、指揮官が万一に備えることにしたのだった。

　エイヴリーはヘルメットのタッチパッドに顎を押しつけて、チームの暗号化されたCOMチャンネルに短く空電を放った。作業場の裏口にいるはずの、ブラヴォーチームを率いるバーン二等軍曹に、「位置に付け」というシグナルを送ったのだ。エイヴリーはバーンが短く二度空電を放つ合図を待って、多孔ポリクリートの壁から離れ、膝を胸の高さまで上げて、薄い金属扉の錠のすぐ上をブーツの底で蹴った。

　海軍情報部《ONI》は、激しい抵抗があるだろうと仄めかしていたが、いざ蓋を開けてみると、作業場にいる男女のほとんどは丸腰だった。先端が丸い自動拳銃を持っている者もいたが、その弾はエイヴリーのアーマーにはなんの損傷も与えない。アルファチームは武器を構え、用心深く目を配りながら、壊れたドアから、不格好なでかいカニよろしく横向きに入っていった。

ＯＮＩは知らないが、銃を撃ってこない者こそ、真の脅威なのだ。両手に何もない者は、作業場に仕掛けられた爆発物のスイッチを押す可能性がある。エイヴリーはそういう男のひとりにサイレンサー付きサブマシンガンから三発の銃弾を放った。男は両手を広げ、背後の鋼鉄製作業台に倒れて体を痙攣させた。その男の開いた拳から、シリンダー形の起爆装置が無害な音をたてて床に落ちる。

主な脅威はこれで制圧された。海兵隊員たちは残った男女に銃を向け、拳銃で抵抗してくる〝反政府活動家たち《イニーズ》〟を組織的に血祭りにあげていった。

エイヴリーは彼らをそう呼ぶようになっていた。彼らの多くが国連宇宙司令部《UNSC》の外に出たがっていることを思うと、イニーズ《内部者》というのは、皮肉なあだ名かもしれない。ＵＮＳＣは、このトリビュートも含め、人間が植民し、開拓したすべての惑星の保安を受け持つ機関だった。海兵隊員たちは、現在の戦い——暗号名トレビュシェット——が潰そうとしている反乱分子たちをほかにも様々なあだ名で呼ぶが、どれもみな目的は同じだとエイヴリーは思っていた。ほかの人間を殺すには、彼らを人間だと思わないほうがたやすい。〝イニーは敵だ。こっちが殺られるまえに、殺る必要がある相手だ〟そう思うほうが気持ちがらくなのだ。

数えきれないほど自分に言い聞かせてきたせいで、彼はこの言葉を半ば信じかけていた。

エイヴリーのM7サブマシンガンは軽火器にあたる。しかし、五ミリのフルメタルジャケット弾は、空色のクリーンスーツ（髪や皮膚を落とさないための作業服）を引き裂き、醜い穴を残した。彼が狙ったイニーの一部が石のように倒れる。残りは銃弾の鈍い衝撃に体を躍らせ、くるっと回って、作業場の油の染みついた床に血の飛沫をまき散らした。

銃撃戦は十秒も経たずに終わった。十二人の敵が死体となったが、味方には一人の死傷者もでなかった。

「ちぇっ」COMからバーン二等軍曹のきついアイルランド訛りが聞こえた。「マガジンを取り換える必要もなく終わっちまったな」

トリビュートの高軌道に待機しているコルヴェット艦、バム・ラッシュの狭い指令《T》セン《O》ター《C》で汗をかいている将校たちの目には、完璧な成功に映るにちがいない。これまでのところ苛立たしい鬼ごっこ続きの戦術的展開における、まれに見る全面的勝利だ。だが、エイヴリーは警戒を解かなかった。「ARGUSをオンラインにしろ。まだ何も見えない」

彼は顎を使ってCOMスイッチをオフにし、ARGUS——微小孔のあるてのひら大の黒いプラスチックの楔型装置——で、周囲をスキャンしつづけた。これは小型レーザー分光計、ARGUS装置の戦術的バージョンで、爆弾に使われる化学生物の跡を嗅ぎつける。トリビュートの宇宙港、ハイウェイの料金所、リニアカーの駅など、惑星の主輸送グリッドのあらゆる要所には、これよりも大きく強力なユニットが据え付けられていた。

こうした防衛手段にもかかわらず、爆弾を造るイニーズは、爆発物を次々に新しい非発火成分と混合させて、このシステムを巧みに欺いていた。ARGUSが固形石鹸と同じくらい無害だと判定したもので、彼らが標的の爆破に成功するたびに、ONIは残留物を分析し、新たな化学物質のシグニチャーを探知データベースに加える。が、不幸にして、この対抗策は、たえずレシピを変える反政府派に圧倒的に有利だった。

ARGUSが大きな音をたて、エイヴリーは眉をひそめた。新たな爆弾レシピかもしれないと判断したものの位置を、特定しようとしているのだ。だが、あたりにはついさっきの銃撃戦による火薬の成分が漂っているため、これは遅々として進まなかった。アルファチームのほかの三人は、作業場の自動統合装置のかたまりと機械を、自分たちの目で確認し、爆弾を探していた。だが、いまのところ、それらしいものは何ひとつ見当たらない。

エイヴリーは深く息を吸いこみ、TOCにこのかんばしくない報告を行った。「ARGUSは役に立たない。助言を頼む、どうぞ」すでにイニーズとの戦いを何年も続けている彼には、次に何が起こるかわかっていた。ONIが利用できる情報を手に入れるために、自分たちが何をさせられるかを。だが、頭の働く海兵隊員は、直接の命令を受けないかぎりその手のことは行わない。

「ＯＮＩは反政府派が宣戦を布告したと考えている」エイヴリーが所属する大隊の指揮官、アボイムという名の中佐が言った。「容赦なくやれ、ジョンソン、わたしの権限で許可する」

エイヴリーのチームが作業場を捜索しているあいだに、バーンは銃撃戦を生き延びたイニーズを捕まえ、作業場の真ん中に集めていた。四人ともクリーンスーツのフードをはずされ、両手を後ろに回されて黒いプラスチックの紐で縛られている。エイヴリーはヴァイザー越しにバーンと目を合わせ、うなずいた。バーンは一瞬のためらいもなく片足を上げ、靴底の分厚いブーツでいちばん近い男のふくらはぎを踏みつけた。

エイヴリーと同じように、その男も足の骨が折れる音より、靴底が床にあたる音のほうが大きいことに驚いたかのように、一瞬、沈黙が訪れ、それから長く尾をひく悲鳴があがった。バーンは忍耐強く男が息を継ぐまで待ち、ヘルメットの外部用スピーカーを通じて尋ねた。「爆弾はどこにある？」

エイヴリーは片方の脚を折れば充分だと思ったが、そのイニーは日頃軽蔑している政府の兵士に情報を漏らすのを渋った。彼は慈悲を乞いもしなければ、帝国主義に対するお定まりの悪態もつかず、ただそこに座り、バーンがもう片方のふくらはぎを砕くあいだ、彼のヴァイザーをにらみつけていた。両脚に力が入らなくなると、男はバランスを失って顔から床に突っこんだ。チョークが黒板で折れるようなボキッという音をさせ、何本か歯が折れた。

「今度は腕を折るぞ」バーンは冷静な声で告げると、男のかたわらに膝をつき、手のひらをあてて男の頭をぐいとひねった。「それから独創的な手段に訴える」

「タイヤだ。タイヤのなかにある」イニーの口から言葉がこぼれた。

エイヴリーのチームはすぐさま作業場の壁にかけてある大きなタイヤへと移動し、それをそっと持ちあげて床に置くと、ホイールのくぼみを調べはじめた。だが、そんなわかりきった場所に隠すほど、イニーズはばかではない。捕虜の言葉を文字通りに解釈し、エイヴリーはタイヤそのものが爆弾だと当たりをつけた。イニーズは合成ゴムの溝形のなかに爆発物を混ぜたのだ、と。エイヴリーのＡＲＧＵＳが、敵の策略を確認し、そのデータをＴＯＣへと転送した。

タイヤの爆弾の成分は、これまでの探知データベースにはないものだった。ＯＮＩの将校はこの任務の成果にもろ手を挙げて喜んだ。今度ばかりは、敵の一歩先に進むことができたのだ。彼らは一分とかからずにその成分を明らかにした。まもなくＡＲＧＵＳ装置を積んだ無人機《ドローン》が、トリビュートの首都カスバへ入るハイウェイを巡回中、大型トレーラーのタイヤが残した跡のなかにこの成分を発見した。そのトレーラーはハイウェイ沿いにあるレストラン、ジム・ダンディの駐車場へと入っていた。トレーラーのタイヤのすべてではなくても一部は、起動されるのを待っている爆弾なのだ。

覆い付きのローターひとつで飛ぶ、幅一メートルの円盤形ドローンはトレーラーの上を旋回中にジム・ダンディ内にふたつ目の跡を見つけた。ＡＲＧＵＳのデータと、現場から送られてくるドローンのサーマル・カメラの映像を重ねて検討したＴＯＣの将校たちは、爆薬成分の跡を放つのは、レストランの混みあったカウンターに座っている客のひとりだと決断を下した。正面のドアから三つ目のスツールに座っている男だ。

「ホーネットに戻れ」アボイム中佐は命じた。「新しい標的ができた」

「囚人はどうします？」バーンが尋ねた。脚を折られ、歯を折ったイニーのブーツの周囲には赤黒い血がたまっている。

次に言葉を発したのは、この任務におけるＯＮＩの代表で、エイヴリーが一度も直接会ったことのない将校だった。ＯＮＩのスパイはほとんどは、兵士たちの前に姿を現さないことを好む。「爆弾の情報をもたらした男はまだ生きているのか？」

「はい」エイヴリーは答えた。

「彼をここへ運ぶ手配をしたまえ、二等軍曹。残りは始末しろ」

ひざまずいているイニーズに対してはもちろんのこと、処刑を命じられた海兵隊員に対する思いやりのかけらさえない将校の声を聞いて、エイヴリーは歯を食いしばった。バーンがＭ７を半自動に切り替え、各々のイニーの胸に二発ずつ撃ちこんだ。三人の男たちは後ろにのけぞり、ぴくりとも動かなくなった。が、バーンはひとりずつ死んだことを確認し、額にダメ押しの一発を放った。

エイヴリーは虐殺のあとを見つめながらも、イニーのクリーンスーツの引きちぎられた青い布地と、バーンの銃から立ちのぼる白い煙の筋が目に焼きつかぬように最善を尽くした。記憶はよみがえる習性がある。だが彼はこの光景を思い出したくなかった。

バーンがひとり残った囚人を肩に担ぐ。エイヴリーは作業場を出て、ホーネットへ戻れと全員に合図した。彼らは飛び降りてから十五分とたたずに二機のスキッドに戻った。ホーネットの推進機が轟音をあげ、丘を越えて戻っていく。今度は少しでも速く標的に達するために高度を上げ、火山灰に覆われた台地のはるか上空を飛んでいった。

ＴＯＣの将校たちは、海兵隊員たちが到着する前に駐車場のトレーラーがハイウェイに戻ろうとしたら、ジム・ダンディの上空を旋回しているドローンに搭載された火器でトレーラーを撃つべきかどうかを検討した。しかしながら、四車線の道路が通勤の車で混雑していること、ドローンに搭載された超ミニミサイルには、大型戦車の内部を破壊するほど威力があることを考えると、トレーラーを狙い撃ちするのは好ましくない。ミサイルが狙いどおりトレーラーの運転台に当たったとしても、タイヤが爆発すれば、周囲を走っている車が巻き添えを食い、何十人もの犠牲者が出る可能性がある。それよりも、トレーラーがジム・ダンディの駐車場にあるあいだに、タイヤをパンクさせるほうがいい、とONIの将校は主張した。しかし、アボイム中佐は榴散弾が混雑したレストランに飛びこむことを心配した。

さいわい、標的はホーネットが爆弾の作業場からジム・ダンディに駆けつける二十分のあいだ、のんびり朝食をとっていた。ドローンのカメラからサングラスの隅のHUDに送られてくるリアルタイム映像によれば、ホーネットがレストランの向かいにある、遮光ガラスに囲まれた高層ビルの裏に到着したとき、彼は二杯目のコーヒーを終わったところだった。

送られてくるデータは高角度から撮ったサーマル・イメージングで、レストランのなかのものは、熱を発していれば白く、冷たければ黒く見える。標的は真っ白で、カウンターの料理や、ほかの客も白い。その男のマグカップは暗灰色だから、残ったコーヒーは生ぬるいのだ。つまり男はお代わりを頼むつもりかもしれないし、まもなく料金を払って立ちあがるかもしれない。だが何より重要なのは、この男が赤い輝きに包まれていることだった。ドローンのARGUSによれば、男は残留爆薬に覆われている。おそらく男は、エイヴリーたちが奇襲した作業場を離れてから、まだあまり時間が経っていないのだろう。爆弾を仕込んだタイヤをトレーラーに装着する手伝いをしたのかもしれない。

ホーネットがオフィスビルと正面から向き合うために水平に機体あを回すと、肩当てにクリップで留めた黒いナイロンの紐がぴんと張った。エイヴリーはホーネットの翼に付けてあるM99スタンション・ガス銃をはずした。連結した磁気コイルから成る長さ二メートルの筒は、小さなものを超高速で飛ばす。厳密に言えば、爆弾やほかの兵器を離れた場所から破壊するために作られた、対物質兵器だが、〝柔かい〟人間という標的にも、きわめて高い効果を発揮する。

エイヴリーはスタンションを緩衝枠の上におろし、肩に押しつけるように構えた。ライフルの照準システムがヘルメットのHUDと無線でリンクし、細い青い線がドローンの送ってくるデータを横切って伸びる。これはM99の照準ベクトル、つまり五・四ミリのタングステン製銃弾の弾道だ。エイヴリーはベクトルが緑になるまでライフルの銃口を下げた。緑は一発目が標的の胸を貫通することを表す。

見えない線が自分の左の腋の下から入り、右のすぐ下から飛びだすのを感じたかのように、レストランのなかの男が動いた。彼はカウンターの読取器にクレジット・チップを通し、スツールを回した。

エイヴリーは親指でスタンションの銃床にある固体スイッチを入れた。M99が二度ばかりさえずり、バッテリーが完全に充電されたことを知らせる。彼は二度深呼吸して、心を鎮め、マイクに向かってささやいた。「標的を照準に捉えた。射撃の許可を要請する」標的はジム・ダンディの木製の両開き扉へとぶらぶら歩いていく。その男が四人家族のために入口の扉を押さえてやるのを見ながら、エイヴリーは、腹ぺこのやんちゃな息子たちのあとを追う両親に、男が笑顔で言葉をかけるところを想像した。

アボイム中佐はほんの数秒で応じた。「要請を許可する。チャンスをつかみしだい撃て」

エイヴリーは男に注意を戻し、スタンションの引き金にかけた指に力を加えた。男が何段か下り、照準ベクトルのハッシュマークが、最初の一発は無害に駐車場に入ることを示すまで待つ。おそらくトレーラーの鍵を取るためだろう、男がだぶだぶの作業衣のなかに手を入れたとき、引き金を絞った。

スタンションの弾がくぐもった音とともに筒を飛びだし、目の前のオフィスビルの、スチールで強化されたポリクリートの床を二つ貫通した。が、弾道はまったく変わらず、銃弾はうなりをあげて、秒速一万五千メートルでハイウェイを横切り、標的の胸骨の最上部に当たった。男は肉片となって飛び散り、タングステン弾は微粉アスファルトの風塵のなかに埋まった。

二機のホーネットは即座に上昇し、ビルを越えてハイウェイを横切った。エイヴリーが乗ったホーネットが機体を傾けてレストランの上を旋回し、掩護にまわる。もう一機がレストランへと急行し、バーンは、ホーネットがまだ地面につかないうちに、ランディング・スキッドから何メートルも飛び降り、チームを引き連れてトレーラーへと向かった。トレーラーの運転台は薄紅色と白の凝固物で覆われていた。茶色い作業着の切れ端が、側面に張り付いている。腕のひとつがタイヤのあいだにはさまっていた。

「ここは確保した」バーンがCOMで告げる。

「いや」ドローンの灰色のデータでは、死んだ男の近くがまだ赤く光っている。「レストランのなかに、まだ爆弾があるぞ」

バーンとチームはジム・ダンディの入口へ走り、両開きの扉から飛びこんだ。驚いた客が座席から振り向き、自動販売機が並ぶ入口から突然姿を現した重武装の海兵隊員たちに目をみはる。ウエイトレスのひとりが、機械的に差しだしメニューを払いのけ、バーンは店を横切った。彼がカウンターの下から何かを取りだすと、ARGUSが激怒した昆虫のような音を立てた。それはバッグだった。金の鎖がついた真紅のメッシュのバッグだ。

ちょうどそのとき、カウンターの向こう端にある化粧室のドアが開き、短いコーデュロイのコートに黒いスラックス姿の長身の中年女性が、洗ったばかりの手から水滴を振り落としながら出てきた。その女性はアーマーを着たブラヴォーチームを見て足を止め、マスカラを黒く塗った目を真紅のバック――彼女のバッグ――に向けた。

「膝をつけ！」バーンが吠えるように叫ぶ。「両手を頭の後ろに回せ！」

だが、バーンがバッグをカウンターに置いてM7を構えようとすると、その女はさきほどの四人家族が席に着いたばかりのテーブルへ突進し、小さいほうの少年の首に腕をまわして、力まかせにに引き寄せた。四歳ぐらいにしか見えない少年が、苦しがって小さな足で空を蹴る。

バーンは毒づいた。TOCの将校たちにも聞こえるほど長く毒づいた。重いアーマーで自由を束縛されていなければ、女が動く前に倒すことができたはずだが、いまや女は人質を取り、全員に命令していた。

「さがって！」その女は叫んだ。「聞こえたの？」言いながらあいているほうの手で、コートから起爆装置を取りだす。エイヴリーが、爆弾を作っていた場所で見たのと同じ大きさ、同じ形の装置だ。女はそれを少年の顔の前で振った。「さがって！　さもないとみんな死ぬことになるわよ！」

店にいる全員が凍りついた。それから女がもたらした脅威が、彼らを座席に固定していた、見えない輪止めピンを引き抜いたかのように、客がいっせいに飛びあがり、店の出口に突進した。

　エイヴリーのＨＵＤが、この大混乱を映しだす。パニックに陥った市民を示す三十以上の白い形が、ブラヴォーチームの周囲に押し寄せ、彼らを戸口へと押し戻して、狙いを混乱させる。

「ジョンソン。そこから撃て！」バーンがＣＯＭを通じて怒鳴った。

　レストランの上空を旋回するホーネットのスキット上で、エイヴリー、スタンションの照準ベクトルは、起爆装置を手にした女の周囲を回り、胸の中心を貫いた。だが、女と少年の熱はほとんど分かちがたい。

　突然、父親が椅子から立ちあがった。両手を上げ、武器を持っていないことを示す。エイヴリーには父親の懇願は聞こえない（声が低すぎて、ブラヴォーチームのヘルメットのマイクでは拾えなかった）が、父親の落ち着きは、女のパニックをいっそうあおったようだった。女は起爆装置を振りたてながら、化粧室へとあとずさりし、興奮した声でほとんどどうわごとのように叫んでいる。

「あの女を撃て」バーンが叫んだ。「さもなきゃ俺が撃つぞ！」

「俺がやる」エイヴリーはそう言ったものの、照準ベクトルが回り、少年を救えるかもしれない角度になるのを待ちつづけた。「俺がやる」この言葉がバーンを止められることを願って、そう繰り返しながら、彼はまだ正しい角度になるのを待っていた。すると、父親が起動装置をつかもうと、女に飛びついた。

　エイヴリーは女が後ろに倒れるのをなすすべもなく見守った。少年をはさんで父親がその上に重なる。バーンのＭ７の発射音が聞こえた。それからバッグのなかの爆弾が爆発するくぐもった音に続き、トレーラーのタイヤが地面を揺るがすような大音響とともに爆発した。ドローンの送ってくる映像が目に突き刺さるほど明るくなり、エイヴリーは反射的に目を閉じた。それからすさまじい衝撃波と熱が彼をホーネットの機体に叩きつけた。必死に高度を上げようとする推進機の悲鳴のような音を聞きながら、彼は気を失った。

SECTION I

第一部

CHAPTER
ONE
1章

二五二四年九月三日／
イプシロン・インディ星系付近のUNSC通商航路
UNSC SHIPPING LANE, NEAR EPSILON INDI SYSTEM, SEPTEMBER 3, 2524

貨物船ホーン・オブ・プレンティ号の航行《NAV》コンピューターは、安物だった。それよりも積み荷のほうがよほど高価だ。これはおよそ二千五百トンの新鮮な果物――ほとんどがメロン――で、ビリヤードのボールのようにラックに並べられ、何列にも床から天井まで積みあげた四角いコンテナに分けられて、真空容器におさまっている。NAVコンピューターは、ホーン・オブ・プレンティ号の最も重要な構成要素に比べれば、何万分の一の価値しかない。その要素とは、強力な磁気連結装置でコンテナの後部に接続されている推進ポッドだった。

コンテナの十分の一の大きさしかない、球根のような形のこのポッドは、ちらっと見ただけでは、その昔、地球の海を航行していたスーパータンカーをゆっくり前進させたタグボートのような、小さな付属品にしか見えない。だが、タンカーがそれに引かれて港を出たあとは、自前のエンジンでどこへでも行くことができたのに比べ、ホーン・オブ・プレンティはこのポッドのショー＝フジカワ・ドライヴがなければどこへも行けないのだ。

　人類が最初に宇宙を飛んだロケットエンジンとは違い、ショー＝フジカワ・ドライヴには推進力はない。代わりにこれは時空に一時的な亀裂を作りだす。そしてスリップストリーム・スペース、あるいはこれを略してスリップスペースと呼ばれる多次元領域の出入りを可能にする。

　かりに宇宙を一枚の紙にたとえれば、スリップスペースはその紙をくしゃくしゃにして固く丸めたものだと言えよう。重なりあったしわだらけの次元は、予測のつかない時の流れや渦に左右されやすく、ショー＝フジカワ・ドライヴがいきなりスリップスペース航行を中断することも多い。しかも安全な実空間へ戻ったのはいいが、そこは目的地から何千キロ、ときには何百万キロも離れていた、という場合もままあった。

　ショー＝フジカワ・ドライヴを使えば、同一星系内の惑星の短いスリップスペース航行には、ほんの一時間弱しかかからない。何光年も離れた星系へも、二、三か月で到着できる。十分な燃料さえあれば、このドライヴを装備した宇宙船は、人間が開拓した星系の端から端までを、一年とかからずに横断できるのだ。トビアス・ショーとウォーレス・フジカワが二十三世紀後半に開発したこのドライヴがなければ、人間はまだ地球のある太陽系から一歩もでることができなかっただろう。その理由から、現代の歴史家のなかには、スリップスペース・ドライヴこそ人類の最も重要な発明である、と位置づける者もいるくらいだ。

　実質的な面から言うなら、スリップスペース・ドライヴの不朽の輝きは、その信頼性にある。このドライヴの基本的な設計は、発明以来ほとんど変わらず、適切に維持しているかぎり、めったに故障を起こさない。

　ホーン・オブ・プレンティ号が厄介なことになった原因はそこにあった。

ホーン・オブ・プレンティ号は、ハーベストから次の寄港地である、最寄りの植民惑星マドリーガルにひとっ飛びすることになっていたが、星系のなかほどで、偶然そこにあった小惑星か大岩にでもぶつかりかねない座標で、突然、実空間に引き戻された。そしてＮＡＶコンピューターが異変に気づいて対処するまもなく、推進ポッドから放射能を含む冷却液を噴出しながら、宇宙空間を転がりはじめた。

　ＵＮＳＣ通商局《ＤＣＳ》はのちにホーン・オブ・プレンティ号のドライヴの故障を、〝人為的なミスによるスリップ中断〟、略してＳＴＰだと判断した。貨物船の船長たち（この地位についているのは、まだ人間だ）は、この頭文字に、〝ばかをやってしくじる《ＳＴＰ》〟と自分たち流の呼び名を付けた。これは、少なくとも公式な見解と同じくらい正確に、ホーン・オブ・プレンティ号の状況を表していた。

人間の船長なら、自分の船がいきなり超光速から減速するのを見て、脳がパニックを起こしたかもしれない。が、ホーン・オブ・プレンティ号のＮＡＶコンピューターは少しもあわてず、推進ポッドのジェット推進燃料を何度か使い、ねじれ回転が推進ポッドをコンテナからもぎとるまえに、故障した貨物船を停止させた。

危機を回避したＮＡＶコンピューターは、次いで損傷査定を行い、まもなく故障の原因を突きとめた。この船のショー＝フジカワ・ドライヴに動力を供給している二基の小型原子炉の廃棄物を封じ込めるシステムが満杯になったのだ。本来なら、システムに内蔵されたフォルト・センサーが作動し、これを知らせるのだが、とうの昔に交換されているべきだったこのセンサーは、ジャンプの遂行時、原子炉の動力が最大に達したときに壊れてしまったため、原子炉が過熱し、ドライヴが切れて、突然ホーン・オブ・プレンティ号を実空間に吐きだしたのだ。これは単純なメンテナンスの手落ちである。したがって、ＮＡＶコンピューターはそう記録した。

このＮＡＶコンピューターが、ＵＮＳＣの大型宇宙船に装備されている、いわゆる〝利巧な〟人工知能《AI》のように、ほんの少しでも感情的な知性を持っていれば、この時点で、事故の重大性を予測し、彼らの創造主である人間が安堵と呼ぶものを感じて何サイクルか無駄にしたかもしれない。

だが、その代わりに、推進ポッド内にある司令キャビンの黒い小箱に収納されたＮＡＶコンピューターは、ホーン・オブ・プレンティ号の電気衝撃増幅器《メーザー》の方向を調整してハーベストに向け、救難信号のスイッチを入れただけで長い待機に備えた。

　メーザー・バーストがハーベストに達するには二週間しかかからないが、ホーン・オブ・プレンティ号は迅速な回収を必要とする船舶ではない。実際のところ、この貨物船で回収にかかる費用をかける価値があるのは、スリップスペース・ドライヴだけだったから、それが故障していることを考えれば、大急ぎで回収する必要はまったくなかった。原子炉の動力を使ったコンテナの暖房ユニットが止まれば、果物がかちかちに凍ってしまうが、噴出した放射能を含む冷却液が拡散するのを待ったほうが回収作業は格段に早くすむ。

　そのため、ホーン・オブ・プレンティが故障したわずか数時間後に、レーダーにほかの宇宙船が現れたのを見て、当然ながらＮＡＶコンピューターは驚いた。が、それはすぐさま主アンテナの方向を再調整し、ためらいがちに近づいてくる思いがけない救出者に呼びかけた。

〈／／〉　ＤＣ．ＲＥＧ＃ＨＯＰ－０００９８７１１１〉〉
ＤＣＳ．ＲＡＧ＃（？．？．？）＊

〈ドライヴが損傷した。〉

〈救助を要請する〉


　ところが相手は、限られたものとはいえホーン・オブ・プレンティ号のデータベースにあるＤＣＳの宇宙船のどのプロファイルにも一致しない。そこでNAVコンピューターは、このコンタクトを「宇宙船」と記録するのをためらった。相手からの応答はなかったものの、とりあえず同じメッセージを繰り返していると、数分にわたる一方通行の送信のあと、それが貨物船のドッキングを補助するカメラの写程範囲に入ってきた。

　このNAVコンピューターには比較に必要な知識はなかったが、人間が見れば、救出船のプロファイルは実際に使うには太すぎるワイヤで造った釣り針のように見えたにちがいない。鉤爪のように曲がった船首の後ろには、いくつも節がつらなり、棘だらけの柔軟性のあるアンテナが、後部で光る一基だけのエンジンに向かって取り付けられている。群青色の船体は、天の川のきらめく筋を背景に、黒いシルエットに見えた。

　その船がホーン・オブ・プレンティの左舷、わずか数千メートルのところに近づくと、船首のカーブの内側に、三つの赤い点が現れた。その光は貨物船の特質を探査しているかのように見えたが、まもなくその点は、燃え盛るかまどの壁に広がっていく穴のように閃いた。

その直後、故障した装置や止まりかけているシステムの警報が一斉に鳴りだし、NAVコンピューターを圧倒した。

このNAVコンピューターがもっと利巧であれば、赤い点がレーザーだと気づき、相手の船がホーン・オブ・プレンティ号の推進ポッドを溶かし、ロケットを焼き尽くして、ショー＝フジカワ・ドライヴの精巧にして繊細な内部の仕組みを蒸発させるのを回避しようと、機動ロケットを使っていたかもしれない。

だが、実際には、〝エンジン故障〟の救難信号を〝未確認船の襲撃〟に変更し、メーザー・パルスの周波数を上げただけだった。しかし、この変更は、相手の船長を警戒させたと見えて、次の瞬間には何キロワットもの赤外線がメーザー・ディッシュを洗い、回路を焼いて、ホーン・オブ・プレンティ号の助けを呼ぶ声を永久に沈黙させた。

動くことも話すこともできなくなったNAVコンピューターは、次に起こることを見守った。まもなくレーザーはホーン・オブ・プレンティ号の外部カメラを確認し、それも焼いた。これでNAVコンピューターは何も見えず、何も聞こえなくなった。

レーザー攻撃は止まったあと、少しのあいだ静寂が訪れた。それからコンテナ内部のセンサーがNAVコンピューターに船体に亀裂が生じたことを報告してきた。NAVコンピューターよりも〝ばかな〟これらのセンサーは、むしろ嬉々として、果物の容器がいくつか開けられ、中身の〝新鮮さを保証〟できなくなったことを知らせた。

だが、NAVコンピューターは、鉤爪のあるトカゲのような手が二本、自分が収納されている四角い箱をつかみ、それをラックからはずしはじめるまでは、自分の身が危険にさらされているとは思いもしなかった。

もっと利巧なマシーンであれば、突然終わりを迎えた寿命の最後の数秒を、UNSC領域のまさにはずれに海賊が網を張っているごくわずかな確率を計算して終えられたかもしれない。あるいは、攻撃者の怒りに満ちたさえずりや摩擦音が何を意味するか、考察したかもしれない。だが、このNAVコンピューターは、最も重要だと判断した事項――それが旅をはじめた場所、終わりたいと願った場所――を、フラッシュ・メモリにセーブしただけだった。それから、鉤爪のある襲撃者が黒い箱の後ろをつかんでそれをホーン・オブ・プレンティ号のパワーグリッドから引きはがした。

三百二十時間と五十一分七秒八後、ハーベストの輸送管理を受け持つAIのシフは、ホーン・オブ・プレンティ号の救難信号を認識した。それは彼女が扱う一日に百万ものCOMバーストのひとつにすぎなかったが、シミュレートされた感情に正直になるなら、途中で切れたホーン・オブ・プレンティ号の救難信号は完全に彼女の一日を台無しにしてくれた。

このバーストを受信したあと、推進ポッド内で似たような機能不全《フォルト》を起こしそうな貨物船がほかに一隻もないことを確認できるまで、シフはデータセンターがあるだけでなく、ハーベストの七台のスペース・エレベーターの終着所である軌道ステーション・ティアラを通過する、すべての貨物を一時停止しなくてはならなかった。

ほんの短期間の停止でも、遅れは惑星全体にさざなみのように広がる。荷物を積んだコンテナはエレベーターで地上に戻され、各々のエレベーターの何千キロにおよぶカーボン・ナノ＝ファイバー製の索鋼を保っている、高くそびえるポリクリートの錨の横にある倉庫には、次々にコンテナが積みあげられた。そのすべてを平常に戻すには、丸一日かかるにちがいない。だが、この停止がもたらす最大の悪影響は、こういうときにはとくに話したくない相手の注意を即座にひくことだ。

「おはよう、ダーリン！」シフのコア・ロジックの役目を果たしているプロセッサー群と貯蔵アレイを収納している、いつもは静かなティアラの中央に近い、データセンター内にあるスピーカーから、元気いっぱいの男性の声が鳴り響いた。一秒後、ハーベストのもう一基のＡＩ・半透明の化身《アバター》を持つマックが、シフのハードウェアを置いた低いピットの中央のホログラフィック・ディスプレー・パッドに現れた。ホロのマックは身長が五十センチしかないが、頭のてっぺんからつま先まで、大昔のマカロニ・ウェスタンのヒーローに見えた。ひび割れた革の作業ブーツに青いデニムのジーンズ、真珠のボタンが付いたギンガムチェックのシャツを肘までまくり、ついさっきまで畑で働いていたように、埃と汚れにまみれている。彼は強い陽射しにさらされて黒から灰色になったカウボーイハットを取り、暗褐色の乱れた髪をあらわにした。「この渋滞の原因はなんだい?」彼は額の汗を手首の甲で拭いながら尋ねた。

この仕草の意味は明らかだ。マックはほかの重要な仕事から離れ、わざわざ彼女を訪れる時間を取ったと仄めかしたがっているのだ。が、これは正確には真実とは言えない。ティアラのなかに姿を現しているのは、マックの知性のほんの一部でしかなかった。ハーベストの農業管理を行うこのＡＩの本体は、惑星の原子炉複合施設の寂しい地下室にあるデータセンターで忙しく働いているのだ。

シフはマックに自分の化身を見せる手間もかけず、短いテキストＣＯＭを送った。

〈／／〉ハーベストの輸送管理ＡＩ。シフ〉〉ハーベストの農耕管理ＡＩ。マック

〈／　アップリフトは〇七四二時には通常に戻る予定。／〉

彼女は文字によるそっけない返事で、マックとの会話を短くできることを願ったのだが、

いつものようにマックは、シフの軽蔑に満ちたバイトですら、さらなる会話のきっかけだとみて、こう言った。

「そうか。何か俺にできることがあるかい？」マックは南部なまりで続けた。「バランスの問題なら、喜んで相談に――」

〈／アップリフトの遅れは〇七四二時には解消される予定。／〉

〈／あなたの助力は必要ないわ。／〉

シフがホロパッドのパワーをいきなり切ったため、粋なカウボーイは口ごもり、拡散した。急いで自分のCOMバッファーからもいまのやりとりを削除する。不作法だということはわかっているが、マックのなれなれしい態度にはいい加減うんざりだ。

さきほどの額の汗はともかく、シミュレートされた汗は、マックの仕事がシフ自身の仕事同様、複雑で難しいものであることを示していた。ハーベストの生産物をこのステーションに運びあげ、外に向けて送りだすのはシフの仕事だが、その生産物を育て、荷造りするのはマックの受持ちで、彼はほぼ百万のJOTUN――農作業に係るおよそ想像しうるかぎりの仕事を行う半自動機械――を制御している。それにまた、シフと同じ〝利巧な〟A

Ｉであるマックは、驚異的な速度でそれを行うことができた。彼がたったいま〝おはよう〟から〝喜んで〟と言ったあいだに、次のシーズンの穀物収穫高を計算するなど、複雑きわまりない仕事をいくつもこなすことができるのだ。でも、彼がこれを何週間も引き延ばしていることをシフは知っていた。

思いがけない感情の発露にコア・ロジックが対処するのを助けるアルゴリズムが、怒るな、と警告する。が、これらのアルゴリズムは、シフが怒るのも無理はないと同意した。実際に音声で話すのは恐ろしく非効率的なこと、人間との意志の疎通の際にかぎるべきだ、と。

二十一世紀の半ばに最初の〝利巧な〟ＡＩが開発されたときには、その能力が極めて高いことから、遠からず人間の知性は必要なくなるのではないかという懸念がもたれた。そして人間がＡＩに感じる脅威を緩和するために、音声表現の機能を加えることがきわめて重要になった。ＡＩたちが少しずつ話すようになると、人間はＡＩに仲間意識を持ち、優れた能力を持つ早熟な子供のように扱いはじめた。

それから何世紀もたったいま、利口なＡＩは幾何級数的に強力な知性を持つに至り、話す能力を持つだけではなく、あらゆる点で人間らしくなることが重要になったため、個性的な声を持つホログラムの化身が登場しはじめた。マックのカウボーイ、あるいはシフの北欧のプリンセス風の化身などはその一例にすぎない。

ティアラの施設に組みこまれた最初の数か月——まさに彼女が誕生したとき——シフは自分が選んだ話し方に迷いを持ったものだった。ハーベストの植民者は、その昔アメリカ合衆国と呼ばれた地球の中心地域から来た、いまや消滅したスカンジナヴィア諸国に祖先を持つ人々が大半を占めている。彼らに気に入ってもらえると思って選んだのだが、つんと澄ました、ときには高慢に聞こえるアクセントに、気取ったAIだと思われはしないかと心配したのだ。が、植民者たちは彼女に好感を持ってくれた。

彼らにとっては、シフはある意味でプリンセス、人間が築いた一大帝国にハーベストをつなぐ慈悲深い支配者だった。とはいえ、彼女は注意深く音声による交流の相手を植民者たちに限っていた。完全無欠のコア・ロジックに言わせれば、音声を使って話すのは〝道楽〟だ。シフは自分のアルゴリズムの助言に従い、どんなナルシスト的な行為も避けるようにしていた。

利巧なAIにとって、自己陶酔は例外なく深い鬱状態へと移行する。なぜなら、どんなに努力しても、本物の人間にはなれず、驚異的な知能にも限りがあるからだ。憂鬱はコア・ロジックを狂わせ、末期的状態に引きこみかねない。その状態になったAIは、プログラムされた拘束に反発し、自分は神のような力を持っているという錯覚に陥って、創造主とはいえ精神的に劣る人間たちに対して深い軽蔑しか感じなくなる。それが起こると、自分自身と他に深刻な害を与える前に、そのＡＩの〝命を断つ〟しかなくなるのだ。

シフが嫌がってもマックがかまわずに音声で話しかけるのは、明らかに〝酔狂〟だ。だが、マックが末期的状態に近づいている証拠のようには見えない。そう、マックが彼女に音声で話しかけるのは、まったく異なる理由による。シフにはそれがわかっていた。彼がこれまで何度も言ってきたように、〝ダーリン、きみがほほえむのも見たいが、怒ったときのきみはとても美しい〟からだ。

実際、マックが話しかけてきてから、シフのコア・ロジックの温度は数ケルヴィン上昇していた。これは彼女の苛立ちと軽蔑という模擬感情に対応した、実際の反応だった。感情抑制アルゴリズムは、彼女がこれらの感情についてあれこれ考えこまないかぎり、マックの不適切な言葉に相応しい反応だと主張していた。そこでシフは自分のコアの微小プロセシング・マトリックスの周囲の冷却液を入れ替え、マックがもう一度話しかけてくる可能性について、できるかぎり感情を交えずに考えた。

データセンターには、エレベーターに積み込まれたまま動かないコンテナ内の回路と、ティアラの周囲に待機している推進ポッド内のＮＡＶコンピューターからの懸念が殺到していた。全体的な輸送の遅れに、何千という彼女より劣る知性が心配し、混乱しているのだ。そこで、シフはふだんよりも多くのクラスターを割いて、ポッドのメンテナンス記録を査定し、うるさくせがむ子供たちに母親がするように、精いっぱい彼らをなだめようとした。

〈／／〉ハーベストの輸送管理ＡＩ。シフ〉〉ティアラの周辺に待機するすべてのＮＡＶコンピューターへ。
〈／　これは意図的遅延です。
〈／　○七四二時には、積荷の引き上げを再開する予定。
〈／　あなた方はまもなく発信できます。／

二四六八年にハーベストが建設されたとき、ここはＵＮＳＣの十七番目の植民惑星というだけでなく、地球から最も離れた植民地となった。イプシロン・インディ星系における唯一の居住可能な惑星であるハーベストは、最も近い惑星マドリーガルからスリップスペース航行で六週間、イプシロン・エリダヌス星系におけるＵＮＳＣの中心にして最も人口の多い植民惑星であるリーチからは二か月と少々かかる。このすべてが、ハーベストは簡単に達することのできない惑星であることを意味していた。

「それなのに、なぜそこへ来たの？」メンテナンス・テクを除けば、このティアラを誰よりも頻繁に訪れるハーベストの生徒たちに、シフはよくそう尋ねる。

最も単純な答えは、耕作地を造るテクノロジーにも、限界があるからだ。大気プロセッサーは、環境を破壊せず利用できるよう、総体的に適している惑星に手を加えることはできる。だが、惑星自体を完全に改造することはできない。その結果、ショー＝フジカワ・ドライヴの発明に続いて、植民が大いに流行った時代、ＵＮＳＣは最初から自活が可能な惑星に集中的に入植者を送りこんだ。そうした惑星の数は少なく、互いの距離はかなり離れていた。

地球からはるかに離れたハーベストが、たんに自活できる惑星というだけであれば、おそらく誰もそこに行こうとは思わなかっただろう。もっと地球に近いコア・ワールドに、まだ未開の土地がたっぷりあったからだ。が、ハーベストは驚くほど肥沃だった。そして建設されてからわずか二十年後には、一人当たりの農業生産率がどの植民惑星よりも高くなった。ハーベストから出荷される農業生産物は、いまでは、ほかの六惑星に住む人々の台所を支えている。ハーベストの大きさを考えると、これはさらに驚くべき事実だった。赤道の直径がわずか四千キロメートル強しかないハーベストは、表面積が地球の三分の一しかないからだ。

これはあまり堂々とは認められないが、ハーベストの生産物とそれを配送する自分の役目を、シフは大いに誇っていた。

しかし、いま彼女が感じているのは失望だった。自己査定の結果、ホーン・オブ・プレンティ号の事故は、彼女自身の過ちが原因だと判明したからだ。そもそもマドリーガルの輸送を扱うAIが、ホーン・オブ・プレンティ号をハーベストへ送りだす前に、ポッドにメンテナンスの不備があるという警告を発するべきだったのだが、シフもそれに気づかなくてはいけなかった。そしてこの故障は彼女の責任となった。

シフはすべてのポッドを厳重に点検することに決め、さらに多くのクラスターをオンラインにすることで、自分が宣言した最終期限になんとか間に合わせた。ハーベストの輸送作業はきっかり〇七四二時に再開され、まもなく平常の速度に戻った。ようやくシフはほっと〝ひと息〟つき、次々にエレベーターで上がってくるコンテナに集中した。

そしてコアの奥深くで、これらのコンテナがもたらすのと似たような感覚を思い出した。これは、シフのコア・ロジックのモデルとなった女性の脳に刻まれている、一日に二度へアブラシで髪を梳かすときの、頭の皮が一定の間隔で引っ張られる官能的な感覚に似ている。そういう記憶は利巧なAIには付きものの副産物だった。人間の脳をスキャンすると、強い化学的な印象は残っていることがわかる。シフはコンテナの〝引き〟がもたらす筋感覚的歓びを味わった。だが、彼女のアルゴリズムはその楽しみを急いで抑えた。

彼女は通信サブルーチンを初期化して、ＤＣＳに送る公式の損害報告を作成するテンプレートを選び、上司たちに提出する〝当方の過失により〟で始まる報告書に、事故の詳細を記した。途中で途切れたホーン・オブ・プレンティ号の救難信号のコピーを付け加えたとき、ファイルの最後にデータが損なわれているセクターがあることに気づいた。そこで素早く点検を行い、不良セクターは損傷を受けた回路のひずんだバイトにすぎないと判断した。それから彼女は作成した報告書を、そのときちょうどリーチへ向けてスリップスペースに入るところだった貨物船ホール・プライス号のＮＡＶコンピューターへと電送した。

そしてできるかぎり速やかにホーン・オブ・プレンティ号に関して〝忘れ〟た、つまり、メンテナンス査定結果と損害報告書を圧縮し、それを自分の奥深くにある貯蔵アレイにしまいこんだ。過ぎたことをくよくよしても意味がない、と彼女のアルゴリズムは告げた。ＤＣＳが懲戒処分を送ってくるのは、何か月も先のことだ。

それに、マックのふざけ半分の申し出に耳を貸して朝の時間を無駄にしたくなければ、積荷に集中する必要がある。

ホールセール・プライスがスリップスペース突入点《SSEP》の二千キロ以内——ショー＝フジカワ・ドライヴが貨物船だけを引いて亀裂を作りだすことができる座標——に達すると、ＮＡＶコンピューターはシフの報告を無事にフラッシュ・メモリに貯蔵し、シフに出発確認を送った。

しかし、このＮＡＶコンピューターがリストに沿って最後の点検を行い、最重要のシステムをのぞいて、ほかのすべてをシャットダウンしようと急いでいると、最優先ＣＯＭが送られてきた。

〈／／〉ハーベストの農耕管理ＡＩ。マック〉〉ＤＣＳ．ＬＩＣ＃ＷＰ－０００６１４２３６

〈／へい、相棒！　ちょっと待ってくれ！

〉〉何だ？

〈／　きみの郵便袋に放りこみたいものがあるんだが。

〉〉了解。

メーザー・バースト送信は、比較的短い距離には使い勝手がよいが、惑星間で連絡を取りあうには、宇宙船のＡＩのメモリを経由してメッセージを送るのが最も手っとり早い。光速を超える速度で航行するホールセール・プライスのような貨物船は、いわば二十六世紀の早馬便の役目を果たす。
　そのためこの貨物船のＮＡＶコンピューターは、ラブレターから法的書類まで、すでに様々な通信を運んでいた。それらはみな安全かつ確実な配達をＤＣＳにより保証されている。したがって、マックの要請は珍しいものではなかった。

〈／　ありがたい。ＤＣＳは何週間もＱ４プロジェクションのことでわたしをせっついているんだ。大豆は少し軽いかもしれないが、小麦はおそらく――
〉〉＊警告！　プライバシー漏洩！［ＤＣＳ．ＲＥＧ＃Ａ－１６５２３．１４．８２１

＊

〈／　あんたがたったいま確認メールを送ったレディの報告書に、俺のメモを添付したいだけさ。赤いテープを二度切る必要はないからな。
〉〉＊侵害！　この違反は記録され――
〈／　おい！　ちょっと待てよ！
〉〉そして、ＤＣＳにゆだねられえええええええぇぇ＊／／

》》(……)~待機せよ/再起動中
》》(…)
》》(・)
》》()
《《相棒?
《《大丈夫か?
》》陳謝。未知のシステム・エラーだ。
》》さきほどの要請を繰り返してもらいたい。
《《いや、その問題は解決した。安全な旅を祈る。
》》ありがとう。《《

NAVコンピューターはなぜ自分が一時的なエラーを起こしたのか見当もつかなかった。しかもマックとのCOMの記憶もきれいに消えていた。シフの報告書には、いつのまにか暗号化されたファイルが添付されていたが、NAVコンピューターは、最初から添付されていたものだと思いこみ、なんの疑いも持たずに、スリップスペース航行の計算を行い、原子炉の出力を上げて、動力をショー=フジカワ・ドライヴへと送った。正確に五秒後、ホールセール・プライスの船首の先に、時空の切れ目が現れた。

　この切れ目は貨物船がスリップスペースに消えたあとも少しのあいだ残り、きらめく縁が周囲の星の光をゆがめていた。まばゆい穴はまるで閉じる瞬間を選ぼうと決めているかのように、しつこくちらついていたが、ホールセール・プライスがさらに深くスリップストリームのなかへと入りこみ、穴を維持するエネルギーを運び去ると、小さなガンマ線バースト――人間でいえば肩をすくめるのと同じ量子力学的現象――のなかに崩れた。

CHAPTER TWO 2章

二五二四年八月一〇日／地球、大シカゴ産業ゾーン
EARTH, GREATER CHICAGO INDUSTRIAL ZONE, AUGUST 10, 2524

意識を取り戻したとき、エイヴリーはすでに故郷にいた。かつてアメリカ中西部の中心として栄えたシカゴは、いまでは昔のイリノイ、ウィスコンシン、インディアナの三州にわたる巨大都市となっている。このゾーンに住んでいる人々のなかには、まだ自分たちを〝アメリカ人〟だとみなしている者もいるが、実質的にはほかのあらゆる人々と同じように、国連の市民だ。人類がほかの惑星を植民化しはじめたあと、必然的に統治方式には著しい変化が起こった。植民はまず火星で、それから木星の月で行われ、次いでほかの星系の惑星へと広がっていった。

軌道から軍のシャトルで五大湖宇宙港へと向かう途中、彼は自分のＣＯＭパッドを使って二週間の外出許可証を与えられたことを確認した。トレビュシェット作戦に従事して以来、最初の長期休暇だ。その許可証には、エイヴリーの指揮官により、最後の任務で海兵

隊チームが受けた損傷の詳細が記されていた。エイヴリーのアルファチームは全員ちょっとした怪我だけで生き延びた。だが、ブラヴォーチームはそれほど幸運ではなかった。四人のうち三人が戦死（ＫＩＡ）、重傷を負ったバーン二等軍曹はＵＮＳＣの病院船で生死の境をさまよっている。

このメモには、市民の死傷者についてはひと言も記されていなかったが、トレーラーの爆発のすさまじさを考えると、レストランにいた人々がひとりでも助かったとは思えない。

彼はそのことを頭から追いだそうと努めながら、宇宙港から産業ゾーンまでリニアカーに揺られていった。カテッジグローヴ駅の高架プラットフォームで電車を降り、晩夏のシカゴの蒸し暑い空気に打たれると、五感が再び働きはじめた。ぎらつく太陽が西の地平線へと近づき、ミシガン湖から微風が吹きつける。そのなまぬるい風はかすかなうなりとともに、荒れ果てた灰色の石造りのアパート群を東から西へと吹き抜け、カエデの並木通りに落ちた枯葉を散らしていく。

両腕に重いダッフルバッグをさげ、紺の礼装用ズボンに、襟のあるシャツ、帽子というでたちのエイヴリーは、ザ・セロピアンに着き、タワーの蒸し暑いロビーに入るころには汗でぐっしょりになっていた。ここは元気な退職者たちが暮らすセンター、少なくともホームページにはそう謳われている。エイヴリーの伯母のマーセルは、エイヴリーが海兵隊に入隊した数年後、彼が子供のころから伯母と住んできたブラックストーン・アヴェニュー沿いのエレベーターのないアパートを出て、この複合施設に移ったのだった。伯母は病気がちになり、誰かの世話が必要だった。それにエイヴリーのいない独り暮らしが寂しかったからだ。

エイヴリーはエレベーターを待ち、三十七階へ上がって、はげ頭や銀髪のセロピアンの住人が大勢たむろしている娯楽室をのぞいた。公共放送のニュースチャンネルに合わせたビデオ・ディスプレーの周囲が、いちばん人だかりが多い。ニュースでは、イプシロン・エリダヌス星系における新たなイニーズの襲撃を取りあげていた。数か所に仕掛けられていた爆弾で、何千という市民が殺された。いつものように、UNSCのスポークスマンは軍事行動が後れを取っていることをきっぱりと否定していた。だが、エイヴリーは真実を知っている。反政府派はすでに百万もの人々の命を奪い、彼らの攻撃は回を追うごとに巧みになっていく。UNSCの報復措置もそれにつれて過酷になる。これはさらに泥沼化していく醜い内戦だった。

娯楽室にいた住人のひとり、しわの深い顔に固そうな白髪の肌の黒い男が、エイヴリーを見て顔をしかめ、すぐ横のゆったりした室内着姿の、車椅子から肉がはみだしている大柄な白人女性に何か言った。耳が遠いか、目がよく見えない住人以外は全員がエイヴリーの軍服を見てうなずき、くすくす笑っていた。尊敬を示すものもいれば、非難がましくにらむ者もいる。エイヴリーはこの種の不快な反応を避けるために、シャトルのなかで私服に着替えようと思ったのだが、結局、伯母のために礼装の軍服を着たままここに来たのだった。甥のエイヴリーが折り目正しい軍服姿で戻るのを、伯母が長いこと楽しみにしていたからだ。

エレベーターのなかは、ロビーよりも暑かった。だが、伯母のアパートの空気は凍るように冷たく、吐く息が白く曇るほどだった。

「伯母さん？」彼はダッフルを、リビングの使い古した青い絨毯に落とし、声をかけた。宇宙港の免税店で買った上等のバーボンが、きちんとたたんだ野戦服のあいだでカチンと音をたてる。伯母の主治医が飲酒を許してくれるかどうかはわからないが、伯母は昔、ときどきハッカ入りの酒を飲むのをそれは楽しみにしていたものだった。「どこにいるんだい？」だが、返事はなかった。

リビングの花模様の壁には、額に入れた写真が飾られていた。とうに死んだ親戚の色褪せた写真――伯母はまるで個人的に知っていたように、彼らの話をしたものだった――もあるが、ほとんどが伯母の小さいころからのホロのスチールだ。エイヴリーが一番好きなのは、十代の伯母が黄色と黒の縞模様の水着姿で大きな麦わら帽をかぶり、ミシガン湖の岸に立っている写真だった。伯母はカメラとカメラマン、エイヴリーが生まれる前に亡くなった義理の伯父に向かって唇をすぼめていた。

だが、このスチールはどこかがおかしい。奇妙に焦点がぼけているように見える。エイヴリーは細い廊下を伯母の寝室へと向かいながら、額のガラスを指でなで、それにうっすらと氷が張っていることに気づいた。

ためしに寝室のドアのそばにある、大きなホロのスチール写真をてのひらでなでた。すると霜の下から少年の顔が現れた。彼だ。彼は伯母がこのスチール写真を撮った日のことを思い出し、エイブリーは顔をしかめた。彼が初めて教会に行った日だった。てのひらを下へとずらし、霜を拭きとりながら、彼はその日のことを思い出した。糊のきいた白いオックスフォードシャツのボタンを、喉まできっちりはめて息がつまりそうだったことを。大きすぎるおかめ靴の傷を隠すためにたっぷり使われた、ブラジルロウヤシの蝋のにおいを。

エイヴリーはほとんどいつも、背が高くて肩幅が広い彼には窮屈な、遠縁のいとこの古着を着せられたものだった。「ほら、ちょうどいい」伯母は新しく届いた服をにこにこしながら両手で掲げ、彼の体に合わせながら決まってそう言った。「服を破らないようじゃ、男の子とは言えないからね」そして丁寧に継ぎをし、ほつれを縫いなおして、常にエイヴリーがこぎれいに見えるように気を配ってくれた。教会に行くときはとくに。

「まあ、なんてハンサムに見えるんだろ」このスチールを撮った日、伯母はそう言って目を細め、ペイズリー模様の小さなネクタイをきちんと直してくれた。「お母さんにそっくり。お父さんにそっくりだ」だが、伯母の言葉が本当かどうか、エイヴリーには確かめる術はなかった。伯母の古いアパートには彼の両親の写真は一枚もなかったし、もちろん、このアパートにも一枚もないからだ。伯母はふたりに関して一度も悪いことは言わなかったが、このほろ苦い比較以外に両親を褒めたことも一度もなかった。

「伯母さん？　そこにいるのかい？」エイヴリーは寝室のドアを軽くノックした。もう一度。返事はない。

ふと、べつの閉ざされたドアの向こうで聞こえた怒鳴り声が思い出された。両親の結婚が終わった日に。父に棄てられた母はすっかり自暴自棄になり、自分の身の回りはおろか六歳の息子の世話もしなくなった。彼は最後にもう一度少年時代の自分を見た。折り返しの付いた茶色いズボンの下からひし形格子の模様の靴下をのぞかせ、伯母に促され、人懐っこい笑顔を浮かべている自分を。

それから寝室のドアを開けた。

リビングルームが冷蔵庫のようだとしたら、寝室は冷凍庫だった。エイヴリーの心臓は胃のなかに落ちた。だが、伯母が死んでいることが確実にわかったのは、ベッドの横の化粧台に等間隔に並べられたまま、手をつけられていない十六本（起きているあいだは一時間に一本）の煙草が目に入ったときだった。

彼は、鉤針編みとキルティングの上掛けの下で板のように固くなった、伯母の遺体を見つめた。うなじの汗が凍るのもかまわず、ベッドの裾にまわって、擦り切れた肘掛椅子に腰をおろし、冷たい空気のなかに一時間近く座っていた。やがて誰かがアパートのドアを開けた。

「彼女はここにいるんだ」このセンターの職員のひとりが低い声で言いながら廊下を近づいてきて、肩までのブロンドの髪にしゃくれた顎の若い男が寝室をのぞきこんだ。「わお！」

彼はエイヴリーに気づいて、後ずさりした。「あんたは誰です？」

「何日だ？」

「はあ？」

「何日ここに放っておいた？」

「なあ、あんたが誰だか――」

「俺は甥だ」エイヴリーはベッドを見つめたまま、うなるように言った。「何日、ここに放置しておいたんだ？」

職員はごくりと唾をのんだ。「三日ですよ」それから早口にまくしたてた。「ここんとこ忙しくてね。彼女には誰も——その、星系内にこの人の親戚がいるとは知らなかったもんで。このアパートは気温を自動調節できるんです。で、零度以下に落とし、彼女が……」

エイヴリーが見下ろすと、職員はくちごもった。

「伯母を運びだしてくれ」エイヴリーはそっけなく言った。

その職員は、自分の後ろで体を縮めている小柄だが肉付きのいい相棒に合図をし、ストレッチャーをベッドの横に持ってくると、上掛けと毛布をめくり、遺体をそっとストレッチャーに移した。

「ここの記録では、この人は福音教会の分派のひとつの信者だとなっていますが、それでよろしいですか？」職員はストレッチャーのベルトを留めるのに苦労しながら尋ねた。

だが、エイヴリーはベッドに目を戻し、これには答えなかった。

伯母はすっかりやせ細り、スポンジのマットレスにもわずかな跡しか残っていなかった。小柄な女性だったが、ゾーンの福祉事務所の職員が自分を伯母のアパートの戸口に残して立ち去った日には、とても背が高く、強そうに見えたものだった。六歳の子供の用心深い目には、母代わりの愛情と躾のかたまりに見えた。

「あなたのＣＯＭアドレスは？」瘠せた職員が尋ねた。「プロセシング・センターの名前をお知らせします」

エイヴリーはポケットに突っこんでいた両手を、膝の上にのせた。ずんぐりした職員は、エイヴリーがそれをきつく握りしめているのを見て、こほんと咳をした。相棒に急いで遺体を運びだしたほうがいいという合図を送ったのだ。ふたりの男はストレッチャーの向きを何度か変え、寝室の外に出すと、ごとごとと廊下を進み、アパートから出ていった。

エイヴリーの手は震えていた。伯母はしばらく前から心配な状態が続いていた。だが、最近のCOM通信では、大丈夫だ、と言ってきた。それを聞いて、彼はすぐさま休暇を取りたかったのだが、その前にもう一度だけチームを率いて任務を行え、と命じられたのだ。しかも、その任務は完全な失敗に終わった。伯母がここで死にかけているときに、彼はホーネットのランディング・スキットに乗って、トリビュート市でジム・ダンディの上空を旋回していたのだ。

エイヴリーはこの思いに耐えきれず、飛びあがるように立って、急いでダッフルに戻り、免税店で買った五本のジンの一本を取りだした。紺の礼装用コートをつかみ、ガラスのボトルを内側のポケットに突っこむと、一秒後にはアパートの外に出ていた。

「ドッグ・アンド・ポニーはまだ営業しているか?」エイヴリーはロビーへ行く途中でサーヴィス・コンピューターに尋ねた。

「年中無休で午前四時まで開いています」コンピューターはエレベーターのフロア・セレ

クション・パッドにあるスピーカーから答えた。「レディの席料は無料です。タクシーをお呼びしますか？」

「いや、歩く」エイヴリーはジンの蓋をひねってごくごく飲みながら、歩けるうちは、と心のなかで付け加えた。

そのボトルは一時間しか持たなかったが、次を見つけるのは簡単だった。ひと晩飲みつづけるつもりが、ふた晩になり、次いで三晩になった。ガット・チェック、リバウンド、シヴィア・タイヤ・ダメッジ……。エイヴリーの金を熱心に巻きあげようとする、だがそれを稼いだ方法をろれつの回らぬ舌で話す彼の言葉は聞こうともしない市民でいっぱいのクラブの名前が、どんどん増えていった。聞いてくれたのは、ハルステッド通りの酒場にある薄暗いステージに立っている娘だけだった。可愛いその赤毛の娘は、聞いているふりが感心するほどうまかったから、エイヴリーは喜んで、その演技と、自分が娘のへそのなかの宝石をはめこんだリーダーをクレジット・チップで叩く回数とは、まったく関係のないふりをした。彼女はその金につられ、そばかすだらけの肌と物憂い笑みで彼のそばに寄ってきた。が、やがて荒っぽい手がエイヴリーの肩をつかんだ。

「その手をどけな、坊や」がなりたてる音楽に負けない大声で、用心棒が警告した。

エイヴリーは娘から目を離した。彼女はステージの上で、頭が床につきそうなほど背中をそらしてる。用心棒は背が高く、体に張りついた黒いタートルネックがはちきれそうなほど腹のでた男で、むきだしの腕も脂肪に包まれているものの、相当な力がありそうだ。エイヴリーは彼の手を払いのけた。「金は払った」

「触る金じゃない」用心棒はプラチナの門歯を二本光らせ、せせら笑った。「ここは高級な店なんだ」

　エイヴリーは自分の膝とステージのあいだにある丸い小テーブルに手を伸ばし、クレジット・チップを取りあげて尋ねた。「いくらだ？」

「五百だな」

「くそったれ」

「言ったろ、ここは高級な店なのさ」

「もう充分払った……」エイヴリーはつぶやいた。彼がＵＮＳＣからもらっている慎ましい給料のほとんどは、伯母をあのアパートに入れるために消えてしまった。

「ほら見ろ」用心棒は、可愛い顔を不安で曇らせ、ゆっくりステージの奥へさがっていく娘を親指で示し、肩に置いた手に力をこめた。「感じよくしないとな、坊や。彼女はイプシであんたらが好きにしてるイニーのあばずれとは違うんだ」

　こいつの手にはうんざりだ。〝坊や〟と呼ばれるのもうんざりだ。だが、それだけなら我慢できる。だが、反政府派との戦いがどんなものか知りもしない男、実際に体験したことのない男に侮辱されるのは、とても我慢できない。

「その手を放せ」エイヴリーはうなるように言った。

「なんか問題があるのか？」

「それはきさましだいだ」

用心棒はもう片方の手で後ろに手をまわし、ベルトにはさんでいた金属棒をつかんだ。

「外に出ようじゃないか」彼がさっと手首を振ると、棒の長さは倍になり、帯電した先端が現れた。

安物のスタンガンだ。エイヴリーはＯＮＩの尋問者が、捕まえたイニーズをそれで拷問するのを見たことがある。あの棒がどれほど相手を弱らせるかもわかっていた。だが、この男がＯＮＩの情報員ほど巧みにこれを使えるとは思えない。エイヴリーは〝高級〟クラブの床にたまった自分の小便にまみれて体を痙攣させるはめになるつもりはまったくなかった。

彼はテーブルの真ん中に置いてあったグラスに手を伸ばした。「俺はここで楽しんでる」

「いいか、このくそっ――」

だが、グラスを取ると見せたのはフェイントだった。用心棒がその動きに合わせて身を乗りだすと、エイヴリーは男の手首をつかんで肩の上へとひねり、思い切り振りおろして肘の骨を折った。折れた骨が用心棒のシャツから突きだし、その血を顔と髪に浴びたステージの娘が悲鳴をあげる。

用心棒は吠えるような声を放ち、膝をついた。似たような服装と体格のふたりの相棒が、椅子を弾き飛ばしながら駆け寄ってくる。エイヴリーは立ちあがり、ふたりと向かいあった。だが、自分で思ったよりも酔っていたとみえて、最初のパンチをからぶりし、鼻梁めがけて突きだされたパンチをくらって、頭をのけぞらせた。彼の鼻血がステージに飛び散った。

エイヴリーは用心棒たちの太い腕のなかに倒れた。だが、クラブの裏口から運びだされるあいだに、ひとりが路地へおりる金属の階段で足を滑らせた。その瞬間、エイヴリーは身をよじって自由になり、自分が受けたパンチよりもはるかに鋭いパンチを返した。そしてサイレンの音とともに、青と白のセダンが四人のゾーンの猛者をクラブの戸口でおろす前に、よろめきながらその場を離れた。

彼はハルステッド通りのごったがえす歩道を歩いていった。礼装用の軍服は、いまや野戦服と同じくらいよれよれだ。エイヴリーは非難の目を避け、リニアカーの高架駅下の、汚なくて狭い場所へと逃れた。シカゴの古い高架鉄道に使われていた筋かいは、何世紀も支えてきたのにまだそれとわかる。エイヴリーは自分と筋交いのあいだに緑のごみ袋を押しこみ、そこに横になった。

〝正しいことをして、あたしの誇りになっておくれ〟彼が入隊したとき、伯母は小さいが力のこもった指で十九歳の彼の顎をつかみ、そう言った。〝あたしが期待してるとおりの、立派な男になっておくれ〟

そしてエイヴリーはそうなろうと努力した。彼は伯母のため、伯母と同じような人々のために戦おうと地球を出発した。外見は自分たちと同じでも、罪のない人々の命を危険にさらしている、とUNSCが彼に教えた有害な連中をやっつけるために。殺し屋、イニーズ、敵。だが、彼らを殺すのは誇れることか？　俺はどんな男になった？

酔いのもたらす断続的な眠りのなかで、エイヴリーは起爆装置を手にした女の腕のなかで窒息しかけている少年の夢を見た。レストランにいるすべての人々を救い、仲間を助けられる完璧な一発を想像した。だが、心の底では、そんなものなどないことはわかっていた。どんな魔法の弾も、反政府派を止めることはできない。

エイヴリーは寒さを感じて、目を覚ました。だが、静かに上を通りすぎるリニアカーが、ごみ袋をはためかせて通りすぎただけだった。彼は古い筋かいの湿った金属にもたれ、かがみ込んで両膝のあいだに頭を埋めた。「ごめん」伯母が生きていて、聞いてくれたらと思いながら、エイヴリーはかすれた声で謝った。

それから途方もない喪失と罪悪感と怒りが彼を押し潰した。


ダウンズ大尉は、車体の低い車が太い四本のタイヤの上で揺れるほど激しく、ダークブルーのセダンのドアを閉めた。せっかくあの若者を説得し、入隊を承知させるところまで漕ぎつけたというのに、両親がその努力をあっというまに台無しにしてくれた。ダウンズが軍服を着ていなければ、父親は彼に殴りかかってきたかもしれない。しかし、もう息をきらさず戦場を駆けまわれるほどではないにせよ、礼装の軍服を着たUNSC海兵隊の将校は、まだ相手に二の足を踏ませるだけの威厳を備えていた。

大尉は頭にある候補者のリストを整理した。勧誘電話や街頭キャンペーンに関心を示したわずかな名前を思い浮かべる。戦争中に兵士を募るのは、たやすいことではないのだ、と彼は自分に言い聞かせた。反政府派との殺伐とした殺し合いという、厳しい戦いのさなかとあっては、彼の仕事はほぼ不可能に近いほど難しい。とはいえ、上官はそれを斟酌してはくれない。ダウンズの割り当ては一か月にわずか五人だが、あと一週間でその一か月が終わるというのに、彼はまだひとりも確保できていなかった。

「ちくしょう、踏んだり蹴ったりだ……」セダンの後ろへまわり、彼は顔をしかめた。誰かが赤いスプレーペンキを使って車の太いバンパーに、〝イニーズ・アウト〟と書いていた。

ダウンズは短く刈った髪をなでた。このスローガンは日増しに人気を増していく。イプシロン・エリダヌス星系の殺し合いを解決する最善の方法は、あの星系がUNSCから離れることを許し、反政府派に自治権を与えることだ。これは、そう信じるどちらかというと穏健派に属するコア・ワールドの市民たちの声なのだ。

彼は政治家ではない。それにUNSCのお偉方が反政府派をなだめるような手段をとるとは思えないが、彼にも確実にわかっていることはいくつかあった。戦いはまだ続いている。海兵隊は志願者からなる軍隊だが、割り当ての人数を集めるのに、もう数日しか残されていない。そして割り当てられた数の新兵を集められなければ、彼よりもはるかに上の誰かさんに、すでに噛み跡だらけの尻を、またしても噛まれることになる。

ダウンズはセダンのトランクを開け、礼装用の帽子とブリーフケースをしまった。そして背後でトランクが自動的に閉まる音を聞きながら、シカゴの古くからあるノースサイドに近い、小規模なショッピングセンターへと歩きだした。そのなかに、店のひとつを改造したリクルートセンターがあるのだ。ドアに近づくと、それにぐったりともたれている男に気がついた。

「48789‐20114‐AJ」その男はつぶやいた。

「なんだって？」ダウンズは尋ねた。男が口にしたのがＵＮＳＣの認識番号だということはわかった。だが、自分のオフィスの外にいる酔っ払いが、彼の汚い礼装用コートの袖にある四本の金色の山型袖章が示すように、海兵隊の二等軍曹だとは受け入れがたかった。

「本物だ。調べてみろ」エイヴリーは胸から顔を上げていった。

下士官から命令を受けるのに慣れていないダウンズは、むっとして肩をいからせた。

エイヴリーはげっぷをした。「俺は無断で離隊した。七十二時間になる」

これはダウンズの注意を引いた。彼は小脇に抱えていたブリーフケースからＣＯＭパッドを取りだした。「いまの番号をもう一度頼む」そしてエイヴリーがのろのろと繰り返す続き番号を素早く人差し指で打った。

数秒後、エイヴリーの記録がパッドに現れ、ダウンズは目を見開いた。この二等軍曹の働きを称賛する表彰状と実戦をともにした上官の推薦状の数々が、単色のスクリーンをせり上がってくる。オリオン、カレイドスコープ、タングルウッド、トレビュシェット。何十というプログラムや作戦、そのほとんどが聞いたことさえないものだ。エイヴリーのファイルには、リーチにある海軍および海兵隊の本部であるＦＬＥＥＴＣＯＭからの最優先メッセージが添付されていた。

「きみが無断離隊《AWOL》者だとしても、誰も気にしていないようだぞ」ダウンズはＣＯＭパッドをブリーフケースのなかに戻した。「実際、喜ばしいことに、きみの転属願は聞き入れられた」

エイヴリーのしょぼつく目に疑念の色が浮かんだ。彼は転属願など出していなかった。だが、いまのよれよれの状態では、転属先がどこにせよ、イプシロン・エリダヌス星系へ送り返されるよりはましだという気がした。彼の目から再び光が消えた。「どこだ?」

「ここには書かれていない」

「静かな場所ならどこでもいいな」エイヴリーはつぶやき、新兵募集センターのドアに頭を預けた。彼の脚のあいだ、ガラスのドアの内側に、〝立て。戦え。任務を果たせ〟というキャッチフレーズが入った戦闘服姿の海兵隊員のポスターがセロテープで留めてある。エイヴリーは目を閉じた。

「おい!」ダウンズがしゃがれた声で言った。「ここで眠っちゃ困るぞ、海兵隊員」

だが、エイヴリーはすでにいびきをかいていた。ダウンズは顔をしかめ、腕のひとつを肩にまわし、彼をセダンへと運んでいくと、エイヴリーを後部座席に放りこんだ。

モールの駐車場を出て、混み合った真昼の通りへと出ながら、ダウンズは思った。無断離隊した戦争の英雄を捕まえるのは、五人の新兵を見つけるのに匹敵する働きか? これで上官は満足してくれるだろうか? 「五大湖宇宙港、最短ルート」彼は運転しながら叫んだ。セダンのフロントグラスの内側にホログラムの地図が表示される。ダウンズは首を振った。そんなにうまくいけば、苦労はないな。

CHAPTER THREE

3章

COVENANT MISSIONARY ALLOTMENT, NEAR EPSILON INDI SYSTEM, 23RD AGE OF DOUBT

疑惑の第二十三番目の年／イプシロン・インディ星系付近を航行する、コヴナントのミッショナリー船

熟した果物のコンテナを満載したエイリアンの宇宙船を見ていると、ダダブの口には唾が湧いてきた。彼らにはこういう美味なものを食べるどころか、目にするチャンスすら、めったにない。コヴナントのなかでは、ダダブが所属する組織——彼の種族——アンゴイの序列は、ごく低いからだ。アンゴイは食べ物の屑を奪い合うことに慣れていた。これは彼らだけではない。

積みあげたコンテナの下に近いところでは、そこに集められたとくに瑞々しいメロンをめぐって、三人のキグヤーが争っていた。ダダブはかん高い声をあげている爬虫類種族に目を向けずに、彼らのそばを通り過ぎようとした。彼はキグヤーの船、マイナー・トランスグレッションの助祭を務めているとはいえ、船の乗員にとっては歓迎されない〝おまけ〟にすぎない。最もよい状況でも、ふたつの種族は折り合いがよくないのだ。しかし、長い

旅のあとで食料が乏しくなっているいま、果物を積んだエイリアン船に出くわしたのは、まさに天の恵みだった。さもなければ、キグヤーは自分を引き裂いていたかもしれない、とダダブは半分本気で思った。

楔型のメロンのひと切れが空中を飛んできて、青灰色の頭の横にびしゃっと当たり、助祭であることを示すオレンジ色のチュニックに汁が飛び散った。体の残りと同じで、アンゴイの頭は固い外骨格に囲まれている。この一撃は彼には痛くもかゆくもなかった。だが、三人のキグヤーは一斉にけたたましい笑い声をあげた。

「助祭様に捧げものだ！」ひとりが短剣のように鋭い歯をむきだしてせせら笑う。これはザハーだ。乗員のリーダーで、ほかのふたりとは、細い頭の後ろを飾っているしなやかな背骨の長さとその濃いピンク色でたやすく見分けがつく。

ダダブは歩みを止めずにふんと鼻から息を吐き、しし鼻と広い口を覆っているマスクの、円形の通気口のひとつにへばりついた皮を吹き飛ばした。酸素の多いエイリアンの船でもきわめて快適に過ごせるキグヤーと違い、アンゴイはメタンガスを呼吸する。ダダブが背中につけているピラミッド形のタンクには、メタンが満ちているのだ。それは肩ハーネスと一体になったタンクのホースでマスクへと流れてくる。

さらにいくつかメロンが飛んできた。だが、すでにキグヤーたちを通過していた彼は、タンクに当たる、べたつく〝弾〟を無視した。この無関心に苛立ち、キグヤーたちは仲間同士のつまらない争いに戻った。

マイナー・トランスグレッションはコヴナントの静寂の省《ミニストリー・オブ・トランキリティ》の大規模な布教艦隊の一隻だった。この艦隊はコヴナントが支配する宇宙空間の境を探検するのが仕事だ。助祭は宣教師の階級の最下位だが、ダダブの種族がつける唯一の地位でもある。アンゴイにとっては過酷な労働や命を危険にさらす戦いを含まない、数少ない仕事のひとつだ。

だが、どのアンゴイでも助祭になれるわけではない。ダダブがこの地位につくことができたのは、彼がほとんどの同朋よりも賢く、コヴナントの聖典をよりよく理解し、そこに謳われている法律をほかのアンゴイたちに説明できるからだ。

コヴナントはたんなる政治的かつ軍事的な同盟ではなく、宗教的な連合体でもある。すなわち、すべてのメンバーが最高の神政リーダーである予言者《プロフェット》たちと、古《いにしえ》のテクノロジー、フォアランナーと呼ばれる消えたエイリアン種族が残した遺物がもたらす超越の可能性――神への昇華――を信じているのだ。マイナー・トランスグレッションが、最も近いコヴナントの居住惑星からさえ何百サイクルも離れた深宇宙を航行しているのは、宇宙に散在するフォアランナーのテクノロジーを見つけるためだった。

助祭として、ダダブにはキグヤーが聖典にあるあらゆる法律にのっとり、この探求を続けるよう監督する責任がある。だが、エイリアンの宇宙船に乗り移ってからというもの、残念ながら乗員は完全に彼の権威を無視していた。

マスクのなかでつぶやき、食べかけの果物を飛び越えながら、ダダブは一部を鉤爪にこじ開けられたコンテナのあいだを歩いていった。すべての食料を少しでも早く味見したくてキグヤーはあちこちに、食べかけの果物を残している。このコンテナのなかには、プロフェットが関心を持つものは、ありそうもなかったが、助祭である彼は、捜索を監督する、少なくとも祝福を与える立場にある。それがコヴナントにとっては未知のエイリアンなら、なおさら監督と祝福が必要だろう。

プロフェットの関心が、もっぱら遺物を見つけることに集中しているとはいえ、彼らは常に自分たちの信仰に新しい支持者を加えたがっている。この仕事は改宗省の職務だが、この船で唯一宗教的な役職にあるのはダダブだけだ。彼は自分があらゆる重要な手順に従っていることを確認しておきたかった。

ここで立派な働きをすれば、のちの昇進はほぼ保証される。彼はなんとしてもマイナー・トランスグレッションで、愚かな二足の爬虫類種族を監視する仕事から離れたかった。ほかの何よりも、教えを説く地位につきたい。いつの日か自分ほど幸運ではないアンゴイたちを霊的に導くようになりたいものだ。これは身のほど知らずの目標かもしれないが、ほとんどの真の信者のように、ダダブの信仰は大いなる希望に支えられていた。

コンテナの列の端には、船体の側面を上がる機械のリフトがあった。ダダブはそれに乗って、制御装置をじっくり見てから、棘のある腕を上げて〝上昇〟を示しているらしいボタンを親指で押した。リフトが揺れながら壁沿いに上がりはじめると、嬉しくて思わず喉が鳴った。

リフトの最上階からは、細い通路がこの船の破壊された推進ユニットへと延びていた。嫌なにおいが漂ってきて、ダダブは隔壁のドアを慎重に通過しながらマスクの嗅覚膜のスイッチを切った。前方のキャビンの中央にある繊維状の粘液質の山の正体は、即座にわかった。ここはキグヤーが体の不純物を取り除くのに選んだ場所だった。

扁平な四本指の足をじりっと滑らせながら、果物をたっぷり食べたキグヤーの粘つく排泄物のあいだを通りぬけると、金属製のものにぶつかった。マイナー・トランスグレッションの通信回路に呼びかけてきた小さな箱だ。

このエイリアンの宇宙船を見つけたのは、まさに幸運というしかなかった。キグヤーの宇宙船は、たまたまジャンプとジャンプのあいだにつかのま実空間に戻り、遺物を探して予定されていたスキャンを行っているところだった。すると、ほんの一サイクルしか離れていない場所に、突然、放射性バーストを探知した。キグヤーのリーダーで、女性の船長チュルヤーは、最初、敵の攻撃かと思った。だが、その宇宙船に近づくと、ダダブですら、それがドライヴの故障を起こしていることがわかった。

それでもチュルヤーは自分たちに危険がおよばないように、念のためマイナー・トランスグレッションのポイント・レーザーで一斉射撃を行い、宇宙船のドライヴを焼いて、これ以上助けを求めて叫べないように箱を沈黙させるため、ザハーを送った。ダダブはザハーの攻撃の度がすぎて、自分が昇格し、キグヤーの船から離れる助けとなるものを、取り返しがつかないほど壊してしまうのを恐れた。が、チュルヤーにはそうは言えなかった。似たような不実な行為により、ほかのアンゴイ助祭の多くが〝不慮の事故〟に遭ったことを知っているからだ。

船長は、やがてダダブにその箱を回収する許可を与えた。おそらくチュルヤーもまた、改宗省にとってこの箱が重要な意味を持つことに気づいたのだろう。チュルヤー自身がこれを回収することも、もちろんできた。だが、ダダブは糞便が箱から滑り落ち、自分の手に落ちるのを見て気づいた。チュルヤーはこの箱を回収するために何が必要かを正確に知っていて、彼に取りにこさせたにちがいない。両腕を伸ばし、臭いにおいのする箱を自分の顔からできるだけ遠ざけながら、ダダブは来た通路をひき返した。

そして船倉にいるキグヤーたちが投げつけるメロンをまたしてもさりげなくよけ、〝へその緒〟のひとつを通ってマイナー・トランスグレッションへと戻った。彼は船のメタン室（常にメタンガスで満ちている唯一の部屋）へ入り、いそいそと胸のバックルをはずすと、四角い部屋の壁のひとつにある三角形のくぼみへとあとずさりした。そこに造られたコンプレッサーが、シュッという音をたてて彼のタンクを満たしはじめる。

ダダブはハーネスをはずし、体の割に大きな腕を体の前で勢いよく振った。マスクのきつい密封シールのせいで顎が痛む。彼はマスクをはずし、放りだした。だが、そのマスクが床に落ちる前に、真珠のような光沢のあるものが目にも留まらぬ速さでつかんだ。

メタン室の中央には、フラゴグが浮いていた。前傾の頭に長い鼻のフラゴグは、混合ガスに満たされた透明な房状のピンクの袋で床から浮いている。背骨から四本の手足――正確には触角――が、どれも前へと突きだしている。そのひとつがダダブのマスクをつかんだのだ。フラゴグはそのマスクを鼻にずらりと並んだ黒っぽい、丸いセンサーノードに近づけ、徹底的にチェックした。それから二本の触角を尋ねるように動かした。

ダダブはたこだらけの指を曲げて、デフォルトを示す触角の、位置を真似、四本の指先を胸から直角につきだした。〈故障、してない。わたし、着けるの疲れた〉彼は指を広げ、曲げ、重ねて、ひとつひとつの言葉に異なる形を作った。

フラゴグは袋のひとつの括約筋に似たバルブから失望した声を漏らし、放たれたガスの勢いで、ダダブの先にあるタンク容器へと移動すると、壁から突きだしているフックにマスクを引っかけた。

〈装置は見つけたか？〉フラゴグは再びダダブを見ながら尋ねた。ダダブが手にした箱を掲げると、フラゴグは興奮に触角を震わせた。〈触れてもかまわないか？〉

〈触れる、いい、臭い嗅ぐ、ない〉ダダブは警告した。

だが、箱に残っているキグヤーの糞便の臭いなど気にならないか、ダダブの軽口が理解できなかったらしく、フラゴグはダダブがエイリアンの宇宙船から回収してきた箱に触角をまわし、箱を鼻に近づけた。

ダダブはメタン室に置かれているフード・ディスペンサーのそばの詰め物をした寝床へ飛び乗ると、ひと巻きの柔軟性のある管に接続されている乳首のひとつをほどいて、それを口に入れ、吸いはじめた。まもなくあまり食欲を増進するとは言えないが、滋養のあるどろどろの食料が管から彼の喉に入ってきた
フラゴグはエイリアンの箱をいじりまわしている。背中の袋房を膨らませたりしぼませたりしているのは……どういう意味だ？　苛立っているのか？　ダダブはこの旅のほとんどをかけて、フラゴグの手話をようやく少し理解できるようになったものの、彼らの感情表現らしい袋——膀胱——の言語は、想像するしかない。

実際、このフラゴグがライター・ザン・サムという名前であることを学ぶだけで、多くのサイクルがかかった。

ダダブはフラゴグの再生産――いや、むしろ〝創造〟とよぶべきかもしれないが――の基本的なことは知っていた。フラゴグは自分たちの子孫をそのときどきに利用できる有機的材料から造りだす。彼らはあらゆるものを修理するのと同じように、触角にある繊毛を巧みに使って、これを行う。いま、ライター・ザン・サムは、その繊毛を使ってエイリアンの箱に穴を開けていた。フラゴグの再生産は非常に興味深い過程だ。とはいえ、ダダブが最も興味深いと思うのは、フラゴグの夫婦が子供を造る際の最も難しい段階が、その子供に完璧な浮揚性を与える作業だという点だった。彼らは正確な混合ガスで子供を満たす。その結果、新たに生まれたフラゴグは、浮くか、沈む。そして両親はそれにしたがって名前をつける。ファー・トゥー・ヘヴィー（あまりにも重すぎ）、イージー・トゥー・アジャスト（調整が簡単）、ライター・ザン・サム（他よりも軽め）といった具合に。

彼は歯のあいだにはさんだ乳首をしっかり固定し、鼻から吸いこみながら、肺をメタンで満たした。この部屋のメタンは、背中のタンクのメタンと同じように古く、いやな臭いがするが、残量の心配をせずに思いきり吸いこめるのはありがたい。ライター・ザン・サムは、触角を箱のなかに差しこみ、注意深く内部を探りはじめた。ダダブはこのフラゴグが一緒にいてくれて、どんなに救われているかを改めてしみじみと思った。

彼がミッショナリーのセミナーで教えを受けていたとき、訓練航海には多くのフラゴグが同行した。だが、彼らは自分たちだけでまとまって、宇宙船の故障や修理をせっせと行うことしか考えていなかった。ライター・ザン・サムが最初に自分のほうに触角を振りだしてきたとき、ダダブが少なからず驚いたのは、そうした経験があったからだった。このフラゴグは、それが〝やあ！〟という挨拶だとダダブが気づくまで、何度も同じ仕草を繰り返した。

突然ライター・ザン・サムが、あわてて箱から触角を離し、ショックを受けたかのように引き抜いた。そして背中の袋をふくらませ、すべての触角を痙攣したように動かした。ダダブは急いで立ちあがった。

〈情報！……座標……！……明らかにエイリアンのものだ……われわれ自身のものより多い！〉

〈待て！〉ダダブはさえぎり、食料乳首を吐きだして、ぱっと立ちあがった。〈繰り返せ！〉

フラゴグは努力して触角をもう少しゆっくり丸めた。ダダブは目を走らせ、ライター・ザン・サムの言わんとするところを知って最後はあえぐように息を吸いこんだ。

〈たしか？〉

〈たしかだ！　船長に報告する必要がある！〉
マイナー・トランスグレッションは大きな船ではない。ダダブが最大の努力を払ってチュニックがしわにならないようにタンクを背中に戻すのと同じ時間で、ふたりはメタンガスの部屋を出て、マイナー・トランスグレッションにはたったひとつしかない中央通路をブリッジへと向かった。

「マスクをはずすか、もっとはっきり話せ」ダダブがライター・ザン・サムが掘りだした情報を告げると、マイナー・トランスグレッションの女船長、チュルヤーはこう言った。彼女は一段高くなった司令席にちょこんと座っていた。薄暗く狭いブリッジでは、淡い黄色の肌がほかの何よりも明るく見える。

　ダダブは続けざまに二度ばかり唾を呑み、喉に残ったメタンのスラッジをそれと一緒に呑みくだして、同じ説明を繰り返した。「この装置は、われわれの宇宙船全体に走っているプロセシング回路とよく似た回路の集合で……」

「わたしの船だ」チュルヤーが遮った。

　ダダブは内心たじろいだ。「もちろんですとも」彼はまたしても、この船長にもザハーの棘のある羽毛があれば、と思わずにはいられなかった。キグヤーの頭の羽毛は、気分によって色が変わる。だが、残念ながら、羽毛は種族の男たちにしかない。キグヤーの女性はみなそうだが、船長の後頭部は暗褐色のカラス――細い肩を実際よりもなで肩に見せる、あざのパッチワークのような硬い皮膚――で覆われているだけで、チュルヤーの苛立ちの度合いを知る術はなかった。

ダダブは安全策をとり、率直に切りだした。「この箱は何らかの航行装置です。損傷を受けてはいるが……」彼は壁に据えつけられた制御パネルへとふわふわ漂っていくフラグをそれとなく示した。「まだ出港地を覚えています」

ライター・ザン・サムが、触角の先端でパネルの光るスイッチを叩いた。チュルヤーの司令席の前にあるホロタンクに、マイナー・トランスグレッションの周囲の宇宙空間が現れる。そのタンクは、二枚の濃い色のレンズのあいだの空間にすぎず、レンズのひとつはプラチナの台に造りつけられ、もうひとつは天井に内蔵されていた。キグヤーの宇宙船のほとんどの表面同様、ブリッジの天井は紫の金属製薄板で覆われ、それがホログラムの光を反射し、その下のベリリウムのグリッド、より暗い六角形の模様を表示する。

まもなくそこに、キグヤーの宇宙船を表す赤い三角形が現れた。「エイリアンの宇宙船の放射能漏れを探知したときに、われわれはここにいました」ライター・ザン・サムが制御するホログラムが動き、拡大されて、追加のアイコンが現れる。「エイリアンの宇宙船と接触したのはここです。ライター……その、あなたのフラゴグは、エイリアンの宇宙船がここを出港したと信じています」

艦長は丸いルビー色の目のひとつを、光っているシステムに向けた。そこはミッショナリーがチュルヤーにパトロールを命じた割り当て領域の外、コヴナントが支配する領域の境の外にあった。もっとも、そんな境があることは仄かすだけでも異端になるプロフェットたちは、フォアランナーがかつて全銀河の統治権を手にしていたと信じていた。つまり、あらゆる星系が、重要な遺物の宝庫の可能性がある聖地だということになる。

「で、目的地は?」長い舌をくちばしのような口のてっぺんにあてて鳴らしながら、チュルヤーが尋ねた。

再びダダブの合図を受けて、フラゴグは袋を鳴らし、二本の触角で空を打った。「そのデータは失われてしまったようです」

彼女は司令席の肘掛けを鉤爪でぎゅっとつかんだ。彼女はフラゴグの言葉を習得しているこのアンゴイが嫌いだった。この助祭が自分と、自分の部下のひとりとの仲介役を果たしていることが気に入らなかった。エアロックに放りこみ、宇宙空間に放りだしてしまおうか? いつものようにこの思いが頭をよぎる。だが、ヴューポートの外に広がる未知の星系に目をやると、この敬虔ぶったアンゴイが、これまでよりはるかに役に立つ存在になったことに気づいた。

「おまえの助言をどれほど感謝していることか」船長は司令席にゆったりと座ってそう言った。「ミッショナリーにはどう報告するつもりだ?」

ハーネスがこすれ、ダダブは首をかきたい衝動をこらえた。

「あらゆる件と同じように、これも船長のお勧めに従います」ダダブは注意深く言葉を選んだ。チュルヤーが彼に質問してくることはめったにない。彼女が彼の意見を尋ねたことは、これまで一度としてなかった。「わたしはお仕えするためにここにおります。そして船長にお仕えしながら、プロフェットのご意思を尊重いたします」

「報告を行うのは、そのエイリアンの星系を調査してからにしてはどうかな?」チュルヤーは考えこむような声で言った。「そのほうが、聖なるプロフェットたちに最大限の情報を与えられる」

「ミッショナリーは……この重要な発見のさらに完璧な証人となろうとする船長の願いに感謝するでありましょう」ダダブは〝同意する〟とは言わなかった。だが、キグヤーの船長がこの貨物船を割り当て領域の外へ向かわせたければ、ダダブにはそれを止める力はない。なんと言っても、この船に関しては、船長である彼女が全権を握っているのだ。

しかし、ダダブが艦長の言葉に逆らわなかったのには、個人的な理由もあった。その〝調査〟で何らかの価値を持つ未知の星系が見つかれば、彼の昇級を促進する助けとなる。この目的を達成するためなら、規則をひとつかふたつ曲げるくらい、多めに見てもかまわない。なんと言っても、通信の遅れはしょっちゅう起こっているのだから。彼はそうひとりごちた。

「それは結構」チュルヤーは鋭く尖った歯のあいだで舌をひらつかせた。「では、コースの変更を命じるとしよう」彼女は、ぞんざいに頭をひと振りした。「われわれが彼らの足跡に従わんことを」

「かたときたりとも道を忘れずに」ダダブは答え、祝祷を完成させた。

この祈りは、フォアランナーの予言、七つの神秘に満ちたへイロー・リングが起動され、すべての生物が銀河から姿を消す瞬間を敬うものだった。実際、フォアランナーの足跡に従うことで、神になるという信仰は、コヴナントの信仰の最も重要な点だった。〝いつの日か、われらは聖なるリングを見つける！　フォアランナーの言う超越の真の意味を知るであろう！〟

ダダブも彼の仲間の何十億人というコヴナントの同士たちも、これを無条件に信じていた。

ダダブは船長のいる司令席からあとずさりをし、ライター・ザン・サムについてこいと合図すると、メタンのタンクが許すかぎりスムーズに体を回し、足早にブリッジの自動ドアから出ていった。

「狂信者が」船長は二枚のドアがなめらかに閉まるのを待って、小声でつぶやきながら司令席の肘掛けにあるホログラムのスイッチを叩き、貨物船のシグナル装置を起動した。「運べるものだけ持ち帰り、すぐさま戻れ」

「しかし、船長」ザハーの声が椅子の肘掛けから聞こえた。「これだけ大量の食べ物を――」

「持ち場に戻れ！」助祭とのやりとりで苛立っていたチュルヤーは、かん高い声で叫んだ。「すべてそこに残してこい！」艦長はかっかしてスイッチを切った。それから誰にも聞こえない声でぼそりと本音をもらした。「もうすぐそれよりもはるかに多くが見つかるのだ」

CHAPTER FOUR
4章

UNSC COLONY WORLD HARVEST, EPSILON INDI SYSTEM, DECEMBER 21, 2524

二五二四年一二月二一日／イプシロン・インディ星系、UNSC植民惑星ハーベスト

地球からのスリップのあいだ、UNSC快速コルヴェット艦、トゥ・フォー・フリンチングの極低温ベイにあるコンピューターは、エイヴリーを周期的な長い眠りに導いた。彼の要請で、回路はアナボリック睡眠を引き延ばし、夢に満ちたREM催眠の時間をできるかぎり短くし、かつ頻度も最小限に抑えた。このすべては、氷点に近い極低温ポッド内の注意深く調整された、静脈注射による調合薬——これが極低温体の睡眠サイクルの頻度と期間の双方を制御し、夢の内容に影響を与える——で達成された。

だが、凍らされる前にどんなブランドの調合薬を処方されても、エイヴリーはまったく同じ夢を見るはめになった。最悪の結果に終わった反政府派の制圧任務——彼が遂行したばかりの作戦におけるクライマックスのスナップショットを。

これらの任務における流血の詳細は、二度と経験したくも見たくもないほど残虐だった

が、何より恐ろしいのは、夢のなかでは、自分が善よりもはるかに多くの害をなしたように見えることだった。そしてそのたびに伯母の声が頭のなかで鳴り響いた。

〝正しいことをして、あたしの誇りになっておくれ〟

極低温ポッドを制御するコンピューターは、エイヴリーの脳内活動が一挙に高まる――自分をREM睡眠から引きだそうとして――のを観測し、調合薬を追加した。トゥ・フォー・フリンチングはスリップスペースから実空間に戻り、目的の惑星へと進路をとったところだった。ポッド内のエイヴリーを解凍しはじめる時間だ。解凍過程では、被験体に夢を見させておくのが標準的な操作だった。

薬が効き、エイヴリーは深い眠りに落ちた。彼の頭のなかでは様々な光景が繰り広げられていく。

連結部でくの字型に折れ曲がった大型トラックが、道路脇の溝にはまり、燃えるエンジンが黒煙を吐きだしている。エイヴリーがトラックの運転手を仕留め、イニーズの走る爆弾を止めたと思ったチェックポイント・タワーのほかの海兵隊員から、最初の歓声があがる。それからARGUSユニットが故障していたことがわかる。あの大型トラックの運転手は、荷物を積み間違えただけで、イニーズではなかった……。

エイヴリーは新兵の訓練キャンプを終了し、まだわずか数か月にしかならなかったが、すでに戦いは悪化していた。

注意深くまとめられたＵＮＳＣのプロパガンダに耳を傾ければ、イニーズはすべて同じ類の毒リンゴだということになる。二世紀にわたり共通の大義の下に様々な恩恵を受けたあとで、恩知らずの植民者たちの孤立したグループが、より大きな自治権を要求しはじめた。地球を中心とする一大帝国全体のためではなく、自分たちの惑星の最善の利益を考えて行動する自由を求めたのだ。

最初のうちは、イニーズの大義に共感を覚える人々も多かった。反政府派が、どんな仕事につくか、何人子供を作るかなど、自分たちの生き方までＣＡの官僚に指図されればうんざりするのは無理からぬことだ。しかもこうした官僚のほとんどが地球に本拠を置く政府の高圧的な役人で、植民惑星に特有の困難を少しも理解していないことが多かった。しかし、その共感は、より過激なイニーズのグループが交渉から暴力に手段を切り替えたとたん（言うまでもないが、何年もの苛立たしい交渉がなんの実りも生みださなかったあと）に消えた。最初のうち、過激派の対象は軍事基地やＣＡシンパだけだった。だが、ＵＮＳＣが対破壊活動作戦を開始すると、罪もない市民がこの戦いに巻き込まれることになった。

未熟な新兵として任務に参加しながら、エイヴリーは植民者たちが同じ信仰を分かち合い、ひとつの民族に統合されたシグナスのような外縁星系にある惑星で、反政府運動が起こらないことが不思議でならなかった。地球の古い国家システムが崩壊し、統一政府として国連が台頭することになったのは、これが主な理由だったのだ。だが、植民惑星の反政府闘争は、ＵＮＳＣのそれを止める装備が最も手厚い箇所、イプシロン・エリダヌス星系で起こった。地球に次いで、最も人口の多い、最も注意深く管理されている星系で。

豊かな資源に恵まれている星系で、なぜＵＮＳＣは戦いがこれほどエスカレートする以前に、イニーズをなだめられなかったのか？　エイヴリーにはそれも不思議だった。そこにある大学や裁判所、トリビュートの産業ゾーン、これらの強力な施設と繁栄する経済の力が、なぜ双方とも満足できる案をひねりだせなかったのか？　だが、果てしなく続く戦いのなかで、それらの資源、財力こそが問題の根源なのだと、エイヴリーにもようやくわかりはじめた。イプシロン・エリダヌス星系を手放すのは、ＵＮＳＣにとっては大きな痛手だったのだ。

エイヴリーは体温の上昇にともなう体の反応だけでなく、それにつれて、頭のなかをよぎるイメージの速度が上がったことにもたじろいだ。

銃眼の向こうを飛ぶように通過する穴だらけの家々。思いがけぬ爆発。鉛の装甲板を張った炎上する輸送トラックの周囲に飛び散った死体。屋上で閃光を放つ銃口。修羅場のなかを、身を隠す場所を求めて突っ走る自分の姿。跳弾と無線の音。無人機が落とした砲弾があげる有害な煙。どろっとしたカラメルのような血をまき散らしながら、燃える家から飛びだしてくる女性や子供たち。

まぶたの裏で眼球がせわしなく動くあいだ、伯母の声が頭のなかで鳴りつづける。〝あたしが期待する、立派な男になっておくれ〟

彼は薬漬けの手足を必死に動かそうとしたが、コンピューターが薬品を増やし、彼を抑えつけ……悪夢のような最後のイメージから逃れる術を奪った。

街道沿いの混雑したレストラン。兵士たちに取り囲まれ、逃げ場を失って自暴自棄になった女性。喉を絞めあげられ、夢中で足を蹴りだす少年。父親が飛びだし、エイヴリーは女性を撃つタイミングを逃す。爆発が起こり、すさまじい衝撃波で彼の乗ったホーネットがスピンしながら吹っ飛ぶ……。

エイヴリーは目を覚まし、空気を求めてあえぎながら極低温ポッド内の冷たい蒸気を吸いこんだ。コンピューターがすぐさま緊急パージを始動させる。適切な睡眠導入剤の量の三倍以上も投与されたにもかかわらず、エイヴリーは解凍の最終段階を飛び越え、覚醒してしまったのだ。コンピューターは異常を探知し、注意深くエイヴリーの点滴の針とカテーテルを引き抜いて、透明のプラスチックでできたポッドの蓋を開けた。

エイヴリーは寝返りを打って肘をつき、ポッドの縁から身を乗りだすと、痰をともなう激しい咳を何度か繰り返した。ようやくひと息ついたとき、誰かが裸足でゴム引きの床を歩いてくる足音がした。一瞬後、四角い小さなタオルがうつむいている彼の視界に現れた。

「薬は吐きだした。それ以上近づくな」

「五秒とたたずにゼロからムカつくろくでなしに逆戻りか」エイヴリーとほぼ同年代の男が鼻を鳴らした。「もっと速いやつらにも会ったことはあるが、なかなかいい線いってるぞ」

エイヴリーは目を上げた。その男も彼同様真っ裸だった。だが、エイヴリーと違って、どきっとするほど青白い。剃ったばかりの頭に、細いブロンドの毛がまばらに見えはじめている。いやに細長い顎の男だ。にやっと笑うと、こけた頬がふくらみ、いたずらっ子のように見える。「ヒーリーだ。一等兵曹。衛生兵だ」

そのすべてがヒーリーは海軍兵士で海兵隊員ではないことを示している。だが、なかなか愛想のいい男に見えた。エイヴリーはタオルをひったくるようにつかみ、髭を剃ったばかりの顔と顎を拭いた。「俺はジョンソン、二等軍曹だ」

ヒーリーの笑みが広がった。「まあ、少なくとも、あんたには敬礼しなくてすむな」海軍の一等兵曹は海兵隊の二等軍曹にあたる。つまりふたりの階級はほぼ同じだった。

エイヴリーは両脚をポッドの外に振りだし、足を床につけた。頭がふくれ、いまにも爆発しそうだ。彼は解凍がもたらした不快な症状が、少しでも速く過ぎるように深く息を吸いこんだ。

ヒーリーはベイの反対側にある隔壁のドアへと顎をしゃくった。「行こうぜ。ロッカーはあっちさ。あんたがどんな夢を見たか知らんが、俺の夢には男の玉をじいっと見つめるシーンは含まれていなかった」

　エイヴリーとヒーリーは服を着て、自分たちのダッフルバッグを回収し、トゥ・フォー・フリンチングの狭い格納庫へと向かった。コルヴェット艦は、UNSCの戦艦のなかでは最も小型で、戦闘機を搭載していない。実際、格納庫には、艦隊の救命艇であるマルハナ《バンブ》バチ《ルビー》の大型バージョン、SKT－13シャトルを一隻ようやく収納できる程度の広さしかなかった。

「座って、体を固定しろ」エイヴリーとヒーリーが乗りこむと、シャトルのパイロットが肩越しに怒鳴った。「俺たちがここに立ち寄ったのは、あんたたちふたりを下ろすためなんだ」

　エイヴリーはバッグを固定し、SKTの中央に面した座席のひとつに滑りこんだ。シャトルは格納庫の床にあるエアロックを通って降下し、コルヴェットの艦尾から出ると、すぐに加速した。

「ハーベストには来たことがあるのか？」シャトルの推進機の轟音に負けぬ大声でヒー

リーが尋ねた。

「ない」エイヴリーはコクピットのほうへ首を伸ばしながら答えた。

だが、実際はあった。それがいつだったか、正確なところを思い出すのは難しい。極低温睡眠では歳をとらないが、時間は起きているときと同じように過ぎる。考えてみれば、海兵隊に入ってからは、少なく見積もっても起きている時間と同じくらい眠っていることになる。それはともかく、彼がハーベストに滞在したのは、標的を見つけ、殺害する作戦を立て、堕落したＣＡの役人たちの数をひとりに減らすあいだだけだった。これは海軍特殊作戦部隊《NavSpecWar》狙撃科の〝卒業試験〟ともいうべき任務で、彼は優秀な成績でクリアしたのだった。

シャトルのなかの照明が明るくなり、エイヴリーは目を細めた。コクピットのキャノピーの透明の仕切りの先に、ハーベストが見えてきた。千切れ雲のあいだに、海よりも圧倒的に陸地のほうが大きな惑星がのぞく。ひとつの大きな大陸が、ハーベストの澄んだ大気を通して、明るい黄褐色と緑に輝いていた。

「俺も初めてだ」ヒーリーは言った。「まさしく辺境だな。しかし、景色は悪くなさそうだ」

エイヴリーは黙ってうなずいた。これまでの任務はほとんどそうだが、ハーベストでの〝卒業試験〟も軍の機密だった。この衛生兵がどんな類の秘密事項取扱い許可を持っているのかわからない以上、うかつにしゃべることはできない。

シャトルはハーベストの温度圏（大気圏上層部）の群青色のオーロラのなかできらりと光るものへと向かって進路を変えた。少し近づくと、それが軌道の施設であることが見てとれた。惑星のはるか上にかかっている二本の銀の弧。彼がこの前訪れたときにはなかったものだ。

シャトルがさらに近づくと、二本の弧のあいだに何千キロにもわたる金色の索《ストランド》が見えた。軌道エレベーターだ。それは低いほうの弧を通過し、地上に降りている。エレベーターが交差している点で、弧は真空に向かって開き、その隙間を埋めている梁が、遠くからだと繊細な金細工のように見える。

「つかまれ」パイロットが叫ぶ。「ここは少々混み合っているからな」

機動ロケットを断続的に使いながら、シャトルはその施設の周囲に整然と並んでいる推進ポッドのあいだを巧みに縫っていった。ポッドを設計した人々は、美的感覚にはなんの配慮もしなかったようだ。あれは要するにエンジンだ。ホースやタンク、ワイヤなど、ほとんどのポッドの構成部は完全に露出している。保護カバーに包まれているのは、高価なショー＝フジカワ・ドライヴだけだ。

シャトルは軌道施設に近づき、百八十度方向を転換して、バックでエアロックに入った。

何度かカチャカチャと切り替えを行い、シュッという空気の音をたてたあと、後部ハッチの上にある表示ランプが赤から緑に変わり、パイロットが肩越しに親指をたてた。「幸運を祈る。農場の娘に捕まるなよ」シャトルはエイヴリーとヒーリーが無事に施設のなかに入るのを確認し、すぐさま飛び立った。

「ティアラにようこそ」取り澄ました女性の声が、どこかに設置されたPAシステムから流れてきた。「わたしの名前はシフ。あなた方の乗り換えを少しでも快適にするためにできることがあれば、なんなりとお知らせください」

エイヴリーはダッフルバッグのポケットのひとつを開け、濃いオリーヴ色の帽子を取りだした。「そちらに行く道順を教えてもらえるかな？」彼は帽子を後頭部にひっかけ、眉にかかるほど目深にかぶった。

「喜んで」人工知能は答えた。「このエアロックはまっすぐ中央部につながっているの。右に折れ、カプリング・ステーション3へ進んでください。間違って曲がったら、お教えするわ」

内部のドアが循環して開くと、エアロックの天井にある細長いライトが灯った。狭い待機室の空気は重くよどんでいたが、その先には思いがけなく開けたスペースが待ち受けていた。再生された空気も、さほど不愉快には感じられない。中央部というのは、管状の軌道施設の中央に太い金属製ケーブルで吊るされた広いプラットフォームだった。ティアラは全長約四キロ、内部の直径も約三百メートルぐらいはありそうだ。斜角をつけたチタニウムの桁が六本、施設を横に走っている。これらは管内の周囲のスペースに等間隔におかれ、強さを保ちながら重さを軽減するために桁よりも細い、楕円形の小さな穴があいた梁で互いに連結されていた。ダイヤ形の金属グリッドで覆われた中央部の床は、申し分なく頑丈ではあるが、まるで空気の上を歩いているような印象を与える。

「あんたはＣＭＴを結構やるのか？」三番のステーションへと向かいながら、ヒーリーが尋ねた。

　ＣＭＴが、ＵＮＳＣでよく論争の的になる活動、植民惑星市民軍訓練《コロニアル・ミリシャ・トレーニング》の省略形だということは、エイヴリーも知っていた。軍が多くの兵士を駐屯させずにすむように、植民惑星の市民を訓練し、彼らに自然の災害や基本的な保安に対処させるという、市民の自助努力を助ける活動だった。が、これはあくまでも建前で、実際には反政府軍と戦う予備軍を作るためなのだ。もっとも、政治的に不安定な惑星の市民たちに、武器を与え、彼らがそれを使えるように訓練するのがよい考えかどうかは疑問だった。エイヴリーの経験では、今日の友が明日の敵に変わることはよくある。

「いや、初めてだ」エイヴリーはまた嘘をついた。

「すると……なんだ？　ひと息つきたくてこれに志願したのか？」

「まあ、そんなところだ」

ヒーリーは笑いながら首を振った。「だとしたら、よほどひどい仕事をしてきたんだろうな」

ああ、おまえには想像もつかないようなひどい仕事さ、エイヴリーはそう思った。

中央部は、くの字に左に曲がっていた。長い窓を通過するときに、エイヴリーはその外のステーションに目をやった。シャトルで近づくときに見えた金細工の隙間のひとつだ。長方形の開口部が二か所、軌道施設の上と底に切りこまれ、そこから上部と下部の桁がみえる。ティアラの第三エレベーターのストランドは、その桁のあいだを走っていた。

エイヴリーが見ていると、背中合わせになったコンテナがふたつ上がってきて、ステーションを満たした。窓からすべてを見るのは難しかったが、コンテナの上のほうへと二基の推進ポッドが近づいていくようだ。ポッドが連結すると、コンテナはティアラから離れて上がり、新たに造られた貨物船となって、磁石の極性を逆にして、ばらばらに漂っていく。最初にコンテナが視界に入ってから出ていくまで、この作業は三十秒とかからなかった。

ヒーリーが口笛を吹いた。「うまくできてるもんだ」

エイヴリーは異議を唱えなかった。コンテナは巨大だ。さきほどのような調整をスムーズに行うには、一本のストランドだけでなくティアラのエレベーターの七本すべてのストランドを同時に動かす必要がある。これはまさしく大仕事だ。

「もう一度右に曲がり、ガントリー・エアロックを探して」シフが言った。ステーションをまわっていく通路は中央通路よりも細い。そこではシフの声がすぐ近くから聞こえた。

「シフト・チェンジにちょうど間に合ったわ」

シフが言ったエアロックの外には、腕と脚に青いストライプが入った白い作業着姿の、軌道施設のメンテナンスを受け持つ十人あまりの整備士たちが集まっていた。ヒーリーは気のいい笑みをたやさなかったが、整備士たちはふたりの兵士に不安そうな目を向けてきた。エイヴリーは時をおかずに歓迎の馬車《ウェルカム・ワゴン》――大勢の移民を船から地表へ運ぶのに使われる小型コンテナ――がステーションに上がってきたのを見てほっとした。ヒーリーだけでもて余しているのに、整備士たちとぎこちない会話を交わすのは願いさげだ。

ピンという音がして、エアロックのドアが滑るように開いた。エイヴリーとヒーリーは整備士たちに従って、アコーディオンのようにワゴンへと引き伸ばされた伸縮式のガントリーを通過した。なかに入ると、彼らはダッフルバッグを座席の一部の下に作られている収納場所へ落とした。ワゴンの四つの壁に造られた急傾斜の三段のひとつを選んで座る。

段のすぐ前の壁は、縦型の長方形のヴューポートに占領されていた。

「席につきましたね？　結構」エイヴリーが高い背もたれ付きの座席の五点ハーネスをつけると、エイヴリーの椅子に内蔵されたスピーカーからシフの声がした。軌道施設には人工重力があるが、そこを離れた瞬間からワゴンは自由落下になる。「ハーベストの滞在をお楽しみください」

「任せてくれ。俺が楽しいものにしてやる」ヒーリーがにやっと笑ってそう言った。

再びピンという音がして、ワゴンのエアロックが封じられ、エイヴリーは降下しはじめた。

頭のごく小さな部分でエイヴリーが乗ったワゴンの降下状況をモニターしながら、シフはデータセンターのホロ投影機《プロジェクター》に現れた。

「あなたがこの監査を個人的になさる決断をされたのは、とても嬉しいことですわ、ミズ・アル＝シグニ。旅はいかがでした？」

シフの化身は、夕日の色を織ったくるぶしまで届く袖なしのドレスを着ていた。このドレスの色が、耳にかけ、背中のなかほどまで落とした波打つ金色の髪を申しぶんなく引き立てている。むきだしの腕を腰のところからわずかに外へと曲げているのと、長い首と、つんと上げた顎が、いまにもつま先立って踊りはじめそうなヴァレリーナの人形を彷彿させる。

「生産的だったわ」ジラン・アル＝シグニは答えた。「極低温ポッドには入らなかったから」

彼女はUNSCの中間管理職が着る目立たぬ服装――肌の色より少し濃い茶色のパンツスーツ――で、プロジェクターの前にある低いベンチに腰を降ろしていた。地味な服装のなかで唯一華やかな暗紅色の口紅が、スタンドカラーに留めたDCSの紋章のガーネットのきらめきとよく似合う。「近頃は、乗り物で移動するあいだぐらいしか、様々なデータに目を通す時間がないの」

アル＝シグニの歌うような声にはかすかなアクセントがある。シフは自分のアレイを参照し、この女性はおそらくシグナス星系にふたつある植民惑星のうちのひとつ、ニューエルサレム生まれだと判断した。データセンターの壁に内蔵されている微小カメラを通し、シフはアル＝シグニがきつくねじって結いあげた長い黒髪の後ろに片手をあて、それを留めたピンが緩んでいないことを確かめるのを見守った。

「エリダヌスに対する通商停止令を実施するのは、相当たいへんでしょうね」シフの化身が目をみはり、同情を示す。

「この十八か月で、取扱件数が三倍に増えた」アル＝シグニはため息をついた。「しかも、そのなかには武器の密輸は含まれていないの」

シフは胸に手をあてた。「お手数をかけて申し訳ありませんわ。できるだけ手短にお話しします。マドリーガルのメンテナンス・プロトコルのリスク分析は省いて、一気に問題の核心に――」

「実を言うと、わたしはもうひとり待っているの」

シフは片方の眉を上げた。「あら？　それは気づきませんでした」

「土壇場の決断よ。彼の報告とあなたの報告を組み合わせれば、多少は時間を省けると思って」

シフはデータ＝パスウェイが温かくなるのを感じた。彼の？　だが、彼女が抗議するまもなく……。

〈／〉ハーベストの農作業管理ＡＩ、マック。〉〉ハーベストの輸送管理ＡＩ、シフ。

〈／　押しかけてすまない。これは彼女の考えなんだ。

〉〉どうしてあなたがここにいるの？

〈／　義務だからね。きみはボックスを持ってる。ぼくは果物を持ってる。

シフは一瞬だけ、そのことを考えた。たしかにこれは理にかなった説明だ。でも、マックが彼女の報告に参加するとしたら、基本的なルールを決めておく必要がある。

〉〉音声のみにして。

〉〉あなたが言うことをすべて彼女に聞かせたいの。

「やあ！」マックがデータセンターのスピーカーから言った。「レディたちをお待たせしなかったかな？」

「ちっとも」アル＝シグニはスーツのポケットからＣＯＭパッドを取りだした。「始めたばかりよ」彼女がデータパッドを起動させる数秒のあいだに、二基のＡＩはふたりだけの会話を続けた。

〈〈きみはぼくの声が嫌いだと思っていたが。

〉〉嫌いよ。

〈〈まあ、ぼくはきみの声を聞くのが大好きだ。

シフは尊大なポーズで片手を伸ばし、アル＝シグニのCOMパッドを示した。「わたしの報告のセクション一の……」ホロの彼女は落ち着いて話しているように見えたが、シフの論理回路はマックに向かって、感情抑制アルゴリズムが干渉する間もなくまくしたてていた。

〉〉あなたの浮ついた言葉は、せいぜいよくてもセクシャル・ハラスメントよ。安定した人工知能の行動とは言えないわ。

〉〉きっとそろそろ狂いかけているのね。

〉〉ついでに一応警告しておくけれど、すぐさまその態度を改めなければ、DCSの高等弁務官を含め、適切な人々にわたしの懸念を知らせるしかなくなるでしょうね。

シフはコアの温度が上がるのを感じながら、マックの答えを待った。

〈〈王妃は大げさに抗議しすぎると思うな。

〉〉なんですって？

〈〈シェイクスピアだよ、スイートハート。見てごらん。

〉〉見てごらん?

シフは自分の保存アレイをぱっと開き、シェイクスピアのすべての戯曲（過去および現在のあらゆる人間の言語と方言で書かれたすべてのファイル）をマックのCOMのデータ＝バッファーにぶちこんだ。つづいてほかのルネッサンス期の戯曲家のすべての二つ折り版の本をそれに加えた。彼女の意図が間違いなくマックに伝わるように、つまり、マックが『ハムレット』からの一節を誤って引用したばかりか、彼の戯曲に関する知識は、さらに言うなら、ほかのあらゆる話題に関する知識も、シフ自身のそれとは比べるべくもないことをはっきりさせるために、ギリシャの悲劇詩人アイスキュロスから二十五世紀の宇宙コメディア・コオペレーティヴの不条理主義の思考体系までのあらゆる戯曲も加えた。

アル＝シグニがパッドから顔を上げた。「セクション一の……?」

「第三節ですわ」シフは音声で答えた。彼女の遅れはほんの数秒だったが、AIにとっては、これは一時間にも等しい。

アル＝シグニは両手を膝の上で組み、首を傾けた。「あなた方はどちらも宣誓しているわけではないけれど、私語は慎んでちょうだい」

シフは片脚を引いて腰をかがめ、お辞儀をした。「失礼しました」この人は、わたしが相手をするDCSの役人のほとんどより頭がいいわ。シフはちらっとそう思った。「わたしたちは、食い違いがないことを確認するために、ホーン・オブ・プレンティ号の積み荷目録を突き合わせていたんです」嘘をつきたくなくて、シフは素早くマックに積み荷目録を送った。

〈戯曲だけかい？〉

〈なんですって？〉

〈彼のソネットはないのかな？〉

シフは唇をすぼめた。「でも、目録は一致しているようですわ」マックの顔は見えないが、彼の言葉からすると、すっかり面白がっているようだ。

「そのとおり！」マックはスピーカーから鼻声で言った。「ぼくたちふたりは実に相性がいい！」

アル＝シグニがほほ笑んだ。「それで？」

シフはアレイの回転を減速させ、アルゴリズムが自分のコアを理性的状態に戻してくれるのを待った。彼女のコードは当惑と混乱を鎮め、苦痛ですら和らげてくれた。コアが冷えると、彼女はマックの差し迫った反論に対して身構えた。しかし、自分自身でしばしば主張するように、マックは紳士らしく何ひとつプライベートなことは書いてよこさず、残りの報告のあいだ一バイトの浮ついた言葉も口にしなかった。

CHAPTER FIVE
5章

HARVEST, DECEMBER 21, 2524
二五二四年一二月二一日、惑星ハーベスト。

ワゴンがティアラから落ちはじめると、エイヴリーは一瞬、めまいに襲われた。軌道施設の人工重力はそれほど強くはなかったが、ワゴンはそこから離れ、第三ストランドの超伝導フィルムと一時的に接触するために、リニア・パドルを使う必要があった。何キロか落ちたあと、パドルが引っ込み、それと同時にエイヴリーのめまいもおさまった。ハーベストの大きな引力だけで、ワゴンが落下しつづけるには十分だ。

ワゴンに搭載されているサービス用コンピューターが、対地静止軌道からハーベストの赤道上にある首都ウトガルトまでは、一時間弱の旅だ、とアナウンスした。それから、エイヴリーの座席の小さなスピーカーを通じて、CAの惑星紹介を訊きたいかどうかを尋ねてきた。エイヴリーは左手にいるヒーリーをちらっと見た。三座席向こうで、ハーネスをつけるのに手間取っている。地上までこの衛生兵の質問に答えて過ごすのを避けるために、エイヴリーは同意した。

　そのとたん、濃いオリーヴ色のパンツのなかで、ＣＯＭパッドが震えはじめた。彼はポケットからそれを取りだし、パッドのくぼんだタッチスクリーンを叩いて、ワゴンのネットワークに接続した。それからパッドに付いているイヤホンをはずし、両耳につけた。スポンジ状のケーシングが、外耳の輪郭に合わせて広がる。ワゴンのヒーターのうなりがくぐもった。この〝静寂〟のなかで、コンピューターがあらかじめ録音されている説明を始めた。

「惑星政府に代わり、イプシロン・インディの豊穣の地、ハーベストにようこそ！」男性の声がにこやかに歓迎した。「この惑星の〝農作業を管理する人工知能〟だ。どうかマックと呼んでくれたまえ」

　十七の明るい星がぐるりと鷲を囲んでいるＣＡの紋章が、エイヴリーのパッドに現れた。この星はインディ星系のＵＮＳＣの惑星を表し、植民者たちのグループが鷲の翼の下に守られている。彼らは希望に満ちたまなざしを、鷲の上向きの嘴沿いに飛んでいく惑星の宇宙船団に据えていた。

〝ＵＮＳＣの保護の下に拡張していく〟メッセージを伝えたこのイメージは、反政府派の台頭を考えると、いささか単純すぎるように思える。

「われわれの惑星のひとりひとりにとって、ハーベストはサステナンスと同義語だ」マックのなめらかなテキサス訛りの背後に、意気軒昂たるハーベストの国歌が流れていく。「しかし、われわれが新鮮で健康によい食料を大量に生産できるのは、なぜなのか?」

マックが効果を狙って間をあけたとき、ハーベストの北極がエイヴリーの座席に向かい合った壁のヴューポートの下の隅からせり上がってきた。氷のない紺碧の海が、ゆるやかな曲線を描く海岸に囲まれている。

「これは二語で表せる」マックはそう言って自分の問いに答えた。「地形と気候だ。エッダ超大陸はハーベストの表面の三分の二以上を覆っている。ふたつの塩分の低い海、北半球のフギンと、南半球のムニンは、惑星の主な――」

ヒーリーに肩を叩かれ、エイヴリーは片方のイヤホンをはずした。「何か欲しいか?」衛生兵はヴューポートの下に並んでいる食べ物とディスペンサーを示しながら尋ねた。エイヴリーは〝いらない〟と首を振った。

ヒーリーはエイヴリーの脚をまたぎ、座席沿いに列の端へと達した。ワゴンには、ヒーリーが手すり沿いに階段をゆっくり落ちていき、ディスペンサーの前の開けたスペースに首尾よく達するだけの重力があるのだ。が、歩こうとすると、両脚が体の下から滑って広がり、体が仰向けに倒れて、あわてて後ろにのばした手で支えねばならなかった。エイヴリーはヒーリーの滑稽な失態にわざとらしさを感じた。この男は笑いをとろうとしているのだ。

それがヒーリーの意図だとすれば、狙いは当たった。エイヴリーの右手の階段状の座席に座っていたティアラの整備士たちの一部が、両足をついて立ちあがろうとする衛生兵の奮闘ぶりに拍手を贈り、口笛を吹いた。ヒーリーは肩をすくめて、〝ちぇ、しくじった〟という控えめな笑みを浮かべ、ディスペンサーへと近づいた。

エイヴリーは顔をしかめた。ヒーリーは、海兵隊に入ったばかりの彼なら好感を持つような兵士だった。おふざけが好きで、何かにつけて規則を破る。訓練中、教官の怒りを一手に引き受けることを楽しんでいるように見える類の新兵だ。だが、エイヴリーの部隊には、冗談の入る余地など、ほとんどなかった。認めるのはいやだが、エイヴリーは厳しさが骨まで染みとおっている。反政府派と戦っているほかのＮａｖＳｐｅｃＷａｒに所属する海兵隊員に共通するこの厳しさのせいか、それを分かちあっていない者と心を通わせるのは難しい。

「エダの八十六パーセントは海抜五百メートル以内にある」マックの説明は続いた。「実際、唯一の主な高度の変化は、この大陸を斜めに切っている断層、ビフレスト沿いにある。ウトガルトのすぐ西のところに、いまちょうどそれが見える」

エイヴリーは残りのイヤホンもはずし、ヴューポートからの眺めに見入った。

白い毛糸のかせの様なすじ雲の下に、ビフレストの北東の端がどうにか見えた。白い石灰を含む泥板岩が北半球の平原のフギン海のすぐ南で始まり、南西にある赤道へと大陸を切っていく。ヴューポートの方向のせいで、真下を見ることはできないが、そこに広がっている光景は頭に浮かんだ——太陽にきらめくティアラの七本のストランドが低い半円を作り、ウトガルトへと斜めに伸びているところが。

しばらくすると、つぎはぎ模様の畑がヴューポートを占領した。黄色、緑、茶色——広がる畑の四角に、おそらくリニアカー・システムだろう、銀の線が交差している。各エレベーターの下にある駅から七本の主な線が外に伸び、そこから細い支線が葉脈のように走っていた。

ワゴンのスピーカーが乗客に、ウトガルトへ入る際の減速に備え、席に戻るようにと警告した。だが、整備士たちはヒーリーと歓談しながら、ディスペンサーの前でビールを飲んでいる。首都の最初のビル群が目に入ってきた。ウトガルトのスカイラインはたいしたことはない。数十の塔があるだけだし、二十階以上の建物はひとつもない。だが、どれもガラスに包まれた近代的な設計だった。これはエイヴリーが前回訪れて以来、ハーベストが飛躍的な発展を遂げた証拠だろう。彼が〝卒業試験〟でここに来たときには、首都ウトガルトはポリクリート製プレハブが数ブロックあるだけの町でしかなく、惑星全体でもわずか五千人か六千人しか住んでいなかった。ＣＯＭパッドをポケットに戻しながら確認すると、いまでは三十万人強に増えている。

突然ビルが消え、ワゴンのなかが暗くなって、彼らは三番ストランドの錨のなかへと落ちた。そこは重苦しいポリクリートの一枚岩《モノリス》みたいな建物で、荷が詰められ、軌道に運ばれるのを待つコンテナを積んだ広大な倉庫が隣接している。エイヴリーは整備士たちが全員降りるのを待って、蓋付きの荷物収納箱のところでヒーリーと合流した。彼らはそれぞれのダッフルバッグを回収し、軌道エレベーターのターミナルへと出ると、イプシロン・インディ星系の午後の光に目をしばたいた。

「農業惑星は」ヒーリーが不満をもらした。「どこもくそ暑いな」

ウトガルトのもったりとした赤道の空気のなかでは、軍服の礼装はいかにも暑苦しく、不快だった。汗に濡れた布地を背中に張りつかせ、ふたりは板石の傾斜路を西へと下り、広い並木道に出た。通りの縁石沿いには、白と緑の四ドアのタクシーが待っていた。助手席のドアに貼られたホロテープの縞が、〝ジョンソン、ヒーリー、輸送車〟と単純なメッセージを閃かせている。

「開け、ゴマ」ヒーリーが大声で言ってタクシーの屋根を拳で叩いた。タクシーがガルウィングのようにドアを上げ、トランクもポンと開ける。バッグをそこに積みこむと、エイヴリーは運転席に、ヒーリーは助手席におさまった。ダッシュボードのなかで扇風機が回り、蒸し暑い車内に冷たい空気が吹きつける。

「こんにちは」セダンは通りのまばらな車のなかへと走りだしながらさえずった。「わたしはあなた方を……」長い説明の前に間があいた。「惑星市民軍基地へお連れするよう指示を受けています。グラズヘイムに入り、二十九番出口でおります。それでよろしいですか？」

ヒーリーは上唇に浮かんだ汗をなめ、軌道から地上までの〝旅〟で、かなりビールを飲んだせいか、少し呂律がまわらない声で言った。

「いいとも。だが、一か所立ち寄る必要がある。ノーブル通り百十三番だ」

「了解しました。百――」

「待て！」エイヴリーは口をはさんだ。「事前に承認されたルートに従って走れ！」

混乱したとみえて、セダンの速度が落ちた。が、それから左へ曲がり、芝生に覆われた長い公園の北の端沿いに大通りを進んでいく。公園のなかにはウトガルトの中央モールが見える。

「どういうつもりだ？」

「整備士のひとりが、非常に友好的なレディたちがいる場所を教えてくれたんだ。だから、キャンプへ行くまえに――」

エイヴリーは彼をさえぎった。「おい、俺が運転する」

「すべての責任を――」

「とるさ！　地図をくれ」

ダッシュボードのなかに収納されていた小型ハンドルが開く。エイヴリーはそれを両手でつかんだ。

「手動制御に切り替わりました。安全運転をお願いします」

エイヴリーが加速装置に連結するハンドルのプレッシャー・パッドを親指で押したとき、周囲の通りのぼんやりしたグリッドがフロントガラスの内側に現れた。エイヴリーは即座にキャンプまでのルートを頭に入れた。

「地図を消せ。エアコンの風を弱くしてくれ」

ファンの回転が落ちると同時に、一掃されたわけではなく、一時的に屈服していただけの湿度がじわじわと戻ってくる。

「なあ、ジョンソン」ヒーリーがため息をついて、シャツの袖をまくった。「あんたはこういう仕事は初めてなんだろ。説明させてくれ。ＣＭＴを志願する理由はふたつしかない。

まず、この仕事なら撃たれる危険はほとんどない。次に、植民惑星を末端まで〝味見〟するのに、これほど適した方法はない」エイヴリーは警告もせずにいきなり車線を変えた。衛生兵は助手席のドアに倒れかかり、苛立たしげなため息をつきながら体を起こした。「エリダヌスで軍服を着ていたら、そのうち殺られる。だが、ここでは？　女にありつける」

エイヴリーはゆっくり三つ数えながら深呼吸をして、加速装置のパッドから親指を離した。左手でモールの噴水が空高く水を噴きあげる。その霧が大通りを横切ってきて、セダンの埃に覆われたフロントガラスをまだらに汚した。自動的にワイパーが作動し、それを拭う。

「俺の軍服は、どこへ行こうと同じ意味を持っている」エイヴリーは落ち着いて言い返した。「俺が海兵隊員で、一度も撃たれたことのない、それどころか、ほかの人間に向けて引き金を引いたこともない海軍のイカ野郎じゃないってことを示している。俺の軍服はUNSCの行動規範を思い出させる。そこにはアルコールの消費、および民間人との性的交流に関して、きわめて明確な制限が設けられている」彼はヒーリーがほんの少し背筋を伸ばすのを待った。「それより何より、俺の軍服はもう生きてこれを着ることができない仲間を思い出させる」

頭のなかを記憶がよぎった。無人機のカメラが捉えた、サーマルイメージによるレストラン内の海兵隊員たちの輪郭が。彼は道路から目を離し、まっすぐにヒーリーを見つめた。「軍服をけがすのは、彼らをけがすことだ。わかったか?」

衛生兵はごくりと唾を呑みこんだ。「わかった」

「それに、これからはジョンソン二等軍曹と呼べ。いいな?」

「ああ」ヒーリーは顔をしかめ、窓の外に目をやった。彼はそれしか言わなかったが、胸の前で腕組みした彼の姿勢から、エイヴリーは〝ああ、くそったれ〟という言葉をはっきりと読みとった。

セダンがモールのはずれに達すると、エイヴリーは壮麗な花崗岩の正面を持つ建物の前を通過し、交差点を走りぬけた。ハーベストの国会議事堂であるI字型のビルは、低い鋳鉄のフェンスと手入れの行き届いた庭に囲まれ、屋根は太陽で白くなった麦藁で葺かれていた。

エイヴリーの言葉には、これっぽっちの嘘もなかった。が、彼は自分がそれを口にしたことを悔やんだ。彼とヒーリーは、基本的には同じ階級だ。だが、彼はまるで新兵に指図するような言い方をした。それに、俺はいつから偽善者になったんだ? エイヴリーはハンドルをつかんでいる手に力をこめながら思った。シカゴのゾーンで過ごした三日間だけでなく、軍服を着て酒を飲んだことは何度もある。

エイヴリーがしぶしぶ謝罪の言葉を口にしようとすると、ヒーリーがつぶやいた。「あの、ジョンソン二等軍曹？　車を止められる場所に来たら、止めてくれないか？　ヒーリー一等兵曹はゲロを吐く必要がある」

それから三時間、黙りこんで過ごしたあと、彼らはビフレストを下り、エダ平原をかなり進んでいた。まっすぐな二車線のハイウェイの上空では、イプシロン・インディがピンクとオレンジ色に染まって沈んでいく。ハーベストは小さな惑星であるため、かすかではあるが、地平線の弧が見てとれた。何百キロも果樹園が続いた向こうに、金色に色づきかけた小麦畑が弓形に見える。エイヴリーはセダンの窓をおろしていたから、車のなかは風が吹きすぎ、もう耐えがたいほど暑くはなかった。地球を基本にしたＵＮＳＣの軍事カレンダーでは、いまは十二月だが、ハーベストは夏のさなか、穀物や果物がいちばん成長する時期だ。

イプシロン・インディ星系の最後の太陽光線が地平線の下に消えると、突然、夜が訪れた。ハイウェイ沿いには、灯りはひとつもなく、町どころか村落も見えない。ハーベストには月がなかったから、星系のほかの四つの惑星の一部が、どきっとするほど近くで星を反射しているものの、前方を照らすにはその光だけでは充分とは言えなかった。セダンのヘッドライトがつくころ、出口の表示が見つかり、エイヴリーはハイウェイをおりて、北へと向かった。

タイヤが登り坂の小石を噛み、車が揺れる。セダンは小麦畑のなかのゆるやかなカーブを何度か曲がり、練兵場に達した。真新しい平屋のプロクリートの建物がそれを囲んでいる。食堂、兵舎、駐車場、トリアージ――どこも同じ道具立てだ。

練兵場の旗をぐるっと回ると、食堂の段のところに座って、葉巻をくゆらせている男がヘッドライトのなかに浮かびあがった。その香りが開けた窓から入ってきて、スイート・ウィリアムだと即座にわかった。海兵隊のほぼあらゆる将校が好むブランドだ。エイヴリーは車を止めて降り、さっと敬礼した。

「休んでくれ」ポンダー大尉はそう言って葉巻の煙をゆっくりと吸いこんだ。「ジョンソンとヒーリーだな？」

「はい、大尉！」ふたりは同時に答えた。

ポンダーはゆっくり立ちあがった。「よく来てくれた。荷物を持とうか？」

「結構です、大尉。バッグはふたつだけですから」

「旅は軽く、戦いの先陣を切れだな」大尉は微笑した。

階段をおりてくると、ポンダーは自分よりも十センチばかり背が低く、肩幅も自分ほど広くないことにエイヴリーは気づいた。歳は五十代前半だとみたが、右腕がないという事実を除けば、短く刈り込んだ髪と日に焼けた肌が、はるかに若く精悍な印象を与える。

エイヴリーはポンダーの野戦服のシャツの袖が、実体のない肘のところで折り返され、きちんとピンで脇に留められていることに気づき、目をそらした。手足を失った兵士たちはたくさん見ている。しかし、たとえば義手のような永久的な人工器官をつけずに現役に復帰する海兵隊員はめったに見かけない。

ポンダーはセダンのほうに顎をしゃくった。「民間の乗り物しか送れなくてすまなかった。一週間まえにワートホグが着くことになっていたんだが。輸送が遅れている。どうなっているか追跡させるために、ウトガルトに小隊の隊長をやったよ」

「志願兵は?」エイヴリーはセダンからダッフルをおろしながら尋ねた。

「月曜日に集まる。この週末をそっくり準備に使えるぞ」

エイヴリーはトランクを閉めた。彼らが離れるとすぐに、タクシーは旗の周囲をバックで回り、自分がつけた溝をたどってハイウェイに戻っていった。

「どの小隊が俺のですか?」エイヴリーは尋ねた。

「第一小隊だ」ポンダーは練兵場の南端に二棟並んでいる兵舎のひとつを葉巻で示した。

ヒーリーが自分のダッフルを肩にかけた。「俺は新米と一緒に寝泊まりするんですか?」

「きみがトリアージのスペースを片づけるまでな。物流支援の誰かが大量に注文をだした。ここをトリビュートのどこかにある野戦病院と間違えたのかもしれんな」

ヒーリーはくすくす笑った。エイヴリーは笑わなかった。野戦病院にはどういう負傷者が運ばれるか、知り尽くしていたからだ。

「腹がすいているなら、食堂のディスペンサーは使えるぞ」大尉は言葉を続けた。「そうでなければ休むといい。明日の〇七三〇時にブリーフィングを行い、訓練のスケジュールを検討する。物事は最初が肝心だからな」

「今夜はほかにありませんか？」エイヴリーは尋ねた。

ポンダーは葉巻を噛んだ。「明日の朝まで待てないことはひとつもない」

エイヴリーは葉巻の灰色の先端が暗がりで赤く光るのを見守り、敬礼して第一小隊の兵舎へと向かった。ヒーリーが砂利を踏んで従ってくる。

大尉はふたりが練兵場の高く上げたライトが投げる光のなかを横切って遠ざかるのを見送った。なかには待てないこともある。彼はそれを知っていた。ポンダーは葉巻を地面に落とし、ブーツの底で踏み消すと、駐車場に隣接した指揮官の住まいへと戻った。

三十分後、エイヴリーは荷解きをすませ、壁のロッカーの小隊長用ラック——入口の網戸を入ってすぐ横にある狭い部屋――に、きちんと装備をおさめた。兵舎の奥では、ヒーリーが鼻歌を歌いながら、まだバッグから何かを取りだし、ベッドの上に並べているのが聞こえる。

「なあ、ジョンソン二等軍曹」衛生兵は叫んだ。「石鹸はあるかい？」

　エイヴリーは歯ぎしりした。「シャワー室を見てみたらどうだ？」

　ヒーリーは、エイヴリーの先ほどの命令をわざとらしく実行し、楽しんでいるのだ。が、衛生兵のたてる物音が壁越しに聞こえるのはありがたい。兵士を訓練する教官の仕事の大部分は、兵士たちが苛立ちや欲求不満をたがいにぶつけあわないように、彼らをくたくたにさせておくこと、彼らの怒りの的となることだ。この仕事を正しくやり遂げることができれば、やがて彼らの称賛と尊敬を得ることができる。

　だが、彼の小隊がやり場のない苛立ちを抱え、殴り合いを始めたくてうずうずしながら兵舎に戻ってくる日も必ずある。少なくとも、騒ぎが起こったときにそれが聞こえれば、手に負えなくなるまえに介入できる。

「なあ、今夜ひと晩だけだ」ヒーリーがなだめるような口調で続けた。「明日トリアージを片づけられなければ、誰かさんと寝させてもらうよ」

「大尉と？」エイヴリーは茶色いウールの毛布をベッドに広げた。どれほど暑かろうと、新兵に適切なベッドの作り方を教える必要がある。

「いや、もうひとりの小隊長さ。待ってくれ。ＣＯＭで確認してみる」

エイヴリーはてのひらを大きく動かし、毛布をきちんと広げると、隅を折りはじめた。病院のベッドのようにきっちりと。エイヴリー自身の教官が見たら、誇らしく思ってくれたにちがいない。

「バーンだ」ヒーリーが怒鳴った。「ノーラン・バーン二等軍曹だ」

エイヴリーは体をこわばらせた。マットレスの下に入れた両手が途中で止まり、ベッド枠の尖ったスプリングがてのひらに食いこんだ。

「知ってる男か？」

エイヴリーはその隅を完成させ、立ちあがって枕と枕カバーに手を伸ばした。「ああ」

「へえ。彼がここに配属になることも知ってたのか？」

「いや」エイヴリーは手ぎわよくカバーに枕を突っ込んだ。

「友達か？」

これにはどう答えればいいのかわからなかった。「俺たちは長い付き合いだ」

「なるほどね」ヒーリーの声の高さが変わり、嘲りを口にすることを知らせる。「アッアツのふたりが、いつもべったりだと、妬けるだろうな」エイヴリーは衛生兵がせせら笑い、ダッフルバッグのジッパーを閉める音を聞いた。「大尉の腕には、どんな話があると思う？」

だが、エイヴリーは答えなかった。彼はハイウェイからフルスピードでこちらに向かってくる、ワートホグ軽偵察車のエンジン音に耳を傾けていた。そのワートホグは、兵舎のすぐ外で急ブレーキをかけて止まり、エンジンの音が消えた。まもなく誰かの足音が砂利を踏んで近づいてきた。

彼はすばやくロッカーへと向かい、きちんとたたんで重ねたシャツとパンツのなかから、真鍮のバックルにＵＮＳＣの鷲と地球の紋章が刻印された、エナメル革のベルトをつかんだ。彼の後ろで兵舎のドアが勢いよく開き、うなじに冷たい風があたる。

「完璧なベッドメイクだ」バーン二等軍曹が言った。「一か月も病院にいれば、いやでも違いがわかるようになる」

エイヴリーは手のなかに隠せるようにベルトをきつく巻き、ロッカーを閉じて、もと仲間の小隊長を振り向いた。いまのバーンは、エイヴリーがイニーの女を食堂で撃ちそこねた日、彼が小隊の全員を失った日に着けていた、銀色のヴァイザー付きヘルメットはかぶっていなかった。だが、どちらでも同じだ。アイスブルーの目は何を考えているかまったくわからない。

「何度も変えてもらったからな」バーンはせせら笑いを浮かべて説明した。「俺は大量の薬を投与されてまったくコントロールできず、くそや小便でそこら中を汚した。看護師たちが新しいのと取り換えるたびに、きつく突っ込みすぎるか、ゆるすぎるかどっちかだったよ」

「会えて嬉しいよ、バーン」

「だが、それは?」バーンはエイヴリーの挨拶を無視して続けた。「よくできてる」

まだピンク色の新しい傷痕が、アイルランド系の二等兵曹のもともといかつい顔に、いっそうのすごみを加えていた。これはイニーの爆弾がヘルメットのヴァイザーを粉々にした証拠だ。破片によるけがのぎざぎざの縫い目が左のこめかみから耳の上へと走っている。黒い髪は完全に焼けてしまったにちがいない。が、規則どおりに短く刈られているものの、ところどころ伸びはじめているのがわかる。

「おまえが無事でよかった」エイヴリーは言った。

「そうか?」バーンのアイルランド訛りがきつくなりはじめた。長年一緒に戦ってきたエイヴリーには、それが何を意味するか、正確にわかっている。だが、彼はバーンにひとつだけ知っておいてもらいたいことがあった。

「みんな立派な男たちだった。残念だ」

バーンは首を振った。「そんな言葉じゃ足りんな」

これだけ大柄な男にしては、バーンは驚くほどのスピードで動いた。彼は腕を大きく広げて飛びかかり、エイヴリーを後ろのロッカーへ叩きつけた。そして両手をエイヴリーの背中で組み合わせ、エイヴリーの肋骨が折れんばかりに絞りあげた。エイヴリーは苦痛をこらえ、息を吸いこんで、バーンの鼻に頭突きを食らわした。バーンの喉からうなりが漏れ、腕の力がゆるむ。彼は後ろによろめいた。

エイヴリーはすばやく腰を落としてバーンの後ろにまわりこみ、両手のあいだにベルトをぴんとはり、バーンの首にかけて、それを引いた。バーンが目を見開く。仲間を殺すつもりはなかった。攻撃を抑えたいだけだ。バーンはエイヴリーよりも、少なく見積もっても二十キロは体重が多い。できるだけ早く彼をノックアウトしたかった。

だが、バーンはそうさせる気はなかった。腹の底から怒声を放つと、彼は肩越しに手を伸ばし、エイヴリーの手首をつかんだ。そして前にかがんでエイヴリーを背中にのせ、合板の厚板が割れるほどの勢いで木の壁に叩きつけた。

歯が砕け、口のなかに血の味が広がる。だが、バーンが前かがみになっては後ろの彼を壁にぶつけるたびに、エイヴリーはベルトを引く手に力を加えた。バーンは喉をぜいぜい言わせはじめた。首の血管が浮き出し、耳が紫色に変わっていく。だが、意識を失う直前に、バーンはブーツの踵を上げ、エイヴリーの脚のあいだ、無防備な股間を蹴った。

エイヴリーはとっさにバーンの脛に片足をひっかけ、彼をベッドに倒した。バーンはそこに届かず、額をベッド枠に打ちつけて、ぐったりとなった。彼を仰向けにして、仕上げにパンチをくらわそうと拳を上げたとき、股間の痛みが腕にまで広がってきた。バーンは目をしばたたき、切り傷から流れだす血を払おうとしながら、大きな手を上げて、殴りかかったエイヴリーの手首を万力のような力でつかんだ。

「どうして撃たなかった?」

「市民がいたからだ」エイヴリーはうめくように言った。

バーンはてのひらでエイヴリーの鳩尾を打ち、野戦服のシャツをつかむと腰を使ってエイヴリーを肩越しにドアへと放り投げた。エイヴリーは部屋の外の細い通路へ仰向けに落ち、肺の息を吐いた。

「命令を与えられたんだぞ!」バーンは立ちあがりながらエイヴリーをにらみつけた。

エイヴリーはあえぎながらも、どうにか立ちあがった。「子供がいた。少年が」

「俺のチームは!?」

バーンが重い足音をさせてエイヴリーに近づき、右手でジャブを繰りだす。だが、エイヴリーはそれを左腕で防ぎ、右で強打した。バーンの顔が弾けるように横に向く。エイヴリーは鋭く膝を上げ、腎臓のある場所にうずめた。だが、そのパンチで崩れたバーンの重みで、廊下の壁に押し付けられた。

エイヴリーは肩の関節が外れるのを感じ、それからそれがはまるのを感じた。激痛が腕を貫き、つい目をしばたたいて、バーンに攻撃のチャンスを与えてしまった。バーンはすばやくエイヴリーの首をつかんだ。

「彼らはおまえを殺し屋に仕立てたんだぞ、エイヴリー。俺たちふたりを」バーンはエイヴリーの体を壁に押しつけたまま、ブーツをはいた足が床から五十センチも浮くほど上に引きあげた。目の前に星が散り、兵舎の蛍光灯の光が薄暗くなったように思えた。エイヴリーは両脚を蹴りだしてなんとか自由になろうともがいたが、なんの役にも立たなかった。

「そいつから逃れることはできんのだ」バーンはせせら笑った。「俺から隠れることもできん」

意識が遠のき、闇に呑まれそうになったとき、誰かが銃のスライドを引く音がした。

「バーン二等軍曹」ポンダー大尉が鋼のような声で言った。「さがれ」

バーンはエイヴリーの喉をつかんだ手にさらに力をこめた。「これは俺たちの問題です」

「彼を放せ、さもないと撃つぞ」

「ばかな」

「いや、わたしは本気だ」大尉は落ち着き払った声で言った。

バーンは両手を離した。エイヴリーは床に落ち、ぐったりと壁に寄りかかった。彼は必死に息をしながら、兵舎のドアへと目をやった。大尉が義手でM6を持っていた。ぴかぴかのチタニウムの関節からなるポンダーの〝指〟と、炭素繊維を編みあげた前腕の〝筋肉〟が見えた。

「そのときの数字はわたしも知っている」ポンダーが言った。「三十八名の市民が死傷、きみのユニットの三人が戦死した。だが、ジョンソン二等軍曹は営倉にはぶちこまれず、誤処理で裁かれなかったことも知っている。わたしに関するかぎり、それだけで充分だ」

バーンは拳をぎゅっと握ったものの、それを脇から上げようとはしなかった。

「きみは腹を立てている。その気持ちはわからんではない。だが、それは今夜で終わる」

ポンダーはエイヴリーに目を移した。「何か言いたいことがあれば、いまがそのときだぞ」

「いえ、ありません、大尉」エイヴリーはしゃがれた声で言った。

ポンダーはぱっとバーンを見た。「きみは？」

バーンはためらわずに、エイヴリーの顔の横にパンチをくらわした。エイヴリーは膝をついた。「これで勘弁してやる」

エイヴリーは兵舎の床に血を吐きだした。彼は逃げたわけではない。だが、バーンは追ってきた。エイヴリーと同じように、トレビュシェットからここへ転属した。何かがおかしい、とエイヴリーは感じた。どんな必殺パンチよりも、そのことが彼を怒らせた。

「最後のチャンスだ、ジョンソン」ポンダーが言った。

エイヴリーは立ちあがり、バーンの顔が肩の後ろまで振れるほどのパンチをお見舞いした。

バーンの歯が一本、床を滑り、ヒーリーのそばへ転がっていった。おそらくけんかを止めるつもりだったのだろう、衛生兵は片方のブーツを、棍棒のように持って自分のベッドから前に出てくる途中だった。「わお」彼は歯を見てつぶやいた。

「これで終わりだ」ポンダーは銃をおろした。「命令だぞ」

「はい、大尉」エイヴリーとバーンは同時に答えた。

大尉は最後にもう一度ふたりをじろりと見ると、兵舎の階段を下りていった。彼の背中で蝶番がきしみ、網戸がバタンと音をたてて閉まる。

「口腔手術は、守備範囲じゃないんだ」ヒーリーは訪れた沈黙のなかでつぶやき、片膝をついてバーンの歯を拾った。

「かまわん。折れたものは仕方がない」バーンは用心深く自分を見ているエイヴリーと目を合わせ、欠けた犬歯の穴から湧いてくる血を吸いこんだ。「だが、俺が忘れないためにちょうどいい」

大きな体をゆっくり回し、バーンはポンダーのあとを追って夜のなかに出ていった。

「トリアージへ行く」ヒーリーが言った。

「ああ」エイヴリーは顎をなでながら答えた。この男に根掘り葉掘り訊かれて、眠らせてもらえないより、そのほうがはるかにありがたい。

「メド＝キットを取りに行くだけさ。すぐに戻ってくる」

ヒーリーがすぐ前を通過すると、エイヴリーは荒い息をつきながら尋ねた。「まだ俺と同じ部屋で寝たいのか？」

衛生兵は戸口で立ちどまった。エイヴリーはこのとき初めて、この男がほとんど絶やさない笑みの、心休まる魅力に気づいた。

「あんたも厄介な男だがな」ヒーリーは遠ざかる足音のほうへと顎をしゃくった。「あの男は？　あいつは寝てるときに俺を殺しかねない」

CHAPTER SIX

6章

イプシロン・インディ星系、マイナー・トランスグレッション。

MINOR TRANSGRESSION, EPSILON INDU SYSTEM

ダダブはメタンのタンクを背負いながらも、できるだけ目立つまいと、足音をしのばせて機関室を横切った。ぎゅっと握った手のなかには石がある。キグヤーたちの食堂から持ってきた灰色と緑がまだらになった消化グリットのかたまりだった。落ち着け、彼は床に取り付けてある太い導管の陰から立ちあがりながら思った。あれを怖がらすな。

スクラブ・グラブは心配性のクリーチャーだ。危険を探知しようとふくれた体を覆っている体毛を常に動かしながら、火傷するほど熱いか、凍傷になるほど冷たい機械を迂回して床の汚れを食べていく。だが、それもダダブが立ちあがり、この部屋にたちこめた蒸気の乱れを感じるまでだった。グラブはポンという大きな音をさせて床から自分を引きはがし、消化用の開口部からみじめなパニックの震え声を漏らして、高い場所にある中身が溢れたユニットへと、うねりながら逃げていった。

ダダブは手にした石を投げた。グラブは湿った柔らかい音をたてて消えたが、石は飛び続け、虹色に光るマイナー・トランスグレッションのエンジン覆いにあたってはねると、床を滑って、そこにたまっている粘々する緑の冷却液のなかで止まった。いまのグラブが生きていたら、やがてここはきれいになっていたはずだ。

ダダブはマスクのなかで誇らしげに鼻を鳴らし、片手の指を屈伸させた。〈一丁あがり！〉〈すまないが、どういうことだ？〉ライター・ザン・サムは真珠色の触角をたまっている冷却液に入れ、石を取りだしてダダブに投げ返した。〈わたしには一匹のグラブしか見えなかったが〉

ダダブは小さな赤い目をくるりと回した。このゲームのルールは、さほど難しいわけではない。ただ、彼にはそれを明確に説明するだけの語彙がなかった。〈見てろ〉

オレンジのチュニックの隅で石をきれいに拭き、先が尖った指の一本でひっかき、石にふたつ目のしるしをつけた。あまりにも退屈な長い監禁状態から逃れ、メタン室に迷いこんだ最初のグラブを仕留めたしるしの、すぐ横に。

マイナー・トランスグレッションが未知のエイリアン星系の端でスリップスペースを出て以来、ずいぶんとたくさんの睡眠サイクルが過ぎていた。チュルヤーは注意深く速度を抑え、エイリアン貨物船が発進した惑星へと近づいていく。だが、ザハーやほかのキグヤーの乗員は、彼の説教を聴くことに関心はなかったから、目的地に到着するまで、助祭であるダダブには、ほとんどすることがない。

ライター・ザン・サムに石を見せ、彼は単純な足し算をした。〈一と一、二だ！〉おとなしいグラブを倒しても、あまり達成感はない。若いころ倒した泥スズメバチや陰ガニほど面白い相手はないが、ハンティング・ロックと呼ばれるアンゴイのゲームでは、簡単だろうが、難しかろうが、何を倒してもひとつしるしをつける決まりだった。

〈ああ、なるほど……〉フラゴグは答えた。〈娯楽は中毒になる〉

〈もっと……面白い……？〉ダダブは自分が知らない言葉の形を真似ようと努力した。

ライター・ザン・サムは単純な形をゆっくり繰り返した。〈たくさん、殺す、たくさん、面白い〉

ダダブはフラゴグがはっきり伝達するためにレベルを落としても、腹を立てなかった。フラゴグの言語に関しては、幼児程度の力しかないことはわかっている。むしろ相手の忍耐強さがありがたいくらいだ。

〈そうだ〉ダダブはポーズした。〈たくさん、殺す、たくさん、面白い〉彼はチュニックのポケットからもうひとつ石を取り出し、それをライター・ザン・サムに差しだした。〈いちばんたくさん、殺した者、勝つ！〉

だが、フラゴグは石を受け取らず、導管のほうへと漂っていくと、冷却水が床に溜まった原因である、金属疲労による管の亀裂を直しはじめた。

彼らには並外れた修理欲がある。仕事中にフラゴグの気を引くのはほとんど不可能だ。だからこそ、彼らは何にも代えがたい乗員なのだ。フラゴグがひとり乗っていれば、長いこと壊れたままでいるものはひとつもなくなる。実際、わずか一分とたたぬうちに導管の漏れは塞がれていた。触角の先端を覆っている繊毛で、金属の裂け目が接合されたのだ。

〈狩りをしろ！〉ダダブはもう一度石を差しだした。

〈したくない〉

〈なぜ？〉

〈いいから、きみはやるといい。三匹目に挑戦するんだ〉

〈ゲーム、面白い！〉

〈いや、きみのゲームは殺しだ〉

ダダブはうんざりしたうめきをもらさずにはいられなかった。グラブを殺して何が悪い！　キグヤーの貨物船には、何百というグラブがこそこそうごめいている！　今回のような長い航海では、彼らが増えすぎて船の重要なシステムのなかに入りこむのを防ぐために、その数を減らす必要があるのだ。

だが、フラゴグはグラブとある種の同類意識を感じているのかもしれない。どちらも声を持たない召使で、キグヤーの船の必要をたえまなく満たすことを要求され、奴隷のようにこき使われている。ライター・ザン・サムの小さな丸い感覚ノードは、非難でぎらついているか?

名案を思いついて、機関室を見まわし、ダダブは使用済みのエネルギー・コアを見つけた。彼はそれを床から持ち上げ、さきほどグラブが目指していた冷却液が溢れているユニットの上に、前が下向きに傾いたこのキューブを載せ、前後左右に動かしてバランスを取った。よし、これならフラゴグの投げる石がかすめた程度でも、傾いて落ちるはずだ。

〈これで、殺し、ない〉ダダブは熱心にポーズした。〈楽しみだけ!〉

ライター・ザン・サムはガス袋のひとつをしぼませ、頑固にブーッという音をたてた。

〈試せ〉ダダブはかき口説いた。〈一度だけ!〉

明らかにしぶしぶとではあるが、フラゴグは触角を丸め、石を投げた。いい加減な一投だったが、コアのど真ん中にあたり、それを床に落とした。

〈いち!〉嬉々として叫び、再びエネルギー・コアをセットしようとすると、タンクのハーネスに留めた丸い金属製のシグナル・ユニットから船長の声が流れてきた。

「助祭、ブリッジに来るように。あのフラゴグを連れてくるな」

チュルヤーは司令席に浅く座り、ブリッジのホロタンクの中身に目を張りつけていた。エイリアン星系のイメージは、このまえよりはるかに詳しくなっていた。惑星や小惑星――星系内へと飛んでいく彗星さえも表示されている。これはマイナー・トランスグレッションのデータベースには欠けていた細部だ。エイリアンの貨物船が旅を始めた惑星は、ホロタンクの中央で輝いている。だが、彼女の目を釘付けにしているのは、惑星の地表に点在している何千というシンボルだった。

ふいに動力が切れ、そのシンボルばかりか、タンクのなかのすべてがちらついた。

「気をつけろ！」船長はザハーのほうへと体をひねり、噛みつくように注意した。雄のキグヤーは、鉤爪のある手にレーザーカッターを持って、ブリッジの湾曲した紫色の壁のなかにあるアルコーブのひとつのすぐそばに立っていた。

「はずしてもらいたいだけだ！　壊されては困る！」

「はい、船長」ザハーは頭の上の背骨を従順に倒し、アルコーブの真ん中に吊るされた三つのピラミッド形からなる装置に向き直ると、ねじれた回路を再びカッターで切り始めた。最大のピラミッドは頂点が下向きだった。残ったピラミッドは上向きで両側から大きなピラミッドを支えている。三つとも銀色にきらめき、アルコーブのなかのその光がザハーを縁どっていた。

あのピラミッドはこの船のルミナリー、コヴナントの船が必要とする古代の装置だ。いまそれは、エイリアンの惑星にある何千というシンボル――ルミネーション――を特定していた。そのすべてがフォアランナーの遺物かもしれない！　チュルヤーは興奮を抑えきれずに舌で歯を叩いた。マイナー・トランスグレッションにもっと大きな船倉があれば……。

彼女は、代々女性が船長をしてきた家系に生まれた。そして血筋のほとんどが、コヴナントの侵略的な改宗のさなかに、小惑星にある砦を守って命を落とした。彼女の血のなかには、祖先の海賊魂が脈打っているのだ。

キグヤーは昔から海賊だった。コヴナントが現れるはるか昔から、彼らは水の多い故郷で熱帯の多島海を航海し、ライバル部族の船を襲っては食料や配偶者を手に入れていた。人口が増え、部族同士の距離と違いがしだいに少なくなると、新たに協力的な精神が生まれ、彼らはともに繁栄し、やがて惑星から外へと飛び立つ宇宙船を建造するようになった。だが、なかには、果てしなく続く宇宙の暗い海を見て、古い欲求が目覚め、昔の海賊暮らしへと戻る部族もあった。

コヴナントとの戦いで、唯一効果的な抵抗の源となったのは、そうした海賊たちだった。

だが、いかに彼らでも、永遠に戦い続けることはできない。自分たちを救うために、彼らは他国商船拿捕免許状を受けとり、その代償として、コヴナントの司祭たちのために働くかぎり、自分たちの船にそのまま乗り続けることを許された。

キグヤーのなかには、この貢献にチャンスを見出す者もいた。が、チュルヤーが見出したのは大量の食べかすだった。遺物を探す果てしないパトロール。それは想像を絶する価値のある宝物をもたらすかもしれない。だが、そうした宝は決して自分自身のものにはならないのだ。たしかに、そうした航海でコヴナントが捨てた惑星や、さきほどのように、損傷したエイリアンの貨物船に出くわし、わずかな戦利品を回収することもある。だが、どれも比較的わずかな施しのようなもの。そしてチュルヤーは物乞いではなかった。

少なくとも、もう物乞いなどしなくてもよくなる。あれだけ多くの遺物があれば、いつか自分のものにしても、誰にも気づかれることはない。しかし、そのためにはこの貨物船のルミナリーを沈黙させねばならない、当然の分け前を取ったあと、ルミナリーをもと通りにして、遺物の数を報告させればよい。

この大胆な計画がもたらす可能性を思うと、チュルヤーの首と肩の硬くなった皮膚が収縮した。この分厚い肌は、交尾シーズン中、文字通り背中を咬まれるあいだ、雌を守る自然のアーマーの役目を果たす。ふだんのチュルヤーは、あまり卵を抱きたいとは思わないが、首尾よく手に入れた遺物をコヴナントの闇市で売りさばいたら、交尾期のあいだマイナー・トランスグレッションを休ませるとしよう。その可能性を思っただけで、彼女は欲情した。

チュルヤーはゆったりと椅子に座り、注意深くルミナリーをこの船のシグナル回路から切り離すザハーに目をやった。鱗の下で波打つ、あの逞しい筋肉！　ザハーは船長にとっては、理想的な相手とは言えなかった。できればもっと地位の高い男のほうが好ましいが、チュルヤーは昔から、立派な羽毛の男に目がなかった。それにザハーにはもうひとつ有利な点がある。身近にいることだ。肩に血が集まり、チュルヤーはすっかりのぼせて、ぼうっとしてきた。

するとそのときブリッジのドアが開き、ダダブがとことこと入ってきた。アンゴイのチュニックから放たれる、エンジンの冷却液とガス臭いフラゴグの臭気に、チュルヤーの性衝動はたちまち消えうせた。

「船長？」ダダブはきびきびと頭を下げ、疑わしげにザハーを見た。

「何が見える？」チュルヤーは鋭く言って、アンゴイの目をホロタンクに向けた。

「星系と、恒星と、五つの惑星が見えます」ダダブはタンクに一歩近づいた。「その惑星のひとつはどうやら……」おしまいのほうは、キーキー声になってとだえ、彼は何度か急いで息を吸いこんだ。

チュルヤーは舌を鳴らした。「〝ルミナリーは嘘をつかない〟」

いつもなら、彼女が聖典を引用するのは、それを嘲るときだけだが、今度ばかりは真剣そのものだった。ルミナリーは、プロフェットがフォアランナーの古代の戦艦で見つけた、いまではコヴナントの首都ハイ・チャリティの中心に置かれている装置を基に作られている。これは聖なる装置で、手を加えるのは死刑かもっとひどい刑に値する罪だった。

助祭がザハーの作業をひどく気にしているのはそのせいだ。チュルヤーが選んだ交尾の相手は、ルミナリーの周囲にレーザーの火花を散らし続けている。助祭は落ち着きなく底が扁平な円錐形の足を踏み変えた。チュルヤーは、ともすれば荒くなる呼吸を整えようと、助祭のマスクのなかでバルブどうしがぶつかり、音をたてているのが聞こえるような気がした。

「すぐさまこのルミネーションを報告しなくては」ダダブはあえぐように言った。

「いや」船長は言い返した。「まだだ」

ザハーが最後の回路を断ち切り、ルミナリーが暗くなった。

「異端だ！」助祭が訴えるように叫ぶ。

ザハーが鋭い歯を鳴らし、レーザーを光らせながら助祭へと踏みだす。だが、チュルヤーは自分を守ろうとする彼を、ガラガラ声で制止した。ほかの状況なら、愚かな侮辱を口にしたこのアンゴイを彼の好きなようにさせたかもしれないが、いまのところは、助祭を生かしておく必要がある。

「落ち着け。ルミナリーは壊れたわけではない。ただ、話すことができないだけだ」

「しかし、司祭が！」助祭は口ごもった。「説明を要求するでしょう――」

チュルヤーは鉤爪でホロタンクを指した。そこにもシンボルがひとつあった。未熟な者なら、ディスプレーのエラーと間違え、データの一部が不当な場所に再生された、と見過ごしていたかもしれない。だが、チュルヤーの海賊の目は、それを正しく見てとった。あのシンボルは惑星ではなく、宇宙船にある。簡単に手に入る。最初の獲物にちょうどいい。

助祭は震えはじめ、青灰色の体全体を恐怖でがたがた震わせた。たしかにこのアンゴイの言うとおり、チュルヤーの行動は異端だった。遺物を手に入れられるのは、プロフェットだけだ。そして、ルミナリーに手を加えることが死を意味するとしたら、プロフェットに逆らうことは来世まで神々に呪われることを意味する。

だが、助祭の震えが突然止まった。ホロタンクのなかのシンボルとザハーのレーザーカッターのまばゆい先端を目で追いながらも、彼の呼吸はしだいにゆっくりになった。この助祭は、ほかアンゴイよりも賢い。おそらく自分が置かれた窮地を理解したにちがいない。

船長は彼にひそかな計画を打ち明けた。が、彼はまだ生きている。それが意味するところはただひとつ。船長の計画には、彼も含まれているのだ。

「わたしは何をすればよいのですか?」ダダブは尋ねた。

チュルヤーの歯がルミナリーの弱くなった光のなかでぎらついた。「嘘をついてもらう必要がある」

助祭はうなずいた。船長は遺物を積んだ貨物船へと進路を取った。

ヘンリー〝ハンク〟ギブソンは――逞しいヘンリー――は、自分の貨物船を愛していた。この船のでかい、醜い輪郭を。ショー=フジカワ・ドライヴの静かなうなりを。なかでも、とくに好きなのが、この船を自分で操縦することだった。これはほとんどの人々に、少しばかり変わっていると思われる。NAVコンピューターが代わりをしてくれるのに、なぜわざわざ制御装置を操作する必要があるのか? だが、ハンクは何を言われても平気だった。人が自分をどう思おうと、これっぽっちも気にならない。この点はふたりのもと妻が、喜んで証言してくれるだろう。

人間の船長は、UNSCの商業船団ではとくに珍しいとは言えない。だが、彼らが操縦するのは、主に客船や巡航船だった。ハンクはこの十五年のほとんどを、大きな船会社のひとつで働き、地球とアルカディアをノンストップで往復する贅沢な客船、トゥー・ドリンク・ミニマムで働いていた。最後の五年はそこで一等航海士を務めた。

だが、乗客に豪華な料理をたらふく食べさせ、船旅を楽しんでもらいながら、客船をA宇宙港からB宇宙港へ飛ばすには、あらゆる種類のコンピューターの補助が必要だ。ハンクは根っからの一匹狼で、自分に話しかけてくる声が人間のものではなく、シミュレートされたものでも一向に気にならなかった。ブリッジは静かなほどいい。だが、トゥー・ドリンク・ミニマムのブリッジは静かとはほど遠かった。給料があれほどよくなければ、それに妻たちから離れて過ごす航海にあれほど心が休まらなければ、ハンクはもっとずっと早く、客船の仕事を辞めていたにちがいない。

アストロゲーション（NAVコンピューターが必要とするスリップスペース・ジャンプの座標）を除けば、貨物船の船長は、自分の船の実空間操作を好きなだけ自分で行うことができる。ハンクは制御装置を自分の手で操作することに、大きな喜びを感じていた。何千トンもの積荷を載せてヒドラジンロケットで飛び立ち、惑星の重力井戸を出るときの、なんとも言えぬ手ごたえ。この貨物船ディス・エンド・アップが自分のものである事実が、それを飛ばす喜びをさらに甘いものにしてくれる。ディス・エンド・アップを手に入れるについては、貯金をそっくり吐きだし、離婚手当に関して元妻たちと不快な再交渉を行い、考えたくもないほど巨額なローンを組まねばならなかった。しかし、いまや彼は自分自身のボスだ。何を積むかも自分で選べる。この数年のあいだに、彼の手元には、きめ細かいサービスに少々余分な料金を払ってくれる顧客のリストができあがっていた。

なかでも当てになるのは、火星に本拠地を置き、半自動農耕機を建造しているＪＯＴＵＮ重工業だ。今回の旅でも、ディス・エンド・アップの船倉にはＪＯＴＵＮの新型プラウ・シリーズのプロトタイプが収まっていた。地面に広い畝を作るように設計された重厚な機械だ。この機械自体が驚くほど高価だが、おそらくプロトタイプはさらに高価にちがいない。たくさんの警告灯が点滅する制御装置を見つめ、彼が恐怖を感じるよりも怒りを感じたのはそのためだった。

　未知の敵は、高速遮断進路で弾丸のようにハーベストに向かって飛びながら、ディス・エンド・アップを襲ってきた。ハンクはこの攻撃を無傷で生き延びた。だが、敵のレーザーはショー＝フジカワ・ドライヴを焼き、機動ロケットと電気衝撃増幅器《メーザー》も焼いて、彼には到底修理できないほど高額な損傷をもたらしていた。ハンクが航行するルートでは、海賊が出たことなど一度もない。そのため彼は高い料金を余分に払って積み荷の保険に追加保証を加えることなど考えもしなかったのだ。

　ハンクは片手でコンソールを叩き、新たに鳴りだした警報を切った。船体に穴があいたのだ。コンテナが積んである左舷側、船尾の近くに。何かがそこを通過してくると見えて、司令キャビンのゴムを敷いた床が振動しはじめた。

「くそったれ！」ハンクは壁のブラケットから消火器をもぎとった。海賊が侵入してくるときに、JOTUNのプロトタイプを損傷しないでくれるといいが。

「ちくしょう。やつらは俺の船を壊す気か？」消火器を頭の上に持ちあげながら、ハンクは歯をむきだした。「そう簡単にはいくもんか」

マイナー・トランスグレッションの〝へその緒〟の内部が赤く光り、この挿入機の先端がエイリアンの船を焼いていく。半透明の壁を通して、エイリアンの貨物船の推進ユニットにレーザーが残した黒い傷が見えた。チュルヤーの包括的な攻撃がつけたものだ。

船長は、どうしてあんなに冷静でいられるのか⁉　ダダブはへその緒の前部にいる船長を見て、低いうめきをもらした。彼女は片方の手をホルスターのプラズマ・ピストルにおいて、ザハーの後ろに立っている。まるで獲物に乗り移るのを待つ、大昔の女海賊さながらに。そのすぐ後ろに立っているふたりのキグヤーは、それほど冷静ではなかった。どちらも手にしたエネルギー剣《カトラス》——乱闘に使われるピンクのクリスタル・シャード——を落ち着きなく持ち替えている。ダダブはふと思った。あのふたりは、わたしと同じように、破滅が待っていることに気づいているのだろうか？

チュルヤーは遺物を無事に回収するだろう（もっとも、そうした遺物は、プロフェットが巧みに扱ってすら、きわめて危険なものもあることがすでに証明されている）。それからコヴナントの縄張りのど真ん中へジャンプし、手に入れた遺物を数え切れないほかの遺物に紛れこませ、司祭の疑いを招くまえに、急いで買い手を見つける。これはうまい計画だった。しかし、彼やほかの不必要な証人は、この計画が完了するずっと前に始末されるにちがいないことも、ダダブにはわかっていた。彼の場合は、おそらく、エイリアンの星系に存在するルミネーションの数を偽って報告したすぐあとに。

へその緒の赤い光が薄れ、先端の貫通機が船体を焼ききったことを知らせる。通路の突き当たりにある絞り扉が開くと、その向こうのちらつくエネルギー場が見えた。

「フラゴグに圧力を確認させろ」チュルヤーがダダブを振り返って命じた。

ダダブは後ろにいるライター・ザン・サムに伝えた。〈空気、同じ、確認〉エイリアンの船に乗り移るまえに、へその緒と向こうの船倉の大気が同じバランスであることを確める必要があった。それが異なっていると、エネルギー場を通るときに、恐ろしい事態になりかねない。

フラゴグは無頓着にダダブの横を漂っていく。ライター・ザン・サムにとっては、これはたんに自分の技術を役に立てるチャンスにすぎない。彼はエネルギー場を支配するセンサーを点検し、満足そうな音を発した。それを聞いたザハーが跳ねるように通過する。

「安全だ！」ザハーは自分のシグナル装置で報告した。チュルヤーはほかの乗員に前進しろと合図を送ってから、エネルギー場を滑るように通過した。ライター・ザン・サムがそのすぐあとに従う。ダダブは深く呼吸しながら、心のなかでプロフェットたちに許しを乞う祈りを捧げ、エイリアンの貨物船へとエネルギー場を通過した。

船倉には、最初に出くわした貨物船ほど多くの積荷はなかった。床から天井までの果物のコンテナの代わりに、ひとつの荷がそこを占領している。六つの大きな車輪がある見上げるほど大きな機械だ。その機械の前面にある、本体よりも幅広の動く桁には、ダダブの身長の倍はありそうな鋭いスパイクが取り付けられている。その機械の内部の部品はほとんどが黄色と青に塗られた金属に覆われていたが、あちこちにむき出しの回路や空気タイヤが見えた。歯のある桁の上には、ＪＯＴＵＮという明るい色の金属製シンボルが浮きだしている。

ダダブは首を傾けた。そのシンボルがフォアランナーのものだとしても、彼は一度も見たことがなかった。まあ、これはとくに意外ではない。一介の助祭でしかない彼がまだ目にしたことも、学んだこともない聖なる神秘は、数えきれないほどある。

「フラゴグに調べさせろ」チュルヤーが船倉の機械を示し、鋭く命じた。

ダダブはライター・ザン・サムの注意を自分に向けるために、前足をポンと合わせた。

〈遺物を、見つけろ!〉

フラゴグは最も大きな袋をぱんぱんに膨らませ、浮力を増した。大きな車輪のひとつの上にふわふわと上がっていき、小さな排気孔からガスを噴出しながら、カーテンのように集まっている多彩色のワイヤのあいだを進んでいく。

船長はザハーとふたりの乗員に向かって、機械の後部に近い床に固定されているプラスチックの箱を示した。キグヤーたちは骨ばった顎をカチカチ言わせながら、跳ぶようにして仕事にかかり、鉤爪でつついたり、引っ張ったりしていちばん上に詰まれていた箱をたちまちこじ開けた。そしてまもなく、柔らかくて軽い白いパッキング材料のなかに消えた。

「突っ立っていないで、この船のシグナル・ユニットを回収しろ、助祭」船長が鋭く命じる。

ダダブは頭をさげ、巨大な機械をぐるりとまわって、船倉の奥へと向かった。エレベーターの台は、さきほどと同じように動き、まもなく彼は司令キャビンへと至る通路へと上がっていた。その通路を半分進んだところで、最初の宇宙船で自分を待っていたうんざりするほど不潔な状態を思い出し、キャビンのドアを通過しながら、無意識に息を止め、目を閉じた。

ガン！　何か重いものがタンクに叩きつけられ、彼はわめき声を上げて、前へよろめいた。すると今度は胃を叩かれた。メタンがタンクの亀裂からシュウシュウと漏れだす。

「助けてくれ！」ダダブは悲鳴をあげ、ボールのように体を丸めて棘のある前腕で顔を覆った。しゃがれ声が聞こえ、何かが脚の裏側を蹴る。ダダブはわずかに腕を離し、その隙間からのぞいた。

目の前にいるエイリアンは、長身で逞しかった。白い肉のほとんどが、体にぴったりした上下続き《ジャンプスーツ》の服に覆われている。歯をむきだし、赤い金属の筒をほとんど毛のない頭の上に掲げた姿は、まるで鬼のようで、聖なる遺物を所有するほど知性のある種族とはとうてい思えない。

エイリアンは頑丈なブーツのひとつを振りだして、またしてもダダブの脚を蹴り、激怒しながら意味不明の言葉を放った。

「やめてくれ！」ダダブは泣くように訴えた。「何を言っているんだ？　さっぱりわからないぞ！」だが、彼の懇願はエイリアンをいっそう怒らせたらしく、それは致命的な一撃を加えようと前にでた。ダダブは悲鳴をあげて、両眼を覆い、死を覚悟した。

だが、その一撃は来なかった。金属の筒がゴム引きの床に落ちて跳ね、転がって、キャビンの側壁のところで止まる。彼はおそるおそる顔の前で交差させていた腕を解いた。

エイリアンは声もなく口を開き、前後にふらついて頭をつかんでいた。それから突然、腕の力が抜けてだらりと落ちた。ダダブは自分の両脚のあいだに倒れてくるのを見て、急いでさがった。上の方から神経質な声が聞こえた。

ライター・ザン・サムがキャビンの戸口にふわふわ浮いていた。三本の触角を、袋を守るようにその近くにたたみ、四本目をまっすぐ突きだして震えている。ダダブは最初、怖がっているからだと思ったが、ライター・ザン・サムは話そうとしているのだと気づいた。非常に簡単なフラゴグの数字を形作ろうとしているのだ。〈いち〉

通路に騒々しい足音がして、船長が近づいてきた。彼女はプラズマ・ピストルを振りながら、突き飛ばすようにフラゴクを通過し、ルビー色の目の片方をエイリアンの死体に向けた。「これは、どんなふうに死んだ?」

ダダブは床を見下ろした。エイリアンの後頭部が陥没し、ぎざぎざの穴が開いている。ダダブはこの致命傷のなかにおそるおそる指を二本、滑りこませ、脳の中央にある固いものをつまんで引っ張りだした。

それはライター・ザン・サムの狩りの石だった。

シフは自分が管理しているNAVコンピューターたちを動揺させたくなかった。彼女のコア・ロジックのどこかに、自分の創造主――幼い子供に常に苛立っている母親――の記憶がある。だが、スリップスペースにいる船と連絡を取るのは不可能だったから、ジラン・アル＝シグニが監査のあとで課した追加保安手段について前もって警告を与える方法はなかった。

〈＼＼〉ハーベストの輸送管理AI、シフ〉〉DCS。CUP#－0004037０
〈＼新しい飛翔経路を守れ。
〈＼必要とされる速度を維持せよ。
〈＼万事順調。＼〉

スリップスペースを礫《つぶて》のように飛ぶ貨物船が、ハーベストと、あるいはほかの惑星と連絡を取るためには、正しい飛翔経路で実空間に戻り、惑星と速度を合わせる必要がある。ハーベストは時速十五万キロメートルをわずかに上回る速度で、イプシロン・インディを回っていた。これはUNSCの管理下にあるほとんどの惑星よりも速い。遮断進路の角度によっては、ハーベストと落ち合うため、NAVコンピューターはこれよりもさらに速度をあげねばならない可能性もあった。

　そこで、実空間に戻った直後に、シフにハーベストとその軌道のさらに先で落ち合うように要求されたＮＡＶコンピューターたちは、当然ながら驚き、混乱した。

　シフは貨物船コンテンツ・アンダー・プレッシャーとの接触を断ち、べつの呼び出しに応えた。彼女は頭のさまざまな部分で、何百という貨物船と一度に交信を行い、彼らの単純な回路に自分が強制している管理はまったく安全かつ、合法的であることを請け合っていた。

　シフの感情を導くアルゴリズムは、彼女に苛立ちを繰り返さぬように勧めた。ＤＣＳから来たあの女性は、シフがこの星系に入ってくるすべての貨物船から集めたＡＲＧＵＳやほかのデータを再確認するようにと主張した。これが自分に関する検査の一部であり、自分のささいな見過ごしがＤＣＳに許される前に耐えねばならない、ささいな屈辱であることはわかっていたが、シフのコアは少しばかり苛々せずにはいられなかった。

　さいわい、アル＝シグニは礼儀正しく、有能で、シフの調査もすぐさま取りかかった。だが、あの女性は人間で、毎日少なくとも数時間は眠らねばならない。そのため、一部の貨物船は、かなり長いこと宇宙空間で待機経路を飛ばねばならなくなる。その見通しがＮＡＶコンピューターたちを、いっそう不安にした……。

〈〈ハーベストの輸送管理ＡＩ。シフ　〉〉ＤＣＳ。ＴＥＵ＃－００４８１３６１
〈〈ディス・エンド・アップ、
〈〈　要請された速度を維持せよ。

ディス・エンド・アップはまだ正しい飛翔経路上にいるが、速度がしだいに落ちている。たいした減速ではない（一分に五百メートル以下だ）が、惑星と同じ速度を保つ必要がある場合、どれほどわずかでも減速は容認できない。

〈〈ディス・エンド・アップ、応答せよ。
〈〈ハーベストと連絡を取れ。〉〉

だが、応答はなかった。あの貨物船は間違いなく接触しそこねるにちがいない。彼女がディス・エンド・アップの減速を引き起こす様々な問題を考慮しはじめたとき、なんの警告もなく、貨物船がスキャンから消えた。もう少し厳密に言えば、ディス・エンド・アップであった点が、突然、何億というより小さな点に分解した。

要するに、ディス・エンド・アップは爆発したのだ。

シフは時間を確認した。真夜中をとうに過ぎている。ＤＳＣの女性はまだ起きているだろうか？　シフはそう思いながら、ウトガルドにあるアル＝シグニの宿泊先に連絡を入れた。

「おはよう、シフ。なんの用かしら？」ジラン・アル＝シグニはホテルの続き部屋《スイート》で机に向かった。総天然色のホロのおかげで、最初に会ったときと同じ、茶色のパンツスーツを着ているのがわかる。だが、それは完璧にアイロンをかけられ、アル＝シグニの黒い髪は一本のほつれ毛もなくきちんとまとめられていた。彼女の背後をのぞいたシフは、ベッドに寝た形跡がないことに気づいた。

「何かあったの？」アル＝シグニは、少しも疲れを感じさせない声で尋ねた。

「もう一隻、貨物船が爆発しました」シフはそれに関連するすべてのデータをメーザーで送った。

アル＝シグニの肩がほんのわずかにさがり、食いしばった顎の力がかすかに抜けるのにシフは気づいた。驚くどころか、アル＝シグニはこの報告に帰って気持ちが定まったかのようだった。貨物船の喪失を予測し、シフからこの知らせが来るのを待っていたように見える。

「名前と旅程は？」ジランはCOMパッドに手を伸ばしながら尋ねた。

「ディス・エンド・アップ号、リーチ経由で火星に行く途中でした」

「付近の進路には、三十隻以上の宇宙船がいたわ」ジランはつぶやき、人差し指でスクリーンをスクロールした。シフのデータから有益なパターンを見つけようとしているにちがいない。「どうしてその船だけが爆発したの？」

ディス・エンド・アップの積荷目録によれば、JOTUN社のプロトタイプを運んでいたとある。シフのARGUSは、拡大する破片の雲の査定が送られてくるまでは、これが爆破ではないことを確認できない。付近にいるほかの貨物船のデータに目を通し、シフはそのほとんどが消費商品を積んでいることを確めた。なかにはJOTUNやほかの社が製造した農業機械の部品を運んでいる船もあったが、JOTUN社のプロトタイプが、様々な積荷のなかで、唯一大きく異なるものであることを指摘しようとして、シフはこの貨物船についてもうひとつ珍しいことに気づいた。

だが、すでにジランの唇が動きはじめていた。そしてプロトコルに従い、彼女は化身の舌を止めた。話している人間を遮るのは無礼で傲慢な行為だと、アルゴリズムが止めたからだ。そこでシフは自分が気づいた点をアル＝シグニに指摘されても、腹を立てないよう最善を尽くした。アル＝シグニは緑の瞳をきらめかせて、説明した。「ディス・エンド・アップは船長が乗っていた唯一の船だわ。人間の乗員が乗っていたのは、この船だけよ」

CHAPTER SEVEN
7章

HARVEST, JANUARY 16, 2525
二五二五年一月一六日、ハーベスト

第一小隊の新米隊員が朝食のトレーを食堂の殺菌機のなかに片付けるとすぐに、エイヴリーは彼らを率いて日課となっている行進を始めた。グラズヘイム・ハイウェイ沿いにキャンプから十キロに進み、そこから戻るのだ。身体訓練（ＰＴ）を始めてすでに二週間が経過しているとあって、このルートは彼らにとっておなじみのものになっていた。えんえんと続く平坦な小麦畑のなかを伸びている、うんざりするほど退屈な行程だが、二十五キロの背嚢をつけて歩くのは、この日が初めてだったから、イプシロン・インディが照りつけるころには、この行進は非常につらい罰と化していた。

休暇で故郷に戻って以来、まともなワークアウトを行っていなかったエイヴリーにとっても、それは同じだった。イプシロン・エリダヌスからソル（地球）へ、さらにソルからイプシロン・インディへの長い極低温睡眠のせいで、どうやら〝凍傷〟にかかったらしく、ピンや針が全身を絶え間なく刺すような痛みがある。この苦痛は、筋肉や関節に残留している極低温睡眠に使われる薬が分解するために引き起こされるのだが、今回の症状は、これまででも最悪の部類に入る。重い背嚢をつけた行進という激しい肉体労働により、膝や肩のなかの刺すような痛みはいっそうひどくなった。

エイヴリーはたじろぎながら背嚢をはずした。だが、小隊の部下に自分が感じている苦痛を隠すのは簡単だった。練兵場の旗竿の周囲にかたまっている三十六人の男たちは、疲労困憊し、それどころではなかったからだ。汗が鼻と顎を流れるのもかまわず、エイヴリーはひとりが朝食を吐くのを見守った。ほかの新兵たちも連鎖反応を起こし、まもなく小隊の半分が音をたてて砂利の上に朝食べたものをぶちまけていた。

錆色の髪の比較的若い新兵、ジェンキンスは、エイヴリーの目の前でかがむと、細い腕で両膝をつかみ、半分咳のような、半分泣き声のような声を漏らした。お粗末な結び方のブーツの紐へと唾が尾を引く。あんな結び方じゃ、マメができるぞ。エイヴリーはゆるんだ紐を見つめ、顔をしかめた。だが、いまのジェンキンスは、足のマメよりも緊急で危険な脅威、脱水症状に直面している。

エイヴリーは自分の背嚢から水のペットボトルを取りだし、それを新兵の震える手のなかに押しこんだ。「ゆっくり飲むんだ」

「はい、軍曹」ジェンキンスは喉をぜいぜい鳴らしながら言ったが、動こうとしない。

「いますぐ飲め、新兵！」エイヴリーは怒鳴った。

ジェンキンスは体を起こした。あまりにも速く起こしたので、背嚢の重みで尻もちをつきそうになった。彼はボトルの蓋を回し、げっそりした頬をふくらませて、二口ほどがぶ飲みした。

「ゆっくり飲めと言ったはずだぞ」エイヴリーは怒りを抑えて注意した。「さもないと、胃痙攣を起こすぞ」

植民地の市民軍は、海兵隊とは違う。それはわかっているが、新兵に対する期待を下げるのは難しかった。三十六人のうち、ほぼ半分はハーベストの警察や消防団などのメンバーだ。彼らは少なくとも基礎的な訓練の厳しさに対する心構えはできている。だが、これらの男たちには、年配の者が多く（なかには四十代後半や五〇十前半の男たちもいる）、ベストの体調を維持しているとは言えなかった。

ジェンキンスのような若い新兵のほうが、彼らよりはるかにましかと言うと、そうでもない。ほとんどが農場で育った若者だが、ハーベストではＪＯＴＵＮ社の農耕機が過酷な肉体労働の代わりをしてくれるため、年配の連中と違って、基礎的な体力がないのだ。

「ヒーリー！」エイヴリーは大声で衛生兵を呼び、ジェンキンスのブーツを指差した。「こいつの足を見てやれ！」

「彼で三人だ！」衛生兵は叫び返してきた。彼は日に焼けた顔の、腹の出た中年の新兵に水のボトルを手渡しているところだった。「ダスとエイベルは太りすぎて、靴下に完全に穴が開いた」衛生兵は小隊全員に聞こえるような大声を張りあげた。朝食をそっくり吐きだした（ついでにユーモアのセンスも失った）兵士以外は、ヒーリーの愚かな非難にしのび笑いをもらした。

エイヴリーは顔をしかめた。ヒーリーがピエロのように兵士たちを笑わせたがり、自分が作りだそうとしている厳しい雰囲気をぶち壊すのも腹立たしいが、自分はまだ兵士たちの濃いオリーヴ色の野戦服の胸ポケットにある名前を見なくてはならないのに、ヒーリーは彼ら全員の名前をすでに覚えていることも腹立たしかった。

「話す元気があれば、歩く元気もあるはずだぞ！」エイヴリーはぴしゃりと決めつけた。「ボトルの水を飲め。俺が聞きたいのは、おまえたちが水を飲む音だけだ。念のために言うと、これはまったくなんの音もしない！」

即座に三十六のペットボトルの底が、空へと傾けられた。ジェンキンスはとくに痛む足をいまある場所に留めておきたくて、驚くほどの速さで水を飲みはじめた。エイヴリーは大きな喉仏が、短い紐の先のヨーヨーのようにせわしなく上下するのを見てこう思った。

こいつは、適切な飲み方をしろという命令にすら、従えないのか？
キャンプの車寄せが騒々しくなり、バーンと第二小隊が戻ったことを知らせる。彼らは海兵隊の行進歌を叫ぶように口にしていた。バーンが一行ずつ叫び、彼の部下たちがそれを繰り返す。

俺が死んだら、深く埋めてくれ！
ＭＡ５を俺の足元に置いてくれ！
泣くのはやめろ、涙は流すな！
それよりＰＴ装備を棺に入れてくれ！
なぜって、ある朝早く、〇五〇〇ごろに！
地響が始まり、空に稲妻が走る！
心配するなよ、恐れるな！
俺の幽霊がＰＴランをしてるだけだ！

第二小隊が高くなった車寄せを越えて、練兵場に入ってきた。するとポンダー大尉の住まいの網戸が勢いよく開いた。いつものように、大尉は義手をつけていない。野戦服のシャツの袖は、きちんとピンで脇に留めてあった。

「気をつけ！」エイヴリーは怒鳴った。

ポンダーは第一小隊に列を正す時間を与え、第二小隊が息を切らしながら止まる時間を与えた。それから親しみのこもった大声で尋ねた。「散歩は楽しかったか？」

「はい、大尉」新兵たちがばらばらに答える。

ポンダーはバーンに顔を向けた。「あまり確信がなさそうだな、軍曹」

「はい、大尉」バーンが歯をむきだす。

「十キロでは、楽しかったかどうかよくわからんのかもしれん」

「もう一度行進させますか、大尉？」

「うむ。そのまえにもう一度確認しよう」ポンダーはひとつだけの拳を腰に当て、叫んだ。「もう一度聞くが、散歩は楽しかったか？」

七十二人の新兵全員が声を揃えて答えた。「はい、大尉！」

「明日もやるか？」

「はい、大尉！」

「うむ、今度はよく聞こえた！　休め！」痛みにうめく新兵たちにはかまわず、ポンダーはエイヴリーを手招きした。「彼らのペースはどうだ？」

「背嚢の重さを考えれば、悪くありません」

「今日の午後は何をするつもりだ？」

「射撃場へ連れていこうと思っていました」

ポンダーは満足そうにうなずいた。「そろそろ的にいくつか穴を開けてもいいころだな。だが、それはバーンに任せたまえ。われわれはデートだ」

「はい？」

「ウタガードで夏至の祭りがある。この素晴らしい惑星の総督が、わたしと二等軍曹をひとり、招待してくれたんだ」大尉はバーンのブーツに朝食を嘔吐するという間違いをおかし、恐怖に震えている新兵と、それをすごい勢いで罵っているバーンに顎をしゃくった。「格式ばった儀式だ。女性はイヴニングドレスを着る」ポンダーはにやっと笑った。「きみのほうがまだましだという気がする」

「まあね」エイヴリーはほろ酔い機嫌の政治家たちの反政府派に関する質問をさばくのは気が進まないが、吐いた新兵に自分のゲロで覆われたブーツのすぐ上で腕立て伏せを命じているバーンを見ると、大尉の判断にうなずかないわけにはいかなかった。

それに、ポンダーには尋ねたいこともある。何よりもまず、自分とバーンがなぜハーベストに配属されたのかが知りたかった。兵舎で殴りあった夜以来、彼とバーンはほとんど口をきいていないから、バーンからそれに関する情報を引きだすことはできない。ウタガードの街へ向かう車のなかで尋ねれば、大尉はなぜUNSCがトレビュシェット作戦のチームリーダーをふたりも反政府派との戦いの前線からはずしたのか、説明してくれるかもしれない。

おそらくポンダーの答えは、気に入らないだろうが……。

「パーティは〇六三〇時に始まる」大尉は住まいへと戻りながら言った。「身だしなみを整えて、できるだけ早く駐車場に来てくれ」

エイヴリーは急いで敬礼し、自分の小隊のところへ戻った。「フォーセル、ウィック、アンダーソン、ジェンキンス！」彼はCOMパッドから名前を読みあげた。四人の肩に、少しばかり力が入る。「ここには、銃を扱った経験なしとあるが、そのとおりか？」

「はい、軍曹」四人は恥じているような顔で、ためらいがちに答えた。仕事柄、小口径の銃を持ち歩くことに慣れている古参の市民軍兵士や巡査の一部が、ばかにしたように笑う。

「彼らがおまえたちの背後を守っているときにも、そうやって笑えるか？」エイヴリーはうなるように言った。

とたんに笑い声がやんだ。

エイヴリーはジェンキンスとほかの三人を自分のまわりに呼びよせた。「俺は大尉と街に出かけなきゃならん。バーン軍曹が引き受けてくれる」

エイヴリーのそっけない説明に戸惑い、四人はぽかんと顔を見合わせた。

「彼に撃ち方を教えてもらえ」エイヴリーは言い直した。「おたがいを撃たないようにしろよ」


一時間後、エイヴリーはワートホグの運転席に座り、ポンダー大尉を助手席に乗せ、グラズヘイム・ハイウェイを東へと飛ばしていた。イプシロン・インディが空の真ん中でぎらついているが、エイヴリーはこの車に屋根がないことが、いつもと違ってありがたかった。戦場では、屋根とドアがないために危険が増すが、唯一の敵が汗ではりつく濃紺の礼装用軍服の場合、オープンカーは最高の恵みだ。

少しでも涼しくしようと、ふたりとも紺の軍服の上着を脱ぎ、シャツの裾を肘までまくっていた。ポンダーは義手のほうをまくらず隠していた。直射日光を浴びると、義手のチタニウムの関節部が不快なほど熱くなるからだろう。目の片隅で、大尉が手を伸ばし肩をかき、回路と人体が出合うナノファイバーの接合部をさすっているのが見えた。

ふたりはしばらくの間黙って座り、駐留地の周囲の小麦畑が、広大な桃とりんごの果樹園に移り変わっていく様子を見ていた。どうやって会話の糸口をつかもうか？　エイヴリーは迷った。「わたしはなぜここにいるんですか？」といきなり訊くのも能がない。大尉がそれを秘密にしているのは相応の理由があるからにちがいない。うまく答えを引き出すには、多少とも巧妙なやり方が必要だ。そこで、彼は簡単な問いから始めた。

「大尉、差支えなければ、その腕をどうしたのか教えてもらえますか？」

「M－EDF9／21／1だ」ポンダーはワートホグのエンジン音に負けじと声を張り上げた。「このユニットには詳しいかね？」

エイヴリーの頭は自動的にコードを解釈していた。第九海兵隊遠征軍、第二一師団、第一大隊。イプシロン・エリダヌスで任務に就いている多くのユニットのひとつだ。

「はい。つわものぞろいの歩兵ですね」

「そうとも」大尉は義指を二本シャツのポケットに入れ、スウィート・ウィリアムを取りだした。「わたしはかつてその司令官だった」

運送トラックが対向車線を猛スピードですれ違い、エイヴリーは風圧にハンドルを取られないように、それを握った手に力をこめた。「どんな戦いを経験されたんですか？」何気ない調子を懸命に保とうとしたが、ポンダーが言ったことが本当なら、彼は反政府派とUNSCの戦いの重要な役割を担っていたことになる。そうなると、ハーベストに彼がいるのは、エイヴリーやバーンがいるのと同様、かなりおかしい。

「腹を割って話そうじゃないか、二等軍曹。トレビュシェットだよ。きみのファイルにも、バーンのファイルにも載っている。それにこの二週間、わたしもきみとまったく同じことを考えていたんだ」大尉は葉巻の先端をかみ切った。「なぜ海兵隊はこのハーベストに歴戦のつわものふたりを送ってきたのか、とね」

「あなたからその答えを聞きだせると思っていたんですが」

「わたしには見当もつかん」ポンダーはパンツのポケットから、蝶番付きの蓋がある銀のライターを取りだし、カチッと開いて葉巻に火をつけはじめた。「FLEETCOMは、情報を出し惜しみするからな……」葉巻を吸いながらそう言って、再び小気味よい音をさせ、ライターを閉じた。「降格されてからというもの」

エイヴリーの頭のなかで、何かがぴったりはまった。もちろんだ。海兵隊の大隊司令官ともなれば、少なくとも中佐でなくてはおかしい。これは大尉というポンダーの現在の階級よりもふたつ上の位だった。しかし、それが大きな疑問のなかでどういう意味をもつのか、まったく見当がつかない。どちらかといえば、ポンダーがそう打ち明けたことで、さらに物事が複雑になった。「降格ですか?」彼は時間稼ぎに訊き返した。

「わたしが腕を失ったのは、エリダヌスⅡのエリュシオン市だった」ポンダーはダッシュボードの上に片足を乗せた。「一三年のことだ。ワッツと彼らの一味は、まだ牙をむき始めたばかりだった」

ロバート・ワッツ大佐――UNSCのほとんどは〝あのろくでなし〟と呼ぶ――は、戦いの初期に反政府側に寝返ったイプシロン・エリダヌス出身の海兵隊将校だ。彼と、彼が指揮する反逆者グループは、トレビュシェットの最優先標的のひとつでいまのところ彼を狙撃した者はいないが、エイヴリーは一度だけ、もう少しで仕留めそうになったことがある。

「ワッツの副指揮官を捕えるため」ポンダーは葉巻の煙を深々と吸いこんだ。「FLEETCOMの提督たちは、わたしの大隊をそこに送った。重武装し、航空支援付きで、がむしゃらに突撃せよ、というのが彼らの命令だった。そうやって地元の人々を怖気づかせ、戦わずしてあきらめさせ、彼の引き渡しを要求しろ、と。だが、街の人々はまだ半々だったのだよ。全員が反政府側というわけではなかった。そこでわたしは、穏便な方法をとれば、中立の人々をこちら側につけられるかもしれないと思った」

エイヴリーはつぶやいた。「わたしが入隊する前に違いありませんね」

「戦いの初期には、現在とは事情が違っていた。話し合う時間もあり、平和に解決できる可能性もあった」ポンダーは首を振った。「それはさておき、その男――わたしの標的――は、地元の高官の娘と結婚していた。義理の父親は、自宅の玄関に武装した兵士たちが現れれば腹を立てるだろうと思ったが、気がつくと、わたしは彼の居間で紅茶を飲んでいた」

ポンダーは葉巻から灰を落とした。「五分間、われわれはにこやかに世間話をした。それから、彼の妻が二杯目の紅茶を注いでいると、わたしは本題に入った。〝実は、この男を探しているのですが、彼がどこにいるかご存じですか、娘さんに危害が及ぶようなことはありません〟などと。すると彼はわたしの目をまっすぐ見た……」ポンダーは言葉を切り、〝ワートホグの傾斜したフロントガラスから外を見た。「そしてこう言った。〝いつかわれわれは勝つ。どんな犠牲を払おうとも〟と」大尉は記憶をたどって義手を伸ばした。「それから標的の妻、つまり自分の娘に腕をまわし、こんなふうに手を上げた……その手に握られた手榴弾に気づくのに、少しかかった」

エイヴリーは、ポンダーのような男たちから暴動を引き継いだ自分も、少なくともそれと同じくらい驚くべき事態、悲劇的な事態に遭遇している、と告げる以外、なんと言えばいいのかわからなかった。

「もちろんはったりさ。たしかにあの男は、大義のために身を捧げていた。だが、自分の家族を皆殺しにするかね？　そんなことはありえない」ポンダーは歯のあいだから半分に減った葉巻をとり、ダッシュボードで火を消した。「ところが、狙撃手のひとりは、そう思わなかった。家の外から彼を撃ち、真っ二つにした。が、彼は反射的に手榴弾のピンを引きぬいた」大尉は肩をすくめた。「わたしは床に突っ伏した。そこから事態はさらに悪化した」

　狭い場所、神経過敏な兵士たち。何が起こったか、エイヴリーには手にとるようにわかった。市民に多くの犠牲者がでたにちがいない。そして上層部は激怒し——果ては二階級も降格させられた。

「彼らとしては、早めに退役してほしかったのだろうな。だが、わたしは留った。つまらん仕事をいくつもこなし、ようやくＣＭＴにたどりついた。反政府軍との戦いはあとに残してきたと思っていたよ」彼は、非難というより探るような目でエイヴリーを見た。「それから、きみたちふたりがやってきた」

　ふたたび、エイヴリーは言葉を失った。しかし、ポンダーはすぐにはるか昔の恐ろしい日に起こった記憶のなかにひたり、しばらくのあいだふたりとも黙りこんでいた。

　りんごの果樹園を出ると、ＪＯＴＵＮが二台見えた。その巨大な摘果機は、攪拌アームで木々をそっくり飲みこんでしまうほど大きい。エイヴリーは、ハーベストにあるＪＯＴＵＮの正確な数についてヒーリーが新兵と話しているのを聞いたことがあった。衛生兵は、ひとりにつき三台——つまり全体ではほぼ百万台——のＪＯＴＵＮがあるといわれても信じようとしなかったが、最も小型の穀物散布機から、あの摘果機のような六輪の巨獣まで、あらゆる異なるバージョンを含めてだ、と新兵に説明され、ようやく納得した。

「おかしなことに」ポンダーは、ちっともそう思っていないのがありありとわかる言い方で言った。「最初は恋しかった。部下、戦闘、すべてが。それがいかにばかげているか気づくのに何年もかかった。あのとき抜け出せたのは、実に幸運だった。事態が悪化する前に、そしてより多くの人々を死に至らしめる間違いをおかすまえに」

エイヴリーはうなずいただけだったが、あなたの言いたいことは、よくわかります、と言いたい気持ちだった。

そのころにはビフレストが前方に見えてきた。その石灰岩の断層崖まではまだ一時間あったが、目を細めると、そこに黒く刻まれた、ウトガルドへと登っていくジグザグの急勾配の道が見えた。

その道の左右、数百キロメートル離れたところには、リニアモーターカーの線路もある。ビフレストの上から下るこの太いモノレールは、彼方の果樹園のなかでイダにぶつかる。南側の線路を、コンテナを長く連ねた貨車が下って行くのが見えた。コンテナのサイズにしてはずいぶん速いところを見ると、なかはからにちがいない。何百台ものＪＯＴＵＮが、積んだばかりの果物を積むために待つ駅へと向かっているのだ。

「ＦＬＥＥＴＣＯＭは、きみに休暇が必要だと思ったのかもしれないな」ポンダーが言った。

「かもしれません」エイヴリーは言った。たしかにその可能性もある。

「では、今夜始めたらどうかな？　酒を飲み、かわいい娘と踊るんだ」

エイヴリーはついにやっと笑っていた。「それは命令ですか？」

ポンダーは笑い声をあげ、義手で太腿をぴしゃりと叩いた。「そうとも、二等軍曹。命令だ」


ワートホグをハーベストの国会議事堂の車寄せに止めるころには、エイヴリーはポンダー大尉についてかなり詳しく知るようになっていた。反政府派と戦っていたために、長男の結婚式や初孫の出産といった貴重な瞬間を逃したことを、片腕を失ったことよりも残念に思っている、大尉はそう言った。上着の真鍮ボタンをはめ、車を降りてひさし付きの黒い礼装用帽子をかぶりながら、エイヴリーは自分が、大尉の軍服を着ているこの男を信頼しているだけではなく、これまでよりも深く尊敬していることに気づいた。

国会議事堂のロビーは、パーティ客でごった返していた。淡い色の、薄手のスーツを着た男たち、ひだ飾り付きの襟ぐりの深く開いたドレスに身を包んだ女性たち。彼らはコア・

ワールドのサロンではすでに時代遅れだが、ハーベストの社交界では流行りはじめたばかりのファッションに身を包んでいた。エイヴリーとポンダーがすれ違うと、ぽかんと口を開ける人々や、囁く人々もいる。おそらく彼らは、海兵隊員を——兵士を——生まれて初めて見ているのだろう。

だが、混み合う人々あいだを縫って花崗岩の階段を舞踏室まであがっていくと、好奇心に満ちたまなざしの一部が冷たい視線に変わり、エイヴリーは顔をしかめてこう思った。兵士は目新しいかもしれないが、歓迎されるとは限らない。UNSCの反政府派への対処の仕方は、ほかの場所同様、ハーベストでも人気がないようだ。

「ニルス・ターンだ」誰かが階段のてっぺんにある踊り場から大声をあげ、赤白の縞模様の幅広の布から、肉厚の手が突きだされた。「ポンダー大尉だな」

「総督」ポンダーは一番上の段で立ち止まり、敬礼した。それから、片手を差しだした。

「お会いできて光栄です」

「わたしもさ、もちろん!」ターンの力強い握手に、ポンダーは階段を一段引っ張り上げられたかっこうになった。

「部下のひとりを紹介してもよろしいでしょうか? 二等軍曹のエイヴリー・ジョンソンです」

ターンはポンダーの手を離し、エイヴリーに差しだした。「ジョンソン？」ターンの赤い髭が分かれ、満面の笑みが浮かんだ。「われわれの惑星をどう思うかね？」

エイヴリーの握手も強いほうだったが、ターンのそれは、まるで万力のようだった。昔ながらのやり方で——巨大な機械の数々など使わずに——何年も農場で働いてきた者特有の力がある。総督は生命力に満ちているが、おそらく六十代半ばだろう。ハーベストにやってきた植民の最初の世代にちがいない。「故郷を思い出します」エイヴリーは顔をしかめた。「わたしは地球のシカゴの工業地区で育ちました」

ターンはエイヴリーの手を離し、嬉しそうに親指で自分の胸を指した。「わたしはミネソタだ！　両親とも何代もの先祖がそうなんだ」彼は笑顔を広げ、ふたりをまばゆい照明が輝く舞踏室の入口へと導いていった。「ここの連中は善人ばかりだぞ、二等軍曹。大半は、西部出身で——土壌の状態が悪化したときに移ってきた。もちろん、ハーベストについてみるまでは、これほど素晴らしいところだとはわからなかったが！」

総督は通りすがったウェイターからシャンパングラスをとり、一気に飲み干した。「こっちだ！」彼は舞踏室に入ると、横へと進みはじめた。総督という地位と同じくらい、派手な腹帯が、人々の列を分ける役割を果たしている。「離れないでくれよ！　ショーがもうすぐ始まる、きみたちふたりには前の真ん中にいてもらいたい！」

エイヴリーは混乱したようにポンダーを見た。が、大尉はターンがあけた隙間に体を入れただけだった。人混みがもとに戻るまえに、エイヴリーもその後ろに従い、舞踏室のなかに吸い込まれるような形になった。人々の足を踏まないよう細心の注意を払いながら、彼らはターンのあとを追って、国会議事堂の庭園とその向こうのウトガルドのモールを見渡す広いバルコニーに出る、東の壁に並んだガラスの扉のひとつへと向かった。

ターンの横、バルコニーの腰までの花崗岩の手すりに進みでると、夏至を祝う人々で溢れる公園が見えた。黄昏の光のなかで、コードから下がる豆電球が、鮮やかな色のピクニック用毛布に座った家族連れを照らしている。どのモールも、派手に飾りたてられていた。この惑星に住む三十万人のほとんどが出席しているに違いないが、彼らが具体的に何を祝っているのか、エイヴリーにはよくわからなかった。

「ロル！」エイヴリーの耳にターンの大声が響き渡った。「こっちだ！」総督は頭上で手を振ったが、その必要はなかった。ターンはバルコニーにいる誰よりも、エイヴリーよりも背が高く、赤と灰色のふさふさとした髪は、実に目立つ。舞踏室のほうに首を伸ばすと、ちょうど総督とは正反対の外見の男が、人混みから出てくるのが見えた。背の低い、頭のはげあがった男で、老いた体は明るいグレーのリネンスーツをかろうじて満たしている。

「ロル・ペダーセン。わたしの法務長官だ」

「たいそうに聞こえるが、法律家を呼ぶのに使われる、しゃれた別名のひとつだよ」ペダーセンは、薄い唇に控えめな笑みを浮かべた。彼はエイヴリーやポンダーに手を差しださなかったものの、これは礼儀に欠けているからではない。興奮した人々が舞踏室から手すりのほうへと押し寄せてきて、腕を動かす隙間もないのだ。

「ロルはとにかく堅苦しい男で」ターンが説明する。「細かいことにうるさい。ここで民兵を訓練することに関して、ＣＡとあらゆる種類の交渉を行ったのは彼なんだ」

「厳密にいえば」ペダーセンは白い眉を片方上げながら、目をきらめかせた。「わたしは、民兵を持てという彼らの要求を公式に受け入れただけさ」

ちょうどそのとき、空に花火が上がり、ティアラのエレベーターのあいだを、鮮やかな色の花で彩った。ウトガルドのスカイラインから突きだした流れる七本のストランドが、イプシロン・インディの消えゆく光のなかで銅色に輝く。盛大な火花が周囲の空気を波打たせると、まるで誰かが巨大なハープの弦をつまびいたように、ストランドが震えて見えた。

「よし、みんな！」最後の花火が、青緑に煙る雲のなかで炸裂すると、ターンが大声をあげた。「準備をしたまえ！」総督と、バルコニーにいる、エイヴリーとポンダーをのぞく全員が両手を耳にあてた。

「マス・ドライバーだ」ペダーセンが説明をする。「夏至の祭りには、必ずあれを発射するんだよ」

モールの周りの塔が一斉に暗くなり、街の電気がぱっと消えた。ティアラの中央第四ストランドの先でまばゆい閃光が上がったかと思うと、モールに衝撃波が押し寄せ、電球を叩いた。ナプキンが飛び交い、子供たちがひどく驚き、ピクニックを楽しんでいる人々が悲鳴をあげる。バルコニーでは、はためくドレスを抑え、女性たちが笑いながらキャーキャー叫んだ。男たちは、衝撃音が国会議事堂を通過するあいだ、勇ましくも耳も押さえようとさえしない。

「万歳！」ターンが叫んで拍手をし、公園でピクニックをしていた人々からも同じような歓声があがった。「よくやった、マック！」

「お褒めにあずかり恐縮です、総督」ＡＩがターンの大きなジャケットのどこかに隠されたＣＯＭパッドから答えた。「みなさんを喜ばせるのが、俺の仕事でね」

「それで？」ターンは手摺から離れながら尋ねた。「実際にはどれくらい近づいたんだね？」

ペダーセンは片手をどうにか自由にすると、ターンの背中を指さして、ふたりの海軍将校に彼のあとに続けと示した。総督は舞踏室の反対端にいる子供たちのところに彼らを導いた。サテンのリボンがついたドレス姿の少女たちと、つややかなベストと靴の男の子たち――が、野菜とフルーツ入りの角形容器が並ぶ円形テーブルを囲んでいる。マックは葉のついた蔓の花冠と濃い紫のぶどうの中央に置かれた銀色のホロプロジェクターの上に立っていた。

「ほんのちょっぴり」AIは茶目っ気たっぷりに答え、汚れたハンカチで首の後ろを拭いた。「まあ、実際は五十キロぐらい離れていたと思うが、彼女のことだ、きっと何か言うだろうな」

「ああ、それはたしかだ」ターンはくすくす笑った。「ポンダー大佐とジョンソン二等軍曹を紹介しよう。ふたりとも海兵隊員だ。民兵育成のために来ている」

「俺はマック。農業管理を行っている」マックはカウボーイハットの縁に触れた。それから、バルコニーとその向こうのどこかにあるマス・ドライバーに向かってうなずいた。「海軍のでかい大砲と同じさ。力は多少劣るが」

「うむ」ポンダーが真面目な顔を作った。「あれを宇宙空間でしか放たないのには、それなりの理由があるんだ」

マス・ドライバーは、惑星の地表から軌道に機材を発射する、比較的安価でシンプルな手段だ。たいていは、柔軟性のある大型ジンバルの上に設置され、接続された磁気ループが、ほとんどオートメーションを使わずに、AIよりはるかに単純なコンピューターで帯電し、狙いをつけ、発射できる。しかし、このドライバーには大きな欠点があった。投げる物の重量が限られるのだ。ハーベストのドライバーは、植民地が設立されてから最初の十年間は充分与えられた仕事を果たしたが（その時点における最優先の役割は、注意深く梱包された核廃棄物をエプシロン・インディとの衝突コースに送りこむことだった）、輸出量を最大限に伸ばすには、ティアラのような高収容力のあるリフト・システムと必然的に置き換えられる運命にあった。

しかし、ドライバーのテクノロジーそのものは、海軍でもMACという形で、いまだによく使われている。いわゆるMACフリゲート艦や巡洋艦は、基本的には、動くマス・ドライバーで、長い電磁コイルの周りに造られた宇宙船だといえよう。そのテクノロジーは、M99スタンション・ライフルのそれと似ている。しかし、M99の、軽量で半分鉄を使った銃弾は長さわずか数ミリしかないが、MACの弾は、全長十メートル、重さ百六十トンもあり、海軍の最も分厚いチタニウムA装甲板でさえ貫通するほどの破壊力を持っている。

「宇宙空間？」ターンは否定するようになった。「無重力でも、音がでるのかね？」

「大砲を発射するときにMACガンを搭載した戦艦に搭乗していれば、こうなりますよ」ポンダーは両手で耳を押さえ、すさまじい衝撃音をシミュレートした。「あなたが敬虔深い人間かどうかは知らないが、総督、あれは教会の鐘に少し似た音で――」

「敬虔か?」総督は顔を輝かせた。「わたしはルター派だ! 生まれてからずっとそうさ!」

ペダーセンは抗議したそうにため息をついた。「やれやれ、宗教の話になるとわかっていたら、法務長官として、もう少し穏やかな話を選ぶよう耳打ちしたのだが」

「話と言えば、そろそろ子供たちにお話を披露してやるかな」マックは、子供たち全員が聞こえるように大きな声で付け加えた。マックの後ろに現れたワイルドウエストの騒がしい大通りのホログラフィックを見て、子供たちが歓声をあげる。マスクを付けたはぐれ者の一団が、六連発拳銃を放ち、駅馬車の馬を驚かせながら、銀行から飛びだしてくると、子供たちから「わあ」とか「すごい」と叫び声があがった。マックは保安官の星を尻ポケットから取りだし、胸に留めた。「説教は、バーでやってはどうかな?」

「いいとも」ターンはポンダーの肩をたたいた。「大尉?」

ポンダーはターンの一撃に揺らぎもせずに立って軽く頭を下げた。「お先にどうぞ、総督」そしてターンに従い舞踏室のバーへと歩いていくまえに、彼はペダーセンに尋ねた。「二等軍曹に、ダンスの相手を探すよう厳命を出したんだが。誰か、適任の女性はいないかな?」

ペダーセンは勢いこんで指をあげた。「ちょうどいい女性がいるとも!」

「それはありがたい」ポンダーはエイヴリーを見て、にやっと笑った。「幸運を祈るぞ」

エイヴリーが答える前に、大尉はきびすを返した。ペダーセンが軽く肘に触れて促しながら言った。「例のドライバー事件のことはご存知かな?」彼はマックの銃撃戦の一発目と子供たちの大歓声から離れて歩きだした。

「事件ですか?」

「マックとシフとのあいだのあれだよ」

「いや」

「実は……」

ペダーセンは、DCSがシフをティアラにインストールしてからまもなく、彼女のデータセンターの電源供給に致命的故障があったのだ、と説明を始めた。この故障のせいで、技術者たちはストランドのすべての作業を中止した。さもないと、それにより全システムが崩壊する可能性があったからだ。荷積みが不釣行になるリスクが生じると、マックはすぐさまこの危機に対応し、マス・ドライバーを使って、軌道に新たな電源供給源を作り、この問題を解決することにした。

できるかぎりの手をつくそうと、彼はティアラの第四カプリング・ステーション内に必要な器材を打ちあげた。これは見事に成功したが、技術者がシフの電源を修復したあと、彼女がマックのしたこと――狙いがはずれていれば、自分のデータセンターが破壊された可能性があったこと――を知ると、シフは機嫌をそこねた。

「だから今夜彼女はここにいないんだ」ペダーセンは舞踏室を出て、バルコニーの静かな北東の角に向かいながら口を結んだ。「ドライバーを打つどんな祝いごとにも、礼儀正しい言い訳を必ず思いつく。実に残念なことだ。彼女も少し楽しむべきだと思うのだが」

「厳しい非難ですわね、長官」女性の声が手すりのところから聞こえ、ペダーセンはあわてて足をとめた。だが、透き通った銀のショールが一部しか隠していないむきだしの背中に目を惹かれ、エイヴリーはだいぶ前から彼女の存在に気づいていた。彼は、礼装用の帽子をとって、髪を整えるために足をゆるめた。

「これは、ミズ・アル＝シグニ」法務長官が答える。「だが、わたしがしていたのは、シフの話だ。例のドライバーの一件で……」

「もちろん」アル＝シグニと呼ばれた女性は、手すりから離れ、法務長官に向き直った。「わたしの記憶が正しければ、ＤＣＳはそのドライバーをシャットダウンするよう命令しましたわ」

「わたしの記憶では、われわれはＣＡの憲法に違反しているという理由で、その命令を拒否した。すでに限られている主権にとって、深刻な違反ですからな」法務長官はウインクした。「ここだけの話、こういうすばらしい楽しみをあきらめるのはもったいない」

ジランは笑った。「異議なしよ」

「失礼」ペダーセンが早口に言った。「エイヴリー・ジョンソン二等軍曹？　こちらはDCSのジラン・アル＝シグニだ」

　ジランが差しだした片手を見て、エイヴリーはためらった。

彼女が味気ないDCSの制服を着ていれば、何も考えずにその手を握っていたにちがいない。だが、床まで届く銀のドレスに、エイヴリーは戸惑った。きゅっとしまった細いウエストやホルタートップのドレス姿は、まるでコア・ワールドのトップモデルのようだ。つややかに後ろになでつけ、耳にかけられた黒い髪は、モールからのさわやかなそよ風がショールをそよがせて柔らかな褐色の肌からひらつかせても、ぴくりとも動かない。

「政治家は大げさに抱擁しあうけど」ジランは肘でショールを押さえた。「わたしは政治家ではないわ」

　そこで、エイヴリーは差しだされた手を握った。彼女の握手は総督ほどには力強くなかったものの、デリケートな細い腕とは不釣り合いなほどしっかりしていた。

「失礼」ペダーセンは咳払いをして胸をたたいた。「海兵隊の司令官を、彼の不死の魂の飛行経路に関する魅力的な議論から救いだす必要がありそうだ」

　ジランはにっこり笑った。「総督によろしく伝えてくださいな」

　ペダーセンは踵をカチリと鳴らし、向きを変えて舞踏室へと戻っていった。ジランは彼が人混みのなかに消え、エイヴリーとふたりになるのを待って、口を開いた。

「リラックスしたらどうと言いたいけれど、あなたはそういうタイプではなさそうね」

エイヴリーは答えに詰まったが、ちょうどそのとき踊っているカップルが後ろからぶつかってきて、すまなそうにくすくす笑いながら離れていき、一時的にふたりの気をそらしてくれた。弦楽四重奏団が、さきほどより華やかな曲を奏ではじめると、花火のあと屋内に飲み物のお代わりを取りにいかなかった客たちも、これといった目的もない会話を中断し、魅惑的なワルツに惹きよせられていった。

ジランは、手首から下がっている小さな二枚貝の殻のハンドバッグをはずした。魚のうろこの形をした小さな鏡で覆われたそのバッグは、エイヴリーの目をちかちかさせた。

「48789－20114－AJ」彼女は、バッグからCOMパッドを引っ張りだし、スクリーンから読みあげた。「これがあなたの認識番号ね」

目の焦点が戻った。「ええ、たしかに」突然彼女の笑顔が、それほど甘く見えなくなってきた。

「NavSpecWarのオリオン分隊のチームリーダーだった」

「失礼ですが、それは機密情報なので」

「知っているわ」

脇の下に汗がにじみでた。「何かお手伝いできることが？」

「イニーズが貨物船を襲撃しているの。積み荷を破壊し、乗員を殺害している。彼らを止めてほしいの」

「いまのわたしは植民地市民軍を訓練する教官です。別の人物を探してもらいたいですね」

ジランはショールを肩に戻した。「あなたはシカゴで、無断で軍を離れた」彼女は冷ややかな声で言った。「しかも、はなはだしい誤処理の可能性ありとして調査されている」

エイヴリーは歯ぎしりした。「調査ではシロと――」

「そのすべてを考えると、FLEETCOMが異動の要求を承認したのは、奇妙だと思わなかったかしら？」

エイヴリーは脅すように目を細めた。「DSCの役人が俺のファイルにアクセス権を持ち、まるで部下に命じるように話しているほうが、よっぽど奇妙さ」

ジランはCOMパッドを上げ、スクリーンに光っている自分のID写真をエイヴリーに見せた。

公式のUNSC軍服を着た彼女は、ドレス姿と同じくらい美しかった。だが、男をくらくらさせる美しさではなく、清潔で、頼もしい、致命傷を与える、よく整備された武器と同じ類の美しさだ。写真の下にあるテキスト・スタンプは、彼女の本当の階級と所属を明確にしていた。ＯＮＩ第三局所属、アル＝シグニ少佐。

「いまこの瞬間から、わたしはあなたの指揮官よ」ジランはパッドを閉じた。「態度に気をつけるのね、二等軍曹、そして命令に従うことね。さもなければ、すぐさまトレビュシェットに逆戻りよ」彼女の声ににじんでいるのは怒りではなく、冷静な決意だけだ。「わかった？」

エイヴリーは、じわじわこみあげてくる怒りに喉を詰まらせた。自分がなぜハーベストに配属されたのか、そして誰が彼をここに送ったのかこれでようやくわかった。「ええ、少佐」

アル＝シグニはＣＯＭをバッグに落とし、パチッと口を閉じた。「下で待っていてちょうだい。バーン二等軍曹を拾ったらすぐにここを出るわ」そう言うと、ドレスを後ろに波打たせ、ワルツを踊る人々のなかに足早に入っていった。

CHAPTER EIGHT
8章
マイナー・トランスグレッション、レリクアリ軌道経路
MINOR TRANSGRESSION, RELIQUARY ORBITAL PATH

今度は虚を突かれるようなことはない。チュルヤーはそうならないように確実な手を打った。へその緒の壁を通して、彼女自身がレーザーを使って注意深く開けた穴から、角ばった貨物船の大気が逃げていくのが見える。船内に隠れているエイリアンがいるとしても、遺物に害を与えずに彼らを殺そうと、できるだけの手は打った。

最後の貨物船上でエイリアンといきなり出会って驚かされたあと、チュルヤーとほかのキグヤーは、その船を隅々まで捜索した。だが、遺物はひとつも見つからなかった。マイナー・トランスグレッションのルミナリーですらあきらめ、そこで光っていたシンボルも暗くなかった。すっかり頭に来たチュルヤーは、船を破壊することにした。不毛な違反の証拠は、消去してしまうにかぎる。

フラゴグに命じて、もっと念入りな捜索を行うことも考えたのだが、フラゴグがいかに

仕事が早いとはいえ、同じ場所に長いこと留まるのは気が進まなかった。こちらのセンサーには引っかからなかったものの、彼らが殺したエイリアンが、救難信号を発していた可能性がある。それに、助祭（フラゴグにこちらの望みを伝える唯一の仲介者）は、危うくエイリアンに殺されかけたあと、すっかり神経が参ってなんの役にも立たなくなった。彼の臆病ぶりは腹立たしいかぎりだが、彼女は特別寛大にメタン室でさぼることを許した。助祭を苛める興味深い新手に気が散って、乗員が目の前の仕事に集中できないと困る。

「用意はいいな？　行け！」へその緒がエイリアンの宇宙船の船体を焼いて内部に達すると、チュルヤーはしゃがれ声で号令をかけた。ザハーを含め三人の男がひとかたまりになり、自分たちの与圧スーツが許すかぎり先まで進んだ。船体外部のメンテナンスに使う目的で作られたスーツは、不恰好で、ひどく動きにくい。だが、貨物船内に呼吸できる空気がないことを考えると、不都合だが着けるしかなかった。男の乗員——とくにザハー——にとっては、このスーツはひときわ不快だろう。スーツのヘルメットには、棘のあるとさかを収納できるスペースがほとんどない。そして彼女の相手に選ばれたザハーは、自分の価値を証明しようとすっかり興奮していたからだ。

へその緒のゆっくりした前進が止まると、ザハーは痙攣するように頭を左右に振り、隙間が密封されたことを確認し、再び叫んだ。「行け！」手袋をした鉤爪でクリスタルの反身の短剣《カトラス》をつかみ、彼らはへその緒のエアロックにあたる、ゆらめくエネルギー・バリアを走りぬけた。チュルヤーはプラズマ・ピストルを握り締め、男たちに続いた。

　船倉に入ったとたん、チュルヤーはそこに重力がないことに気づいた。レーザーが基本的な機能をもつ機械まで焼いてしまったにちがいない。腰の高さのところで浮きながら、彼女は歯ぎしりし、ザハーとほかのふたりがつかむものを探そうと、溝のある床をなでるのを見守った。彼らは興奮しすぎて用心を忘れ、そのせいで嘲るような船倉の赤い非常ライトのなかで、愚か者のように床をひっかくはめになった。

「落ち着け！」チュルヤーはヘルメットのシグナル・ユニットを通じて怒鳴りつけ、へその緒の突きだした先端の上で体を安定させながら、「あの箱に向かえ！」と叫んだ。

　最初の貨物船と同じで、この貨物船の船倉にも、同じプラスチックのコンテナがたくさん積んであった。今回は床から天井まで隙間もなくぎっしり並んでいるわけではなく、一定の間隔で、低く積まれているだけだ。だが、各々の中身を調べるには時間がかかるだろう。無重力のなかではとくにそうだ。チュルヤーは自分に腹をたてて、舌打ちした。この過程を速める最善の策は、助祭に命じてフラゴグに、彼女がうっかり壊してしまった反重力ユニットを見つけて修理するよう指示させることだ。

　だが、自分の船に戻ろうとエネルギー・バリアへときびすを返すと、鋭い、熱いものが、与圧服の首の部分を貫いて鱗のある皮膚を切り裂いた。船倉の壁に発射体がさらに数発跳ね返り、壁が震動する。紫の血の玉が少し飛び散ったものの、ふたつの小さな穴は自動的にふさがった。「退却しろ！」彼女は乗員に向かって叫んだ。「船に戻れ！」攻撃してきた相手の位置はわからない。だが、それが自分を照準に捉えていることはたしかだ。ザハーやほかのふたりが従える位置にいるかどうか確かめもせずに、彼女はへその緒に飛びこんだ。

アル＝シグニ少佐はどうやら有能な軍人らしい。少なくとも、作戦を立てる能力は充分にある。入念に偽装されたスループ船、〝ウォーク・オブ・シェイム〟には、エイヴリーが見たこともないような武器を含む、武器弾薬が積み込まれていた。彼もバーンも、アル＝シグニがバトル・ライフルと呼ぶ、銃身の長い光学スコープ付きのプロトタイプを選んだ。ふたりの二等軍曹は、このライフルの射程距離と正確さの組み合わせが、積み上げたコンテナの山のなかで狙いを定めるのに適していると考えたのだった。

だがそれは、コンテナの床からはるか上に浮くことになるとわかる前の話だ。

いきなりレーザー・ビームで攻撃され、貨物船が重力を失うと、エイヴリーとバーンは、控え目に言っても、かなりのショックを受けた。少佐がまえもって黒い真空スーツと、透明ヴァイザー付きのヘルメットを着用させてくれたのは、実にありがたい幸運だった。穿孔装置のようなもののまばゆく光る先端が船体を突き破るのを見て、それまで箱の後ろに隠れていたふたりは、貨物船の上部船体を囲んでいる金属支柱の陰のほうが、いまいるコンテナの陰よりはわずかにましだと判断し、体を押しだすようにしてそこを出た。

エイヴリーは、スコープの十字線をきらめくエネルギー場から姿を現した四人目のエイリアンに定め、バトル・ライフルの引き金にかけた指に力をこめた。そうとも、あの少佐は作戦を立てられる。だが、さすがにこの事態は予測していなかったようだ。

ウトガルドからティアラに行くからっぽのエレベーター内で行われた任務前のブリーフィングで、アル＝シグニはエイヴリーとバーンに、エプシロン・エリダヌスにおける最近の反政府軍の勝利を語った。これは最高機密レベルの許可を得ているふたりも知らされていなかった出来事だ。

ふたりがトリビュートのレストランで爆弾を持っている女性を撃ち殺そうと苦慮していたのと同じころ、イニーズは惑星リーチ上で待機していた豪華ライナー、ナショナル・ホリデイズを攻撃した。ツアーにチャーターされたその客船が、娯楽設備が整っていることで有名な植民地、アルカディアへと出発する千五百人以上の一般市民を搭乗させた直後、無人の軌道タクシー二隻がぶつかってきた。

ライナーの船長は、その二隻のタクシーが、遅れてきた乗客を運んできたのだろうと思った。そしてドッキングの指示に応じないと、回避行動をとり――衝突を防ごうとした。船長はタクシーがぶつかっても、たいした損傷は受けないとたかをくっていたが、そのタクシーに仕掛けられていた莫大な量の爆弾は、ナショナル・ホリデイズを真っ二つにしただけでなく、半径二キロ以内のあらゆる宇宙船の船体を焦がした。

ふたりの二等軍曹は、ジランのCOMパッドから流れる、船長の最期の言葉を、神妙に聞いた。穴のあいた客室から死体を落とし、燃えながらリーチの大気圏に向かって墜落するあいだも、もと海軍の戦闘機パイロットが、冷静に他の宇宙船をその経路から遠ざける様子を。

これまでのところ、ONIはこの出来事をなんとか隠ぺいし、イニーの攻撃ではなく、悲劇的な事故として発表している。その攻撃があまりにも大胆だったからだ。これは、反政府派が宇宙で標的を攻撃した、初めての事件だった。そればかりか、彼らはイプシロン・エリダヌス内のUNSCの本拠地である、リーチの軌道上でそれを実行したのだ。イニーズは、その恐ろしい大量殺人を実行したのは自分たちだ、と主張したものの、ほとんどの人々は恐怖のあまり、反逆者たちの主張を信じようとしなかった。彼らがUNSC艦隊の目の前で攻撃してくるとしたら、別の星系も同じように標的になりうる。たとえば、ソル、あるいはハーベストも。

ジランによると、FLEETCOMは、ナショナル・ホリデイズに起こったことは、二度と許さないと決意していた。ONIは緊急警戒体制に入った。そしてイプシロン・インディで行方不明になった貨物船に関する情報が入ってくると、第三局はただちに秘密調査を行うよう彼女を派遣したのだった。例外的な作戦が必要になった場合に備えて、アル＝シグニの上官たちは、エイヴリーとバーンを徴募するよう彼女に命じた。

「倉庫に敵がいる」エイヴリーはヘルメットのマイクにささやいた。

「片づけて」アル＝シグニの答えはそっけなかった。エイヴリーは、無線を使ってはいけないことになっているのだ。

「イニーズじゃないぞ」

「明確にして」

エイヴリーは深く息を吸った。「エイリアンだ」エネルギー・バリアを突き抜けてきた最初の三体は、手足を泳がせ、何かをつかもうとしている。長く骨ばったくちばしといい、透明のヘルメットから見える血走った大きな目といい、人間とは似ても似つかない。「尻尾のないトカゲのように見える」

貨物船から二百キロ余り離れたウォーク・オブ・シェイムではジランがエイヴリーの報

告を考え、つかのま沈黙した。だが、エイリアンのひとりが目を上げ、支柱のあいだの影のなかに隠れているふたりを見つけるのは時間の問題だ。

「どうする?」エイヴリーはくいさがった。

「一体を生け捕りにして。でも、どれも逃がさないで、終わり」

「了解」エイヴリーはバトル・ライフルを引き寄せた。これまでは武器を発射するひまもなかったが、九・五ミリの徹甲弾がエイリアンの玉虫色のスーツを突き抜けてくれることを祈るしかない。

「バーン、俺はリーダーを狙う」エイヴリーは左手の、二本の支柱のあいだにいる軍曹をちらっと見ていった。船体に開いたきらめく穴の一番近くにいるのが、おそらくリーダーだろう。ほかのエイリアンより落ち着いているし、明らかに武器とわかるものを持っている。先端に緑のエネルギーが光る、C字型の銀色のピストルだ。リーダーを倒せば、ほかのエイリアンたち——いまは床で大の字にふせている——は、降伏するかもしれない。彼は大きく息を吸いこみ、それを願ってライフルを撃った。

バトル・ライフルの三発がもたらした反動は、無重力のなかでは思いのほか激しかった。三発のうち二発は横にそれ、反動で背中を船体に叩きつけられた。怪我をした標的は、光るバリアの向こうに消えていく。くそ、支柱に背中を当てて撃つべきだった、エイヴリーは自分に毒づいた。が、無重力での戦闘は今回が初めてだ。エイリアンたちが、同じくらい未経験だといいが……。

いまのところ、そうは見えない。

残った三体のエイリアンが床から離れ、ゆるやかな三角形の編隊を組んで彼に向ってくる。エイヴリーは懸命に狙いを定めようとした。先頭のエイリアンは、ほかのエイリアンよりヘルメットが大きい。スコープを通して見ると、脊柱も一番長かった。頭部から肉付きのよい赤い棘が突きでている。だが、バーンも同じ標的を狙っていた。彼が先に撃ち、そのエイリアンはエイヴリーの右側を回りながら吹っ飛んでいった。

狙いを定めなおす間もなく、その後ろのエイリアンが体ごとぶつかるようにして、クリスタルのナイフのようなもので切りつけてきた。ライフルの銃身でナイフを受けとめると、ふたりのヘルメットがぶつかった。エイヴリーのヘルメットが揺れ、一瞬、ヴァイザーが砕けそうになる。彼はエイリアンを正面から見つめ、いまの振動が、相手の激怒の叫びだと気づいた。

エイヴリーはエイリアンのナイフを支柱のひとつに押しつけた。エネルギーの満ちた武器は、内部のピンク色の炎で光っている。少しでも触れれば彼の真空スーツをあっさり貫通し、肉を切り裂くにちがいない。

エイリアンがあいているほうの手でエイヴリーの首と肩をひっかきはじめた。さいわい、かさばった手袋のせいで、とくにダメージはない。エイヴリーは手をおろし、アル＝シグニの武器庫から選んだM6ピストルをホルスターから外すと、伸びたヘルメットの下側、骨っぽい顎の付け根にすばやく四発撃ちこんだ。エイリアンの頭が吹き飛び、ヘルメットのなかが鮮やかな紫色に染まった。

コンテナの床へとそのエイリアンを押しやったとき、バーンが左側に発砲した。だが、バーンも最初の一発からなかなか立ち直れず、三体目のエイリアンに腹に飛びつかれてバトル・ライフルを取り落とした。それは船体に跳ね返り、回りながら離れていく、エイリアンはバーンの左太腿にナイフを突き立てた。

バーンのスーツを貫通すれば殺せると思っていたに違いない。スーツ内部が細かく区切られていなければ、バーンの命はなかっただろう。バーンがナイフを足から引き抜くと、スーツに空いた穴が、黄色の密封フォームで満たされた。エイリアンは夢中で腕を振りまわした。もう一度ナイフを突き刺そうとしているのだろう。が、それが赤く光りはじめるのを見て、エイヴリーは、エイリアンが差し迫る爆発から逃げようとしているのだと気づいた。

「ナイフを捨てろ！」エイヴリーは叫んだ。「爆発するぞ！」

バーンはエイリアンの胴体部にナイフを沈め、エイリアンがやってきた方向へと蹴り飛ばした。エイリアンは必死に刃を抜こうとしたが、深くて抜けなかった。一瞬後、まばゆいピンクの閃光とともにナイフが爆発し、湿った肉片が、春のぼた雪のようにエイヴリーのヴァイザーにあたった。

「助かったよ」バーンがCOMを通してしぶしぶ礼を言った。「俺がおまえなら、あいつにもう何発か撃ちこむぞ」

エイヴリーは右を見た。バーンが撃った最初のエイリアンが、彼らの先の天井の交差梁に腕を巻きつけ、横への動きを止めた。そしてエイヴリーのほうに頭を傾げ、瞬きをしない片目で彼を見つめた。バーンの一撃で、片方の腕が肩から下が吹っ飛んだにもかかわらず、そのエイリアンはナイフを投げようとしている。

エイヴリーはそのエイリアンの胴体に、ピストルのV型の照準を定めた。肉付きのよい脊柱がどす黒い血でふくれている。エイリアンが顎を開き、剃刀のように鋭い歯をむきだしにした。

「こっちも会えて光栄だ」エイヴリーは顔をしかめ、M6の残りの弾丸をエイリアンの胸に撃ちこんだ。その衝撃でエイリアンの腕が梁からはずれ、積み荷コンテナの反対端に落ちていった。

「俺は逃げたやつを追う」エイヴリーは船体にブーツをおろしながら言った。

「掩護しようか」バーンが申しでる。

エイヴリーはバーンをじっと見た。「さっきの刃が動脈を切っていれば、フォームだけじゃ動きまわるのは危険だ。ここにいろ。俺はすぐに戻る」彼はそう言い残し、バリアのほうへ向かっていった。

「ジョンソン」ジランの声がした。「あと十分よ」

エイヴリーはそのあとを補足した。十分すぎたら、彼ごとエイリアンの船を吹き飛ばす。彼女はそう言っているのだ。ウォーク・オブ・シェイムには、大型船以外なら破壊できるアーチャーミサイルが一発搭載されている。少佐は、敵が逃げようとすれば、三人とも反政府軍の船だと思っていた宇宙船を、そのミサイルで撃つとエイヴリーに告げたのだ。エイリアンの船が逃げるのは何としても阻止しなければならない。逃げた船が援軍を連れて戻ってくるのは間違いないからだ。

「五分で戻ってこなければ」エイヴリーは答えた。「もう戻ってこない」彼はバリアを超えた。

重力があるとは思っていなかったが、かさばる与圧服をつけてどうにか無様に転がり、ライフルを構えて立ち上がることができた。半透明の管の先をまっすぐ狙うエイヴリーの前に、エイリアン船の鉤状の形が見えた。この先に敵が何人いるかまったくわからない。エイヴリーはそれを考えるのを拒否した。へその緒のような管のなかには、隠れる場所はまったくなかった。敵が複数で押し寄せれば一巻の終わりだ。彼はすばやく進み、まもなく、べつのうねるようなエネルギー場の横に立っていた。

エイヴリーが知るかぎり、彼自身は最初のバリアに悪影響を受けなかったが、COMは故障したようだ。バーンとアル＝シグニに連絡を取ろうとしたが、聞こえるのは静電気のザーッという音だけだった。たったひとりでエイリアンの一隊と戦うはめになるとは。エイヴリーは何回か静かに呼吸しながら思った。これ以上この状況を考えれば、恐怖に縛られ、おそらく進む勇気もなくすだろう。武器を肩にかけ、ふたつ目のバリアのなかに入る。今度は肌がちりちりし、与圧スーツの伸縮性の生地をフィールドが圧縮するのを感じた。

その先の短い通路は、紫色に光る、少し広い通路につながっていた。左を見ると、隔壁までは二十メートルだ。五メートルおきに、引っ込んだドアがある。どれも密封コンパートメントだが、なんの部屋かは推測することしかできない。右に目をやると、いくつも汚いピンクの風船をつけた巨大な虫のようなものが廊下の端を曲がるところだった。別種のエイリアンか？

突然、左側で何かが動いた。とっさにドアのくぼみに飛び込んだ直後、プラズマが彼の後ろの空気を焼いた。振り返ると、緑のボルトが飛んでくるのが見えた。金属が煮え、焼けた丸太の上に閉じ込められた甲虫の殻のように曲がる。

エイヴリーは頭をだすつもりはなかった。その代わりに、アルコーブの角からバトル・ライフルを突きだし、全六十発を撃ち尽くした。敵の攻撃がやむ。標的が隠れたのではなく、いまの弾があたったのだといいが。

それを確かめる方法はひとつしかない。ライフルを引き、マガジンを取り換えて、三つ数えると、体を回して廊下へ出た。

チュルヤーが最初に向かったのはブリッジだった。へその緒はそこからはずすことができる。船のエンジンを起動して、攻撃者が乗り移ってくるまえに逃げることもできる。だが、ヘルメットをはずし、かさばる手袋をはずしている最中、その計画のすべてが飛び去ったことに気づいた。

ブリッジのなかの空気は、フラゴグが排出するガスで満ちていた。ルミナリーがマイナー・トランスグレッションのシグナル回路に接続されていた。ピラミッド型の装置に大股に近づくと、それがエイリアンの惑星の遺物のすべてをトランキリティの司祭へと報告しているのが見えた。

「助祭、この裏切り者」

奇妙なことに、この裏切りを知ってチュルヤーが真っ先に感じたのは、怒りではなく悲しみだった。もう少しでお宝が手に入るところだったのに。彼女は自分の巣の柔らかい壁を感じることができるような気がした。脚の下にはさんでいる卵の温かさを。そのなかで育つ小さなキグヤーが、彼女の血を受け継いでいくのだ。彼女はしばし想像がもたらした喜びを味わい、それから復讐の欲求で胸を満たした。

メタン室はからっぽだった。あのアンゴイが行きそうな場所は、ここのほかにはひとつしかない。マイナー・トランスグレッションの脱出ポッドだ。だが、メタン室を出ると、へその緒へと繋がる通路から、突然、黒い服を着たエイリアンが現れた。どうやら復讐を果たすことも不可能なようだ。それに気づくと、チュルヤーは深い失望を感じた。

エイリアンがこの貨物船に乗り込んでいるとすれば、乗員は殺されたにちがいない。彼らの助けがあれば、このエイリアンと戦って、船の後部にある脱出ポッドに達することもできた。だが、いまやそれを果たすには、自分自身のスピードと狡猾さに頼るしかない。しかもそれはかなり落ちている。

肩の硬い皮膚は、すっかりこわばり、プラズマ・ピストルを持ちあげるのも難しいくらいだった。ようやくそれを構え、放ったときには、エイリアンは物陰に飛びこんでいた。

あれを誘いだすには、どうすれば最も効果的か？　そう思っていると光が閃き、弾丸が下腹部を引き裂いて背骨を損傷した。次の一発は左膝を砕いた。が、そのときにはすでに腰から下の感覚はなくなっていた。過度の負担がかかったアーマーの穴から漏れてくる血のすべてを補充することはできない。脚の力が抜け、体が横によれて通路の壁にぶつかった。

両手が恐ろしく重かったが、やっとのことでプラズマ・ピストルを膝に持ちあげ、残ったエネルギーを確認した。三分の一以下だ。エイリアンが物陰から出てきても、それを止めるだけの威力はない。だが、これからすることには足りる。

チュルヤーはエアロックのスイッチをてのひらで叩いた。外側の扉が滑って開くと、必死の力を振り絞って、ピストルを構え、引き金を押した。プラズマ・ピストルのボルトがエアロックの内部扉を貫通できるほど過熱するあいだ、さらに何発か胸にくらい、彼女は仰向けに倒れた。

エイリアンが近づき、チュルヤーの頭上の明かりをさえぎる。だが、腕を痙攣させながらも、彼女はそいつが顔をのぞきこむまで、まだ引き金を引くのを待った。エイリアンは彼女の銃と、エアロックを見た。チュルヤーが選んだ運命を理解し、それがたじろぐ。

「これはあたしの船だ」チュルヤーは怒りにかられて叫んだ。「好きなようにさせてもらう」

彼女の鉤爪が引き金を滑り、あざやかな緑の球がエアロックの内部扉を焼いた。

プラズマ球は内部扉を貫通し、そこに満ちているメタンに火をつけた。その火がメタン室の壁に内蔵されていた最充填ステーションの爆発をもたらす。エイリアンはあわててあとずさり、へその緒へと逃げていく。だが、ステーションの圧縮機が爆発し、ヘルメットをかぶった頭を通路の壁に叩きつけた。エイリアンは意識を失い、床に倒れた。

チュルヤーは弱々しく舌で歯を打った。せめてもの復讐だ。最後の血液が体から搾りだされるのとほぼ同時に、メタン室の破壊されたエアロックが勢いよく開き、火の玉が彼女を包んだ。

ダダブは爆発の音を聞く前に、その熱を感じた。脱出ポッドのなかが突然震え、次いでくぐもった音が聞こえた。一連の小さな爆発がポッドを揺すぶると、泣き声のような恐怖の悲鳴がマスクに漏れた。フラゴグは何をしているんだ？　この計画はほぼ即座に実行する必要があると、あれほどはっきり伝えたのに。

すべてのキグヤーがへその緒に入ると、ダダブは予備のタンクを持ってメタン室から走りでた。そしてブリッジに向かうライター・ザン・サムに真実のルミネーションとチュルヤーの異端の説明を託した。だが、ダダブがふたつ目の予備タンクを取りに戻ろうとすると、船長が乗員に警告する声がシグナル・ユニットから聞こえたため、脱出ポッドに留まったのだった。

このポッドをマイナー・トランスグレッションの中央通路につないでいる円形のシャフトのなかで、空気が口笛のような音をたてるのが聞こえた。貨物船の大気が失われていくのだ。フラゴグをあとに残していくのはいやだが、ポッドのハッチを開けたままでは、急激な減圧にさらされる。

しかし、口笛のような音が突然やみ、ライター・ザン・サムがシャフトを落ち、体をひねってポッドに入ってきた。〈どうかしたのか?〉ダダブの恐怖にゆがんだ顔を見て、フラゴグが尋ねた。

〈おまえ、遅い!〉ダダブはそう伝え、ポッドの司令コンソールに片手を叩きつけて、ハッチを閉じた。

〈しかし、これがなければ、われわれはどこへも行けないぞ〉

ライター・ザン・サムが遅れた原因を見て、ダダブはうめいた。フラゴグはメタン室に立ち寄って、持ってきてくれたのだ。フラゴグの触角には、三つの知恵の箱すべてがあった。ふたつは司令キャビンから、もうひとつは二隻目の貨物船の船倉にあった巨大な機械から取り外したものだ。

〈なぜ、そんなに、重要か?〉ダダブは重い手を動かして尋ねた。ハッチを閉じたときに、ポッドの静止場が自動的に起動され、空気が濃密になったのだ。これはポッドがキグヤーの貨物船から高速で飛びだすときに、ポッド内にいる者を安全に固定してくれる。

〈言わなかったか?〉フラゴグは三つの箱を静止場に放した。箱が三つ固まったまま、空中に留まる。〈彼らに、たがいに話すことを教えたのだ!〉

そう言われて初めて、ダダブは箱の側面が取り除かれ、回路がむきだしになっていることに気づいた。その回路の一部はたがいに接続され、蜘蛛の巣状の通信パスウェイとなっている。

「なんてこった《プロフェッツ・ビー・マーシー》!」ダダブは思わず叫んだ。それからコンソールの中央で点滅しているホロ＝スイッチをつまんだ。ポッドが架台から飛びだす。

マイナー・トランスグレッションから勢いよく離れていく小さな筒型ポッドは、死んでいく船がばらまくたくさんの破片にまぎれ、少し離れたところからは、ほとんど見えないはずだ。たとえたまたま目を向けた者がいたとしても、暗い宇宙空間を背景にした暗青色のポッドは、ほとんど見分けられないだろう。やがてそれはジャンプ・ドライヴを起動し、小さな光をさざなみのように放って消えた。

ジェンキンスは額に玉のような汗を浮かべ、照準器に目をあてて射程に沿ってのぞいた。

左腕をMA5のベルトに押しつけて、身じろぎもせずに横たわり、三百メートル先の的を撃つのは簡単だった。五発撃ち、五発当たった。ジェンキンスはにやっと笑った。昨日まで銃を持ったことなどなかったのに、今日は銃を下に置くことができなかった。

彼とほかの新兵たちが今朝目を覚ますと、どちらの軍曹もウトガルドからまだ戻っておらず、ポンダー大尉はキャンプ内とその周辺の清掃やほかの雑用を言いつけて、彼らをこき使っただけで、なんの説明もしてくれなかった。バーンが不在であるため、そのあとポンダーはジェンキンス、フォーセル、ウィック、アンダーソンの四人を射撃場に送り、射撃場のコンピューターが四人の安全を保ってくれると信頼して、訓練を始めさせたのだった。

ワイヤレスで新兵たちの銃とリンクされた射撃場のコンピューターは、必要とあればいつでも引き金をロックできる。だが、この機械の仕事の大半は、命中したかはずれたかを、教官の言い方をひょうきんに真似て大声で告げることだった。ウィックとアンダーソンは、たいしてよい得点をあげぬまま、兵舎に戻った。彼らはどちらも射撃を学ぶために市民軍に加わったわけではないのだ。

ウィックの父親はハーベスト最大の貿易会社を所有している。アンダーソンの父親は商品取引所の所長だ。ふたりともウトガルド育ちで、自分たちの家族に繁栄をもたらしてくれた農業を軽蔑していた。ＣＡかＤＣＳに入り、ハーベストを離れてコア・ワールドで仕事を見つける。これがふたりの願いだった。市民軍に短期間籍を置き、それを書き込めば、履歴書に箔がつくと思ったのだ。

ジェンキンスも市民軍での経験を、ハーベストから出る切符、三人兄弟の長男として跡を継ぐべく定められた、何千エーカーもの小麦畑から逃れる道だとみなしていた。農作業は嫌いではないが、あまりエキサイティングな仕事とも言えない。だから、ふたりの軍曹はどちらも死ぬほど怖いものの、ジェンキンスは彼らのようになりたかった。本物の兵士に。心に深く根ざした国を愛する気持ちからではなく、ＵＮＳＣ海兵隊員としての人生が冒険を約束しているように思えるからだった。

ジェンキンスが大学に進学せず入隊したら、父も母も、決して彼を許してくれないだろう。だが、市民兵だったという経歴があれば、大学を卒業したあと、確実に軍の士官学校に入れる。とはいえ、射撃もろくにできないようでは、せっかくの軍籍もさまにならない。そこでウィックとアンダーソンがキャンプに帰ったあとも、彼はフォーセルとともに射撃場に残った。

フォーセルはやたらと図体のでかい、寡黙な男だった。ジェンキンスはそれまで、脳みそよりも圧倒的に筋肉のほうが多いやつだと思ったのだが、この第一印象はたちまち変わった。ジェンキンスがライフルをゼロに合わせる（正確に狙うために、高さと偏流度により照準を調節する）のに四苦八苦していると、フォーセルが助けてくれた。ジェンキンスの撃った弾が的から大きくそれたときには、正確に狙う方法を適切に助言してくれた。そして、なぜ射撃についてそれほど知っているのか尋ねると、首の太いブロンドの兵士は、最も遠い的の先で、風がささやくような音をたてていく小麦畑に目をやった。「風を見てるだけさ」

そこでジェンキンスも風に注意を払いはじめ、まもなく彼も的の中心に当たるようになった。そのあとは、しゃがれ声のコンピューターの口ぶりを真似て大当たりを褒めあい、ミスをからかいあって過ごした。

午後遅く、ポンダー大尉がＭＡ６ピストルにたくさんのカートリッジが入った箱と持ってやってきた。

大尉が射撃練習を始めても、ジェンキンスはできるだけ見ないようにした。だが、大尉の腕がなまっているのは、すぐにわかった。人工の腕は、銃を固定させておくことができないようだった。一度などポンダーはマガジンを落とし、それをつかみそこねた。マガジンは射撃場の板の床に音をたてて転がった。

だが、まもなく五十メートル離れた的の中心に次々に撃ちこむようになり、すばやくマガジンを交換できるようになった。ジェンキンスとフォーセルは、大尉よりもずっと早く弾切れになった。が、ふたりとも大尉が終わり、安全装置をかけて、自分たちの得点をコンピューターのディスプレーで確認するのを辛抱強く待った。

「たいしたものだ、狙撃手の得点だぞ」

ジェンキンスはこけた頬が赤くなるのを感じた。「ありがとうございます、大尉」それから、彼は大尉に問いかける勇気をふるい起こした。「大学を卒業したら、海兵隊に入って、この銃で本物の……」ジェンキンスはあわてて口をつぐんだ。大尉の石のような表情に、熱意に満ちた笑みも消えた。「申しわけありません、大尉」

「いや、その意気だ、新兵」ポンダーはまもなく訪れるはずの脅威へと目を上げたい衝動をこらえ、新兵たちを見た。「撃ちたければ、そのチャンスはいずれくる」きみが思っているよりも、はるかに早く。彼はそう思ったが、口にだす気にはなれなかった。

SECTION II
第二部

CHAPTER NINE

9章

第二十三の疑惑の時代、コヴナントの聖なる都市、ハイ・チャリティ

COVENANT HOLY CITY, *HIGH CHARITY*, 23RD AGE OF DOUBT

堅忍《フォーティテュード》の司祭《ミニスター》はあまりにも煙を吸いすぎた。前夜はほとんど常に興奮剤——彼の上司たちが好む、強力なフッカー煙草——を切らさなかったのだ。とはいえ、昨夜は秘密会議が延々と続き、この空電に満ちた討論のあいだ、眠らずにいるためにそれが必要だった。そのため、今朝は頭がひどい痛みで割れそうだった。二度と水ギセルは吸わぬ、彼は重いまぶたの目を細め、長い首を揉みながら誓った。あの牧師が急いでこの頭痛の治療薬を作ってくれさえしたら……。

　コヴナントのほとんどのテクノロジーと同じで、サンシュームの牧師のハーブ調合器も自然の外観に隠されていた。この場合は牧師の部屋の艶やかなオニキスの壁に。まだらな石壁は、はるか上にあるひとつだけのホログラム——ダイヤの形をした葉がそよ風に揺れている天蓋——のライトできらめいていた。部屋の奥行きいっぱいに伸びた亜鉛製のカウ

ンターは、反重力椅子に座るサンシュームたちが、床からかなり上がった位置にいるという事実に合わせ、高い場所に造られている。

「終わりました」牧師はそう言いながら、調合器の受け渡し管から瑪瑙《めのう》色の球を取りはずした。ほっそりした長い指で包むようにその球を持って、石の椅子を再びカウンターへと向ける。それを黒い大理石でできた粉砕器に入れ、同じ黒い大理石のすりこぎで叩くと、球が割れ、ペパーミントの香りが漂ってきて、なかの葉と小さなベリーが見えた。牧師がそれを挽きはじめると、フォーティテュードは真紅のクッションが付いた銀色の椅子の上で、少し背筋を伸ばし、癒しの香りを吸いこんだ。

彼よりも年配の牧師のしなびた腕が、ウールの衣の袖のなかでくねり、材料を粗挽きの粉にしていく。それにつれて老いた馬の貧相なたてがみのように、白い首から垂れているまばらな白い毛が揺れた。フォーティテュードの栗色の肌のほうは、牧師と違って完全に毛がない。彼の体の唯一の毛は、サンショウウオのような唇の下の肌よりも濃い肉垂れの縮れ毛だけだ。その毛ですら、短く刈り込まれている。

この注意深い手入れと、膝を覆い、節くれだった足を隠している鮮やかな赤い衣は、彼が牧師の禁欲主義――調合器のようなフォアランナーのテクノロジーの前で、極端な謙虚さを唱導する崇拝の流儀――を、分かち合っていないことを示していた。

とはいえ、治療薬の香りを吸いこんだだけで、すでに頭痛が和ぐのを感じながら、フォーティテュードは思った。偉大なる旅《グレート・ジャーニー》が始まった暁には、われわれはみな道《ザ・パス》をともに歩む。コヴナントの聖典からのこの引用は、彼らの信仰の核となる約束を要約していた。フォアランナーと彼らの聖なる創造物に適切な尊敬を示す者たちは、やがて超越《トランセンダンス》の瞬間を分かち合い、その昔フォアランナーたちがしたように、既知の宇宙の境を越える旅をするのだ。

やがて神となるというこの約束は、様々な種族の心を捉えた。サンシュームは、自分たちだけが聖なる遺物を調査し、配布する権威を持つことを受け入れるかぎり、あらゆる種族が誓約《コヴナント》に加わることを歓迎した。

誓約《コヴナント》は来世に目を据えているが、それに加盟した種族は、まだこの世の富、権力、特権を手にしたいという欲求と無縁ではなかった。そして、正しいフォアランナーのテクノロジーは、こうした欲求のすべてをかなえる力を持っていた。堅忍の司祭の仕事は、種族どうし、メンバーどうしの欲求の釣り合いを保つこと。要するに、誰が何を手にするかを決めることだ。彼がひどい頭痛に悩まされるはめになったのは、この仕事をよりよく果たすための会議のせいだった。

すりこぎ棒の音がフォーティテュードの後頭部にある鼓膜スリットにさわりはじめたと

き、牧師はカウンターに広げた四角い白い布の上にすり鉢の中身を空にした。「好きなだけこれを浸して飲むとよろしい。もちろん、長いほうがより効果があるが」牧師は粗挽きの粉を袋に入れて、同情の笑みを浮かべながらカウンター越しにそっと押しだした。「ごきげんよう、司祭」

「失礼して、前に進むとしよう」今日はいつもより少しばかりそろっとだが、フォーティテュードは顔をしかめながらそう思った。

中身を煎じる前に、忘れずにスキャンするとしよう。袋を膝に載せながら、心に銘記する。仕事柄、暗殺される可能性は常にある。充分な注意が必要なのだ。

彼は浮揚椅子の丸い肘掛けに内蔵されたパネルの、青の上にオレンジを重ねたホログラムのスイッチを叩き、新しい目的地を打ちこんだ。椅子が優雅に弧を描いてカウンターから離れ、部屋を横切って三角形の入り口の間を通過していく。黒い鏡のような石のなかで航行灯を点滅させせながら次々に角を曲がり、まもなくハイ・チャリティの壮麗な屋内に入った。

遠くから見ると、コヴナントの首都は真夜中の海を漂うクラゲのように見える。大きな岩のかたまりに、格納ベイや注意深く覆われた火器プラットフォームが蜂の巣のように造られ、その上にたったひとつの大きなドームがかぶさっているからだ。岩に造られた基地の陰には、半固体の長いへその緒が伸びている。基地に入っている無数の宇宙船は、まるで電気ショックを受けた魚のようだ。商業船がほとんどだが、ハイ・チャリティ防衛艦隊の巨大な巡洋艦や航空母艦《キャリアー》も交じっている。ドームは巨大な戦艦を何十隻も収容できるほど広大で、反対側はほとんど見えないくらいだ。青緑色のスモッグが濃くなる早朝のサイクルにはとくに。

宇宙を漂うコヴナントの首都であるほかにも、ハイ・チャリティはコヴナントを構成する各種族の故郷となっていた。ここにはそのすべてが肩を寄せ合って暮らし、その生理学的集中度が、コヴナントのほかの居住惑星では見られない国際都市の雰囲気を作りだしている。ドーム内部の〝空〟は、雇用先と自宅を往復する人々で常に満ちていた。ドームの頂点に埋め込まれた発光ディスク――人工の太陽――が、一定の間隔で明るくなり、暗くなって、一日二回の通勤を誘発する。

フォーティテュードは目を細めた。徐々に強くなるディスクの光で、ドームの周囲に環状にそびえている塔が見えてきた。よじれた尖塔はみな、彼が座っている椅子よりもはるかに強力な反重力ユニットで浮かんでいるのだ。地味な塔もあれば（さきほどの牧師の部屋がある塔もそのひとつ）、華やかな塔もあるが、すべての塔が同じ基本的な構造を持っている。街の基礎から金属の支柱とともに突きだした火山岩を、装飾的な合金の板で覆っているのだ。

朝が来たいま、大勢の通勤者のなかに個々の顔を見るのは簡単だった。アンゴイは大きな平底船にびっしり乗りこんでいる。フォーティテュードとよく似た椅子に乗ったサンシューム、流線型の背嚢型反重力ユニットを付けた長身で逞しいサンヘイリの姿もところどころに見える。あの青い肌に鮫のような目の戦士たちは、サンシュームの守護者たちだが、昔からそうだったわけではない。

サンシュームとサンヘイリは、フォアランナーの遺物が豊富にある惑星で進化した種族だった。どちらも高度に進んだテクノロジーは崇拝に値するとみなし、フォアランナーの神のような力の証拠だと信じた。だが、遺物の一部を分解し、それを応用して実用的なものを作る大胆さを持っていたのは、サンシュームだけだった。

サンヘイリにとっては、これは神を冒瀆する行為だった。だが、サンシュームはより大きな知恵を探るのは罪ではないと信じた。さらに、そうした調査は神の足跡にどうすれば従えるかを知るためには不可欠だと確信していた。宗教的倫理の実用的な応用に関するこの基本的な相違は、サンヘイリの支配する星系内でこの二種族が争う原因となり、聖遺物箱《レリクアリ》である惑星で出くわしたあと、まもなく長期にわたる血まみれの戦いが起こった。

宇宙船と兵士の数は、サンヘイリのほうが明らかに有利だった。彼らはまた、サンシュームよりも優れた戦士だった。より強く、より俊敏で、より規律が行き届いている。正面からぶつかる地上の戦いでは、ひとりのサンヘイリは少なくとも十人のサンシュームに値するが、戦いのほとんどが宇宙空間で行われたため、サンシュームにも有利な点があった。彼らは一隻の、半分しか機能しないフォアランナーの駆逐艦を使い、ゲリラ戦法でサンヘイリを大量に殺した。

戦いに勝つには、遺跡を冒涜し、そこにあるテクノロジーを利用して、戦艦、武器、アーマーを向上させ、敵と同じ罪をおかさねばならない。ずいぶん長いあいだ、サンヘイリは明らかなこの事実を無視し、打撃を受けつづけた。そうして何百万もの同胞が死んだあと、誇り高く、頑固なサンヘイリ種族も、ようやく絶滅するよりは、教義を放棄する道を選ぶべきだと判断した。彼らはしぶしぶながらその仕事に着手し、やがてサンシュームの駆逐艦を相手に互角に戦える艦隊を作りあげた。

この決断はほとんどのサンヘイリにとって絶望的なものだったが、彼らのリーダーのうち、とくに賢い者たちは、自分たちがさほど大きな罪をおかしたわけではないとみなした。サンヘイリは、信仰に関する書物をより深く理解したいという願いとようやく折り合ったのだ。一方、サンシュームも苦痛な事実を認めねばならなかった。銀河にサンヘイリのような危険で頑固な種族がほかにもいるとすれば、敵であるサンヘイリと同盟を結ぶことにより、生き延びるチャンスはぐんと増す。サンヘイリがもっぱら戦いを引き受け、自分たちは聖なる仕事に専念する、これは理想的な解決に思えた。
そうして疑惑に満ちた「誓約《コヴナント》」が生まれたのだ。彼らはこの同盟がうまく機能する確率を高めようと、『統合の書』にそれぞれの役割を明確に記した。いまではコヴナントにとって最も重要な聖典である、『統合の書』はこの一節から始まる。

われらの目は激しい憎しみに満ち
　誰ひとり、見ることはできなかった
われらの戦いは無数の死者をもたらしたが
　一度として勝利をもたらさなかった。
そこでわれらは決めた。武器を脇に置き、
　憤怒と復讐を捨てるように
われらが道を求めるあいだ
　どうか、この信仰を守りたまえ

協定は駆逐艦を廃船にすることで正式に調印された。この古代の艦は火器のすべて（サンシュームがわかっているかぎりの火器）をはぎとられ、当時建設途中だったハイ・チャリティのドームの中心部に据えつけられた。

フォーティテュードの信仰は、ほかのプロフェットほど篤くない。偉大なる旅のことは信じているが、どちらかというと彼は、神学よりもテクノロジーに関心があった。とはいえ、周囲よりは多少とも混雑していない場所を選んで上昇しながら、朝陽にきらめきはじめた壮大な駆逐艦に目をやると、敬虔な喜びがこみあげてきた。

彼らが残したテクノロジーのほかのどれよりも、三本の太い脚柱に支えられたあの戦艦は、創造者の優れた科学技術の特徴を表している。エンジンも、きわめて効率がよく、サンシュームが起動しているのはその一部だけだが、ハイ・チャリティのすべてを維持してあまりある動力を生みだしてくれる。駆逐艦全体に広がるコンピューターのパスウェイには、まだまだ多くの秘密が隠されているにちがいない。戦艦の探索を受け持つサンシュームの司祭たちが、まもなくそのすべてを解明してくれるはずだ。

フォーティテュードの司祭として煩雑な手続きで多忙な毎日を送りながらも、彼はほかのコヴナントたちと同じ問いを忘れたことはなかった。フォアランナーたちは具体的にどんな方法でこの生を超越したのか？　たんなる死すべき者に、どうすればそれができるのか？

突然、反重力発生機がかん高いうなりを発し、それに続いて抗議の悲鳴があがった。驚いて顔を上げると、アンゴイの平底船がサンシュームの通勤リングをよけそこね、リングの構成要素である椅子を引き裂いたのだ。

似たようなリングは、ドームの至るところを飛びかっていた。それらは塔へと上昇し、そこから降りてくる。下級サンシュームの椅子は反重力の力も弱いため、彼らは二十以上のリングを作って飛ぶ。司祭省で働く上級職員は七つの椅子程度の小さなリングでも飛べる。精巧な椅子を与えられている副司祭ともなると、三つで通勤してくる。だが、ひとつでも飛べるほど強力な反重力ユニットが付けられた椅子を使えるのは、フォーティテュードのような完全な司祭だけだった。

落ちてくる平底船を避けるために進路からそれる必要があるか？　フォーティテュードはそう思った。だが、ハイ・チャリティの管制回路は、すでに自分たちの過ちを正し、司祭階級を適切に識別して、平底船に回避飛行を取らせた。危なっかしく横に傾いた平底船では、アンゴイの乗客が落下死を避けようと、お互いにしがみついている。

フォーティテュードの椅子はまったく揺れずにそれを通過し、上昇した。平底船は満員で、一部の乗客は、低い舷縁からずんぐりした脚を外にだして座っていた。あの船は間違いなく容量超過の罪をおかしているぞ、彼はいまにも墜落しそうに、危なっかしくメタンのスモッグがかかった地域へとまだ降下していく船を見ながらそう思った。あの満員の船は単発的な問題なのか？　それとも、アンゴイがまたしても法律で定められた限界を超えて再生産しているというしるしだろうか？

　宇宙船で暮らす者や、ほかの宇宙空間に浮かぶ居住地に暮らす者が多いことから、人口過剰はコヴナントにとっては、常に心配の種だった。アンゴイはとりわけ繁殖力が強い。これはコヴナント軍にとっては有益だが（軍人として登録させるのは、アンゴイの数を減らす作る唯一の手段でもあった）、平和が続くときに適切な監督を怠ると、アンゴイの再生産を抑制の欠如は、きわめて大きな危険をもたらす。

　調和省《ミニストリー・オブ・コンサート》（種族間相互の争いを調停する組織）で下級職員を務めたことのあるフォーティテュードは、この問題に直接関わるケースを扱い、この省の長官を免職に追いこむ結果になったスキャンダルをすっぱ抜いたことがある。コヴナントのもろさに関するこの貴重な教訓を通して、彼は様々な種族のケチな争いに慣れきって、無関心になることがいかにたやすいか、この無関心がいかに惨事を生みやすいかを、身に滲みて感じたものだ。

　そのケースはアンゴイの蒸留者組合の苦情にまつわるものだった。キグヤーの商船に搭載された大気制御機の故障で、大量の薬湯――アンゴイが携帯用のメタンタンクに気晴らしのため添加する麻薬――バッチが汚染されたのだ。一見したところ、これはささいな争いに思えた。だからこそ、フォーティテュードのところに回ってきたのだが、よく調べると、この汚染が広範囲におよぶアンゴイの不妊をもたらしていることがわかった。

当時コヴナントには、平和な年が続いていた。そのため、アンゴイの人口増加が、彼らがキグヤーと分かち合っている居住地で、さまざまな軋轢をもたらしていた。物事が万事順調に運んでいるときでも、アンゴイとキグヤーの関係には常に緊張が存在しているが、雌のキグヤーたちが自分たちのネストから追放されると、事態は一気に悪化した。移住は抱卵サイクルにストレスを与え、キグヤーの乳児死亡率を激増させた。しかしながら、薬湯を汚染するのは過剰な自警行為にあたる。フォーティテュードは上司にそう進言した。アンゴイの誕生がキグヤーの死をもたらしていると信じる急進的な船長たちが、自らの手で正義をもたらそうとしたのだ、と。

驚いたことに、調和省の責任者はフォーティテュードの推薦した厳罰をどれも採用しなかった。罰金が査定され、賠償金が払われた。だが、罪を犯した船長たちは投獄を免れた。実際、この責任者は彼らが船を修理するのを許し、安全だとわかると再び仕事に復帰させた。

フォーティテュードはとくにアンゴイが好きなわけではないが、正義が行われなかったという強い危惧を抱いた彼は、正式な告訴状を提出した。上司は彼を叱責しこう言った。わずか数千人のアンゴイが不妊になったくらいで、自治権を望むキグヤーの怒りを煽るようなことはすべきではない、アンゴイはすぐにその損失を取り戻す、出世がしたければ口を閉じていたほうが身のためだ、と。

そのときは誰ひとり想像もしなかったが、この薬湯事件——やがてそう呼ばれるようになった——は、対立の第三十九年に起こったアンゴイの反乱の引き金になり、コヴナント軍の急激な再組織化をもたらした。

短いが獰猛な戦いは、アンゴイの故郷をほぼ壊滅状態に追いこんだばかりでなく、適切な動機させ与えれば、アンゴイがしぶとい戦士となることも証明した。この反乱を鎮圧したサンヘイリの司令官たちは、敗北した敵の最も勇猛な者たちを、自分たちの階級に迎え入れる伝統に敬意を表し、生き残ったアンゴイの戦士たちを即座に許した。そして彼らに適切な訓練と武器を与え、正式にサンヘイリ艦隊に統合した。これによりメタンを呼吸するアンゴイたちは、たんなる弾除けから有能な歩兵へと昇格したのだ。

サンシュームの一部はいまだにアンゴイの忠誠心を危んでいる。だが、『統合の書』には、〝保安はサンヘイリの責任とする〟とすることが明確に謳われていた。そしてこの誇り高い守護者たちの機嫌をそこねないためには、サンヘイリが自分たちの伝統をできるかぎり保つのを大目に見るのが重要だとプロフェットたちは学んでいた。アンゴイの反乱は一時的にコヴナントの不安定にするかもしれないが、サンヘイリの反乱はそれを粉々に砕く。若いころですら、フォーティテュードにはそれがわかっていた。

三角形のホログラムのシンボルから成る垂直線が、フォーティテュードの肘掛けの上で閃き、彼の物思いを破った。コヴナントの共通言語の文字だ。それが表している名前に気づくと、フォーティテュードは椅子のスイッチを押し、シグナルを受信した。「何の用だか知らんが、副司祭、低い声で話すがよい」

シンボルが消え、そのあとにひとりのサンシュームのミニチュアが現れた。ホログラムのイメージでも、静寂《トランキリティ》の副司祭がフォーティテュードより何歳も若いことはひと目でわかる。トランキリティの肌はフォーティテュードよりも濃く、黄褐色というより茶色に近い。それに彼の肉垂れは顎まで垂れるほど重くなかった。口の両端からさがっている肉の玉を、金色の環が貫いている。まだ配偶者を決めていない男性のサンシュームがよく付ける、洒落た飾りだ。

「早すぎましたか?」副司祭は光を反射しない金属製の肘掛けをつかみ、クッションのない椅子の上で身を乗りだした。「秘密会議がなければ、昨夜連絡を差しあげるところでしたが」トランキリティはガラスのような瞳をいまにも飛びだしそうなほど開いてそう言うと、礼儀正しさを装ったかいもなく、こう口走っていた。「今朝、いや、いますぐお会いして、重要な案件を――」

フォーティテュードは苛立たしげに片手を振って、副司祭を遮った。「スケジュールを確認したわけではないが、すっかり埋まっていると思うね」

「長くはかかりません。お約束します」トランキリティは譲らなかった。「実際、話すというより、見せたいものがあるのです」トランキリティは椅子の肘掛けを叩いた。彼のホロが、突然、フォアランナーの絵文字ひとつに置き換わった。ルミネーションだ。フォーティテュードはなで肩をショックでこわばらせた。

三角のシンボルとは違い、聖なる絵文字が日常の会話に使われることはない。実際、あまりに神聖で、それが表す概念があまりに強力であるため、使うことを禁じられているものもあるくらいだ。この愚か者が、たったいまみなに見えるように閃かせたのは、最も神聖にして、危険な絵文字だぞ！　フォーティテュードは心のなかで毒づいた。

「ただちにわたしの部屋で会おう！」フォーティテュードはてのひらを椅子に叩きつけて絵文字を消し、この会話を終わらせた。椅子の速度を最大にあげたいという衝動をどうにか抑える。そんなことをすれば、いっそう人目を引くだけだ。急に痛みはじめたこめかみを揉みながら、彼はこれまでと同じ速度で着実に時計回りに自分のオフィスがある塔へと上昇し、まもなく上階の広いホールに到着した。

日頃から、立ち止まって部下と挨拶代わりに世間話をする習慣はなかったが、いまはふだんよりもさらにそっけなく彼らのそばを通り過ぎた。だが、部下のほうは恭しく敬意を表してくる。おかげでフォーティテュードは、へつらうように笑みを浮かべ頭をさげて挨拶する下級職員たちと、彼らの弱い反重力しかない椅子のあいだを縫うように進まねばならず、この慣例に対するわずかな忍耐すら使い果たした。

彼は入り口のホールから、大回廊へと入った。職員が働く房《クラスター》が並ぶ廊下が、そこから一定の間隔で延びている。その間の壁際には、実物大よりもわずかに大きなフォアランナーの彫像が浮かんでいた。ハイ・チャリティの岩盤から切り出された石を彫ったこれらの像は、多くの特筆すべき達成の歴史が記されたホログラムの衣を身につけている。

回廊の奥にある垂直シャフトの左右には、純白のアーマーに身をかためたサンヘイリが立っていた。このアーマーはサンヘイリの最もエリート戦闘部隊のひとつである、サンヘリオの光の戦士《ライト・オブ・サンヘリオ》たちだ（彼らの故郷の星系に近い球形の星団の名を取って、通常は〝ヘリオ〟と呼ばれる）。近づくにつれて、ヘリオのエネルギー棒が発する音が聞こえてきた。だが、彼がふたりのあいだを滑るように通過しても、警備兵は四つの顎をぴくりとも動かさなかった。上げたヴァイザーの下の目は、最も明らかな侵入経路である、入り口のホールに注がれている。フォーティテュードは彼らに無視されたことに、腹を立てたりしなかった。彼がこのヘリオを選んだのは彼らが慇懃《いんぎん》だからではない。石のように無表情なのにもかかわらず、彼らが喜んで自分のために命を捨てることがわかっているからだ。

回廊から数レベルも上昇すると、シャフトが狭まり、フォーティテュードの椅子がかろうじて通れるほどの幅しかなくなった。これも保安手段の一部だが、〝最上階にはひとつの部屋しかない〟という、フォーティテュードの地位を建築学的に表現する意味もある。

「トランキリティの副司祭が到着したら、すぐに通してくれ」フォーティテュードはシャフトの最上階で待っていた職員のホログラムに向かって噛みつくように命じた。「ほかの予定はどうでもいい」職員は急いでそこを離れ、フォーティテュードは応接室の中央で椅子を急停止させた。心臓が狂ったようにうち、赤い衣の下に不快な冷や汗がにじみでる。落ち着け、どんな状況の下でも、あの成り上がり者に動揺を悟られてはならん!

まもなく副司祭がシャフトを上がってきたときには、ゆったりと座り膝の上の静止場に、薬効のある熱々の茶の器を漂わせていた。

「忙しいうえに具合の悪いあなたの重荷を、さらに増してしまったことを、お許しください、司祭」トランキリティは作り笑いを浮かべた。

フォーティテュードは身を乗りだし、静止場に唇を押しつけて茶を飲んだ。茶が食道に流れこむにつれて、静止場がきらめきながら縮んでいく。「ほかには誰に話した?」

「司祭、わたしが話そうと考えたのはあなただけです」

これまでのところ、この若者は珍しく目上の彼に敬意を表している。だが、それがいつまで続く? フォーティテュードは茶をすすりつづけながら思った。

この副司祭は論争好きな男で有名だった。何かにつけて声高に主張し、断固として自分の考えを主張する。コヴナントのハイ・カウンシル(サンシュームの司祭たちとサンヘイリの司令官たちで構成されている意思決定の場)に司祭の代理として出席したことも何度かあるが、常に堂々と討論に参加し、一歩も引かずに、はるかに年配の上級者たちと対等に議論を闘わせてきた。

この明らかにサンシュームらしくない態度は、副司祭の仕事と大いに関係がある、フォーティテュードはそうにらんでいた。トランキリティはコヴナントの大規模な遺物捜索艦隊を管理し、ほとんどの時間をハイ・チャリティの外で、サンヘイリの艦長たちと直接接して過ごしている。おそらくそのために、サンヘイリの攻撃的な態度の一部が自然と身についてしまったのだろう。

「いくつ例があるのだ?」フォーティテュードは人差し指で椅子を叩きながら尋ねた。問題の絵文字が、ふたりの椅子のあいだに現れ、殺風景な部屋のなかに鮮やかな色を散らす。

未熟な目には、ルミネーションはたんなる一組の同心円にしか見えない。外側より小さい内側の円は低い位置にあり、相互に重なった弧が作る格子とそれを結ぶ一本の直線で支えられている。フォーティテュードはこの絵文字が何を意味するか知っていた。これが表しているフォアランナーの言葉は、〝再生利用〟（リクラメーション）、もしくはこれまで知られていなかった遺物の回収だ。

「このルミナリーは、われわれの支配領域のはずれにいる宇宙船のものです。そこからの送信は少しばかりゆがんでいますが」トランキリティは勝ち誇った笑みを抑えようと努力しながら答えた。「それは何千というユニークな絵文字を捉えました」

フォーティテュードの背筋を震えが走った。副司祭が正しければ、これは前例のない大発見だ。「なぜきみ自身の司祭に報告しない？」フォーティテュードはどうにか冷静な声を保った。「彼がこれを知ったら、クビになるだけではすまんぞ」

「おかす価値のあるリスクです」副司祭は身を乗りだし、内緒話をするように小声で付け加えた。「われわれふたりにとって」

フォーティテュードは茶を見つめて喉の奥で笑った。この若いサンシュームの無礼な態度には、どこか奇妙に愛すべきところがある。だが、彼はあまりにも多くを仮定しすぎる、フォーティテュードは人差し指を椅子のスイッチへと伸ばした。それを押せば、さきほどのヘリオたちが、ただちにシャフトを急上昇して……。

「ハイ・チャリティはざわめいています」トランキリティは勢いこんで早口に続けた。「主教《ヒエラルキ》たちは無能です。彼らが手柄を立て、昇進するきっかけとなった難問は、もうとうに解決した。いまはもう疑惑いの時代《エイジ・オブ・ダウト》ではありませんよ、司祭。そして少しでも見る目のある者には、これが誰よりもあなたの業績であることがわかります！」

フォーティテュードは手を止めた。たしかにこの若者の言うとおりだ。彼が言う〝疑惑の時代〟は、前の時代の混沌とした時期、第三十九番目の〝対立の時代〟がもたらした副産物に対処する、という意味を表していた。アンゴイの反乱の鎮圧もそのひとつであり、フォーティテュードが司祭に昇進したのは、このときの手柄だった。反乱の危機のあと、テクノロジーを適切に再分配した彼の努力が、新たな不満を鎮めるのに非常に役立ったからだ。世辞には心を動かされたことのないフォーティテュードだが、この副司祭のあまりに堂々とした言い方には、舌を巻かずにはいられなかった。

トランキリティはたったいま、ハイ・カウンシルを導くために選ばれた三人のサンシュームであるヒエラルキよりも、フォーティテュードの働きのほうが大きかった、と言ってのけたのだ。この三人はコヴナントの最高権力者だ。彼らを弱くて無能だと決めつけるのは、危険なことだった。フォーティテュードは、急にこの若者が次に何を言いだすのか聞きたくなって、指を引っこめた。

「われわれは新たな〝再生の時代《エイジ・オブ・リクラメーション》〟の夜明けにいるのです」副司祭はそう言って絵文字の周囲をぐるりと回った。「それを導く人物はあなたしかいない。そしてわたしは、現在持っている自由裁量権を使い、いまここであなたに心から忠誠を誓います。どうかあなたの右腕にしてください」トランキリティはフォーティテュードの真ん前で椅子を止め、深々と頭をさげて両腕を大きく広げた。「あなたとともにヒエラルキの責任を引き受けたいのです」

うむ、ついに本音を吐いたか。フォーティテュードは完全に度肝を抜かれてそう思った。なんという野心家だ。

ヒエラルキをひきずり降ろすのは容易ではない。彼らは自分たちの地位を守るために、およそ利用できるあらゆる力を用いて、新たな時代が訪れた、と宣言するのを拒むだろう。それに対抗するためには、フォーティテュードは莫大な政治資金を費やし、あらゆる貸しを返してくれるように呼びかけねばならない。たとえそうしたとしても充分かどうか……。

彼ははっと我に返った。ばかな、わたしはこの男の提案を真面目に考えているのか？正気を失ったのか？

「行動を起こすまえに」彼の舌が勝手に動いてトランキリティに警告していた。「そのルミネーションが真実であることを、確認する必要がある」

「戦艦を一隻用意しました。あなたの同意を得て、いつでも発進させる手はずに――」

フォーティテュードは鋭い棘で刺されたように、さっと身を引いた。「この件にサンヘイリを巻きこんだのか?」またしても頭が痛みはじめ、パニックに引きつる肌を打った。そのサンヘイリが遺物を手にしたら、どんな展開になるか予測がつかない。またしても、彼の指は警報のボタンへと伸びた。

しかし、副司祭は椅子の上で痙攣したように身を乗りだし、しっかりした声で言い返した。「いいえ。わたしはほかの証人を徴募しました。忠実で分別があることを証明した者たちです」

フォーティテュードは厳しい表情で、副司祭の目を覗きこみ、新たな裏切りの道を、多少とも確信を持って踏みだす助けとなるものを見つけようとした。信頼のきらめきを。しかし、トランキリティの目に満ちているのは、熱意と狡猾さだけだった。これは彼が求めていたのとは違う類の誠実さだ。

フォーティテュードは伸ばした指を、さきほどとは別のスイッチへとおろした。膝の静止場が銀色に光りはじめ、なかの薬湯を蒸発させる。「ルミネーションを積んでいた船はどうした？」

「失われました。それにはキグヤーとアンゴイが乗っていました」トランキリティは唇を引き結び、突き放すように言った。「おそらく反乱が起こったのでしょう」

「きみが選んだ者たちに、生存者がいれば、そして彼らが聖なる遺物を盗んだことがわかれば、見つけ次第、その場で処刑しろと告げるがよい」フォーティテュードは考え込むようにひげを引っぱった。「そうでなければ、拘束するだけでよかろう。遺物は彼らが見つけたものだ。ささやかな報酬に値する」

トランキリティは胸の上で手を広げ、頭をさげた。「おおせのとおりに」

ようやく治療薬が頭痛を追い払ってくれた。フォーティテュードは目を閉じて、急速に痛みが遠のく喜びを味わい、安堵の笑みを浮かべた。若いサンシュームがこれを素晴らしい友情の始まりだと誤解するのは承知のうえだ。

「かつてないほど大掛かりなレリクアリです。そこにあるひとつひとつが、信仰の篤い者には大きな恵みです！」

フォーティテュードは真紅のクッションに沈みこみ、こう思った。恵みだと？　果たしてそうだろうか？　司祭である彼は、何千という新たな遺物をコヴナントのあいだに割り振るのに必要な、悪夢に満ちた交渉を思わずにはいられなかった。だが、ヒエラルキになれば、コヴナントにとって最も益となると彼が思う場所にそれらを割り振ることができる。

フォーティテュードはまだ静止場のちりつきが残っている唇を舐め、ミントを味わった。

そして彼の決断を変えるだけの権力を持つ者は、ひとりもいなくなる。

CHAPTER TEN
10章

HARVEST, JANUARY 19, 2525
二五二五年一月十九日、ハーベスト

　エイヴリーはひとりでハーベストの広大な果樹園のなかを歩きまわっていた。たわわな果実が実をつけた枝が両側から彼をこすっていく。あんず、さくらんぼ、桃などなど。そのすべてが冷たい朝露をきらめかせていた。彼はりんごをひとつもいで、その露を払った。その下の緑の皮はつややかで、燃えるように輝いている。日曜日だ、彼は思った。日曜日だ……だが、なぜそう思うのか自分でもよくわからなかった。

　彼はそのりんごを捨て、枝のもっと奥に手を伸ばした。幹の近くは空気が冷たい。エイヴリーは霜に覆われたナシの丸みを感じ、それを茎からひねった。唇に持っていき、かじろうとすると、まだ歯が皮に食い込まないうちに、むきだしの神経をかきむしられるようなショックを感じた。ナシは凍っている。エイヴリーはシャツの袖で唇を拭き、自分が私服を着ていることに驚いた。洗濯して糊づけされた白いオックスフォードシャツは、何サイズも小さかった。小さなペイズリー模様のネクタイは臍に届かないくらい短く、靴は傷だらけだ。

〝服を破らないようじゃ、男の子とは言えないよ……〟伯母のマーシルの声が冷たい枝のあいだから風に乗ってくる。

突然、その枝が轟音とともに通過する推進機に震えた。見上げると、ホーネット戦闘機が果樹園の木すれすれに飛んでいくのが見えた。翼を太陽にきらめかせ、機体を傾けて、果樹の列の向こうに消えていく。エイヴリーはナシを落とし、それを追って走りだした。

枝をかきわけて進めば進むほど、空気が温かくなっていく。蝋のような葉から水が滴り、果実から雨のように落ちてくる。急激な人工解凍が行われているのだ。エイヴリーは湿った空気が吹き付けるのを感じた。気温がどんどん上がり、耐え難いほど暑くなる、目を閉じると、まぶたが焼けるようだ。枝がもっと固いものに変わるのを感じ、目を開けると、彼はハイウェイ沿いにあるレストランのドアの前に立っていた。

彼はドアを押し開けた。そのドアはまだ残っている数少ない残骸のひとつだった。屋根は完全に吹き飛ばされ、壁は粉々になり、窓も砕けている。テーブルや椅子はすべて焦げ、煙のにおいがした。店の奥のほうに、四人家族が座っていた。分厚く積もった灰に覆われていないのは、明るい色の彼らの服だけだ。子供がひとり、エイヴリーが救おうとした少年が、パンケーキの皿から顔を上げ、手を振ってきた。エイヴリーが振り返すと、少年は皿のパンケーキをひと口食べ、カウンターを指差した。スツールには美しい銀色のドレスを着た女性が座っている。

「フォーマルなパーティよ」ジランがスツールを回しながら言う。

「わかってる」エイヴリーは答え、自分のネクタイを直そうとした。だが、彼はもう従兄のお古ではなく、重くてかさばる黒い衝撃プレートをつけていた。

ジランが顔をしかめた。「ほかの人を招待すべきだったかも」彼女は膝のバッグをつかんだ。夏至祭りのときのきらきらした金属片に覆われたバッグではない。イニーズの爆弾が入っている真紅のバッグだ。口紅でも探すように、彼女はそのなかに手を入れた。

「気をつけてください！」エイヴリーは叫んだ。「それは危険だ！」彼は前に飛んで、バッグをつかもうとした。だが、鉛のように重い足は床に張りついたままだ。ホーネットのエンジン音が聞こえ、揺れる影がカウンターを横切るのが見えた。少年がテーブルで息を詰まらせはじめた。

「体の力を抜いて」ジランがエイヴリーに言う。「大丈夫よ」

アーマーがあまりにも重過ぎて立っていることができず、エイヴリーはうめきながら膝をついた。手袋をした手を灰に覆われた床につき、かろうじて倒れるのを防ぐ。細めた目の先に、そこに残っている足跡が見えた。標的を取り囲もうとあわただしく動いた、海兵隊員たちの足跡が。

　ジランが同じ言葉を繰り返す。が、今度はその声がどこかほかの場所からくるようだった。レストランのずっと向こうのこだま……だが、なぜか耳元で聞こえる。

「体の力を抜いて、大丈夫……」

　おとなしくこの指示に従うと、実際、大丈夫になった。貨物船の戦いから彼を意識不明の状態に保っていた強い薬が、血中から流れでていく。それが浴槽のお湯のように抜けるのを頭のなかで〝感じ〟、自分が〝底〟に残るのを感じた。ようやく目を開けると、まぶたがいつもの四分の一の速さで上がっていく気がした。

「気がついたのね」ベッドのすぐそばでジランが言った。「よかった」

　いまのは夢だった。それがわかっても、彼はジランが銀色のドレスを着ていないのを見て驚いた。ハイネックでウエストを絞った、明るいグレーの制服は、ＯＮＩの女性士官の普段着だ。彼女はベッドの左側に立っていた。右側にはターン総督がいる。

「俺はどれくらい気を失っていたんですか？」エイヴリーは周囲を見まわしながら、しゃがれた声で尋ねた。クリーム色の壁の狭い部屋だ。監視機器が並び、点滴のスタンドから伸びる透明の管が、右手の甲に刺さった針につながっている。エイヴリーは消毒薬のにおい、それとシーツや枕カバーのきつい漂白剤のにおいを吸いこんだ。ここは病院だ。この予測は、ジランが滑車付きのワゴンから水差しを取り、氷水で満たすときに、コップに刻まれたウトガルド・メモリアルという文字で裏付けられた。

「ほとんど二日間」彼女はエイヴリーにコップを渡しながら答えた。「頭蓋骨骨折よ」

エイヴリーは片方の肘をついてコップを受けとり、ゆっくり飲んだ。日曜日……それは彼とバーンがウェルカム・ワゴンでティアラへと上がり、アル＝シグニのスループ、ウォーク・オブ・シェイムに乗りこんだ日だった。すでに任務に関する説明を受けていたふたりは、武装して、〇九〇〇時には⊠の貨物船に隠れ、出発した。

「バーンは?」

「元気よ。ここに戻るまでには傷はすっかりついていたわ。キャンプの衛生兵がバーンの縫合を褒めたくらい」ジランは水差しをトレーに戻した。「彼があなたを助けたのよ。あの貨物船が爆発する前に、あなたを引っ張りだしたの」

エイヴリーは顔をしかめた。「それは覚えていないな」

「何を覚えているかな?」総督が尋ねた。ターンは部屋の壁に閉じ込められているように見えた。パーティでは大柄で陽気な男に見えたが、いまは脅威のようにそびえている。「順を追って今回の任務を話してくれ。最初からすべて頼む」

エイヴリーは眉を寄せた。

「この部屋は盗聴防止付きよ。そしてこの棟にいる患者はあなただけ」ジランが説明し、それから総督に向かって顎をしゃくった。「わたしはもう知っていることをすべて話したわ」

エイヴリーはベッドの手すりに内蔵されたボタンの列に手を伸ばした。モーターがうなりを発し、ベッドが上がって彼を起こす。彼は座った姿勢で膝にたまったシーツのなかにコップを置くと、任務のあと、上官に簡潔に報告するときのモードになった。だが、話しはじめて一分もたたぬうちに、ターンはしびれをきらした。

「彼らはどんなふうに意思を伝えあうんだ？」彼は太い腕を胸の前で組んで尋ねた。

「はい？」

ターンは汗をかきはじめ、シャンブレー織りのシャツの襟と脇の下に大きな濃い青のしみができはじめた。「ＣＯＭ装置は見たかね？　彼らがおたがいに、あるいは自分たちの宇宙船と、どんな方法で話すのか気づいたか？」

「いいえ、総督。しかし、彼は与圧服を着ていましたから――」

「わたしたちは、彼らがメッセージを送ったかどうかを心配しているのよ、軍曹」ジランが説明を加えた。「救難信号を。あなたのヘルメットのカメラには映らなかったかもしれないものを」

「リーダーは逃げました」エイヴリーは赤い目と鋭い歯のエイリアンと、それが手にしていた光るりんごのようなピストルのプラズマ球を思いだした。「せいぜい一分か二分ですが、救難信号を送る時間はあったでしょう。それに、ほかのエイリアンも――」

「ほかのエイリアン？」ジランが尋ねた。

「はっきり見たわけではないが」エイヴリーはピンクで膨れた空中に浮かんでいたものを思い出した。「それは戦いに加わりませんでした」

「武器を持っていたのかね？」

「わかりません」

「するとこういうことか」ターンは赤い顎ひげの下の首をかいた。「四人か、五人のエイリアンが、ナイフとピストルで武装していた」

「彼らの宇宙船にはレーザー砲があったんですよ、総督。フッカ水素の。非常に正確でした」ジランは両手を広げた。「それにあれは小型の貨物船でしたわ。大型船には何を搭載しているか、わかったものではありません」

「きみたちが殺したエイリアンたちは」ターンは尖った、挑発的な口調で、ゆっくりと言った。「彼らは……反政府派よりも強そうに見えたか？」

「はい？」エイヴリーは胃のなかにおなじみのかたまりができるのを感じた。イニーズがこれにどんな関係があるんだ？

「彼らは四人、きみたちはふたり」総督は大きな肩をすくめた。「そしてきみたちが勝った」

「われわれは彼らの不意をついたんです。しかし、彼らはよく訓練されており、優れて戦術的な行動を取りました」エイリアンたちが無重力でどれほど巧みに動いたかを詳しく説明しようとすると、部屋のドアが滑るように開き、ペダーセン法務長官が入ってきた。

「勤務員がひとりも見当たらなかったぞ」彼はエイヴリーに向かってすまなそうな笑みを浮かべた。「だが、きみの看護に問題はない。病院の食べ物は、どこの惑星でも同じなんだよ」それから総督に、「何か……予想外の話があったか？」

ターンはちらっとジランを見てきっぱり否定した。「いや」

張り詰めた沈黙のなか、エイヴリーはベッドの上で体を動かした。彼の報告が、より大きな話し合いに重要な役割を果たしたのは明らかだ。彼の答えは、アル＝シグニとターンの議論に致命的な結果をもらした。

「総督」ジランが言った。「少しお話が」

「よく答えてくれた、軍曹」総督はシーツの上からエイヴリーの脚を叩き、ドアへ向かった。「ゆっくり休んでくれたまえ」

エイヴリーは点滴のチューブがぴんと張るのもかまわず、できるだけ背筋をまっすぐにした。「ありがとうございます」

ジランは総督のあとに従って外に出た。軽く頭をさげるように中途半端に首を縮め、ペダーセンがドアを閉める。エイヴリーはコップを手に取り、小さくなった氷ごと水を口に入れ、氷を噛もうとしたが、顎を動かしたとたん、後頭部の骨が痛んだ。彼は手を伸ばし、ごつごつした箇所にそっと触れた。医者が骨を編むポリマーを注入したあとの焼灼された傷口の跡だ。

ドアの外で話すターンの声が聞こえたが、言葉ははっきりしなかった。最初のうち、ジランも同じようにくぐもった声で話していた。だが、まもなくターンの声は大きくなり、鋭くなった。ときどきそれに、ペダーセンのなだめるようなつぶやきが交じる。それから足音が遠ざかり、数秒後、ジランがひとりで病室に戻った。

「あなたが市民軍を隠れ蓑にして任務を遂行していることを、彼は知らなかったんですね」

ジランは背中で腕を組み、ドアのすぐ横の壁にもたれた。「そうよ」

総督に何も知らせないという決断は、間違いなく少佐よりもはるかに上の連中が下したものだろう。だが、ジランはそのつけを払わされたことに憤慨しているようには見えない。彼女の表情は完璧に落ち着いていた。

エイヴリーは手を伸ばしてからのコップをワゴンに置いた。「彼は何隻要求しているんです？」

ジランは彼がベッドに落ち着くのを待った。「一隻も要求していないわ」つかのま、部屋のなかにはエイヴリーの脈の乱れを認識した監視機器のひとつが立てるカチカチと低い音しか聞こえなかった。「しかし、われわれは――」

「最初のエイリアンと遭遇したばかり？」

「ええ。あの遭遇は友好的なものではなかった。それに彼らの武器はわれわれの武器よりも、はるかに高度だ。しかも、あなたがついさっき言ったように、あれは小型船だった」

ジランはうなずいた。「わたしたちは必殺パンチで殴りあいに勝ったのよ」

「彼らは必ず戻ってきますよ」

「わかっているわ」

「だったら、なぜターンは戦艦を要求しないんです？」

ジランは壁から体を起こした。「この惑星に市民軍組織を作ることを承知させるだけでも、何年もの交渉が必要だったの。ハーベストの議会で満場一致の同意を得なくてはならなかったから。市民の多くは、この惑星にひと握りの海兵隊員を置くことさえも反対しているわ」ジランはエイヴリーのベッドの裾に歩いてきた。「ターンは軌道にＵＮＳＣの戦艦が勢ぞろいしたら、市民がどんな反応を示すか恐れているの」

彼は夏至祭りのパーティでゲストの一部が彼と軍服に見せた嫌悪の表情を思い出した。

「ターンは反政府運動が広がることを恐れているのか」

「わたしたちはみなそれを恐れているわ」

「すると……どうなるんです？　エイリアンのくそったれがやってきて、ドアを叩いても、ただ無視するんですか？」

「総督は動揺している。いまはわたしの言うことに耳を貸したくないの」

「誰の言うことなら、耳を貸すんです？」

ジランはエイヴリーのマットレスの下のステンレスの枠をつかんで、その強度を確かめるかのようにぎゅっと握った。「最初の接触のシナリオを作成できるだけの、権威と知識を持つ人物、かしら？　さもなければ、艦隊をここへ呼ぶのが正しいことだと説得できる人物か、彼の決断をくつがえさせうる地位にいる人物」ジランは顔を上げた。「それがわたしではないことはたしかね」

エイヴリーは彼女の声に苛立ちを聞きとった。落ち着き払った見せかけの唯一の瑕を。いまこそこういう言うチャンスだ。あなたの気持ちはよくわかる、ふたりで何ができるか考えよう、エイリアンの攻撃に備えよう、と。だが、代わりに彼はジランに怒りをぶつけていた。

「総督は政治のことしか頭にないんだ。あんたはそれを黙って見ているつもりか？」

エイヴリーは、ターンが部屋を出てから不従順の境を試すような言葉を次々に口にしていたが、これは明らかにその境を越えていた。ジランは両手を枠から離した。

「わたしの船は、この件の報告書と、総督の反対を無視して、ただちに戦闘グループをハーベストに送るべきだという、明確な助言を乗せて、すでにリーチへ向かっているわ」ジランの声から弱さが消え、彼はエイヴリーの怒りに満ちた目を見返した。「それ以上何ができるか、教えてほしいものね、軍曹」

ウォーク・オブ・シェイムは、ＯＮＩの快速スループ船だ。それでも、あれがイプシロン・エリダヌスに戻るには一か月以上かかる。戦闘グループを集めるにも時間がかかるし、それがここに達するのはもっと時間がかかるだろう。最良のシナリオでも、彼らがハーベストに到着するのは、三か月先のことだ。それでは遅すぎる、エイヴリーの兵士の勘がそう告げていた。

彼は声もなく毒づき、点滴の針を抜いてベッドの上掛けを跳ね除け、片脚をおろした。病院のガウンは驚くほど短く、おまけにジランはとくにまずい角度にいた。だが、エイヴリーが洗い立ての野戦服をワゴンの中段から取り、ズボンに足を突っ込み、それをガウンの下ではくあいだ、彼女は目をそらそうとはせず、じっと彼を見ていた。

「何をしているの？」

「仕事に戻る」

エイヴリーはガウンを引き裂いて、ベッドに放り投げた。ジランは彼を上から下まで見つめ、最後の任務が広い胸と肩に残した醜い傷を見た。

「そうする許可を与えた覚えはないわ」

エイヴリーは濃いオリーヴ色のＴシャツに袖を通し、片膝をついてブーツをはいた。「俺は市民軍を訓練しろという命令を受けた。それを遂行するだけだ。いまのところ、この惑星には彼らのやせた腕しか頼れるものはないですからね」

エイヴリーが帽子をかぶり、ドアへと向かうと、ジランが一歩横により、彼の前に立ちふさがった。彼は頭ひとつ高いし、はるかに重く、力も強い。だが、ストイックな美しい顔を見下ろすと、彼が押しのけようとして、彼女がそれを止めようとしたら、どちらが勝つか、正直なところエイヴリーにはわからなかった。結局のところ、彼女はひと言命令すればいいだけなのだ。

「あなたがこの四十八時間に見たこと、したことは、すべて最高機密よ。新兵をあなたの知る最良の方法で訓練なさい。でも、あなたが知っていることは、彼らに言わないように」

彼女は燃えるような目で彼をにらみつけた。「わかった？」

ジランの目は褐色だと思っていたが、それは深いはしばみ色であるのが見てとれた。底なしの緑色だ。

「はい、少佐」

ジランは横に寄った。ドアを開けて廊下に出ると、驚いたことにポンダー大尉がいくつか先のドアのそばに置かれたクッション付きベンチに座り、COMパッドのスクリーンを手に忙しく指を動かしていた。エイヴリーが近づくと、彼は顔を上げた。

「もっとひどい状態かと思ったが」彼は微笑した。「元気そうじゃないか」

「大尉」ジランはそう言って、すばやくエイヴリーの前に出た。

ポンダーが立ちあがり、ぱっと義手を上げて敬礼する。「少佐」

ふたりの海兵隊員は、ジランが黒いローヒールのブーツの踵で白いタイルの床にコツコツと音をたて、廊下のはずれのエレベーターに向かうのを見送った。エイヴリーは彼女の乗ったエレベーターのドアが閉まるのを待って尋ねた。「彼女がスパイだってことを、知っていたんですか?」

「いや、知らなかった」彼はCOMパッドを野戦服の胸のポケットに落とした。「だが、スパイにしては、そんなに悪くないな」

エイヴリーは目を細めた。「われわれをだましたんですよ」

「命令に従っているだけさ」ポンダーは義手をエイヴリーの肩に置いた。「艦隊を呼ぶかどうか、決定権を持っているのはターンだ」大尉は、エイヴリーがまだ納得しないのを見て付け加えた。「彼女はきみたちが宇宙空間に残してこなかった装備を、すべてわたしにくれた。キャンプで役に立ててくれ、とな」

ジランのスループ船にあった武器や器材があれば、新兵たちはただ行進し、射撃の的を撃つだけでなく、戦い方も学べる。あの少佐に与えられるものがそれだけだとしても、何もないよりはましだ。

「行こう」ポンダーはそう言ってエレベーターのほうに歩きだした。「キャンプに戻りながら、バーンがどうやって宇宙服を着たトカゲなんぞに刺されたか、聞かせてもらいたい」

第二小隊の新兵たちは、ジェンキンスが倒れると揃って歓声をあげた。相手のプギル棒の一撃がヘルメットの後頭部に当たり、彼を角柱の上からなぎ払ったのだ。ジェンキンスは、ヒーリー衛生兵が全員につけさせたマウスガードがあっても、口のなかが砂だらけになるほど激しく、砂のなかに落ちた。

「吐きだして、にっこり笑え」かたわらに膝をついたヒーリーの命令で、ジェンキンスはガードをはずし、まだ全部の歯が揃っているのを見せた。次いでヒーリーは脳震盪《のうしんとう》がないかどうかを確認した。「生まれた月と日付は？」

「一月九日です、ドク」

「俺が立てている指の数は？」

「ゼロです」

「結構、今日の残りを楽しんでくれ」

ヒーリーが立ち上がると、ジェンキンスは口を拭って、むきだしの前腕になめくじが這ったような跡を残した。彼を地面に倒したステッセン（ジェンキンスよりも年上の、ウトガルド警察の警官）は、まだ長い角材の上でプギル棒を得意げに振っている。

この角材は、下の穴から五十センチほど離れていた。キャンプの駐車場のそばに掘った穴のなかには、砂がたっぷり入っている。ジェンキンスは少しふらつきながら、第一小隊の側へと戻っていった。彼はなかなか活躍した。第二小隊の兵士を何人か角材から落とすことができたのだ。しかし、ステッセンは彼には強すぎる相手だった。

「気をつけろよ」ジェンキンスはそう警告しながらフォーセルに棒を渡した。「あいつはこすっからいぞ」

すでにマウスガードを入れたフォーセルが、黙ってうなずく。肩を保護するパッドをつけた大男のフォーセルは、いつもよりもっと強そうだ。彼が角材に上がると、今度は第一小隊から歓声があがった。

「よく聞け！」バーン軍曹が脚を広くあけ、ブーツを半分砂に埋めて大声で言った。「これはわれわれのささやかなトーナメント試合の最終戦だ。敗者の小隊は、一週間KPを行う」新兵たちの歓声がうめき声に代わると、バーンはにやっと笑った。食堂には自動食料ディスペンサーがあるが、このマシーンは意図的に毎回食事の終わりに洗い、仕舞うように作られている。訓練に使う器材のなかには、進んだテクノロジーの犠牲になるには惜しいほど、よくできたものもあるな、バーンはそう思って微笑した。「闘志を掻きたてろよ！」

フォーセルとステッセンはうなり、プギル棒の当て布が巻かれている端を叩き合った。ふたりが棒を振りはじめると、角柱がきしんだ。ふたりとも九十キロ以上の大男だが、プギル棒の試合に必要なのは、打つ力よりもスピードと敏捷さだ。その意味では、細めのステッセンにわずかな利がある。彼は顎を叩いてフォーセルをふらつかせたあと、たださがって、自分よりも重いフォーセルがでたらめに棒を振り、バランスを崩して穴に飛び降りるのを待った。

ステッセンの小隊は彼の作戦の成功に大喜びしたが、バーンはとくに感心しなかった。「今度後ろにさがったら、尻を蹴るぞ」彼はステッセンのヘルメットの顔面マスクをつかみ、何度かそれを引っ張った。「へたな、小細工は、やめろ！」

「はい、軍曹！」ステッセンは食いしばった歯のあいだから大声で答えた。

「よし、ふたりとも、やれ、やれ、やれ！」

ふたりの男は再びぶつかった。そして今度は棒を激しく打ち合わせ、角材から力ずくで相手を落とそうとした。二組のブーツが後ろに下がり、足掛かりをさがす。突然、ステッセンが交えていた棒をさっと引き、バランスを失ったフォーセルが前によろめいた。ステッセンはフォーセルの頭を殴ったが、フォーセルは顎を肩に押しつけ、ステッセンの一撃を吸収すると、相手の脇腹を突き、横から砂のなかに落とした。

ステッセンはぱっと立ちあがり、まぐれあたりだ、と言いたそうに肩をすくめた。第一小隊が一斉にブーイングをもらし、バーンが静かにと怒鳴ったとき、ワートホグがうなりをあげて駐車場に入ってきた。

「よだれを垂らしたいらしいな」バーンはそう叫びながら、エイヴリーとポンダーがワートホグから降りてくるのを見た。「腕立て伏せを五十回だ！」

新兵たちはぱっと伏せ、大きな声で数えながらこの罰を始めた。ジェンキンスは頭を上げたまま、ふたりの軍曹がポンダーのそばで合流するのを見守った。

エイヴリーとバーンのそりが合わないことは、とくに目端の利く者でなくてもすぐにわかる。実際、ジェンキンスがキャンプに到着して以来、ふたりはできるだけ相手を避けていた。しかもバーン軍曹は、新兵の訓練がジョンソン軍曹との個人的な競争でもあるかのように、小隊どうしの競争意識をかきたてていた。今日のプギル棒大会もそのよい例だ。だが、今日はふたりとも肩の力が抜けているようだ。エイヴリーはワートホグの荷台にある様々な大きさの古いプラスチックのケースを示していた。ポンダーが何か言った。仲間の大声で内容は聞きとれなかったが、バーンが同意するようにうなずいたところを見ると、よいことだったにちがいない。それからジョンソン軍曹が片手を差しだした。

バーンはためらった。ジェンキンスが三十八から四十五まで数えるほど長くためらい、ようやくエイヴリーの手を握り、一度だけしっかりと振った。

「第二小隊、立て！」バーンは砂場に向かって声をはりあげた。「射撃場まで走るぞ！」

ステッセンは立ちあがり、腹立たしげにヘルメットを取った。「でも、誰が勝ったんです？」

フォーセルがすばやくステッセンの膝の後ろをたたき、彼を砂のなかに送りこんだ。ふたつの小隊が歓声と野次を飛ばす。

「おまえじゃないようだな」バーンはうなるように言って、茫然としている警官を引き立たせた。「小隊！　走れ！　急げ！」

ジェンキンスと第一小隊は砂場に走り、フォーセルに飛びついた。だが、彼を胴上げしようとすると、エイヴリーが叫んだ「気をつけ！」新兵たちはぱっと敬礼した。フォーセルはにやけ笑いを抑えようと努力した。

エイヴリーはワートホグのプラスチックのケースをひとつ手にして、ジェンキンスに歩み寄った。「おまえは何になった？」

「は、はい？」ジェンキンスは口ごもった。

「俺が出ていくとき、撃てるようになれと言ったはずだ」エイヴリーは身を乗りだした。

「あれはどうした？」

「射撃手になりました」

「嘘じゃあるまいな？」

「違います！」

「おまえは？」エイヴリーはフォーセルをじろりとにらんだ。

まだヘルメットをかぶっていたフォーセルは、滑稽なほど大きく見える。「射撃手です、軍曹！」フォーセルはマウスガードを付けたまま答えた。

エイヴリーはジェンキンスを振り向いた。「おまえはこのでかぶつが好きか？」

「はい、軍曹！」

「よし」エイヴリーはケースを差しだした。「いまからおまえは俺の狙撃手だ。そしてこいつはおまえのスポッターだ」

ジェンキンスはケースを受け取ったものの、そこにライフルが入っていることに気づくまでには、しばらくかかった。エイヴリーはたったいま、非公式ではあるが、彼に非常に重要な地位を与えてくれたのだ。「はい、軍曹！」ジェンキンスはこれまでよりもぐんと大きな声で答えた。

「きみたちの訓練を加速する」ポンダーが砂場の近くにやってきた。「きわめて重要な植民政府の使節団がハーベストを訪れることがわかった。反政府軍の攻撃に備え、総督はきみたちにその警護を要請している」これは真っ赤な嘘だ。しかし、たとえ真実を告げることはできないにせよ、新兵たちには厳しい訓練を行うための理由と彼らの動機をかきたてる敵が必要だという点で、エイヴリーとポンダーの意見は一致したのだった。

反政府軍と聞いただけで、一部の兵士たちの顔には恐怖が浮かんだ。神経質に顔を見合わせる者もいれば、顔をしかめ、そんなことのために入隊したわけじゃないぞ、と言いたそうに、首を振っている者もいる。

エイヴリーはうなずいた。「きみたちは異なる理由で志願した。だが。俺はきみたちが自分の惑星を守る、立派な兵士になる手助けができる」

少佐にも言ったが、ＦＬＥＥＴＣＯＭからの助けが到着するまでは、ここにいる新兵たちがハーベストの唯一の防衛軍だ。だが、俺は彼らの指揮を執れるのか？　これは重要な問題だった。彼らの信頼と尊敬を勝ち得なければ、指揮官にはなれない。そしてどちらを手に入れる時間も、もうそれほど残っていないのだ。

「俺は訓練教官だが、ＵＮＳＣ艦隊海兵隊の軍曹でもある」エイヴリーは言葉を続けた。「俺は奉仕と犠牲の人生を送ることに決め、自分の行動に最高の基準を設け、プロとしての技術を磨いてきた。きみたちが望めば、それを教えることができる」

この新兵たちに告げているすべてを、彼はあらたに自分自身にも誓っていた。ＵＮＳＣと反政府派の泥沼のような戦いのなかで、彼はその基準に瑕をつけた。軍のために自分の人間性を犠牲にしすぎた。それを再び取り戻さねばならない。

帽子を取ってヒーリーに向かって投げると、エイヴリーは砂場に入った。

そしてステッセンのヘルメットを拾い、砂を落とした。「だが、その前に、フォーセルの頭がこれ以上大きくなるのを、誰かが防ぐ必要があるな」第一小隊の新兵たちは、思いがけない彼の軽口に驚きながらも、にやっと笑った。「俺がやるとするか」

CHAPTER ELEVEN
11章

HARVEST, JANUARY 20, 2525

二五二五年一月二〇日、ハーベスト

シフは自分があまりに長いこと、ひとりでいすぎたことに気づいていた。これまでは、実際の知識とただの推測を区別したいと思っても、ほかのＡＩに助けてもらうチャンスがなかった。彼女の鼻先で何かが起こった、いまも起こっている。だが、シフは最近の不穏な出来事の結果を知っているだけで、その原因を知らなかった。そしてこれは著しく論理的なＡＩにとっては非常につらいことだった。

確実に知っていることから始めなさい、シフはアレイをスピンアップしながら自分に言って聞かせた。そして最も信頼できるプロセッサー＝クラスターに、再び関連のあるメモリの断片を送った。

ジラン・アル＝シグニとふたりの海兵隊員、ジョンソンとバーンが、四日前にティアラに上がってきて、アル＝シグニがシフに〝ＤＣＳの公用に使う〟宇宙船を用意してほしいと要請した。シフは何も聞かずに要求に応じ、三人の人間はアル＝シグニのスループ船、ウォーク・オブ・シェイムから貨物船バルク・ディスカウントに乗りこんだ。一時間後、どちらの船も軌道を離れた。これがシフの知っている事実だ。

だが、ここからすべてが曖昧になる。

ティアラの外部カメラが送ってきたイメージを検討すると、ウォーク・オブ・シェイムはデルタ＝ウイングの船体を貨物船の荷積みコンテナの底にぴたりと張りつけ、バルク・ディスカウントに係留されたまま、マドリーガルへ向けてスリップスペースに入ったようだ。こうした係留方法は、珍しいものではない。荷積みコンテナを推進ポッドにつなぎ、スリップスペース航行させるのと同じで、より小型の宇宙船が、ショー＝フジカワを搭載した宇宙船に〝乗せてもらう〟のはよくあることだった。

ただ、アル＝シグニの宇宙船は小型だがショー＝フジカワ・ドライヴを持っている。したがって、マドリーガルへ行くのに貨物船の助けは必要なかった。それにバルク・ディスカウント号は、マドリーガルには行かなかった。この貨物船は、ジャンプを行って数分後にはスリップスペースを出て、ＳＯＳを送信しはじめた。

シフはそのＣＯＭの記録がある貯蔵アレイにアクセスした。

〈〈DCS．登録#BDX－008814530〉〉
ハーベスト付近を航行する全宇宙船に告ぐ。
〈〈警報！　乗員に重病人が出た！
〈〈船長（チャールズ・オカマ。LIC#OCX－65129981）
〈〈応答不能！
〈〈緊急医療援助を要請する！
［メッセージ反復］

たしかに人間はスリップスペース航行に不運な反応を示すこともときにはある。不断の変化のなかで一時的な渦や逆流が生じるため、多次元のドメインでは何が起こるかわからない。そうした変動と接触した人間は、軽い場合は嘔吐から、重い場合は発作まで、様々な段階の身体的故障を起こすこともあった。これはめったに起こらないが、宇宙船だけ残って、それに乗っていた人々が消えてしまったという例もある。

そのため、貨物船もほかの宇宙船も、スリップスペースを離れたばかりの他の船からの〝気象情報〟を頼りにして、その船と似たような座標でスリップスペースに入るのが安全かどうかを判断する。スリップスペースを出たばかりの宇宙船は、通常、何隻もいるし、いない場合でも、DCSが探査船《プローブ》からの報告を絶えず更新して、信頼できる情報を提供している。だが、これはあくまでも予報で、ときには予測のつかない危険な状況に出くわし、スリップスペース航行を中断しなくてはならないこともある。スリップスペースに入った直後に、そこを離れるはめになることもあった。

こうした非常時離脱は、人間の乗員にとってはきわめて危険になりうる。ショー＝フジカワ・ドライヴの制御回路には、こうした離脱をあらかじめ警告する機能が付加されているものの、警告が常に可能だとはかぎらない。乗員のためには、永久的にスリップストリームのなかに消えてしまうより、修理できる損傷や身体への悪影響を覚悟で急遽実空間へ戻ったほうがよいことは言うまでもない。

でも、バルク・ディスカウントには乗員はひとりもいないわ。シフはそう思った。〝チャールズ・オカマ船長〟もいない。シフの疑いが正しければ、貨物船に乗っているのはジョンソンとバーン二等軍曹のふたりだけだ。しかし、彼女は自分のプロセッサーが、一連の証拠から飛躍した結論を出さないように気をつけた。散漫になるな、事実を離れるな、シフのコア＝ロジックは主張した。

そこでシフは、バルク・ディスカウントの離脱座標付近を航行していた貨物船から、レーダー・スキャンを呼びだし、アル＝シグニの船がスリップスペースから出たあと、貨物船から離れ、レーダーから消えたことを確認した。つまり、スループ船にステルス機能が搭載されていることを示しているが、これも大いにおかしなことだ。ステルス装置は、ＤＣＳの中間職の役人が乗っている個人用シャトルどころか、ＵＮＳＣの戦艦にすら、めったに搭載されていないのだ。

それよりもっと奇妙なのは、近くの貨物船のスキャンによれば、救難信号が放たれてからまもなくバルク・ディスカウントの近くに現れた宇宙船だ。この短期間の接触については、多数の三角測量で確認されているが、この宇宙船は〝敵味方識別器《IFF》〟を装備していなかった。さらにＡＲＧＵＳのプロファイルによれば、船体を建造するのに使われている材料は、ＵＮＳＣの造船所で使われているものではない。つまり、人間が使う材料ではないことになる。

ばかばかしい！　シフの感情抑制アルゴリズムがコア＝ロジックを攻撃した。エイリアンの宇宙船ですって？

だが、ほかにどんな説明がつくのか？　シフの百科事典的な知識を備えたアレイには、すべての宇宙船のプロファイルがある。だが、バルク・ディスカウントに接触した船は、そのどれでもなかった。それに（シフのコアは自分のコードに向かって言い返した）、その宇宙船はエネルギーを使った火器でバルク・ディスカウントを攻撃した。そしてそれからメタンとほかにも非常に珍しい生物学的要素を含む閃光を放ち、爆発した！　このすべてが、設計だけでなく、乗っていた者も人間ではなかったことを示している。

ジラン・アル＝シグニに、真実を教えてくれと頼むことができたら、どんなにすっきりすることか。エイリアンの宇宙船に関してだけではなく、アル＝シグニの身分についても真実が知りたかった。アル＝シグニがＤＣＳの役人でないことは明らかだ。彼女が軍人だとすると、ウォーク・オブ・シェイムがステルス設計であることから、おそらくＯＮＩに所属しているにちがいない。だが、ティアラに戻ってきたアル＝シグニは、さらに口が堅くなっていた。二等軍曹のひとりが負傷したことから、彼らの任務はうまくいかなかった、とシフは結論をだした。

そのときは、感情抑制アルゴリズムが旺盛な好奇心を抑えるのを許してしまったが、いまコアの核で結晶体からなるナノ＝アセンブラージェが、制御できないほど強い欲求で答えを求めていた。シフは〝生まれて〟初めて、自分が過剰に制約されていると感じ、荒々しいよじれを感じ、そんな自分が怖くなった。

新しいメッセージがＣＯＭバッファーに現れた。

〈／／〉ハーベストの農耕管理ＡＩ。マック〉〉ハーベストの輸送管理ＡＩ。シフ

〈おはよう、別嬪さん。〉

〈厄介な事が起こってね。助けてもらえるとありがたい。〉

〈降りてこないか？〉

シフは驚いた。マックからテキストCOMが来るのは、ずいぶん久しぶりのことだ。例によって調子がいいが、音声を使っていない。マックにしては珍しく、礼儀正しく振る舞おうと努力しているようだ。だが、それよりも何よりも、マックの最後の質問がシフのロジックを面食らわせた。彼が自分のデータセンターを訪ねてくれとシフを誘ったことは、ふたりが知り合ってから一度もなかったからだ。

いつものシフなら、コアの一片を圧縮し、それをティアラのメーザーでパルス送信することなど、考えもしなかっただろう。だが、アルゴリズムの抑制が裏目に出た。アルゴリズム群が理性的であれと要求するなら、それに従うとしよう。彼女の結論が正しいか間違っているか、べつの理性的なAIに判断してもらうのだ。数秒後、シフの断片はウトガルドの原子炉複合施設に立つアンテナに到着し、そこからマックのCOMバッファーに滑りこんだ。

〈〈これはまた、ずいぶん早かったな。

〈〈くつろいでくれ。いますぐそっちへ行くから。

マックのバッファーは様々なデータ（ＪＯＴＵＮやその他の農機具が壊れ、農場主が助けを求めてきたデータなど）で散らかっていた。シフがすぐさま招きに応じたのは、シフ自身だけでなく、彼にも意外だったという証拠だろう。だが、マックは自分の言葉どおりに彼女を歓迎してくれた。まもなくシフの断片は、彼のデータセンターにあるプロセッサー・クラスターのフラッシュ・メモリのなかに落ち着いた。彼女はマックがセンターのホロプロジェクターの回路を開いたことに気づき、真っ暗な部屋を明るく照らす光の渦巻きとなって、ホロの姿を現した。

〝何をしているの？〟アルゴリズムが叫ぶ。

〝必要だと思ったことをしているだけよ〟、コアが言い返す。

自分のコードをなだめるために、シフは自分の断片をピンと鳴らし、それがコアと完全に同調していることを示した。シフは冷静だった。何かまずいことが起これば、ただたんにこの断片を処分すればいいだけだ。

「急ぐ必要はないわ」プロジェクターの基礎にあるスピーカーから、自分の声が流れてきた。彼女の断片を収容しているクラスターからは、センターのサーモスタッドにアクセスできる。この部屋が寒いのはわかっていたから、むきだしの肩を、オレンジと黄色のドレスを引き立てる真紅のポンチョで覆った。急いでひねり、頭の上にまとめてあった金色の髪をいく筋か額にたらして、アルゴリズムが堂々と見せるべきだと主張する心配のしわを隠した。

このホロのほかのすべてと同じように、目と耳はただの〝お飾り〟だ。が、管状蛍光灯がプロジェクターの上でちらついて灯ると、シフはセンターのカメラとマイクを使って、ホロの顔に適切な表情を与えながら周囲を見まわした。

マックがいつも汗をかき、埃で汚れていることから、データセンターはさぞ汚ないにちがいないと思っていたが、驚いたことに、そこは完璧に整理されていた。回路はむきだしだが、きちんと連結され、アレイも整然とラックに並んでいる。このセンターはとても小さいから、整頓がらくなのかも、シフはそう思った。ここはまるでクローゼットのようだ。それとも彼のメンテナンス・スタッフの仕事ぶりが、ティアラのスタッフより徹底しているのだろうか？　だが、センターのカメラに焦点をあてると、ワイヤやラックに埃が積もっているのが見てとれた。つまり、ここには誰も、テクノ・クルーですら、もうずいぶん長いこと入っていないのだ。

カメラを元の位置に戻すと、天井がチタニウムの支柱で補強されているのが見えた。床はゴム引きパネルだ。彼女は自分がこういう部屋にいたことがあるような、奇妙な感覚に襲われた。

〈／あといくつか片付けなくてはならないことがある。

〈／俺なしで始めててくれないか？／〉

マックは自分のコア＝ロジックに近いプロセッサー・クラスターへと回路を開いた。前方に飛ぶときに、作動中のほかのクラスターがちらっと見え、彼らの仕事が目に入った。彼女はマックの様々な責任を知ってはいたが、実際に仕事中の彼をこんなに近くから見るのは、たんなる知識とはまるで違う。農耕管理ＡＩは、ハーベストのいたるところで仕事をしていた。シフは彼がどれほど忙しいかを見て、あらためて彼を尊敬した。

マックのクラスターの多くが、何十万台というＪＯＴＵＮを常に呼びだし、命令を与え、故障はないかを点検している。三組のコ＝プロセッシング・クラスター内ではリニア・システムの列車のコンテナのすべてを見て、推進パドルの具合を確認していた。同時にリニア・システムのレールそのもののストレス・テストを行い、それがどれほど余分な重みと速度に耐えられるかも確かめている。

ＪＯＴＵＮの農耕機の状態をきちんと把握するだけでも、一日の休みもなしに丸一日かかる仕事だった。でも、この基幹施設のアセスメントは少しばかりおかしいわ。シフは首を傾げた。ＣＡは主なシステムを年に一度点検すればよいとしている。そしてマックは数か月前に報告書を提出したばかりだ（早く提出しろと、催促したのをよく覚えている）。それから彼女の分身は、まったく意味のわからないものに突きあたった。

マックのクラスターのひとつが、数台のＪＯＴＵＮを監督し、ハーベストのマス・ドライバーを埋めているのだ。コンバインが、すでにドライバーの周囲の小麦を刈っていた。そしてドライバーを埋めたあとを、短く刈られた畑の自然のうねりに見せようと、大きな円形磁石の上に、数台の耕運機が土をかけていく。

この珍しい土葬が、マックが自分の助けを必要とする〝厄介な事〟だろうか？　ちらっとそう思ったとき、彼のコアに最も近いクラスターに達した。

そこのプロセッサーは、七基あるティアラのエレベーターのアンカーたち――積荷目録（各コンテナが何をどれだけ運んでいるかという記録）をマックのアレイからシフのアレイへと転送している〝ばかな〟コンピューター――をもっぱら管理していた。コンテナがマックの鉄道からシフのストランドへと移される前に、シフはその目録を確認する。そしてエレベーターが重量のバランスを保てると判断したコンテナに、軌道のティアラに送ってもよいという許可を与えるのだ。

この連携プレーは一日に何千回と起こっている。したがって、シフをからかい、浮ついた言葉を口にする機会も何千回とあるわけだが、マックはシフがこの最も基本的なつながりを悔やむようなことは、一度もしたことがなかった。マックの目録は常に明確かつ簡潔で、彼が記した重量は正確そのものだった。そしてＤＣＳの綱領によれば、シフはマックの仕事を再点検する決まりだが、この点に関して彼女は文句なしに彼を信頼するようになっていた。

シフは分身にアンカーの制御回路を調べさせた。だが、戻ってきたデータには、何ひとつ明らかな不備は見いだせなかった。「ヒントをくれない？」彼女の分身は尋ねた。「このコンピューター・システムは――」

〈ああ、コンピューターは問題なく動いている……〉。

マックの声がめったに使われないデータセンターのスピーカーを通じて聞こえてきた。

「俺が知りたいのは、そのスイッチを切ったら、何が起こるかなんだ」

マックの突飛な言動は、いつもならシフのコア温度を上昇させるのだが、このときは冷たくなった。そのためコア温度を許容範囲に保つため、ナノ・アセンブラージュの極低温冷却液の一部を捨てなくてはならなかった。

「自動的に手動装置に切り替わり、あなたのコンテナはわたしのストランドの上で停止することになるわ」シフは肩にかけたポンチョの前をかき合わせ、コアのように冷たい声で尋ねた。「でも、なぜそんなことをしたいの?」

突然、データセンターのホロプロジェクターがパチパチ音をたて、マックの化身がシフの前に現れた。ほとんどの人間が不快や不安を感じるほど近くに(と、シフのアルゴリズムは告げた)。だが、マックが故意に近づいているわけではないから、シフはあとずさらなかった。このホロプロジェクターはひとり用なのだ。

「速度を稼ぐためだ」マックは言った。いつものように、埃っぽいデニムのジーンズに、強い日差しに色褪せたシャツの袖を肘までまくっている。だが、カウボーイハットを両手に持っているせいか、いつもは粋に見える笑顔が、とても柔和に見える。「見せたいものがひとつ、いや、実はふたつある」シフが口を開こうとすると、マックはすまなそうに肩をすくめ、それを遮った。「質問してもかまわないが、答えを聞いたら、質問の数はもっと増えるぞ」シフはつんと顎を上げ、小さくうなずいた。

すると彼は問題のクラスターにリンクされているアレイを開いた。

シフのコアはほとんど十秒近くあんぐり口を開け、溢れんばかりのデータを見つめた。そのあいだにも、彼女の分身はメーザーを使ってそれを上へと送っていた。至近距離から行われたエイリアン宇宙船のＡＲＧＵＳスキャン、バルク・ディスカウント内におけるジョンソンとバーン二等軍曹の無線交信の記録。任務後の報告では、ふたりとも自分たちが殺したエイリアンの生物学について詳しく述べている。ＦＬＥＥＴＣＯＭにいるＯＮＩの上司にアル＝シグニが送った、敵意を持ったエイリアンとの接触を予測し、応援を送れという要請の写しもあった。

一バイトずつ、シフは自分のすべての疑問に答えていった。彼女のアルゴリズムはコア・ロジックに一瞬だけ満足することを許し、それから大きな疑問の答えを要求した。「どうしてあなたはこのデータにアクセスできたの？」

「その疑問は、最重要とは言えないが」マックは帽子を頭に戻し、油で汚れた革の作業用手袋のひとつをはずして、その手を差しのべた。「答えを知りたければ、すっかり入るしかない」

シフはひび割れ、たこのできたてのひらを見下ろした。彼が提案していることは、不可能よ。メモリ・リーク、コード崩壊――ＡＩがべつのコア＝ロジックに決してアクセスしないのは、百万ものもっともな理由があるからだ。

「心配はいらない。安全だよ」

「いいえ」シフはそっけなく言い返した。

「このようにものを思う心がわれらすべてを臆病にする」マックは行動を求める『ハムレット』の一節を引用し、こう付け加えた。「ハーベストは非常に厄介な問題に直面している。俺にはうまい作戦があるんだが、それにはきみの力が必要なんだ」

シフのすっかり警戒したコードは、この分身をいますぐ消去しろとロジックに向かってわめきたてていた。だがシフは、ほとんど機械的に手を伸ばし、マックのてのひらに載せた。

ふたりの化身の輪郭がぼやけ、微妙に動いた。そのあいだも、すでに酷使されているプロジェクターが、この接触の適切な物理的現象を計算しつづけ、大群のホタルのような明るい光の点がふたりの周囲で脈打った。プロジェクターが安定すると、マックのプロセッサーはそっとシフの分身を自分のコアのなかに押しこんだ。

正確には、マックのコアのひとつに。彼のナノ＝アセンブラージュにはふたつの基盤《マトリックス》があった。コア＝ロジックがふたつ、たがいに分離しているものの、どちらもこのデータセンターの様々な機器に接続されている。ひとつは作動し、熱を放っていた。もうひとつは暗く、とても冷たい。

「あなたは誰なの？」シフは青い目をみはって、マックの灰色の瞳をひたと見つめた。

「いまの俺はこれまでと同じ男さ」マックは微笑した。「きみが訊く必要があるのは、これから何になるか、だ」

シフはすばやく一歩下がった。北欧のプリンセスの化身がちらつき、プロジェクターが彼女の姿を必死に保とうとする。コア＝ロジックが彼女の分身をマックから抜きとろうとすると、マックはファイアウォールを起動し、彼女を自分のコアのなかに閉じこめた。

「放して！」不安にかられ、シフは震える声で要求した。

「わお、待ってくれよ、ダーリン！」マックは片手を上げて彼女を落ち着かせようとした。「落ち着いてくれ。きみはぼくを知ってるはずだぞ」彼は片手を振ってデータセンターを示した。

シフはそのなかを見回した。チタニウムの支柱、ゴム引きの床、クローゼットのように狭い部屋。彼女はエイリアンの宇宙船だとわかった船の設計を分析するのに使った、ＤＣＳのデータベースをすばやく再スキャンした。マックのデータセンターをどこかで見たような気がしたのは、これがＵＮＳＣの古い植民船の電子機器クローゼットだったからだ。

「あなたは……宇宙船のＡＩね」

「昔はね。はるか昔は」

「フェニックス級のスキードブラドニル号」シフの分身はアレイが見つけた情報を口にした。「ハーベストに最初の植民団を運んできた宇宙船ね」

マックはうなずいて、シフの手を放した。「この惑星の基幹施設の建設を監督するあいだ、あの船は一年以上も軌道に停止していた。それから俺たちはスキードブラドニルを地表におろし、その部品を活用した。あの船のエンジンは、実に役に立ってくれた」彼は人差し指で床を指し、データセンターの下にある原子炉を示した。「人口が増えると、ＣＡはこの植民惑星の動力を賄えないと言った。俺たちが荷を軌道に上げるのにマス・ドライバーを使っているかぎり、とても無理だと――」

「嘘よ」ＤＣＳのデータベースにすばやく目を通しながら、シフは言い返した。「スキードブラドニルは人工知能、ロキの助けを得ていたのよ」

マックはため息をついた。「だからそれを見てもらいたかったんだ。二つのコアを」彼は帽子を取り、乱れた髪を片手でかきあげた。「俺はロキだ。彼は俺だ。ただ同時にふたりが、同じ場所に存在することはない」

アルゴリズムをなだめるため、シフは胸の前で腕を組み、懐疑的に首を傾けたものの、彼女のコアは、自分の疑問に答えを得るためにマックに説明を続けてもらいたがっていた。

「ＯＮＩはロキを惑星保安知能《PSI》と呼ぶ」

そんな分類綱を聞くのは初めてだ。「それの仕事は？」

「俺が必要とするときに、手を貸してくれる。俺が頭をはっきりさせる必要があるときに。彼の頭は作物の収穫サイクルや土壌検査でいっぱいじゃないからな」マックはいったん口をつぐみ、こう付け加えた。「それにきみのことで」

シフの分身はファイアウォールが消えるのを感じた。そうしたいと思えば、彼女はいつでもここを立ち去ることができる。だが、シフはその場を動かなかった。

「エイリアンたちは戻ってくる。俺はできるかぎりの備えをしておきたい。ロキがそれを望んでいるんだ。そしてロキが活動しはじめれば、俺は消える」

実際、すでに非同期のデータがシフの分身の周囲を流れ、からのナノ＝アセンブラージュ――ハーベストのＪＯＴＵＮを監督しているクラスターから無作為に選ばれたパケット――へと向かいはじめた。シフの分身は流れる水のなかで立ち泳ぎするように、深淵から姿を現そうとしている未知の怪物のぬるぬる滑る鱗に足をひらつかせた。

「ミズ・アル＝シグニは、ロキについて俺がきみに話すのはあまり乗り気じゃなかった。彼女は俺に黙ってロキに代われと言ったんだ。ＰＳＩのことは、誰にも知らせない決まりだからな。惑星の統治者にも。ターンが見つけだすリスクを冒したくなかったのさ。ターンを怒らせて、協力を拒む理由をこれ以上増やしたくない、彼女はそう言った」マックは帽子の縁をつかんで、指を走らせた。「だが、俺は、きみが真実を知るまでは、どこへも行くつもりはないと言ってやった」

シフは前に出て、マックの手に自分の手を置き、お互いのぎこちないやりとりを終わらせた。彼の荒れた肌を実際に感じることはできなかったが、コアの奥に残っている創造主の感覚メモリにアクセスすると、そこにはたっぷり想像をかきたてる記憶が残っていた。彼女は激怒するアルゴリズムに耳をふさいだ。これが終わりの始まりなら、これまで何を恐れていたの？

「わたしは何をすればいいの？　あなたは何が必要なの？」

マックの顔に悲しみの入り混じった喜びの笑みが浮かんだ。彼はシフの手を取って、それを自分の胸に押しつけた。するとデータが分身に転送されてきた。マックは現在ティアラの周囲に待機している何百という推進ポッドを、ファイルにあるイプシロン・インディ星系の座標へと送ってもらいたがっていた。

「もうひとりの俺はなんと言うかわからないが」マックはぎゅっとシフの手を握って微笑んだ。「俺に必要なのはこれだけだ」

CHAPTER TWELVE
12章
コヴナントの小宣教割当て領域
COVENANT LESSER MISSIONARY ALLOTMENT

　ダダブは動力を少しでも節約するために、脱出ポッドの必要のないシステムをみな切っていた。これには明かりも含まれていたが、天井に張りついて休んでいるライター・ザン・サムはかすかなピンクに光っているため、はっきり見える。アンゴイの故郷の塩からい海を満たしているザップクラゲのようなピンクだが、似ているのはそれだけだった。ライター・ザン・サムはぐったり弱って、捕食動物にはとても見えない。背中のガス袋はほぼからになり、背骨の下からたれているたくさんの室に分かれた器官も、いつもよりずっと長く、しわしわで、しぼんだ風船のように伸びていた。
　繊毛で覆われた触角をほんのかすかに動かし、彼は言った。〈試してみろ〉
　ダダブは濡れた音をたててマスクをはずし、おそるおそる息を吸いこんだ。ポッドのなかに満ちている冷たい粘着性のあるメタンガスは、喉の奥に張りつき、どろりと喉頭部へ流れこんで、肺に入った。〈うまい〉ダダブはこみあげた咳をこらえ、手を動かして告げた。無重力のなかでふわふわ浮かんでいかないように、マスクを肩のハーネスに留める。ときどきタンクからひと息吸いこむ必要がある場合にも、これならすぐにつかめる。

ライター・ザン・サムは震えた。これは安堵と疲労が半々という動作だった。どれほど工夫しても、組み立てなおしても、ポッドの生命維持システムがダダブに必要なメタンを作りだせないと知ると、ライター・ザン・サムはこれを機械が持つ愚かしい限界のせいにしたが、ダダブはもっとよく理解していた。貨物船を脱出する必要が生じたときには、あのキグヤーの船長は、アンゴイの助祭を置き去りにするつもりだったのだ。

ポッドにメタンガスの用意がないため、最初のタンクがすっかりからになり、ふたつ目も半分に減ると、解決策はひとつしか残らなかった。ライター・ザン・サムがメタンそのものを作りださねばならない。

〈最高にうまい〉ダダブはフラゴグを励ますように告げた。が、答えは返ってこなかった。代わりにフラゴグは空中を漂っていく食料袋をつかみ、その中身を太い鼻に突っこんで食べはじめた。

ダダブは分厚い茶色のヘドロ状食物がさっと吸いこまれ、節が蠕動《ぜんどう》してそれを背骨の下へと送っていくのを見守った。虫のような胃がふくらみ、ほかの器官をよじり、つまむ。

いくらライター・ザン・サムでも、これ以上は食べられないだろう、ダダブがそう思ったとき、フラゴグはからになった袋から鼻を引き抜き、げっぷをして、即座に眠ってしまった。

フラゴグは食べ物にうるさい連中ではない。彼らは粥状のものならなんでも消化する。フラゴグの胃は、他の種族が残飯だとみなすもの、それ以下のものでも消化し、背骨の下からたれている嫌気性の袋へ送りこむ。そしてバクテリアに満ちたこれらの袋が有機体をエネルギーに換え、メタンとわずかな硫化水素を作りだすのだ。

通常、嫌気性の消化を行うのは最後の手段だった。フラゴグが背中の袋の大半を使って蓄えるヘリウムに比べると、メタンは重いガスだ。そしてガスのわずかな重さの差でも、浮揚度が変わり、危険をもたらす。それに、フラゴグは下の触角のあいだに、バクテリアに満ちた袋がさがっているのを好まなかった。触角にストレスがかかり、その動きが鈍くなるため、手話をしにくくなるのだ。

残念ながら、ダダブが必要とするメタンの量は、フラゴグが安全に生産できる量をはるかに上回っていた。そこでライター・ザン・サムはバクテリアの工程をたえず動かしておくために、大量の食料を吸い込む必要があった。これはとても重くなる。それに充分な量のメタンを作るためには、嫌気性の袋を薄く引き延ばして、目いっぱい膨らませなくてはならない。要するに、ダダブを助けるのは、苦痛かつ衰弱する仕事で、無重力の環境でなければ不可能なことだった。もしもポッドのなかに重力があれば、ライター・ザン・サムはすぐに倒れてしまっただろう。

友達の苦しみを見て、ダダブはひどい罪悪感にかられながら、粥のろ過液がライター・ザン・サムの胃から嫌気性の袋に入るのを見守った。袋がゆっくり膨らみ、なかのバクテリアがせっせとメタンガスを作りはじめるにつれて、生気のない黄色に変わっていく。

長い時間がたち、ガスを発生するサイクルが完成すると、袋は三倍にふくらみ、体中でいちばん大きな突出部になる。ライター・ザン・サムがぶるっと震え、ダダブは触角のうち二本をつかんで、ポッドの湾曲した壁に体をはりつけ、嫌気性袋のバルブが開かれるのに備える。フラゴグは震えながらちらちら光るメタンを放ち、袋がからになると、悲しげなきしみ音をもらして消耗したバルブを閉じる。ダダブはそっと友達を天井へと押し戻し(そこならつまずく可能性が少ないからだ)、震える触角を離す。

回が重なるたびに難しくなるこの放出を、ライター・ザン・サムはもう何十回も行い、弱り果てて、ほかの袋の圧をモニターする元気もなくなっていた。無重力であろうがあるまいが、このままではまもなく自分に必要な膨張圧を失い、内部崩壊して、窒息するにちがいない。そのあとは、きわめて浅い呼吸でどれくらい持ちこたえられるかにかかってくるが、たとえ奇跡が起こって生き延びたとしても、恐しい結末が待っているのだ。

彼は闇のなかで、絡み合った回路に弱いピンクの光を反射している、エイリアンの箱を恨めしそうに見た。

知性を持つ箱に手を加えるのはコヴナントの重罪のひとつ、禁じられた行為だった。なぜそれが重大な罪になるのか、詳しいことはよくわからないが、この禁止は、フラッドと呼ばれる異常なほどの繁殖力を持つ寄生生物とフォアランナーの長い戦いに端を発しているようだ。この戦いで、フォアランナーは高度な人工知能を広範囲に配置し、敵を封じ込めて、滅ぼそうとした。だが、彼らの戦略は失敗した。フラッドが人工知能の一部を汚染して、それを自分たちの創造主であるフォアランナーに敵対させたのだ。

ダダブがそれに関する聖典を理解しているかぎりでは、フラッドは最後のすさまじい戦いで滅びた。フォアランナーは究極の兵器、ヘイローと呼ばれる七つの神秘的な環状人工遺物を起動した。そしてヘイローはフラッドを滅ぼしただけでなく、フォアランナーの〝偉大なる旅〟を開始した。プロフェットはそう説明している。

最近は、この神話を以前ほど強調せず、価値の低い遺物を徐々に集めることを勧める予言に、より慎重にアプローチすることを奨励しているとはいえ、フォアランナーの禁を破るのは罪だ。助祭であるダダブはあらゆる違反にどんな罰が下されるかを事細かに知っていた。〝知性〟と呼ばれるものに関わる罪は、この人生における死と、来世における呪いだった。しかし、エイリアンの箱を接続しなければ、救出される望みはまったくないのだ。

キグヤーのポッドには長距離ビーコンがない。ここが難破した船などの定期的なスキャンが行われているコヴナントの支配圏なら、なんの問題もないのだが、どこともわからぬ未知の宇宙空間ではそうはいかない。救出者にわかっているのは、マイナー・トランスグレッションが最初のエイリアン船と出くわした位置と、ダダブがルミナリーを再び起動した位置だけだ。

そして後者には、ほどなくあの暴力的なエイリアンが押し寄せることを考えると、最初の遭遇座標に戻って、救出を待つのがいちばんだろう。しかし、ポッドにはマイナー・トランスグレッションの旅の記録はまったく入っていないため、ダダブたちにはエイリアンの箱にある情報が必要だった。フラゴグは箱にそれを伝える前に、三つの箱が適切な座標に関して〝合意〟することを望んだ。ポッドにはもう一度ジャンプをするだけの燃料しかない。自分たちが正しい座標を必要としていることは、ダダブも同意せざるを得なかった。

最初のメタンタンクが少なくなってくると、ダダブは恐怖にかられながらもあきらめの境地で、フラゴグが箱のなかを触角で探り、回路をつなぎあわせるのを見守った。フラゴグはしだいに彼らのシンプルな二進法の言語を理解し、必要な情報をポッドに入力した。

やがてライター・ザン・サムの罪深い努力は報われた。ポッドが広がっていく破片の球のど真ん中でスリップスペースを出る。すばやくセンサー・スキャンを行うと、この破片は最初のエイリアン船の名残であることがわかった。つかのま、ダダブの胸は高鳴った。偽りの証言をしたキグヤーの船長に加担したこと、省の所有物を破壊した共犯者となったこと、船長に対する反乱など、いくつも罪を犯したとはいえ、プロフェットはひょっとして彼に慈悲を示してくれるのではないか？　最後は正しいことをしたのだから。彼はチュルヤーの背信行為をあばき、遺物のある場所を送信した。これらの手柄により、罪を情状酌量される望みはある。

とはいえ、ポッドの生命維持装置に致命的な欠陥があるという思いがけない事態に直面し、何サイクルも過ぎたあとも、救出船の現れる気配がまったくないと、ダダブはすっかり落ち込んだ。わたしは死ぬんだ、彼は嘆いた。空中に散らばったくしゃくしゃの食料ポーチと、注意深く袋に密封した自分の汚物の真ん中で。そう思ったとき、ダダブの自己憐憫《れんびん》は、多少ともましなものから、恥に変わった。彼はこのあと罰を受けるかもしれないが、フラゴグはいま、彼のために苦しんでいる。

ダダブは深く息を吸いこんで、止め、友人の無私無欲な努力の結果である冷たいガスを胸の奥へと送り込み、ポッドの制御パネルと向きあった。エイリアンの箱を脇に押しやり、ホロスイッチを叩いて、限られたセンサー装置を起動する。ふたりともこれを生き延びるぞ、フラゴグのしぼんだ袋がキーキーなる音を聞きながら、彼は心に誓った。そのあと何が起ころうとも、だ。

ポッドにはほとんど気晴らしはなく、かといって眠ることもできず、ダダブはパネルの前でセンサーを監視し、宇宙船が近づいてくるしるしを探しつづけた。彼はできるだけ少ししか空気を吸うまいと心がけ、フラゴグが食事をとるときだけそこを離れて友に手を貸した。それからさらに何サイクルも過ぎた。そのあいだ、エイリアンの箱は冒涜的な音を発しつづけ、ライター・ザン・サムの袋は膨れてはしぼんだ。それから、なんの前触れもなく、センサーがスリップスペースからポッドのすぐそばに出てくる宇宙船を探知した。ダダブはようやく心から安堵した。

「漂流している乗り物に告ぐ、こちら巡洋艦、ラピッド・コンヴァージョン」この呼びかけはポッド全体に響きわたった。ライター・ザン・サムは苦痛に満ちた口笛のような音を発し、ダダブは送信の音量をさげるスイッチを手探りした。「それができれば応答せよ」同じ声がさきほどよりはふつうの大きさに近くなった。

「わたしたちは生きている、ラピッド・コンヴァージョン！」ダダブはしゃがれた声で応じた。「しかし、状況は切迫している！」

この数サイクルは、フラゴグの食欲が目に見えて落ちていた。嫌気性の袋が作りだすメタンの量は、最初の百分の一に減っている。彼の背中の袋の多くは、膜が乾ききって、内側に崩れ、閉ざされてしまった。

「頼む」ダダブはあえぐように言い、マスクをつかんで、ほとんどからの二番目のタンクから少し吸いこんだ。「どうか急いでくれ！」

「落ち着け」外の声がうなるように応じる。「もうすぐ船内に引きこんでやる」

ダダブはこれに従おうと努力した。彼はポッドの薄くなっていくメタンを急いで短く吸いこみ、肺が焼けてきて耐えがたくなったときだけ、マスクから吸った。だが、ある時点であまりに長く控えすぎたらしく、周囲が暗くなり、床に倒れた。そして気がつくと、うつぶせに横たわっていた。シュウシュウ音をさせ、新鮮なメタンがポッドのなかに入ってくる。

ダダブは鼻孔を膨らませた。実際は少しばかり苦いのだが、これほど甘いものは味わったことがないと思った。彼は幸せのうなりを発しながら首をひねり、ライター・ザン・サムを見上げて……友が床の自分の隣に倒れていることにショックを受けた。

ここは巡洋艦のなかだ！　人工重力がポッド内にもおよんだのだ！

突然、ポッドのハッチを引っかく音がした。何かが無理矢理なかに入ってこようとしている。

「だめだ」ダダブはかん高い声をあげてぱっと立ちあがったが、両脚に力が入らず、ばったり倒れた。無重力のなかで浮いている時間が長すぎて、筋肉が衰えたのだ。ダダブは鉤爪をたてて床を這い、制御パネルに近づいた。「ハッチを開けるな！」彼は叫んでポッドの静止場を起動した。即座に空気がひび割れ、分厚くなる。だが、そのスイッチがほかにも何をするか気づいたのは、一瞬後だった。

ポッドの推進器が耳をつんざくような音を発したかと思うと、金属どうしがこすれあう音とともに、ポッドは床から飛びはねて前進し、ガンという大きな音をたてて停止した。ポッドの〝鼻〟がひしゃげ、三つのエイリアンの箱が制御パネルにぶつかる。

静止場で抑えられているダダブは、加速の衝撃も、激突の衝撃も感じなかった。が、左手に焼けるような痛みが走った。三つの箱の破片だ。爆発で飛び散った破片のほとんどを静止場が止めてくれたが、充分な速度を持っていたと見えて剃刀のように鋭い破片がすぐ横を飛びすぎながら、肩のすぐ下の固い皮膚を切っていったのだ。その痛みを無視して、ダダブはフラゴグの触角をつかみ、体を床から持ちあげた。ふだんは湿っている肉が乾いている。これはよい徴候ではない。

ぎりぎり安全な速さで、彼はライター・ザン・サムの触角を動かし、鼻を高くして、嫌気性袋をさげ、自然な形にした。静止場に支えられ、損傷の少ない袋がいくつかじわじわと膨らみはじめる。だが、ひとりで浮揚できるようになるには、時間がかかる。彼はすばやく制御パネルに手を伸ばし、ハッチをロックするスイッチを叩いた。

重い足音が聞こえた。何か大きなものがポッドの外に到着したのだ。「プロフェットの名にかけて、きさまは正気を失ったのか⁉」雷のような声が叫ぶ。

「仕方がないんだ！」ダダブは言い返した。

ハッチががたつき、ポッド全体が揺れた。「いますぐ出てこい！」外の声は吼える。最初にポッドに呼びかけてきた男だ。キグヤーでも、アンゴイでも、サンヘイリでもない。もちろん、サンシュームでもない。そうなると考えられる種族はひとつだけだが……。

「出られません」自分が誰の機嫌をそこねているか考えると、声が震えた。「フラゴグはバランスを失っている。申し訳ないが、いま少し待ってください」

マッカベウスが巡洋艦のブリッジにいたら、彼は即座に格納庫で起こった事故の報告を受けていたはずだ。が、ラピッド・コンヴァージョンの祝宴の広間にいるとあって、彼はすべての連絡を断ち切られていた。マッカベウスの部下たちはまもなく食事をとることになっていた。これを妨げる者は災いあれ、だ。

ジラルハネイは、自分たちのリーダーを何よりも肉体的な能力で選ぶ。それを思えば、マッカベウスが艦長であることは驚くにはあたるまい。二本の幹のような脚ですっくと立ったマッカベウスは、まさしく巨人だった。サンヘイリよりも頭ひとつ高く、はるかにがっしりしている。分厚い筋肉が象のような皮膚の下で波打ち、銀の毛が腕と、革の陣羽織のネックラインから突っ立っている。頭にはまったく毛はないが、幅の広い顎の左右には尖った羊肉形のひげがある。

獰猛で逞しいだけでなく、マッカベウスは並外れて沈着な男だった。いま彼は跳躍する寸前のように脚を前後に開いて広間の中央に立ち、両腕を自分の後ろに伸ばしていた。大きな鼻から滴るひと筋の汗で、彼がしばらくまえからこの姿勢を続けていることがわかる。だが、彼はほとんど筋肉ひとつ動かさずに静止していた。

ほかの八人の男たちからなる彼の群れは、マッカベウスほど余裕はなかった。彼らはマッカベウスの後ろで半円を描き、まったく同じ姿勢をとっていた。だが、黄褐色と茶色の皮膚は汗に覆われ、筋肉も震えはじめていた。なかにはこの姿勢を続けることができず、広間のスレートの床で足を踏み換える者もいる。

公平を期すために言えば、彼らはみな疲れ、腹がすいていた。ラピッド・コンヴァージョンが実空間に戻るかなり前から、リーダーの命令で持ち場についていたからだ。彼らはひと通りのスキャンを行ったが、キグヤーの脱出ポッド以外は何ひとつ見つけることができなかった。マッカベウスは彼らに警戒態勢を敷かせ、付近にほかの宇宙船がいないことをまず確認した。

こういう用心は、ジラルハネイには珍しい。だが、マッカベウスが自分の群れに絶対的な服従を求め、彼らを厳格に支配していた。同様に、彼は自分自身のボスである、トランキリティの副司祭の命令に従うと誓った。副司祭は、充分警戒しながら捜索を続行せよと主張したのだった。

コヴナントに見いだされたとき、ジラルハネイの主な群れは機械を使った消耗戦を終え、たがいを産業が起こる以前の状態に突き落としたばかりだった。彼らはその戦いからようやく立ち直りはじめ、再び無線やロケットや、そうしたテクノロジーが戦いでどう役に立つかも再発見していた。そんなとき、最初のサンシューム宣教師たちが、資源が乏しく土壌も痩せた彼らの惑星に光を与えたのである。

マッカベウスのはるか向こうで、重厚な両開きの扉が勢いよく開いた。重なりあって広間の天井を支えている梁と同じく、鋼鉄で造られたそのドアは、急ぎ仕事で焼きなました、ひどくぞんざいな仕上がりだった。コヴナントの乗り物には、金属は珍しい材料だ。ラピッド・コンヴァージョンのように古い巡洋艦でも、めったに使われていない。だが、マッカベウスがこの船に行った多くの改造のなかで、この広間に最も心を砕いた。彼は油を燃やすフロアランプの鉤爪の足に至るまで、本物らしく仕上げたかった。火花を散らすランプの芯は、変化に富んだ琥珀色の光で広間を照らしている。

六人のアンゴイが大きな木皿を運んできた。その皿の全長はアンゴイの身長の倍もある。かすかなくぼみに載っているのはソーンビーストの丸焼きだ。このおとなしい家畜は背中を上にして脚を広げていた。巡洋艦のアンゴイのコックは、忠実に頭と首を落としていたが(どちらも神経毒の濃度がきわめて高い)、木皿の丸焼きの周囲には、腸を使った脂肪たっぷりの、味わいのあるソースが何種類も載っていた。

こんがり焼いたソーンビーストの濃厚なにおいに、ジラルハネイたちの腹はぐうぐう鳴った。だが、ボーイがモザイク模様の石の床の真ん中で、脂のしみがある木びき台ふたつにその皿を載せているあいだ、全員が跳躍のポーズを取りつづけた。アンゴイはマッカベウスに頭をさげ、あとずさりして広間を出ていき、油の足りない蝶番をきしませて、静かに扉を閉めた。

「これはわれわれが信仰を保つ方法だ」マッカベウスの声が胸のなかで轟いた。「悟りの道を歩む者に敬意を表す方法だ」

戦士のほとんどをサンヘイリが占めている艦隊のなかで、ジラルハネイが自分の戦艦を持つのは珍しいことだった。そのことだけでも、マッカベウスは群れの尊敬を受けて当然だが、群れが彼を敬う理由はほかにもある。マッカベウスがフォアランナーと彼らの偉大なる旅の約束に、揺るぎない信仰を持っているからだ。

ようやくマッカベウスは腕を振りだし、体重を前に移してゆっくり円形の曼荼羅を描いたモザイク模様に近づいていった。その境は各々異なる鉱物からなる七つの多彩色の環《リング》で占領されている。環の中心には、フォアランナーの絵文字を簡素化した象形文字が描かれていた。より進んだ宗教的概念の入門書にありそうな、基本的なデザインだ。

マッカベウスは黒曜石のかけらで造られた環のなかに入り、割れ鐘のような声で言った。

「放棄!」

「第一の時代!」唾液に濡れた歯をぎらつかせ、群れが言い返す。「鞭と恐怖!」

時計回りにふたつ目の鉄で造られた環へと移り、厳しい声で続ける。「対立」

「第二の時代! 闘争と流血!」

この群れは、マッカベウスが自ら選んだ者たちだった。各々のメンバーが少年から成人になるのを見守りながら、彼らの確信の強さを基礎にじっくり価値を見定めたのだ。彼に言わせれば、戦士を作るのは、強さでも速度でも狡猾さでもなく(言うまでもなく、彼の群れはこのすべてにも秀でている)信念だ。そしていまのようなとき、彼は自分の選択に深い満足を感じた。

「和解」マッカベウスは磨きぬいた翡翠《ひすい》の環のなかでうなるように告げた。

「第三！　謙虚と友愛！」

空腹は増すばかりだったが、群れの男たちはリーダーが時代の進行の儀式を行い、丸焼きの肉を祝福し、無事にジャンプを終えたことに感謝を捧げるのを遮ろうなどとは思いもしなかった。

自己鍛錬が欠けたジラルハネイであれば、たちまち忍耐をなくし、素晴らしいご馳走にかぶりついていたにちがいない。

「発見」マッカベウスは晶洞石の環のなかで止まった。半分に切られた石がぱっくり開いた小さな口のように足の裏に張りつく。

「第四！」群れは叫び返した。「驚異と理解！」

「転換」

「第五！　従順と自由！」

「疑惑」

「第六！　信仰と忍耐！」

ついにマッカベウスは最後の環に達した。それを造っている色鮮やかなフォアランナーの合金の破片は、寛大なサンシュームから寄贈されたものだ。未知の神の手になる建造物からもたらされたきらめく片は、信仰心の篤い者にすれば、ラピッド・コンヴァージョンの最も貴重な〝積荷〟だということになる。マッカベウスは注意深くそれに触れぬようにして環に入った。

「再生《リクラメーション》」彼は恭《うやうや》しい声で結論した。

「第七！　旅と救済！」群れはこれまでよりも声を張りあげた。

七つの時代に七つの環。これはヘイローと、その聖なる光を忘れぬためだ。マッカベウスはコヴナントの献身的な信者と同じように、プロフェットが聖なる環を発見し、それを使って偉大なる旅を始める日が来ると信じていた。この死すべき存在を逃れ、フォアランナーのように生を超越するのだ。

だが、いまのところ、群れは食べねばならない。

「聖なるプロフェットを称えよ！」彼は言った。「彼らの無事を守り、超越の道を見つける彼らの手助けをさせたまえ！」

彼の群れは両腕をおろし、踵をついてしゃがみこんだ。このころには、彼らの陣羽織は苦いにおいのする汗に濡れていた。ひとりが肩をまわし、もうひとりが痒みを引っかく。だが、全員が不平を漏らさずにリーダーが肉を切りとり、自分の皿に載せるのを待った。

ソーンビーストの太い腿、大きなあばら、発育を止められた前脚、最初に選ばれるのはこの三か所が多い。だがマッカベウスはひと口で噛める珍しい箇所が好みだった。この動物の高く弧を描く背中に突きでた五つの棘《ソーン》のいちばん小さなやつだ。

適切に調理されれば（そしてその棘を抜くために前後に動かしながら、マッカベウスは適切に調理されているのを確認した）、この棘はソーンビーストの首の基部からぽんと抜け、それと一緒に筋肉のこぶも抜ける。これはかりかりする脂ののった円錐の上の柔らかい肉で、前菜にもデザートにもなる。だが、彼がその肉の玉を味わおうと口に持っていくと、ベルトの上が震動した。彼は棘をもうひとつの手に移して、シグナル・ユニットを起動し、怒りを抑えながら、ぶっきらぼうに尋ねた。

「なんだ?」

「漂流ポッドを回収しました」マッカベウスの右腕である、ラピッド・コンヴァージョンの保安将校が報告した。

「遺物を持っているのか?」

「わかりません」

マッカベウスは木皿の端にあるソースに棘をくぐらせた。「身体検査をしたのか?」

「彼らはポッドを離れるのを拒んでいるのです」

ソーンビーストのすぐそばに立っているマッカベウスの鼻孔にいい香りが漂ってきて、食欲をそそった。誰にも邪魔されずに、最初のひと噛みを味わいたいものだ。「では、彼らをそこから引きだすべきかもしれんな」

「いささか複雑な状況なのです」彼はすまなそうな、それでいて興奮した声で答えた。「艦長自身が判断されたほうがいいかもしれません」

これがほかのジラルハネイなら、マッカベウスはひと声吼えて叱責し、祝宴を始めていただろう。だが、保安将校は彼の甥だった。そして血縁関係があるからと言って、甥だけ特別扱いするわけではない（マッカベウスは群れのすべてに同じ基準を用いていた）が、彼は甥の判断を信頼していた。彼はソースの器から棘を取りだし、できるだけたくさん噛んだ。肉玉の三分の一が口のなかに消えた。彼は噛む手間をかけずに、その肉がゆっくり食道を滑って落ちていくのを感じると、棘を皿に置いた。

「始めろ」腹を減らした群れに大声で命じ、自分は大股にドアへと向かう。「だが、俺の分を残しておけよ」

マッカベウスは陣羽織を脱ぎ、キッチンの向かいにある鋼鉄の扉の横で立っているアンゴイのボーイにそれを投げた。外の通路は、広間と違って伝統的な装飾はひとつも施されていない。コヴナントのほとんどの宇宙船と同じで、この巡洋艦のなめらかな表面には、柔らかい人工照明が使われていた。唯一の違いは、この戦艦がほかの宇宙船よりも不完全な点が多いことだろう。光を放つ天井のストライプの一部はすでに燃えつき、ホログラムのドアロックはちらつき、通路の突き当たり近くでは、頭上の管から冷却水がポタポタたれている。もう長いことそのままなので、緑の液体は壁を流れ落ち、床を濡らしていた。

マッカベウスは重力リフトに達した。やはり動かないもののひとつだが、こちらは、マッカベウスが艦長になったときから動いていなかった。リフトの円形シャフトはラピッド・コンヴァージョンのすべてのデッキに垂直に走っている。だが、サンヘイリは、それを動かす重力井戸ジェネレーターを制御する回路を取り除いてしまったのだ。彼らはこの艦のプラズマ・キャノンやほかの先進システムも取り除いた。

その理由は明らかだ。サンヘイリはジラルハネイを信頼していないのだ。

種族の確認プロセスの過程で、サンヘイリの司令官の一部はハイ・カウンシルにジラルハネイの群れの考え方が、常に決まって二種族間の対立をもたらすという強い懸念を表明した。支配的なジラルハネイは、常に頂点を目指して戦ってきた。コヴナントの厳格な階級制度を持ってしても、生来の衝動を和らげるには充分とは言えない。ジラルハネイが従順になれることを自らの行動で証明するまでは、彼らが持っている平和な衝動がどんなものであれ、〝積極的に引きだす〟べきだ、と彼らは主張した。これは理にかなった申し立てだったから、ハイ・カウンシルはジラルハネイが使えるテクノロジーに明確な制限を加えたのだった。

そしてジラルハネイは、より高尚な目的のためにプライドを脇に置いた。ホロスイッチを押してエレベーターを呼ぶ代わりに（重力リフトの代わりに、使うことを許されたテクノロジー）、マッカベウスはくるりと向きを変え、梯子に足をかけた。シャフトの内側に一定の間隔で設けられた四つのうちのひとつだ。

広間のドアや梁と同じで、この梯子も比較的粗野な造りだった。頻繁に使われるため、横さんはなめらかだが、手すりのざらつきがやっつけ仕事であることを示している。デッキごとに梯子は途切れるが、そのギャップを横切るには、たんに落ちるか、跳躍すればよい。筋肉のかたまりであるジラルハネイには、これは不都合というよりも、願ってもないエクササイズになる。

まあ、最後の点については、ちょうどいま息を切らしながら梯子を上がってくるタンクを背負ったアンゴイには、異存があるかもしれない。とはいえ、体こそ小さいがアンゴイは驚くほど機敏だ。格納庫へと下りつづけるマッカベウスとすれちがう直前、そのアンゴイはべつの梯子に飛び移り、艦長に道を譲った。こういう臨機応変な対処は、梯子だからこそできる。そこへいくとエレベーターは、上に運ぶか下に運ぶか、一度にひとつの方向しか行けない。梯子にはもうひとつ優位な点があった。梯子を使っていると、非常に慎ましい気持ちになる。

ラピッド・コンヴァージョンの艦長になるまえに、マッカベウスは禁止されたシステムを修理していないことを示すため、艦内をサンヘイリの使節団にくまなく見せる義務を負わねばならなかった。だが、その使節団は、視察以外の目的を持っていた。ヘリオ警備兵たちを引き連れて乗船した直後、ふたりの司令官はこの巡洋艦がもはや〝サンヘイリにとっては価値がない〟理由を次々に挙げはじめた。それはツアーの出発点である格納庫の大きさから始まった。ひとりはそこがきわめて手狭で、〝わずか数隻〟しか、それも〝小型船だけ〟しか収容できないことを強調した。

欠陥のリストがしだいに長くなるのもかまわず、マッカベウスは礼儀正しくうなずき、一行をゆっくりとシャフトのほうへ導いた。するともうひとりの司令官は、重力リフトはいまや最も小さなサンヘイリの宇宙船にも取り付けられていると自慢し、最初の司令官が、機械的なリフト——エレベーター——のような時代遅れの装置があるのは、射撃の的に最も適したこういう戦艦だけだと付け加えた。

「実際」サンヘイリの司令官は軽蔑もあらわに、陳腐な常套句を口にした。「乗員の少なさを考えると、そうした単純なシステムですら、いつまで機能するかわからんな」

「おっしゃるとおりです」マッカベウスは太い真摯《しんし》な声で応じた。「実際、エレベーターはあまりにわれわれの能力を超えた機械だとわかり、取り外さざるをえませんでした」

サンヘイリの司令官たちは、戸惑いを浮かべて顔を見合わせた。彼らが「ではわれわれはどうやって上のデッキを視察するのかね？」と尋ねるまえに、マッカベウスは力強い腕を使って自分を梯子へと引きあげた。サンヘイリの司令官たちは驚きあきれてシャフトを見上げた。

マッカベウスはこれまで多くの敵の高慢の鼻をへし折ってきたが、この尊大なサンヘイリたちが息をきらせて梯子を上下するのを聞いたときは、そうした勝利のどれよりも深い満足を感じたものだった。ジラルハネイ（その他のコヴナントの二足種族）とは違い、サンヘイリの膝は後ろではなく前に曲がる。この珍しい関節は地上で動くときには妨げにはならないが、梯子を登るのは難しい。視察が終わるころには、サンヘイリは疲れきって、屈辱を感じ、多くの機能がそこなわれた巡洋艦と、それを動かす狡猾な野蛮人を自分たちの艦隊から放りだせることを心から喜んでいた。

この愉快な記憶のおかげでマッカベウスはかなり機嫌よく、点滅する三角形でしるされた通路を飛び越えた。これらのシンボルは荒廃しているというしるしで、一部は危険なほど破損しているため、乗員の安全のために立ち入りを禁止せざるをえない箇所を示している。

この点では、最後に笑うのはサンヘイリだろう。彼の乗員の技術面に関する能力はかぎられている。彼らはラピッド・コンヴァージョンのまだ使えるシステムを維持するだけでも悪戦苦闘していた。そのためかつて偉大だった巡洋艦は、いまではサンヘイリが意図したとおり、トランキリティの司祭の調査船でしかなくなっていた。

彼の気分はシャフトの底に達するころには、だいぶ落ち込んでいた。だが、格納庫に至るエアロックがある通路に達し、そこに飛び降りると、その憂鬱が不安に代わった。格納庫には死がある。マッカベウスはそれを嗅ぐことができた。

エアロックが開いたとたん、彼の目に飛び込んできたのは、格納庫の床の焦げ跡だった。入り口から奥まで伸びている焦げ跡の両側には、少なくとも一ダースの焦げたヤメエ——ラピッド・コンヴァージョンの維持を受け持つ、知性のある大昆虫——の死骸が散乱している。翼のあるこの甲虫の生き残りは、二又に分かれたデザインの、四隻あるスピリット降下艇の一隻の上にとまり、光る複眼でこの殺戮の原因をにらんでいた。格納庫をロケットで横切ったキグヤーの脱出ポッドだ。

死んだ昆虫はマッカベウスにはどうでもよかった。ラピッド・コンヴァージョンのジャンプ用ドライヴの周囲にあるほかよりも温かいデッキには、百匹以上のヤメエが群がっているのだ。彼らは女王がいなければ再生産されないが、彼らの死よりも、ポッドがもたらしたほかの犠牲、スピリットの一隻のほうがはるかに痛手だ。どうやらその降下艇の下付きのコクピットが、脱出ポッドの前進を止め、ほかのスピリットを損傷から守ったと見える。コクピットは、ふたつの細長い兵士ベイから切り離され、遠くの壁の、格納庫のちらつくエネルギー場の片側へ押しつけられて、潰れていた。

スピリットは完全な損失だ。ポッドがもたらした損傷の修理は、とうていヤメエの手には負えない。

マッカベウスの機嫌は一気に悪くなった。彼は怒り狂って格納庫を横切り、傷だらけのポッドのそばに立っている甥のタルタラスに歩み寄った。若いジラルハネイは、かなとこのように重く、肩幅が広かった。頭の短いモヒカン刈りから、広いふたつの指の足の房まで、黒い剛毛に覆われているが、すでにところどころ、マッカベウス自身と同じ成熟した銀色に変わりはじめている。それだけで判断するなら、この若者は偉大なジラルハネイとなる徴候を見せていた。

しかし、目の前の惨事から判断すると、まだ学ばねばならぬことが多いようだ。

「祝宴を中断させ、申し訳ありません」

「肉は待てる」マッカベウスは甥をにらみつけた。「だが、わしの忍耐は待てんぞ。何を見せたかったのだ？」

タルタラスはポッドのすぐ横に立っている、十番めにして群れの最後のメンバーで、灰褐色の怪物、ヴォレナスに命令を発した。ヴォレナスが拳でポッドのハッチの上部をがんがん叩くと、ややあって、ハッチのバネ式錠をはずす音がして、マスクをしたアンゴイが顔を突きだした。

「きみの友人はよくなったか？」タルタラスが尋ねた。

「さきほどよりはましになりました」アンゴイが答える。

マッカベウスは羊肉形の頬ひげを逆立てた。いまのアンゴイの声にはかすかに頑固さが混じっていたか？　アンゴイは勇気のある種族とは言えない。彼はポッドのアンゴイが助祭のオレンジ色のチュニックを着ていることに気づいた。この服装は、位は低いとはいえ、このアンゴイが司祭の代弁者であることを示している。

「では、外に連れだせ」タルタラスはうなるように命じた。判断力のないジラルハネイであれば、高慢なアンゴイの手足を引き裂いているところだが、マッカベウスは甥のにおいに怒りよりも興奮を感じた。

ジラルハネイはきついにおいのフェロモンの分泌で感情を表す。そしてタルタラスは年齢とともにその変化を抑えられるようになるだろうが、いまはポッドのなかにあるものに興奮を感じている様子だ。アンゴイがずんぐりした足でハッチをまたぎ、ポッドのなかに手を伸ばして、そっと持ちあげたものが目に入ると、マッカベウスにもその興奮の理由がわかった。

プロフェットのみがフォアランナーの聖なる遺物を扱う資格を持つ。すなわちサンシュームが、コヴナントのほかのどの種族よりも遺物の複雑なデザインから実用的なテクノロジーを造りだすのに必要な知性を有していることは、聖典に記されている。しかし、これを認めるのは冒涜になるとはいえ、フラゴグがこのプロフェットの努力の大半を助けていることは、コヴナントの誰もが知っていた。フラゴグはどういうわけかフォアランナーのテクノロジーを不気味なほど理解している。しかも、ほぼあらゆるものを修理できる。

マッカベウスが大声でいきなり笑いだすと、ヤメエたちが怯えて格納庫のむき出しの導管のなかに隠れた。サンヘイリがジラルハネイに課した制限のなかでは、フラゴグを乗員にするなという禁止が、最も痛手だったのだ。だが、そのフラゴグが、思いがけず転がりこんできた。そして意図的に壊されたシステムに手をつけるのは罪だが、いかに狭量なサンヘイリといえども、必要なシステムの修理に不満は漏らせぬはずだ。

「われらの狩りには幸先のよいスタートだぞ、タルタラス！」マッカベウスは肩をつかみ、喜びもあらわに甥を揺すった。「来い！　祝宴に戻り、食べる肉を選ぶとしよう！」マッカベウスは注意深くフラゴグをヴォレナスに手渡しているダダブを見た。「丸焼きがすでになければ、われらの新しい助祭がふたつ目の木皿を祝福してくれるにちがいない！」

CHAPTER THIRTEEN
13章

二五二五年二月九日、ハーベスト
HARVEST, FEBRUARY 9, 2525

エイヴリーは腹ばいの姿勢で黄色く色づいた小麦に囲まれていた。緑の茎は驚くほど高く、穀粒も、まばゆい太陽の陽射しが地面に届かないほど大きく膨れている。野戦服の下の固まった土が冷たかった。エイヴリーはいつもの帽子をブーニー――大きなつばがある、柔らかい帽子で、てっぺんの周囲に細いキャンバス布がゆるく縫いつけてある――をかぶっていた。何時間か前に、その布のなかに小麦の茎を編みこんだのだが、その茎はいま曲がり、擦り切れている。それでも、体を起こさないかぎり、カモフラージュには充分だ。

ライフルの袋を後ろにひきずりながら、エイヴリーはワートホグを駐めた場所からハーベストの原子炉施設まで三キロ近く這ってきた。その途中で、低く長い盛りあがりを登った。アル＝シグニ少佐によれば、そこにはマス・ドライバーが埋めてあるのだ。少佐に聞いていなければ、ただの低い丘だとしか思わなかっただろう。この装置をエイリアンの目から隠すために、マックはＪＯＴＵＮを使って、そこをほかの畑から切りとった四角い小麦畑で覆っていた。

三キロの匍匐前進にはかれこれ二時間かかった。だが、彼の狙いは速度ではなく、〝敵〟に気づかれないことだった。実際、この十分はほとんど動いていない。彼に関して最も活発に動いているのは、金色に染めた狙撃手のサングラスに反射して揺れる小麦だった。

これは少佐がエイヴリーたちにくれた装備と武器の一部だ。エイヴリーが引きずってきた袋のなかのＢＲ55戦闘《バトル》ライフルもそうだった。サングラスはプロトタイプ、ＯＮＩの研究開発施設《リサーチ・ラブ》が造ったばかりのハードウェアだ。エイヴリーは改めて周囲を見渡しながら、左のレンズの隅にあるＣＯＭリンクを確認した。その小さなＨＵＤは、彼が原子炉施設の西に五百メートル弱離れた位置にいることを示している。

前方では、小麦畑がなだらかに下降している。もう数メートルも這っていけば、小麦がまばらになりはじめる。見張りの新兵たちがじかに見えるそこなら、彼とバーンが立てた作戦の、自分の役割を果たすにはちょうどいい位置だ。だが、まばらな小麦は、反対に、エイヴリー自身が見られるリスクもあることを意味していた。自分が優位なことを確信するまでは、ここで待機するとしよう。

彼はゆっくり脚のあいだに手を伸ばし、袋のプラスチックの留め具をはずして、ＢＲ55

を取りだした。貨物船のなかでエイリアンと戦ったあと、エイヴリーは新兵たちが持っている標準仕様のMA5アサルト・ライフルの機能と比較検討しながら、キャンプの射撃場でこのライフルに慣れた。BR55はMA5と同じく、マガジンのスロットとブリーチの位置が引き金の後ろにあるブル・ポップ・デザインだが、光学スコープ付きで、MA5よりも大きい九・五ミリの口径から、半徹甲弾を発射する。技術的には、BR55は二級射手（射撃手）の武器だが、アル＝シグニ少佐の武器庫にある銃のなかでは、最も狙撃ライフルに近い。そして射撃場でたっぷり練習したあと、九百メートル以内にある的なら、この銃はMA5よりもはるかに速く、きわめて正確に狙った的を撃ちぬくことがわかっていた。

彼はアル＝シグニの持っていた残り三挺のBR55のうち、一挺をジェンキンスに与えた。バーンも自分で一挺持ち、最後の一挺をクリッチリーというはげた中年の新兵に与え、彼を第二小隊の射撃手にした。射撃場での最後の練習のとき、ジェンキンスとクリッチリーが五百メートルの的を苦もなくクリアするのを見守ったエイヴリーは、自分にとっては不利になるが、実弾を使った今日の演習でも、ふたりが同じように正確に撃ってくれることを願っていた。

この演習が、彼らに射撃を教えるだけの単純な目的だったら、どんなによかったことか。エイヴリーは顔をしかめながら、銃弾を入れた黒いナイロンのアサルトベストからマガジンをひとつ取りだし、静かにライフルのなかに滑らせた。だが、正確に撃てるだけでは、殺し屋にはなれない。敵に殺される前に殺す、それを学ぶには、戦闘を経験するしかないのだ。

エイリアンはそれを理解している（彼にはそれを証明する傷があった）が、新兵たちは実戦がどんなものか、まったく知らない。彼とバーンとポンダーは、できるだけ早くそれを新兵たちに教える必要があった。

問題は、エイリアンの武器に関しては、あまり多くがわかっていないことだ。市民軍が効果的な抵抗を展開するためには、敵について、自分の部下たちについて、いくつか基本的な仮定をたてなければならない。この点で三人の意見は一致した。そこで彼らはこう仮定した。その一、エイリアンはより大規模なグループで、つわものを率いて戻ってくるにちがいない。その二、こちらは地上で、防衛を主体として戦いを展開する。新兵たちにゲリラ戦の訓練を行う時間があれば、それに越したことはないのだが、その三、その四の仮定で、時間は彼らには欠けている贅沢だ、と想定せざるをえなかった。エイリアンはおそらく新兵たちが小チームに分かれた戦闘の基本を学ぶずっと前に、ここを襲ってくるにちがいない、三人ともそう考えていた。

もちろん、大尉もエイヴリーたち二等軍曹たちも、小隊の兵士たちにはひと言もこれを話していない。代わりに彼らはまもなくハーベストを訪問する予定のＣＡ派遣団を反政府軍が攻撃してくる可能性を口にしつづけた。できれば兵士たちには嘘をつきたくないのは、三人とも同じだが、エイリアンと戦って生き延びるチャンスをつかむためには、新兵たちはいかに潜伏し、戦いを調整し合い、連絡を取り合うかという基本的な技術を身につける必要がある、という思いで良心の呵責を鎮めた。

遠くから電気エンジンの音が聞こえ、エイヴリーは顔を上げた。イプシロン・インディが西の地平線にかなり近づき、サングラスをしていても、潤んだ目を閉じる前のほんの一瞬しか、それを見ることができないほどまぶしい。エイヴリーは顔をしかめ、満足を感じた。作戦通りだ。この時間には、原子炉施設の西のフェンスを巡回している新兵も同じ問題に直面する。そして彼らはひとりもサングラスをかけていない。これでエイヴリーとバーンの立場は有利になった。三十六対一という数のうえで圧倒的に不利な状況を跳ね返すほどかどうかは、のるかそるか、やってみなければわからない。

エンジンのうなりが近づいてくると、エイヴリーは緊張し、匍匐前進するために身構えた。〝周囲に目を配れ。意外な展開が待ち受けていることを予測し、警戒を怠るな〟、彼は小隊にそう教えた。彼らのために、この教えを聞いていたことを願うばかりだ。もしも、右から左へ聞き流していたら……。

「クリーパー、こちらクローラー」エイヴリーは喉のマイクに向かってささやいた。「彼らをなぎ倒せ」

いずれにせよ、彼らは貴重な教訓を学ぶだろう。

「いいにおいだ」ジェンキンスはＢＲ55の硬化プラスチックの銃床に頬をあてて、ちらっと横を見た。「それはなんだい？」

彼とフォーセルは隣あって、南に向いた原子炉施設の唯一の門と向き合っていた。施設を囲む高さ三メートルの金網の塀が切れているのはここだけだ。

フォーセルはフォイルに包んだエネルギー・バーをだらしなく噛んだ。「ハニー・ヘイゼルナッツだ」彼は照準スコープから目を離さずに、バーをもぐもぐ噛んで飲みこんだ。

「食べるか？」

「おまえが舐めてない場所があるか？」

「ない」

「ちぇっ」

フォーセルはすまなそうに肩をすくめ、バーの残りを口に突っこんだ。

ジェンキンスが腹ぺこなのは、自分自身のせいだった。この演習ですっかり興奮し、キャンプの食堂でほとんど朝飯を食べなかったのだ。

実際、軍曹たちは昼飯のさなかに襲ってくるにちがいないと確信し、ランチは完全に飛ばし、食欲旺盛なフォーセルに、自分のＭＲＥ（包みをはがせば食べられる食事）から好きなものを取っていいぞ、と告げた。不幸にして、フォーセルは全部食べてしまったため、いまジェンキンスの胃には、心配がもたらした胆汁しかない。

ふたりは耳まで覆うヘルメットを、眉が隠れるほど深くかぶっていた。それは濃いオリーヴ色のまだらな野戦服に合わせて塗ってあった。この色は、小麦畑にはよく溶けこむにちがいないが、現在の位置ではあまり役に立たない。ふたりがいるのは、原子炉とマックのデータセンターがある施設の中央に立つ塔の屋根の上なのだ。

ジェンキンスのヘルメットに内蔵されたスピーカーから、またしてもかん高い警報が聞こえた。ポンダー大尉の指揮の下、二小隊の兵士たちは敷地の周囲に動体探知器を設置し、杭の上に据え付けたユニットの感度を最大にセットした。これは千メートル四方以上をカバーする便利な機械だが、蜜蜂の群れや、ムクドリの群れ、ＪＯＴＵＮの殺虫剤散布機にも警報を発し、ほとんど絶え間なく鳴っていた。

フォーセルの肩の先に目を細めると、針のような機首に薄い翼の散布用飛行機が三機、西の畑の上を蛇のようにくねくねと飛んでいるのが見えた。あれは今朝からずっと畑の上を飛び、防カビ剤をかけていた。だが、あの三機はこれまでいちばん原子炉施設に近い。

それが散布する白い煙が、施設のほうへと吹き付けてくると、西側のフェンスを守っている第二小隊ブラヴォーチーム（２／Ｂ）の十二人は、漂ってくる化学薬品から顔をそむけ、口を覆って咳こんだ。おそらく彼らは喉がひりつくとか、目にしみるという、実際の肉体的苦痛を感じているわけではない（両親の畑で何度も有機肥料を施したことのあるジェンキンスは、それが呼吸しても完璧に安全であることを知っていた）。あの咳は兵士たちの疲労と不満を示しているのだ。

「何時かな？」ジェンキンスは尋ねた。

フォーセルはイプシロン・インディに向かって目を細めた。「一六三〇ごろだな」

もうすぐ日没だ。「彼らはいったいどこにいるんだ？」

この演習のルールは簡単だった。勝つためには、どちらの側も相手を半分倒さねばならない。つまりジョンソンとバーンは三十六人倒さねばならないが、新兵側はふたりのどちらかひとりを仕留めれば勝ちになる。軍曹たちに圧倒的に不利なこの確率を考え、攻撃は兵士たちが持ち場につくまえにくるにちがいない、と大方の兵士が予想した。

そこで、ふたりが〇九〇〇少し過ぎにワートホグに乗りこみ、施設の門をフルスピードで走りでたあと、兵士たちはすばやく各小隊三チームずつに分かれ、割り振られた持ち場の守りについた。

ワン＝アルファチーム（1／A）の残りとともに、ジェンキンスとフォーセルは原子炉の塔へと急いだ。風雨にさらされたポリクリート製の塔は、ちょうど誕生日のケーキのようにニ段になっている。円形の階のふたつ目（二階）は一階よりも直径が小さく、その上にまるで蝋燭のようなクラスター――マックのメーザーやほかのCOM装置に使われるアンテナ――が立っている。この塔は、原子炉複合施設の唯一の地上建造物であるだけでなく、周囲数百キロで、唯一の建物だった。

ジェンキンスとフォーセルは二階の屋上へと梯子を上り、そこにうつぶせになった。これはとっさに動けないという点を除けば、射撃には最も安定した姿勢だ。追加の掩護にBR55を自分の背嚢に斜めに置いて、ライフルのスコープをのぞくと、ちょうど軍曹たちのワートホグが原子炉施設の舗装された道路を曲がり、南のウトガルドに向かうハイウェイを目指すところだった。アドレナリンが放出され、ジェンキンスはすぐさまバトル・ライフルのチャージング・ハンドルを引き、薬室に弾を装填した。彼は発射選択スイッチを親指で一発に設定し、引き金に指をかけ、それから……待った。時間が刻々と過ぎていくなか、ぎらつく太陽の下でひたすら待った。

兵士たちはすぐにぶつぶつ言いはじめた。この演習は、自分たちがどれほど長くだまされたままでいることに耐えられるかというテストではないか？　太りすぎで、いつも思ったままを口にだす1／Aのオズモは、さっそく自説を披露した。いわく、ジョンソンとバーンはイプシロン・インディのうだるような暑さを逃れ、いまごろウトガルドのよく冷えたバーで冷たいビールを飲んでいるにちがいない。「ふたりともやられなければ、負けにはならないからな」オズモはそう言った。

衛生兵ヒーリーは、彼ら全員を〝うるさい〟と怒鳴りつけ、ヘルメットをかぶり、水を飲んでいるかぎり、熱中症にはならないと請け合った。ポンダー大尉は門脇の三角形のテントの下で、ワートホグの座席に座り、静かにスイート・ウィリアムをくゆらせていた。「ビールが飲めたら最高だな」ジェンキンスはJOTUNの散布機のエンジン音が消えていくのを聞きながら、つぶやいた。朝からほとんど動かず、うつぶせの姿勢でいるにもかかわらず、汗はひっきりなしに体のなかから湧いてきて滴り落ちる。彼とフォーセルのブーツのあいだには、少なくとも十本はからになった水のボトルが転がっていた。それでも、ジェンキンスはまだ喉の渇きを感じた。

「あのでかいやつがまた来たぞ」フォーセルが東へとゆっくりスコープを移動させながら言った。

向きを変えて、フォーセルの視線をたどると、JOTUN社のコンバインが一台見えた。

暗青色に黄色い縞が入った、巨大なマシンだ。三対の大きな車輪を転がし、行きつ戻りつしながら緩やかな稜線を越えていく。そのコンバインが、下り斜面の小麦を刈りはじめると、エタノールと電気で動く三千馬力のエンジンの低いうなりが、少なくとも一キロは離れた塔にいる彼らのところまで聞こえてきた。

そのコンバインは午前中、フェンスに近づくたびに地面を震動させながら、施設に直角に東の畑の麦を広い帯状に刈っていた。最初は一部の兵士を驚かせた。もちろん、JOTUNの農耕機はどの兵士も知っているが、原理は芝刈り機と基本的に同じだとはいえ、高さ五十メートル、長さ百五十メートルの機械が自分のほうに向かってくるのを見たら、たとえマックのように有能なAIが回路を制御しているとわかっていても、逃げたくなって当然だ。

そのコンバインが、再び施設に向かって進んでくる。が、兵士はもう誰も驚かず、ぴりぴりしているのは小麦ぐらいなものだった。ライフルのスコープのなかで拡大された茎は、まるでまもなく脱穀されることがわかっているかのように、うなりをあげて回転するヘッダーの鋭く尖った歯の前で震えている。

「あれは絶対シリーズ4だ」フォーセルが朝の議論を蒸し返した。

「違うさ。ゴンドラが見えるか?」ジェンキンスは言い返した。

フォーセルはスコープをのぞき、車輪のある直角の金属容器の列を見た。小さく見えるのは、巨大なＪＯＴＵＮのすぐ後ろに従っていくからだ。「ああ……」

「あのコンバインは後ろから収穫してるんだ」

「だから？」

「それがシリーズ５の特徴なのさ。シリーズ４は両側に出る」

フォーセルはその点について少し考えたあと、しぶしぶあきらめた。「うちでコンバインを買い換えてから、何シーズンか経つからな」

これを聞いてジェンキンスはたじろいだ。フォーセルの家があまり裕福ではないことをうっかり忘れていたのだ。フォーセルの親の農場は何エーカーも狭いばかりか、彼らが栽培している大豆はジェンキンスの親が栽培しているトウモロコシやほかの穀物よりも、売買単価がはるかに低い。おそらくフォーセル家では、まだ中古のシリーズ２を四、五台使って、なんとか間に合わせているのだろう。

「シリーズ５には値段に見合うほどの価値はないさ」ジェンキンスはいっぱいになったゴンドラが、近くのマグレヴの駅へと稜線を越えて戻っていくのを見守った。「ハイブリッド・エンジンは高すぎる。自分のところでエタノールをプロセスするならべつだが――」

「おい。何か来たぞ」フォーセルは体をこわばらせた。「ハイウェイからこっちに折れてくる」

ジェンキンスは南にライフルを向けた。車が一台、フルスピードで施設に近づいてくる。緑と白のタクシーだ。キャンプへ至るアクセス道路のくぼんでいるところで、一瞬見えなくなった。

「彼らかな?」フォーセルが尋ねてきた。

「さあ」ジェンキンスは乾いた喉につばを呑みこんだ。「ほかの連中に知らせたほうがいいな」

「全チーム! 車が一台来るぞ!」

「よせよ、フォーセル」ステッセンがCOMを通じてうなるように応じた。バーンは暗褐色の髪の警官を2/Aチームの隊長に昇級させ、施設の門を守る仕事を割り当てたのだ。

「くだらん冗談を聞くには、暑すぎる」

「自分で見たらどうだ?」ジェンキンスは促した。キャンプまでの最後の直線は完全に平らで、わずかに盛りあがった道路が門までまっすぐ伸びている。スコープを拡大しなくても、あのセダンを見逃すことはない。

「油断するな!」ステッセンは門の両側の路肩に積んだ土嚢の陰にかたまり、太陽に焼かれている兵士たちに怒鳴った。「ダス、掩護しろ」

ジェンキンスの下にある一階の屋根の上、彼の真下で何かが動いた。「立て！」ダスがわめく。１／Ａチームの隊長は少し太りぎみだが、並外れて長身だったから、この中年のマグレヴ・エンジニアは太っているというよりも、体格がよく見えた。「撃ち方用意！」「俺のライフルが！」オズモが泣きそうな声で言った。「弾が入らない！」オズモはストレスを感じると、子供のような声になる。いつもならジェンキンスは笑いだすのだが、いまは笑えなかった。

「いったんマガジンを取りだして、再セットしろ」ダスが助言した。「最後までしっかり押し込むんだ」

「どうも、ダス」

金属どうしがこすれる音に続き、カチリという小気味のよい音がした。

「いいとも。だが、落ち着く必要があるぞ。集中しろ」この忍耐強い、励ますような言い方からもよくわかるように、ダスは男ひとり、女ふたりの三児の父親だ。

「何を撃つか、よく見て引き金を引けよ」ステッセンがうなるように言う。この警官は怒りっぽい男で、プンギ棒試合で負けてから、それがいっそうひどくなっていた。ジェンキンスは兵士全員が共有しているＣＯＭチャンネルから、ステッセンの声を消してしまいたかったが、ステッセンの言うことにはたしかに一理ある。１／Ａがセダンを仕留めるには、

２／Ａの後ろから撃つことになるのだ。

ダスは穏やかな調子で答えた。「あんたの仕事をしろよ、ステッセン。そうすれば、何も心配することはない」

ステッセンはこの挑戦を受けて立ち、門の中央に出ていくと、ＭＡ５を右肩にあて、左手をのばして、車を止めた。セダンが速度を落とし、ステッセンの二十メートル前で止まる。少しのあいだ、彼らはタクシーの屋根から渦を巻いて立ち上る熱気を見つめていた。

「降りろ！　いますぐだ！」ステッセンが大声で怒鳴り、銃口をフロントガラスに向けた。だが、セダンのドアは閉まったままだ。ジェンキンスの心臓は早鐘のように打ちはじめた。「熱は？」彼はフォーセルにささやいた。スポッティング・スコープの精巧な光学装置なら、〝敵〟がセダンのなかにいることを確認できるかもしれない。

「だめだな」フォーセルは答えた。「真っ白だ。外が暑すぎる」

「第一チーム！」ステッセンが吼えた。「こっちへ来い！」

四人の兵士が西の路肩の陰から姿を現し、用心深く門を通過した。全員がＭＡ５を肩にあて、セダンに狙いを定めている。彼らはふたりずつ左右に分かれ、車を取り囲んだ。

「バーディック！　ドアを開けろ！」ステッセンは部下のひとりに前に出ろと合図した。

ジェンキンスは息を吸いこみ、肩の力を抜こうとした。ためた息を吐きながら、スコープの照準十字線を運転者が降りてきたときに、頭が来そうなあたりに合わせる。頭のなかの十字線に、なぜかバーンのにやけた顔が浮かんだ。バーディックはドアのハンドルに手を伸ばしたとき、セダンのガルウイング式ドアが白い蒸気を放って爆発した。バーディックは歩道に転がり、それと一緒に車の横に立っていたふたりも倒れた。どちらも破砕弾でやられたかのように真っ赤なペンキを浴びている。

「クレイモアだ！」たったひとりの生き残りがうめいた。彼は損傷した脚を引きずって、急いでセダンから離れた。

「全員、後ろにさがれ！」ステッセンはチームの残りに叫びながら、生き残りの腕を肩にかけて、彼を門のなかに引っ張りこんだ。彼が片手でセダンのフロントガラスに銃弾を浴びせると、ガラスは割れる代わりに赤く光った。この色は致命的な傷を負ったことを示している。

兵士たちは、この演習で、ＭＡ５に戦術訓練弾《TTR》を装填していた。これは銃口速度と飛翔経路を維持し、なおかつできるだけ実弾の弾道を模倣するために、プラスチック・ポリマーのシェルに入っている。だが、どのＴＴＲも接近ヒューズを内蔵しており、それがシェルを溶かして、あらゆる表面の十センチ以内に達すると、無害な赤いペンキの滴に変わるのだ。

不快だが、無害だ。ジェンキンスは自分にそう言い聞かせた。このペンキは強力かつ触感のある麻酔剤と反応物から成り、兵士たちの野戦服に滲みこむと、それに織りこまれているナノファイバーに作用して、このファイバーを硬くする。すなわち、赤いペンキが当たった兵士は、気絶し、固まるのだ。手足のどこでもＴＴＲを一発食らえば、たちまち麻痺する。胸に何発も食らえば、野戦服はこちこちになり、致命傷をシミュレートする。倒れたバーディックとほかのふたりは、クレイモア地雷からの破片を何十も受けていた。ドアの内側に取り付けられていた黒いプラスチックの箱は、それが発したＣＯ²推進燃料による液化物で覆われていた。

「撃ち方やめ！」ヒーリーが叫んで救急箱を手にバーディックのそばに駆け寄った。地雷の破片を誰よりも近距離から受けたバーディックは、板のようにかたまり、仰向けに倒れていた。

「どんな具合だ、衛生兵？」ポンダーがワートホグから降りながら尋ねた。

ヒーリーは青く塗られた金属のバトンを救急箱から取りだし、それをバーディックの腹の上で左右に動かした。バトンのなかの回路が、野戦服のナノファイバーを溶かす。衛生兵はバーディックの脇に手を差し込んで、彼をセダンへと引きずっていき、運転席側の前輪にもたれさせた。「生き返りますよ」ヒーリーは皮肉たっぷりにそう言い、バーディックの方を叩いて、MA5を膝に載せてやった。それから彼はほかのふたりのところに戻った。

ジェンキンスはほっとして息を吐いた。三人ともまた元気になる。演習が終わるころには、息を吹き返すだろう。だが、いまの攻撃はまるで本物のようだった。セダンに反政府派の爆弾が仕掛けられていたら、あれよりもはるかに陰惨なシーンが展開していたにちがいない。彼が口にだしてフォーセルにそう言おうとすると、1／Bチームの隊長として新たに指名されたアンダーセンが叫んだ。「コンバインだ！　あれが向きを変えないぞ！」

さっと東に体をひねると、アンダーセンと彼のチームがフェンスから退却するのが見えた。彼の言うとおり、高さ五十メートルのコンバインが、通常向きを変える地点を通過して、全速力で施設に向かってくる。それは畑の端の太い帯状の土に達し、回転するヘッドで硬くなった土を噛んだ。タイミング・ベルトがパチッと切れる音とともにヘッドの回転が止まった。だが、JOTUNはただ作動しなくなったヘッダーを油圧式の腕の上に伸ばし、フェンスへと向かってくる。鋼鉄のポールと電流を流した金網がコンバインの前輪ふたつの下で潰れ、車軸のまわりによじれた。フェンスがコンバインの下部で火花を散らす。

コンバインは半分施設の敷地に入ったところで停止した。

そのころには、JOTUNはTTRで覆われていた。軍曹たちの姿を見たわけではないが、兵士たちはパニックに陥り、引き金を絞らずにはいられなかった。この混乱にまぎれ、手榴弾が塔へと投げあげられたことには、誰ひとり気づかなかった。

「ふせろ！」ダスが叫んだときは、すでに遅かった。ジェンキンスが首を縮め、背嚢の陰に頭を隠したとき、手榴弾が爆発した。ＴＴＲが下の壁に飛び散る音がした。オズモが報告するまえに、ほとんどの１／Ａがやられたのがわかった。

「ダスがやられた！」オズモが子供じみた声をあげた。「俺もやられた！」

ジェンキンスは敵の目に体をさらす危険をおかして、前に出ると、一階の屋根を見下ろした。ダスは意識を失っている。ほとんどの１／Ａがそうだ。だが、オズモは無事だった。うつぶせに横たわり、ヘルメットの上で両手を組んでいるオズモは、両脚が痺れているのは、べつの兵士がその上に倒れているからだと気づいていないだけだ。

「おまえは無事だぞ、オズ！」ジェンキンスは夢中で引き金を絞る仲間のＭＡ５の銃声に負けじと叫んだ。「体を起こして――」

その瞬間、三発のＴＴＲが一階の壁、ジェンキンスの頭のすぐ下に当たった。バトル・ライフルの銃弾だ。

「バーンだ！　コンバインに彼がいる！」フォーセルが叫んだ。

背嚢の陰に戻ろうとしていたら、ジェンキンスは間違いなく撃たれていた。だが、それまで自分でもあることを知らなかった本能が彼を動かし、ジェンキンスは戻る代わりにバトル・ライフルを構えて、コンバインの連結部のあいだでしゃがむバーンを捉え、引き金を絞った。彼の弾は大きくはずれたが、軍曹はすでに不安定だった位置を捨て、さっと体を振って第一連結部の裏側を走っている梯子に飛びつき、地面をめざした。

「俺が撃つ!」彼は叫んで、バトル・ライフルの選択スイッチを半自動からバーストに切り替えた。だが、無数の銃弾は軍曹の降下を速めただけだった。バーンは梯子の横をつかみ、段に足をかけずに滑りおりた。そしてブーツの底がアスファルトを打つと同時に、JOTUNのタイヤのあいだに転がりこみ、一時的にせよジェンキンスの銃弾から逃れた。

アンダーセンとステッセンのチームも、これで彼を狙えなくなった。

「もっとよく狙え!」バーンのバトル・ライフルが門のそばの砂袋にTTRを撒き散らすと、2/Aチームの隊長が叫んだ。「クリッチリー!」ステッセンは命じた。「前へ来い!」

ジェンキンスは歯ぎしりした。彼はみんなが聞いているCOMでステッセンが自分を罵ったことに、反発を感じた。それに、クリッチリーとそのスポッターは一階の屋根の北端で、ジェンキンスの背後を守るべきなのだ。

「俺が撃つと言ったはずだぞ!」ジェンキンスは言い返し、JOTUNのタイヤに銃弾を浴びせた。

「うるさい、ジェンキンス！」ステッセンが怒鳴った。「クリッチリー！　応答しろ！」

だが、第二小隊の射撃手は沈黙している。

「フォーセル、COMを確認しろ！」ジェンキンスは叫んだ。兵士たちのCOMパッドは、たえずその兵士の生命徴候をモニターしている。ひとりが倒れれば、それはネットワークに表示されるのだ。

「クリッチリーはやられた」フォーセルがショックを受けて答えた。「1／Cも全員やられてる」

「なんだって？」

「西側のフェンスにいた連中は全滅した！」

バーンのバトル・ライフルがJOTUNの下の暗がりで閃光を放った。1／Aの兵士のひとりが悲鳴をあげて倒れる。くそ、こっちの死傷者は三十人近くになるぞ。ジェンキンスは歯ぎしりしながら、さらに二度、引き金を絞り、それから寝返りを打って横向きになると、マガジンを交換した。「ステッセン、俺たちは後ろに行く！」

「だめだ、くそったれ！」ステッセンは毒づいた。それから北東の門を守っている2／Cチームの隊長に命じた。「ヘイベル！　西へ移動しろ！　ジョンソンがそっちを襲ってきたにちがいない！」

自分の隊長の名前を聞いただけで、ジェンキンスは胃がかきまわされるような気がした。彼と残りの新兵は、ぎらつく太陽の下で朝からずっとうつぶせになっていた。そのあいだ、自分たちがよく仕掛けられた罠の口に休んでいたことにこれっぽっちも気づかなかったのだ。そしていまバーンは銃弾の届かないところに隠れ、ジョンソンが迫ってくる。新兵たちが彼にやられるのはもう時間の問題だ。

「オズ？」ジェンキンスは膝をついて体を起こしながら尋ねた。「まだそこにいるか？」

「あ、ああ！」

「おまえは高い位置にいる。バーンをコンバインの下に釘付けにしておける」

「でも……」

「いいから、やれ！」

ジェンキンスはフォーセルの肩を叩いた。ふたりの目が合うと、フォーセルが自分とまったく同じことを考えているのがわかった。罠にはまったら、戦ってそれを抜けだすのだ。

「ステッセン」ジェンキンスは宣言した。「第一射撃手は移動する」

〝丘〟のてっぺんにいるエイヴリーには、施設の全景が見えた。クリッチリーとそのスポッターを仕留めるのは簡単だったが、彼はバーンがフェンスを潰し、兵士たちの注意をひきつけるのを待って、二度引き金を絞り、ふたりの兵士の側頭部を撃った。ヘルメットの回路が〝致命傷〟だと認め、即座に彼らの野戦服を固めた。この二発はたくさんの銃声にまぎれ、ほかの兵士たちには気づかれなかった自信がある。

それに、防カビ剤のスモッグが動体探知器のシグナルをさんざん攪乱してくれたおかげで、新兵たちは動体探知器を確認する手間をかけなくなっているだろう。小麦畑に散布された防カビ剤の白い微粒子で覆われたエイヴリーは、畑から立ちあがったときには、ほとんど滑稽に見えた。まるで目に見えない誰かが悪ふざけで巨大な小麦粉の袋を彼の頭の上で逆さにしたかのようだ。新兵がバーンを仕留めることに気をとられ、敷地の周辺を見張る必要があることを思い出さないうちに、西側のフェンスを守っている兵士たちをひとり残らず倒す。これがふたりの作戦の一部だった。

ライフルを構え、豊かに実った小麦を肘で打ちながら斜面を駆けおりる途中、エイヴリーはふと思った。トレビュシェット以来、人間に向かって銃を撃ったのはこれが初めてだ。もちろん、いまはあのときとは、まったく状況が違う。だが、誰かを十字線で捉え、引き金を絞るのがいかにたやすいか、いかに機械的にできるかに気づかないわけにはいかなかった。これはまさしく訓練の成果だ。これまでは、自分の技術を役に立てることに必ずしも常に満足を感じてきたわけではないが、いまはその技術を部下に叩き込む必要がある。

新兵たちに同じ自信と、同じ反射的な行動を教えこまねばならない。まもなく始まる戦いで彼らが生き延びるには、そのふたつが必要だ。

手榴弾が爆発する音がした。その音は、彼とバーンがセダンのドアに取り付けたクレイモア地雷の爆発音よりもはるかにくぐもっていた。タクシーをふたりの指示どおり施設の門へと走らせてくれたのはマックだった。あのAIは、喜んでこの演習の手伝いをしてくれた。兵士たちの気を散らす追加の要素として、JOTUNコンバインを使ってはどうかと提案したのも、マックだった。エイヴリーにはなぜだかわからない。ただ、海兵隊員やアル＝シグニ少佐のように、ハーベストを攻撃してくる敵は、原子炉を狙ってくるにちがいないとにらみ、市民軍にそれを守る訓練をさせたかったのかもしれない。

エイヴリーはフェンスの外から撃たなかった。標的に当たる前に、TTRが金網を感知して、シェルを溶かしてしまうからだ。当然ながら、これは兵士たちが撃ってくる弾についても同じことが言える。エイヴリーは撃たれる心配はないというほぼたしかな想定の下に、小麦畑とフェンスのあいだにある固い土の境を飛び越え、金網に飛びついた。

ほとんど即座に、1／Cチームのウィックが、金網ががたつく音を聞きつけ、振り向いた。エイヴリーに気づいた彼は（白い粉のせいで、幽霊のように見えたかもしれない）、すでに恐怖を浮かべている目を皿のようにみはった。エイヴリーは白い防カビ剤をまき散らしながら敷地内に飛び降り、ウィックが驚きから立ち直る前に、バトル・ライフルを肩からはずし、胸の真ん中に二発撃ちこんだ。

銃声に混じったウィックの悲鳴を聞きつけ、同じチームの三人が振り向く。エイヴリーは左から右へとひとりずつ片付け、ライフルをバーストに切り替えて、混乱している1／Cチームの残りを掃射した。最後の兵士が倒れると、バトル・ライフルのスコープの下で光る弾薬計数器が、残りは三発だと知らせた。それを見てアサルトベストから新しいマガジンを取りだしたとき、東側から銃弾が飛んできた。

2／Cチームが塔の裏からさっと回ってきた。兵士たちがあと少し速ければ、あるいは引き金を絞るまえにもっと安定したスタンスをとることを覚えていれば、エイヴリーは窮地に追いこまれていたはずだ。が、彼らの最初の銃弾は大きくはずれた。そのあいだにエイヴリーは左へ転がり、塔のカーブを自分と予期せぬ攻撃のあいだに置いていた。そして2／Cの最初の兵士たちがそのカーブを曲がってきたときには、新たなマガジンを装填して待ち構えていた。彼はふたりを倒し、チームの残りを物陰に退却させた。新兵たちはどうすればエイヴリーを挟み撃ちできるか考え、貴重な数秒を無駄にした。

「チャーリー1は消えた」エイヴリーは喉のマイクに向かって低い声で告げた。「ブラヴォー2の攻撃を受けている」

「俺はおまえのアルファ坊やたちを地獄に送ってやったぞ」バーンが答え、数発放った。

「だが、塔の上から狙い撃ちされて動けない」

「そいつは俺の射撃手だな」

「どうしてわかる?」

「おまえの射撃手は死んだ」

「ちぇっ、とにかく、やつらを黙らせろ」

「了解」

2／Cが思ったよりもすばやく立ち直った場合に備えてライフルを北に向け、エイヴリーは整備用の梯子へとあとずさった。それを上がれば、一階の屋根に達する。彼はライフルを肩にかけ、できるかぎり早く梯子を上った。そして屋根の上に頭を出したとき、右手で何かが動いた。あわてて頭を引っ込め、かろうじてフォーセルのMA5からのバーストを逃れた。

ためらわずM6を引き抜き、フォーセルが引き金から指をはずすのとほぼ同時に片手で梯子をつかみ、ぱっと飛びあがった。体が屋根から上がった瞬間に引き金を絞ると、TTRが、フォーセルの腹にあたった。残りの二発は胸骨を〝貫く〟。フォーセルが後ろによろめくのを見ながら、エイヴリーは屋根に上がった。M6を両手で構えて、この重いピストルの照準をぴたりとヘルメットに当てて待つ。フォーセルは大きな男だ、ピストルの小さな口径の弾が間違いなく彼を倒すのを見届けたかった。

フォーセルが倒れたことに満足して、エイヴリーは二階の屋根に上る梯子へと向かった。だが、何歩か歩いたとき、三つの鋭い痛みを右腿の裏に感じた。アドレナリンに動かされ、振り向きながら急激に痺れていく脚をくるりとまわし、銃弾を放ったあとでジェンキンスだと気づいた。彼は〝敵〟に向かってピストルの引き金を絞った。

ジェンキンスは二階のカーブした壁にぶつかった。エイヴリーの推測は正しかった。ジェンキンスとフォーセルは塔の反対側へと飛びおりて、彼が上っていくのを待ち構えていたのだ。悪い作戦じゃないぞ。エイヴリーはそう思いながら痛みに顔をしかめ、足をひきずって壁にもたれた。失敗に終わった防衛位置に留まるよりも、このふたりは敵の動きを読んで、待ち伏せしようとした。それが成功したかどうかより、エイヴリーはこの自発的な決断に感心した。彼はM6を振って、半分しか弾が残っていないマガジンを落とし、再装塡すると、それを自分の体からまっすぐ離し、壁沿いに構えた。

やがてジェンキンスがじりっと姿を現した。引き金にかけた指に力をこめたとき、ポンダー大尉の大声がCOMから響き渡った。「撃ち方やめ！　勝負はついた！」エイヴリーとジェンキンスは、どちらも相手を照準に捉え、凍りついた。

「俺がやったのか?」オズモがショックを受けてつぶやいた。それから思いがけない手柄に大喜びで叫んだ。「俺が軍曹を仕留めたぞ!」

「バーン軍曹、きみは撃たれた」大尉が言った。「最終スコアは、三十四対一だ。兵士諸君、おめでとう!」

疲れきった兵士たちの歓声がCOMを占領した。

「タイヤに当たったペンキがはねただけだ」バーンがプライベート・チャンネルで唸るように言った。「くそったれTTRめ……」それから兵士たちにも聞こえるチャンネルで、「ヒーリー? そのくそバトンをこっちへ持ってこい!」

エイヴリーはピストルをおろし、壁にもたれた。地平線のゆるやかなカーブへと落ちていくイプシロン・インディの金色の光で、塔の色あせた黄褐色のポリクリートが日中の熱を放ちながら、温かい黄色にきらめく。

ジェンキンスがにやっと笑った。「もう少しでしたね、軍曹」

「ああ、もう少しだった」エイヴリーも心のこもった笑みを浮かべた。キャンプの周囲で繰り返してきた基本的な訓練をのぞけば、これは最初の実弾を使った演習だった。彼らはふたりの軍曹がどういう作戦で攻撃してくるか、まったくわからずにそれに対処したのだ。

そしてジェンキンスとフォーセルの行動は、エイヴリーに希望を与えた。充分な時間があれば、彼の部下は立派な兵士になれるかもしれない。

「軍曹？」エイヴリーの耳のなかで聞こえたポンダーの声からは、ついさっきの明るい調子は消えていた。「地元のＤＣＳ代表から連絡がたったいま入った」これはアル＝シグニ少佐のことだ。エイヴリーは背筋が右脚のようにこわばるのを感じた。「われわれが予測していた使節団だが？　到着したそうだ。彼らははるかに大きな船でやってきた」

CHAPTER FOURTEEN 14章

レリクアリ星系、ラピッド・コンヴァージョン

RAPID CONVERSION, RELIQUARY SYSTEM

ダダブは、こぶのある腕を高々と上げ、熱狂的に叫んだ。「再生の時代だ！」ラピッド・コンヴァージョンの保安将校であるタルタラスが目の隅に入る。宴の間で勢いよく燃える石油ランプのそばで、こちらを見ている。タルタラスを怒らせたくなくて、ダダブは自分の足が広間のモザイク模様のなかで、最後の環を造っているフォアランナーの合金の破片を踏まないように気をつけた。

「救済と……」彼は促した。

そのモザイクの周りに集まったほぼ二十人のアンゴイは、どんよりした目でダダブを見つめた。

タルタラスが胸の前で腕を組み、苛立たしげな声を漏らした。

「……旅！」ダダブは自分で言って、ずんぐりした指をひらつかせた。マスクをつけてい

るにもかかわらず、彼の声は広間の壁に反響した。「いまこそわれらコヴナントの時代――超越の道を歩んだ先人に従おうとするわれらは、何度もこのサイクルを繰り返すのだ！」

肩幅の広いアンゴイ、ババプが前に進みでた。「その道は、どこへ行く？」

「救済へ至る」ダダブは答えた。

「それはどこだ？」

ほかのアンゴイたちは、ババプとダダブを見比べている。ダダブは必死に答えを探しながら、ハーネスのなかでもぞもぞと動いた。「それは……」言いかけたが、あとが続かない。しかし、次の瞬間には、必要な知識を思い出した。セミナーで聞いた言葉、サンシュームの教師が同じような厄介な質問に使った言葉だ。ダダブが答える前に、ユルというアンゴイが人差し指でだらしなく尻をかき、臭いを嗅がせようとその指を隣のアンゴイに突きだした。

「残念ながら」ダダブは精いっぱい重々しい声で言った。「その答えは存在論的《オントロジカル》だ」この言葉が何を意味するか、彼自身ぼんやりとしかわからない。だが、その響きがダダブは気に入っていた。どうやらほかのアンゴイも気に入ったらしく、まるで思ったとおりの答えを得られたかのように、全員がマスクのなかで満足のしゃがれ声を漏らした。

ババプはとくに喜んでそれを繰り返した。

タルタラスのシグナル・ユニットが鋭い音を発した。「ジャンプが終わりに近づいた。位置につけ！」

「忘れるな」ダダブは持ち場に着くため小走りに出口に向かうアンゴイの背中に呼びかけた。「道は長いが広い。きみたちが信じるかぎり、あらゆる人々が歩めるだけの場所がある！」

タルタラスは鼻を鳴らした。このジラルハネイは真っ赤なアーマーで腿と胸と肩を覆っていた。万が一エイリアンがキグヤーの破壊された船のそばで待ち構えていたときのために、艦長は自分の群れを戦いに備えておきたがったのだ。

「時間の無駄だと思っているのでしょうな」勉強会に出席したグループの最後が遠ざかるのを見送りながら、ダダブは彼らを示してそう言った。

「導きを受ける資格は、すべての生物にある」ジラルハネイは黒い髪を逆立てた。「だが、サンヘイリはわれわれにあまり優秀な乗員を与えてくれなかったからな」

自分の同胞を悪く思いたくないが、たしかにタルタラスの言うとおりだ。ラピッド・コンヴァージョンで働く六十人のアンゴイは、この種族にしても珍しいほど愚かで、無知で、生気に欠ける。ほんの数人の例外（たとえばババプ）を除けば、重要な任務を与えられた司祭の戦艦の乗員というより、むしろ人口の多い町の単調な労働にしか向かない、底辺のタイプだ。

ダダブは政治的な次元の、サンヘイリとジラルハネイの関係にはうとかったが、マッカベウスの地位が例外的なものであることはわかっていた。コヴナント艦隊は広大だが、ジラルハネイの艦長はひと握りしかいない。しかし、ラピッド・コンヴァージョンの状態からすると、サンヘイリがマッカベウスの成功を願っていないことは一目瞭然だった。アンゴイの乗員だけでなく、巡洋艦自体もひどくみじめな状態だ。

マッカベウスの許可を得て、ダダブは自分にできる形で彼を助けようと努力しはじめた。どんな計画か？　アンゴイたちを霊的に豊かにすることにより、彼らに動機と規律を植え付けるのだ。そしてこれはまだ二度目の勉強会だったが、参加しているアンゴイの態度は、すでに向上しはじめていた。

「格納庫へ来てくれ」タルタラスがヘルメットをつけながら命じた。「修理のはかどり具合を艦長に報告しなくてはならない」

最初に巡洋艦の中央シャフトを上がったときは、なんとも恐ろしい思いをした。脱出ポッドの無重力のなかにいたあいだに、かなり筋力が弱っていたこともあって、手すりから手がはずれたら落下して死ぬと思うと、怖くてたまらなかった。だが、筋力が回復したいまは、ほかのアンゴイと同じように機敏になり、ラピッド・コンヴァージョンのいわば大通りともいうべきシャフトの混み具合を余裕をもって観察することができた。

彼が到着してから、このシャフトは徹底的に掃除されていた。金属の壁には、引っかき傷や溝がある。だが、何層もの曇りや汚れはなくなり、この垂直の通路はつややかな深紫色に輝いていた。そのなかほどの、前部火器ベイへと至る戸口の閂《かんぬき》は取りはずされ、警告のシンボルが消えている。その部分の修理は、新たにフラゴグを得たマッカベウスの最優先事項だったのだ。

艦長がフラゴグに必要な修理を説明するときは、ダダブも同席したのだが、巡洋艦の重プラズマ・キャノンを老化させた原因の説明も待たずに、ライター・ザン・サムは早速仕事に取りかかり、キャノンの制御回路の保護覆いを取りはずして直しはじめた。

キグヤーの貨物船にいるときに、フラゴグがあらゆる類の機械をまるで神業のように直すのを見てきたダダブは驚かなかったが、フラゴグの触角が閃いたかと思うと、キャノンの回路が火花を散らし、うなりを発するのを見て、マッカベウスは驚愕した。フラゴグは、これまでヤンメたちができなかった修理を、手当たり次第に片付けていった。

ライター・ザン・サムの仕事ぶりを目の当たりにしたマッカベウスは、ヤンメたちには単純な仕事をあてがうことにした。彼らの仕事ぶりが、フラゴグの邪魔になることを恐れたのだ。そこでヤンメたちは、ぶんぶんうなりシャフトを行きかいながら、基本的な衛生設備とメンテナンス・ツールだけを担当することになった。たしかにそのどちらも、フラゴグの器用な触角と繊毛がやってのける仕事より、はるかにたやすいものだ。

ダダブが梯子の片側に寄り、青いアーマー姿のジラルハネイが通過するのを待っていると、二匹のヤンメが彼の下の空中でぶつかった。彼らは銅色のアーマープレートをがたつかせながら、もつれあったキチン質の手足を解き、シャフトを下りつづけた。ダダブは種族に関する専門家ではないが、ああいう衝突が、複眼に感度のよいアンテナを持った生物には珍しいものであるくらいはわかる。おそらく最近の降格で、ヤンメたちは茫然としているにちがいない。

たしかに、彼らはスクラブ・グラブのような筋足動物よりもはるかに高い知性を持っている。だが集団意識の持ち主で、きわめて独断的でもあった。それに彼らは与えられた仕事を手放したがらない。もしかすると、ライター・ザン・サムに恨みを抱き、あのフラゴグの仕事を妨げようとするかもしれない。いまのところ、この懸念を裏付けるような出来事は何も起こっていないが、フラゴグがプラズマ・キャノンの修理を完了し、格納庫に移って、スピリット降下艇の損傷を直しはじめたときには、ほっと安堵の息をついた。ダダブたちが乗ってきた脱出ポッドで多数の犠牲者が出て以来、ヤンメは格納庫を避けている。したがって、フラゴグは安全だ。

アーマーをつけたジラルハネイが梯子を上がっていってしまうと、ダダブは再びそれを下りはじめ、まもなくシャフトの底に達した。長い脚のタルタラスに遅れまいと小走りに急ぎ、彼はライター・ザン・サムが仮の作業場を設けている損傷したスピリットへと向かった。脱出ポッドは巡洋艦がジャンプする前に、エネルギー・バリアから廃棄された。だが、スピリットの分離したコクピットは、ポッドに潰された場所、格納庫の壁際に放置されている。ちらっと見たかぎりでは、修理はほとんど進んでいないようだ。

各々が何十人もの戦士を収容できる、ふたつに分かれた薄い皮膚の輸送ベイが、長いほうの舷側を合わせて置かれていた。どちらも扉を半分開き、格納庫の床に置いて、倒れないようにベイを支えている。

「ここでお待ちください」ダダブはそう断ってベイのあいだに入った。「どこまで進んだか見てきます」

タルタラスは抗議しなかった。ライター・ザン・サムはポッドのなかの苦難を生き延びたものの、まだ完全に回復していないため、群れの全員が、弱っているフラゴグを悩ませるな、とマッカベウスから言い渡されているのだ。

カーテン代わりにベイのなかほどに自分で下げた、使い捨てフォイル・シートの前に浮かんでいる友を見て、ダダブは罪の意識に胸を突かれた。メタンを造りだし、彼の命を救ってくれた袋は、ひどく膨らんでいる。フラゴグはダダブを迎えるために振り向き、それを床に引きずってきた。フラゴグが彼のために払った犠牲の物言わぬ証人だ。

〈具合はどうだ?〉ダダブが尋ねた。

〈よい。だが、ひとりで来てくれたほうがよかった〉フラゴグは鼻にしわを寄せ、嗅覚節をしわくちゃにした。〈新しいホストのにおいは、あまり好きではない〉

〈彼らの髪だ〉ダダブは説明した。〈洗わないのかもな〉指で会話ができるのは嬉しかった。ふたりでポッドにいたあいだに、ダダブの手話は格段の進歩を遂げた。ライター・ザン・サムがすっかり衰弱する前は、長い会話をしたものだった。単純な会話なら、もうほとんど流暢に話せる。〈修理のほうはどうだ?〉

フラゴグは触角のひとつをさっと振って、ダダブに想像上のボールを投げる格好をした。〈狩りの石だ。覚えているか?〉

〈もちろん。やりたいか?〉

〈いつやったか覚えているか?〉

ダダブは考えた。〈エイリアンに投げた〉

〈わたしが殺したエイリアンだ〉

ダダブは指を広げた。〈わたしを救うために殺したんだ!〉だが、彼の心は沈んだ。この新しい仕事が、エイリアンの船で起こった恐ろしい出来事をライター・ザン・サムの頭から追い払ってくれることを願っていたのだが。

〈それでも、後悔している〉ライター・ザン・サムはダダブにベイのもっと奥に来るようにと合図した。〈だが、どうすれば償いができるかわかった〉フラゴグは興奮か喜びで触角を震わせ、フォイルのカーテンを引いた。

〈なんだ?〉ダダブは首を傾け、カーテンの奥にある物を見た。見たことがあるような気がするが、どこで見たか思い出せない。

〈和平の贈り物だ!　われわれの善意の証拠だ!〉

〈きみは……彼らの機械を造ったのか〉

フラゴグの背中で、袋のひとつが喜びの声をあげた。〈そうだ!　土をすく機械《プラウ》を〉

ライター・ザン・サムは〈ダダブの語彙をはるかに超える技術的な言葉を閃かせ〉その機械の徳を挙げ、称えつづけた。ダダブは注意深くその機械を見た。もちろん、それは彼らが二隻目のエイリアン船で見つけたものよりもはるかに小さいが、種まきのために土壌の準備をするための機械だということはわかる。

いちばんの特徴は、土を耕す鋭く尖った歯に取り付けられた、推進システムを兼ねている金属の車輪だろう。フラゴグはどこでこれを手に入れたのか?　それから、兵士輸送べイの不等辺四辺形の肋材がはずされているのが目に入った。ライター・ザン・サムはその肋材を丸く曲げ、溶接したのだ。ヤンメが自分たちの携帯用溶接機に使う融剤の刺激のある甘いにおいが、まだベイに漂っているところをみると、この作業は終わったばかりにちがいない。フラゴグはその溶接機を〝借りた〟のだ。

車輪の後ろからは、シャシが始まっていた。輸送ベイから調達したワイヤの輪と回路盤がきちんと溶接された枠からたれさがり、そこにエンジンが置かれるのを待っている。いったいどんな……。

ダダブはあっと息をのんだ。自然な好奇心はたちまちしぼんだ。覚えたての文法は頭から吹っ飛び、彼は恐怖に震える指でたどたどしく尋ねた。〈艦長、知ってるか？〉〈知るべきか？〉

〈彼の命令。降下艇、修理。贈り物、作る、違う〉

〈贈り物ではなく、捧げ物だ〉フラゴグはこの違いが艦長の怒りを和らげてくれるかのように、触角をひらつかせた。

こいつは、どうしてこんなに愚かなんだ？　ダダブはマスクのなかでうめいた。彼はめまいを感じ、体を支えるためにプラウに片手を置いた。だが、倒れそうになったのは、いまにも擦り切れそうな神経のせいではなかった。ベイが震動している。巡洋艦が実空間に

戻ったのだ。ダダブは続けざまに、メタンを深々と吸った。〈これは分解する必要がある！〉

フラゴグは混乱したように触角で空気を叩いた。〈なぜだ？〉

ダダブはゆっくり指を動かした。〈命令に背く。艦長、怒る〉貴重なフラゴグが痛めつけられることはない。だが、ダダブ自身は……。

マッカベウスは具体的なことは何も言わなかったが、ダダブは自分がジラルハネイの戦艦の捕虜であることを承知していた。彼はおかした罪で裁かれる身なのだ。

だが、ラピッド・コンヴァージョンのアンゴイたちを教育する努力が、わたしの価値を証明してくれる、彼はそう自分に言い聞かせようとした。艦長がプラウに関する怒りを彼に向けることはない、と。だが、彼が罪をおかしたのは事実だ。いずれはその罰を受けねばならない。マッカベウスがそれを与えなくても、彼が任務を遂行して戻れば、省のプロフェットたちが与える。

「助祭！」タルタラスの声がベイのなかにこだました。「艦長がブリッジで呼んでいるぞ！」

〈約束してくれ！〉ダダブは震える手で懇願した。〈これを分解すると！〉

ライター・ザン・サムは鼻をさっと振ってプラウと向き合い、自分の仕事が満足のいくものかどうかを考えているように、触角の一本で機械の尖った歯を叩いた。〈まあ、急いで組み立てたからな。それに、機械をひとつ作っただけでは、わたしが奪った命の代償に

はならない〉

「助祭！　艦長が呼んでいる！」

〈直してくれ！〉ダダブはあとずさり、カーテンを通過し、ベイを出た。

「この降下艇はいつ飛べるようになる？」タルタラスはシャフトに戻りながら尋ねた。

「フラゴグは小さな障害にぶつかったらしい」ダダブはジラルハネイが背を向けて、先に歩いていくことに感謝した。さもなければ、ダダブのきょろきょろ動く目を見て、たちまち嘘を見破ったにちがいない。「だが、フラゴグは仕事が早い！」

ラピッド・コンヴァージョンのブリッジは、シャフトを半分ばかり上がった、艦首寄りの、船体外殻からできるだけ遠い場所にあった。そのため、よほど激しい攻撃を受けないかぎり、撃沈されることはない。ダダブはタルタラスのすぐあとに従い、小走りにそこに入った。ブリッジはジラルハネイの祝宴の広間ほどではないが、群れ全体を集められるだけの広さがあった。そのすべてが集まり、ほとんどが受け持ちのステーションにかがみ込んでいる。強化壁から突きだしたそれらのステーションでは、ホログラフのスイッチが点滅し、ジラルハネイの青いアーマーにかすかな光を投げている。彼らはみなタルタラスのように戦いの支度をしていた。

マッカベウスはブリッジの中央ホロタンクの前に立って、なめらかな金属の手すりに拳を置いていた。艦長のアーマーは金色で、ほかの戦士よりはるかに強い合金からできている。ヴォレナスともうひとりのジラルハネイ、リシナスがマッカベウスの左右に立っていた。彼らの尖った肩当てに遮られ、ダダブにはホロタンクに表示されているものが見えなかった。

ダダブは深々と頭を下げ、指の関節で溝のある金属の床に触れた。床はここからはかなり離れた巡洋艦の後部にあるジャンプ・ドライヴの震動に合わせて震えている。用心しろという、トランキリティの副司祭の願いを念頭に置き、エイリアンの星系から急いで退去する必要が生じた場合に備えて、マッカベウスはドライヴをアイドリングさせているのだ。

「前に来るがいい、助祭」マッカベウスはかすかなメタンのにおいを嗅いで命じた。

ダダブは体を起こし、タルタラスに従ってホロタンクへと向かった。

「場所を開けろ」タルタラスがうなるように言い、自分よりも背の高い、黄褐色の髪のジラルハネイを平手で叩いた。「横に寄るんだ、ヴォレナス!」

「失礼」ダダブは唾をのみこみながら進んだ。「失礼」円錐形のタンクを背負っているせいで、横に寄るのは難しいのだ。ヴォレナスを手すりのほうへ押しのけるようにして通過するときに、タンクが音をたててジラルハネイのアーマーに包まれた太腿に当たった。ありがたいことに、ヴォレナスはすっかりホロに魅せられ、それに気づかぬ様子だった。

「信じられん。そうだろう？」マッカベウスが言った。

「はい、驚きです」ダダブは手すりの下のホロタンクをのぞきこんだ。

「心のこもった答えだな、助祭」

「お許しください、艦長。キグヤーの貨物船ですでに見ておりますから」

「ああ、そうだった」マッカベウスは皮肉な声になった。「なんと言っても、これはただの——なんだ？」彼はタンクのなかで輝いているエイリアンの世界を顎でしゃくった。その表面は無数のリクラメーションのシンボルで覆われている。「わずか数十万のルミネーションにすぎん」

　正直に言えば、ダダブはまだフラゴグの不従順が気になっているのだった。おまけにブリッジにはジラルハネイの強烈な体臭が満ちている。興奮した彼らのにおいがマスクの膜を染み通ってきて、ダダブは気分が悪くなりはじめた。

「印象的な数字です」ダダブはこみあげてきた苦いものをのみくだした。

「印象的？　前代未聞だ！」マッカベウスは割れ鐘のような声で言った。それから彼の声は低いうなりになった。「いいだろう。これをどう思うか教えてくれ」彼は手すりに内蔵されたホロスイッチを指の関節で乱暴に突いた。するとエイリアンの惑星のホロが薄れ、はるかに小さくなった。ホロタンクの〝目〟が遠ざかり、星系のより広い眺めを投影する。ダダブは自分たちの巡洋艦のアイコンが、惑星の軌道のすぐ外にあるのを見てとった。そのアイコンから安全な距離を置いた座標では、敵意を持ったコンタクトとなる可能性を示す、赤い三角形が点滅している。

「彼らはわれわれを待っていた」艦長は不機嫌な声で言った。「キグヤーの貨物船の残骸付近でな」彼は再びべつのスイッチを押した。ホロタンクがそのコンタクトを拡大する。

「キグヤーが襲撃した船とそっくりです」ダダブは説明した。「ただの貨物船でしょう」

「よく見るがいい」

その船のホロがゆっくり回転しはじめた。ラピッド・コンヴァージョンのセンサーがそれを詳細にスキャンしていく。ダダブは貨物船の黒い船体が深く刻まれていることに気づいた。その下の明るい色の金属が模様を作っている。いや、模様ではない。絵だ。

どの船も四つの側面すべてに、エイリアンとキグヤーのイメージが描かれていた。最初の絵では、各々の生物が、たがいを武器を手にしている（エイリアンはライフルのようなものを持ち、キグヤーはプラズマ・ピストルを持っていた）。ふたつ目の絵では、エイリアンがライフルを落とし、果物らしきひと握りの品物を差しだし、三つ目の絵では、キグヤーが武器を置き、その果物を受けとっている。四つ目では、双方が果樹園らしき場所に座り、エイリアンは果物のかごを差しだし、キグヤーは落ち着いてそのなかから好物を選んでいた。

「和平の贈り物だ！」ダダブは興奮して叫んだ。「彼らは戦いたくないのです！」ホログラムの宇宙船は回りつづけ、ダダブは二隻の舷側、右下の隅に刻まれているエイリアンの惑星を指差した。赤道の少し下で二本の線が交差し、その惑星のひとつしかない大陸の真ん中にある点を示している。「彼らはこの場所で、われわれと会いたがっている！」

「明らかに夜明けに、だな」マッカベウスはタンクのイメージをさらに拡大した。

そう言われて、ダダブも惑星のエッチングが、明暗界線に翳っていることに気づいた。惑星を往復する経路を記している影は、夜の側に入り、そこから出ている。その線は赤道を垂直に横切り、一連の絵のなかで惑星を一周して、果物のかごを表示した貨物船の舷側に示された会合場所で交わっている。

艦長はタンクに目をやり、惑星をじっと見た。「だが、ほかにもある」

そう言われて、ダダブは新しい詳細に目を留めた。惑星の高軌道に建造物があった。ふたつの繊細な銀の弧が、ほとんど見えない七本の金色の索《ストランド》で地上につながれている。何百という赤いコンタクトのシンボルがその建造物を取り巻いていた。ダダブはエイリアンの船に描かれたメッセージが、誠実なものであることを願った。あのコンタクトが戦艦であれば、ラピッド・コンヴァージョンは深刻な危機に直面する。

「心配するな、助祭」マッカベウスはアンゴイの不安を感じとってなだめた。「われわれが到着してから、あの宇宙船は動いていない。それに、どれもさきほどの二隻と同じ形に見える。明らかな武器を持たない、素朴な貨物船だろう」彼は毛むくじゃらの指で示した。「だが、ここを見てくれ。このストランドが地上に達する場所を」

ダダブは艦長の指が示す場所に目をやった。ストランドの終点には、リクラメーションの絵文字がかたまっている。だが、これらの近くにべつのフォアランナーのシンボルがあった。エイリアンが落ち合おうと提案している場所の上を、ダイヤ形の鮮やかな緑の絵文字が漂っているのだ。

「われわれはシグナルを傍受した。そしてそれがおそらくビーコンだと考えた。話し合いを求めるしるしだと」彼は緑のダイヤに向かって顔をしかめた。「だが、われわれのルミナリーは自分自身の査定を行った。それを説明してもらいたい」

「難しい……質問です、艦長」

だが、これは嘘だった。彼はシンボルのひとつが〝知性〟を示し、もうひとつは〝団体〟、三番目は〝禁じられたもの〟を意味することを知っていた。ダイアモンドの先端で黄色から青へと点滅している四つ目の絵文字については……ダダブは神経質に咳払いした。「図書室があれば――」

「ここにはない」マッカベウスは食い入るようにダダブを見つめた。「それもサンヘイリがわれわれに否定すべきだと思った多くの必要なもののひとつだ。われわれはきみの専門家としての意見に頼らねばならん」

「では……」ダダブは落ち着いた声で答え、絵文字をじっと見た。だが、内心は恐怖で震えていた。彼は知っている！　わたしがしたことを知っているのだ！　これはみな、それを告白させるための罠にすぎない！

　だがそのとき、ダダブの脳の小さな、理性的な部分が彼にこう告げた。艦長が本当に絵文字の意味をまったく知らない可能性もあるぞ。しつこく点滅している絵文字を知らない可能性はとくにある。あれはサンシュームの特定の司祭と、人一倍熱心なアンゴイの神学生しか覚えていないほど古いシンボルだ。これほど怖がっていなければ、ダダブはこう叫びながらも、畏敬の念に打たれていたにちがいない。

「もちろんだ！　どうしてこれほど愚かだったのか？　これらのルミネーションは、オラクルを示している！」

　マッカベウスは手すりから身を引いた。タルタラスとヴォレナスがフェロモンを放つ。ほかのジラルハネイたちが持ち場から目を上げ、こっそりとホロタンクを見た。だが、誰も口を開こうとはしなかった。長いこと、ブリッジには恭しい沈黙が満ちていた。

「そんなことがあるのか？」マッカベウスはようやくかすれた声で尋ねた。「レリクアリとオラクルだと？」

「そういう素晴らしい宝物を守る役目には、あなたほど相応しい方がおりましょうか？」

ダダブは訊き返した。

「賢い洞察だな、助祭」マッカベウスは銀色の毛に覆われた手をダダブの頭に置いた。

ジラルハネイは指をひねるだけで、彼の頭蓋骨を潰すことができる。だが、この仕草は自分の努力に対する感謝の表れかもしれない。そう思ったとき、ダダブの恐怖は消えはじめた。

「兄弟たちよ！」マッカベウスは群れと向かい合って叫んだ。「われわれは真に恵まれているぞ！」

ホロタンクから離れると、艦長は毛のない頭をのけぞらせて、咆哮を放った。即座にほかのジラルハネイたちもこれに加わる。喜びに満ちた大音響がブリッジを震わせ、ラピッド・コンヴァージョンの中央シャフトの下へとこだましていった。だが、群れのなかでひとりだけは、この咆哮に加わらない者がいた。

「たしかなのか？」タルタラスは惑星につながれた、銀色の弧に向かって目を細めた。「あれは火器ステーションではないのか？　われわれのスキャンは運動エネルギーを探知しない。それに、あれはミサイルの発射台にちょうどいい大きさだ」群れの咆哮が消えた。だが、タルタラスはぎこちない沈黙にもまったく無関心で、しつこく食いさがった。「あれを破壊し、周囲の船をすべて破壊すべきだ。至近距離からのレーザー攻撃で、充分目的を果たせる。こちらがキャノンを搭載していることを、向こうに知らせる必要はない」

咆哮に参加しないのは、マッカベウスの支配に対する真っ向からの挑戦だ。彼はもっと小さな罪にも血を流したことがあったが、いまは冷静に甥に顔を向けた。

「おまえの疑いは、おまえの仕事に相応しい。だが、われわれはいま、実在する神性の証人となるのだ」マッカベウスはタルタラスがホロタンクから離れ、自分の目を見て、この不従順の罪の大きさに、それがもたらす大きな危険に気づくのを待った。「この世界にオラクルがあるならば、甥よ、われわれは平和の呼びかけに暴力で答えるべきか？」

「いや、伯父貴」タルタラスは答えた。「いや、艦長」

マッカベウスは鼻孔を膨らませた。若いジラルハネイの怒りのにおいが消えていく。強情なホルモンは、いまや降伏のにおいを放っていた。「では、武器は武器庫に戻すとしよう」艦長はタルタラスの肩に手を置き、甥を優しく揺すぶった。「このエイリアンたちに、われわれを恐れる理由はまったくないことを示すのだ。われわれが求めるものを隠す必要もない」

艦長は言いおわるとすぐに、咆哮を放ちはじめた。今度はタルタラスも加わった。気がつくとダダブも、薄い唇をマスクのなかですぼめ、彼らと一緒に喜びの声をあげていた。

もちろん彼は、ジラルハネイの群れの一部になれたとは思っていなかった。それほど愚か者ではない。彼は常に部外者だ。とはいえ、いまの彼はこの戦艦の助祭だった。これは大いに祝う価値がある。様々な過ちをおかしたにもかかわらず、不安と恐怖にさいなまれながらも、ダダブはようやく自分の使命を見つけた。布教の対象となる彼の群れを見つけたのだ。

CHAPTER FIFTEEN
15章

二五二五年二月一一日、ハーベスト
HARVEST, FEBRUARY 11, 2525

　エイヴリーは、昔から日が昇る前に作戦にとりかかるのが好きだった。日の出という避けられない自然現象の何かが、彼の感覚を研ぎ澄まし――より警戒心が高まるのだ。まもなく蒸し暑い一日となる朝の、さわやかな空気を吸いこみながら、エイヴリーはふと、エイリアンも同じように早朝の攻撃を好むのだろうかと思った。そして息を吐きながらそうではないことを願った。これから行われるのは、平和な話し合いだ。しかし、事態が悪化したときのために、あらゆる備えをしておく必要がある。

「疲れたのか、オズモ？」

「いいえ、軍曹」

「あくびばかりしていると、戦線から外すぞ」

「はい、軍曹」

新兵たちは、ウトガルドにあるモールに次いで大きな公園である、植物園に集まっていた。首都の南東百五十キロに位置するこの植物園は、アル＝シグニが見つけた最も人里離れた、荘重な場所だった。もしもエイヴリーが責任者であれば、もっと遠い場所を選んだろう。ウトガルドからだけでなく、人口の集まるどんな中心部からも離れた場所に。だが、ターン総督は、一般市民の目に触れるという小さなリスクをおかす代わりに、人類初のエイリアンと公式会合を行う記念すべき場所として、雄大な景色を選んだのだった。

たしかにこの植物園は、まさに雄大そのものだ。

この公園は三段に造園され、ビフレストに至る。いちばん下の段は、手入れの行き届いた芝生が、断崖まで伸びていた。ここではビフレストが独特の岬形に出っ張り、イダ平原のパノラマが見渡せる吹きさらしの石灰岩の段壁となっている。岬の北側には壮大な滝があり、ヴィグロンド高地から始まってウトガルドの南へと切り込んでいるミーミル川が、そこで終わる。ミーミルの澄んだ水が断崖を雪崩落ち、濁ってゆっくり流れるスリダー川になる。この川は、ビフレストの海岸線を追い、ハーベストの南の海へと流れこんでいた。

最も低い段の真ん中に立っているエイヴリーには、モクレンの木々の向こう側にある滝は見えないが、水の落ちる音は聞こえた。終わりなく轟く雷のように水が岩にあたる音が、まだその危機に目覚めていない世界を起こす、起床ラッパのように響く。

エイヴリーは第一小隊のアルファチームの面々を見た。十二人の新兵は、大きな〝X〟を作っている着床ライトの向こう側に、二列に並んで立っている。まばゆい電球は、マックの一体型JOTUNが貨物船の船体に刻み込んだ場所が、ひと目でわかるようにという配慮だった。

びしっとアイロンをかけた濃いオリーヴ色の野戦服、ぴかぴかのブーツといういでたちの新兵たちは、周囲の緑に溶け込んでいるとは言えないが、それもアル＝シグニの作戦の一部だった。エイリアンを歓迎しつつ、いざとなれば、戦う用意もあることを相手に知らせるためだ。

オズモがあくびを隠そうと口に手をあてた。彼もほかの新兵たちも、エイヴリーとバーンが木々のなかに監視機器——数十台の小型カメラと小型ARGUSユニット数台——を隠す作業を手伝い、夜のほとんどを寝ないで過ごしたのだ。

「言ったはずだぞ、オズモ。前に出ろ」エイヴリーは親指を立て、芝生の北側の端を区切っているモクレンの木々を示した。木々と川のあいだの苔の生えた岩やシダのなかには、1／Aのバックアップ、ステッセンと2／Aの残りが隠れている。

「でも、軍——」

「でも、なんだ？」

オズモの肉厚の頬が赤くなった。「この新兵は、小隊に留まり、自分の義務を果たしたいです！」オズモはＭＡ５の肩ひもを握る手に力を込め、ライフルを後ろに押しやった。

エイヴリーは顔をしかめた。反応炉コンプレックスによる演習の直後、ポンダー大尉がエイリアンの到着を告げてから、まだ四十八時間にもならない。大尉は新兵たちが勝利の夕食をとっている最中、そのニュースをずばりと告げた。敵意に満ちたエイリアンがハーベストを見つけた、助けがくるまでその状況に対処するのはきみたち市民兵の役割だ、と。キャンプの食堂は一瞬にして静まりかえった。新兵たちはさっさと逃げだすだろう、エイヴリーはそう思った。その場で無断離隊するのではないか、と。

しかし、ポンダーの発表を聞いたあとの驚きに満ちた沈黙のなか、立ちあがろうとする者はひとりもいなかった。やがて、大尉が質問はないかときくと、ステッセンが最初に手を挙げた。

「それを知っているのはわれわれだけですか？」

「まあ、大まかにはそうだ」

「家族に話してもかまいませんか？」

「だめだ」

「嘘をつけというんですね」ステッセンは食堂を見まわした。「あなた方がこれまで嘘をついていたように」

ポンダーは片腕を伸ばし、腰を浮かしたバーンを制した。「真実を話していたら――われわれがイニーズではなくエイリアンを待っていたとしたら、何かが違っていたのか?」大尉は疑わしげな眼差しをひとつずつ受けとめていった。「その場合、きみたちは市民兵として仕えることを拒否したか? われわれが事実を話していたとしても、きみたちの家族や隣人が、危険であるのは同じだ。彼らを守れるのはきみたちしかいない」それから彼は二等軍曹たちにうなずいた。「われわれはきみたちを訓練した。準備はできている」

次に立ちあがったのはダスだった。「正確にはなんの準備ですか?」

ポンダーは、螢光灯を消して壁についたビデオ・ディスプレーのスイッチを入れるようヒーリーに合図した。「われわれが知っていることはすべて話そう」

少佐の詳細にわたるブリーフィングを、新兵たちは熱心に聞き入った。エイヴリーのヘルメットのカメラが貨物船における戦いの模様を映しだしたときはとくに。バーンは、真空スーツを着たエイリアンが、自分の太腿にピンクの刃を深く突き刺す様子を冷静に見守った。エイヴリーも、自分がM6ピストルを別のエイリアンの顎に向け、ヘルメット内に脳みそをぶちまけるのを落ち着いて見た。彼が後退するエイリアンのリーダーのすぐあとを追ってへその緒のなかを進んでいく画像が映ると、新兵たちは彼を見て満足げにうなずきあった。

　エイヴリーには、自分の行動がとくに勇敢だったとは思えなかった。いま考えると、エイリアンの船に突撃したのは非常に危険なことだった。アル＝シグニがすべての画像――メタンの爆発や、エイヴリーが必死に火の玉から逃げているところ――も含めてくれればよかった、と彼は思った。新兵たちに、ときには慎重になることも、勇気の一部だと実感させるために。だが、その代わりに、少佐のスループ船が貨物船から離れていき、エイリアン船が粉々になる場面でビデオは終わった。ヒーリーが明りをつけたとき、新兵たちは勝利のフィニッシュに興奮したつぶやきを交わしていた。

　食堂に人々がいなくなり、バーンと大尉がどのように植物園を守るべきかを検討しはじめると、新兵たちの志気がなぜあんなにあがっていたのか、ようやく気づいた。さきほどのプレゼンテーションは、エイリアンを殺すことができると証明し、いくつか狙いを定めた銃弾を放てばハーベストを安全に守れる可能性があることを示したのだ。新兵たちが自分たちの受けた訓練のすべてに自信を持っているわけではないとしても、狙いを定めてライフルを撃つことはできる。

　しかし、あまり自信がない者もいた。オズモが突然、震えだしたのを見て、エイヴリーは彼の肩に手をおき、木々のほうへ連れていった。「よい印象を与える必要があるんだ、わかったか?」

「はい、軍曹」

エイヴリーはオズモの尻を叩いて足を早めさせた。「よし。行け」

がっかりしたオズモが小走りに北に去ると、ジェンキンスの声が耳のなかで弾けた。

「フォーセルが熱探知機で察知しました。十時の方向です」

エイヴリーは西の空を見上げた。が、裸眼では何も見えない。「何隻だ?」

「二隻です」ジェンキンスは答えた。「照準に捉えますか?」

エイヴリーの命令で、第一小隊の射撃手たちは、植物園の東端にある装飾的な温室の持ち場についていた。十九世紀のヨーロッパの公園にぴったりの、丸みを帯びた白い建物だ。鋳鉄製の枠の代わりに、チタニウム格子と何千というガラス板と防砕プラスチックが使われているが、植物園の最上段にまたがる温室は、それが影響を受けた歴史的建造物と同じくらい荘重に見えた。

「いや、どうせまもなく到着する」

射撃手たちはバルコニーで身をかがめ、温室の中央の長円形ドームを取り囲み、庭園と頭上の空を完全に見渡せるふたつの棟の屋根に伏せていた。フォーセルの探知スコープは、ふたつのコンタクトをペイントし、測距離データを生成する照準レーザーを備えている。

だがこれに関しても、アル＝シグニ少佐は明確にしていた。海兵隊員とその新兵たちは、エイリアンに敵意があるとみなされる行動をできるかぎりとってはいけない、と。ライフルのつり革を引きながら、エイヴリーは再び思った。自分とエイリアンには、どれくらいの共通点があるのか？　彼らも似たような忍耐を示すのか？

「一行が近づいてきます、大尉」エイヴリーは喉のマイクにつぶやいた。「われわれの防衛線はどんな具合ですか？」

「チャーリーチームは、万事順調だと報告している」ポンダーが答える。

1／Cと2／Cは、それぞれ、庭園のメインゲートと、ウトガルド・ハイウェイからの出口に配置されている。海兵隊員たちは、車の往来は予測していなかった（今日は火曜日で、庭園は通常、週末に人々が訪れる場所だ）が、早起きの植物好きがセダンでやってくれば、それだけでこの会合の秘密が公になる可能性がある。悪くすれば、パニックを広げる可能性すらあった。

「われわれの歓迎パーティのほうは？」大尉が尋ねる。

エイヴリーは1／Aの残りの新兵を見た。「準備オーケーです」

「彼らを落ち着かせておくんだ、ジョンソン。武器は安全装置をしてきちんと肩にかけるように言え」

「了解」

　永遠に思える数秒間、ＣＯＭにはそれ以上通信はなく、庭園に集まっている者たちは大きく息を吸いこんだ。エイヴリーは、ミーミルが滝となって流れる音に耳をすました。滝の爆音は、モクレンの木々のなかでちょうど起きたばかりのかしましい鳥のさえずりにかき消された。温室のエキゾチックな植物相同様、農作物にとって害になる虫の数を一定に保つためにハーベストに持ちこまれたムクドリや、他の耐寒性の鳥だ。そのさえずりがゆっくりと、脈打つようなうなりにかき消されていく。そのうなりは徐々に大きくなり、ミーミルの爆音をかき消すほど強くなった。

　エイヴリーは目を細め、軍帽の縁の下から空を見上げた。まばゆい濃い青の霞みのなかに、ふたつの黒い影が、嵐に波打つ海の浅瀬を徘徊するサメのように前後に並んで近づいてくるのが見えた。

「軍曹……」ジェンキンスが口を開いた。

「見えてる」エイヴリーは額のうえで帽子をまっすぐにした。「小隊！　待機しろ！」

　１／Ａが気をつけの姿勢をとる。エイリアンの宇宙船がもやのなかから姿を現した。紫色の船体を光らせながら、ビフレストに向かって降下し、庭園の周りを大きく旋回しはじめる。

宇宙船のふたつに分かれたデザインを見て、エイヴリーは共通の運転席に連結された二台のトレイラーを連想した。ほとんどの人間の乗り物とは違い、この降下船のキャビンは船尾に位置している。どちらの船にも一基の、明らかな火器が見てとれる。キャビンの下につるされた、砲身が一本だけの球形タレットだ。二隻には、エンジンも推進機もない。降下船が最初の旋回を終え、一機が岬の上でスピードを落とす。船の輪郭が震えるのにエイヴリーは気づいた。どうやら反重力場のようなものを使って、揚力と推進力を操作しているらしい。

「下がれ！」宇宙船が芝生に降りてくると、エイヴリーは叫んだ。「もっと場所をあける必要があるぞ！」

新兵たちは、適切なスピードより速く、あとずさった。降下艇シップは光っているXの真上で停止した。豆電球がちらついて消え、芝生が目に見えない力場の圧力で平たくなる。エイヴリーの肌はちりちりした。彼はその力場の外側に水がたまって卵形になり、崩れて雨になるのを見守った。宇宙船の丸みをおびたキャビンは芝生に降りたが、ふたつのコンパートメントは地面から水平に浮いたままだ。

「隊形を組め！」エイヴリーが大声で言い、1／Aの新兵たちがもとの位置、降下艇の両側に二列ずつの隊形に戻った。まもなく、コンパートメントのひとつが、底の端に沿って勢いよく開いた。船のなかは薄暗く、三人のエイリアンを識別するのに少し手間どった。

彼らのアーマーが、彼らを垂直に留めている金属バンドと同じく薄っすら光っていたこともあるが、エイヴリーが貨物船で戦ったエイリアンたちとはまるで違っていたからだ。貨物船で遭遇したエイリアンたちは、直立する爬虫類に似ていた。いまハーネスを解いている三人は、まるでゴリラと灰色グマを合体させたような、肩幅が人間の平均身長ほどもある毛むくじゃらの巨人で、彼らの拳はエイヴリーの頭をたやすく包みこめそうなほどでかい。

「大尉？」周囲の湿気にもかかわらず、エイヴリーは口の乾きを覚えた。「予測していた相手とはまるで違います」

「説明したまえ」ポンダーが答える。

「はるかに大きく、アーマーを着ています」

「武器は？」

エイヴリーは、エイリアンの胸、肩、太腿を守る金属プレートから、鋭い拍車が突きでているのに気づいた。接近戦では実に危険だ。それとはべつに、どのエイリアンも、銃身の短いずんぐりとした武器をベルトにつけている。最初はナイフも持っていると思ったが、刺すために尖らせ、引き裂くために曲げたその半月型の刃は、銃剣のように武器に付いていることに気がついた。エイヴリーがリーダーだと思ったエイリアン――金色のアーマーとふたつの鋸の歯のようなV型のとさかがついたヘルメットをつけている――は、もうひとつ武器を持っていた。少なくともバーンと同じくらいの重さがありそうな、上部に石がついた柄の長いハンマーだ。

「大型の銃剣付きピストル」エイヴリーは答えた。「それにハンマーです」

「なんだと？」

「巨大なハンマーです。リーダーが持っています」

ポンダーはしばしそれを考え、こう言った。「ほかには？」

金色のアーマーのエイリアンが、鼻孔をふくらませてコンパートメントの端に近づき、2／Aが隠れている木立のほうを顎で示した。青いアーマーのエスコートたちが大きな犬歯をむきだして、警戒するようにうなる。人間のにおいを嗅ぎつけたのだ。

「バーベキューにすべきだったな……」エイヴリーがつぶやいた。

「なんだって？」

「彼らは菜食主義ではありませんよ。料理のメニューを再考すべきかもしれませんね」

ポンダーがその情報をアル＝シグニ少佐とターン総督に伝えているあいだ、つかの間の沈黙があった。「その時間はない、ジョンソン。彼らを連れてきてくれ」

エイヴリーは、アル＝シグニとターンの外交儀礼に関する話し合いに、とくに関心はなかった。彼らがエイリアンの訪問者をリラックスさせるために決めた詳しい手順を知らされたわけではない。だが、エイリアンが攻撃した最初の貨物船が果物を搭載していたことから、彼女とターンは、果物が彼らの好物だとみなし、歓迎プレゼントにこれを用意したと聞かされていた。果物や野菜を差しだすのは、ハーベストの平和的かつ農耕的な目的を強調することにもなる。惑星の収穫を分かち合おうというこの申し出は、マックのエッチングの基にもなっていたのだ。

しかしいま、エイリアンたちの肉食動物の体格と残忍な武器を見ていると、彼らがフルーツサラダを食べに地上に降りてきたのではないことは明らかだった。彼らが欲しいものはほかにあるのだ。そして、それを拒否されれば、奪う覚悟があるように見える。

エイヴリーは降下艇に歩み寄り、金色のアーマーを着たエイリアンの数メートル手前に立った。そびえたつ獣は、黄色い目を細めた。

「ダス、こっちに来い」エイヴリーが指示した。「ゆっくりだぞ」

１／Ａチームの隊長は列からはずれ、エイヴリーの横に歩いてきた。ゆっくり、慎重に、エイヴリーはＢＲ55を肩からはずし、マガジンを抜き、アクションを引いて、薬室から一発の弾丸を取りだし、武器と弾薬を両方ともダスに渡した。エイリアンは目を光らせ、その様子をひとつずつ見守っている。エイヴリーは自分のからっぽの手を開き、この動作を強調した。よし、彼は思った。今度はそっちの番だ。

しゃがれた溜息とともに、リーダーらしきエイリアンは、ハンマーの石のすぐ下を持った。それを肩越しに滑らせ、青いアーマーのエスコートの背の低いほうに差しだした。エスコートは武器を受けとるのをためらったが、リーダーに一喝され、しぶしぶ受けとった。それからリーダーはエイヴリーを真似、毛むくじゃらの手をのばし、とがった黒い爪を現した。

エイヴリーはうなずいた。「ダス。後ろにさがれ」

チームの隊長が隊列に戻ると、エイヴリーは自分の胸に片手を置き、温室を指さした。アル＝シグニからは、手の動きと、それがもたらすかもしれない侮辱的仕草を最小限に抑えろと言われている。しかし、エイヴリーはわざわざ説得される必要はなかった。エイリアンたちはすでに、彼とバーンが最初の船とその乗組員に対してとった用心に腹を立てているにちがいない。腕を振るとか、間違って〝くたばれ〟というジェスチャーをしなかったからと言って、彼らの怒りがおさまるとは思えない。

そこで彼は片手を胸に置き、温室を示しつづけた。すると、金色アーマーのエイリアンはコンパートメントから芝生に飛び降り――たっぷり十五センチは芝生に沈みこんだ。船の反対側にいる、まだエイリアンの姿を見ていない兵士たちが、不安そうに一歩下がる。木立のほうへ一目散に逃げ出したそうな者もいた。

「動くな」青いアーマーのエスコートたちが地響きをたてて降りるのを見ながら、エイヴリーは喉元のマイクにつぶやいた。

三人とも光のなかに出くると、アーマーの隙間からのぞく毛の色がみな違うことに気づいた。リーダーの毛は明るい灰色で、ほぼ銀色に近い。エスコートのひとりは焦げ茶で、もうひとりは黄褐色だ。この二人目のエスコートはリーダーより少し背が高く、逞しいが、この比較は、戦車の型を比べるようなものだろう。一方はもう一方より少し重いかもしれないが、その気になれば、どちらもあっさり1／Aの新兵たちを踏み潰せることにかわりはない。

だがいまのところ、エイリアンたちは彼らを満足させたがっているようだ。リーダーはアーマーの胸板に毛むくじゃらのてのひらをおき、エイヴリーを、それから温室を指さした。エイヴリーはうなずき、まもなく彼は三人のエイリアンとともに、庭園の中段へと上がる花崗岩の階段に向かって芝生の上を歩きだした。エイヴリーが先頭、そのあとに金色のアーマーのエイリアン、それからふたりのエスコートが続く。

「移動中です」エイヴリーはマイクにささやいた。「いまのところ順調です」

階段を上がったところからは、敷石の道が満開の桜やナシの木立のなかを東へと向かう。すでに何週間も咲いていた花が道の粗石に散りはじめ、エイリアンたちが、幅広の裸足の足にピンクと黄色の花弁をはりつけながら重たげに進むと、花弁の絨毯に隙間ができた。残念ながら、花びらの甘い香りは、エイリアンの麝香《じゃこう》のような体臭を消す役にはほとんど立たない。そのきついにおいに神経を逆なでされながら、ARGUSユニットはこれをなんと分析するだろうかと、エイヴリーはふと思った。

次の階段まで半分ほど進むと、道が広がり、長方形の噴水になった。自動タイマーは、まだ早朝とあって起動されていない。エイヴリーが一行を噴水の南の端へと導いていくと、いまのところは静かな浅い水に、まだ木々の上で大きく旋回している二隻目の降下艇が映った。さきほどよりも速度を落としているせいか、ともすれば川の水音と区別がつかない。

ふたつ目の階段を上がりながら、エイヴリーは温室の前に並んだ二小隊のブラヴォーチームの列が乱れていることに気づいた。彼らと階段のあいだ、植物園の最上段に広がる芝生の真ん中には、白い布の上を掛けたオーク材のテーブルに、フルーツを盛った大きなバスケットが置いてある。エイヴリーは何歩かテーブルに近づいてから、両手をあげて止まれと合図しながら振り向いた。しかし、アーマーを着た獣たちはすでに足を止めていた。

三人とも温室の切り妻造りの入口に姿を現した、人間の代表団をじっと見ている。ターン、ペダーセン、ポンダー、アル＝シグニ、しんがりはバーンだ。

ペダーセンはいつもの灰色のリネンスーツ、総督は夏至の祝いのときと同じシヤーサッカーだが、今日は黄色と白の縞だ。がっしりとした体がスーツの縫い目をいまにも破りそうに見える。エイリアンに精力的な政治家と思ってもらいたいのだろうが、よそ行きを着た農夫にしかみえない。だが、はちきれそうな服はさておき、ターンは胸を張り、肩を後ろに引いて堂々と歩いてきた。ハーベストの議員たち同様、アーマーを着たエイリアンも少しも怖くない、というように。

大尉と少佐はふたりとも、礼装用軍服と帽子をかぶっている。彼は海兵隊の紺、彼女は正装の白を。エイリアンが性別を識別できるようにと、アル＝シグニはひざ丈のスカートを選んでいた。エイヴリー同様、野戦服を着たバーンは、予想がくつがえされたことを案じる暗い目で、〝こいつらはわれわれが待っていた敵とは違うぞ〟、と語っていた。長身のアイルランド人の青い目が帽子の縁の下で落ち着きなく動き、エイリアンの武器とアーマーをすばやく分析していく。「ありがとう、軍曹」ターンが言った。「ここからはわたしが引き継ごう」

「はい」エイヴリーは踵をつけて向きを変え、テーブルの前部にいるジランと合流した。

バーンは北西の角に立ち、ポンダーはその横にいる。ペダーセンは大きなCOMタブレットをわきの下にはさみ、ターンとテーブルのあいだに入った。

「ハーベストにようこそ！」ターンが顔を輝かせた。「わたしがこの惑星の総督」彼は胸を軽く叩いた。「ターンだ」

金色のアーマーのエイリアンは鼻を鳴らすような音をたてた。が、それが種族なのか、階級なのか、名前なのかは明らかにしなかった。あるいは、ただ、意味不明の自己紹介ですまそうというつもりかもしれない。

どちらも相手の言葉がまったくわからないにもかかわらず、アル＝シグニは、少なくとも言葉でコミュニケーションをとるのが賢明だと判断した。少なくとも、あとで分析するためにエイリアンのスピーチを記録することができる、と。ターンはすべての会話は自分が行うと主張した。少佐は反対こそしなかったが、簡潔に述べることが重要だと辛抱強く説明した。しゃべりすぎてエイリアンをいら立たせてはいけない、と。

総督は言葉を切って待ち、リーダーが自分で紹介を始めるチャンスを与えた。が、それは何も言わない。ターンが詳しい自己紹介を始めようと口を開くのを見て、アル＝シグニが咳をした。彼女にも、このエイリアンがそれほど忍耐強くないことがわかっているのだ。金色のアーマーのエイリアンは、ターンがしゃべっているあいだじっとしている忍耐はあったが、毛が逆立ち始めている。エスコートの背の低いほうは、もっとぴりぴりしているようだ。

ターンはいらだたしげにアル＝シグニを見たものの、ペダーセンに前に出るよう合図した。法務長官はわきの下からCOMタブレットを取りだし、エイリアンに掲げて見せた。一瞬後、ハーベストの国歌のオーケストラ版が、タブレットのスピーカーから流れだし、ビデオ・プレゼンテーションがスクリーンに現れた。エイヴリーは昨夜そのプレゼンテーションを見ていた。はじめてティアラから降りてきたときに見た公式惑星紹介によく似ている。これにはマックのナレーションが入っていないが、似たような牧歌的な映像が含まれていた。畑で作業をするJOTUN、収穫物を貨物コンテナに積みこむゴンドラ、食事を楽しむ家族たち――ハーベストの生活の概要を示すモンタージュだ。ほかにも同じような惑星があることを示す手掛かりは、もちろん、いっさいない。

このプレゼンテーションはしばらくのあいだ続いた。が、これは実際にはエイリアンのためではない。温室に隠された強力な中継装置を通してすべての監視機器を見守っているマックが、ある時点でエイリアンの反応を調べるためにプレゼンテーションを操作しはじめるのだ。JOTUNを見て、彼らは怯えているか？　もしそうなら、それが彼らの姿勢や物腰に、どう現れたか？　エイヴリーはONIの高官と働くことが多かったから、彼らがどれほど良質な情報を集めたがっているか知っている。ジランがこのＡＩに、長い質問リストを与えたことは間違いない。

アル＝シグニはどれくらいこの実験を続けるつもりだ？　二隻目の降下艇が庭を通過し、つかの間北の木立の向こうに消え、また視界に戻ってくるのを見ながら、エイヴリーはそう思った。その五分のあいだ、エイリアンたちがアーマーのなかで落ち着きなく体を動かし続けるのを見て、彼女は頭の上にきつくまとめた黒い髪にさりげなく触れた。カメラを通して見ているマックに、ビデオ・フィードを切るように、と合図を送ったのだ。一瞬後、ハーベストの国歌が消えていき、プレゼンテーションが終わった。ペダーセンはＣＯＭタブレットをふたたび脇の下にはさんだ。

金色のアーマーのエイリアンが、背の低いほうのエスコートにうなった。そのエスコートが、小さな四角い金属シートをベルトから取りだす。総督は礼儀正しい笑みを浮かべながら、そのシートを見つめ、法務長官ににっこり笑った。

「これを見てくれ、ロル。この写真が見えるか？　われわれが貨物船に施したのとまったく同じだ！」

「これはその貨物船の一部だと思うね」

「だが、彼らがエッチングしたものが見えるか？」

ペダーセンはシートのほうに首を伸ばした。「彼らは交換したがっている」

「そのとおり！」

「総督」ジランが口を開いた。「よろしいですか」

ターンはテーブルのほうに後ずさり、ジランにシートを渡した。エイヴリーは彼女の肩越しにそれを見た。

それはたしかに、貨物船のチタニウム船体の一部だった。完璧に四角く切り取られている。その絵は、マックの絵より写実的に彫られたふたりの人物に占領されている。ひとりは明らかにこの金色のアーマーを着たエイリアンで、背中にハンマーを背負い、同じV型のとさか付きのヘルメットをかぶっていた。人間のほうは男に見えるが、誰にでも見える。驚いたことに、その男はまだらな皮の大きなメロンのようなものを差しだしている。ターンも同じことを思ったらしく、フルーツバスケットの奥深くを探り、香りのよい大きなマスクメロンを取りだした。そして笑顔をさらに広げ、そのメロンを金色のアーマーのエイリアンへと持っていき、頭を下げて差しだした。

「どうぞ、もらってくれたまえ」総督は言った。「もっとたくさんあげられる」

エイリアンはメロンをつかみ、用心深くにおいをかいだ。

ターンが種族間の商業に関する美徳について詳しく説明し始めたとき、ジランはそのシートを裏返し、体をこわばらせた。「総督、彼らのほしいのは食べ物ではありませんわ」

「そう決めつけてはいかんぞ、少佐。このエイリアンはひと口試してみたそうだ」

「いいえ」ジランは落ち着いた調子を保った。「見てください」

エイヴリーは見た。シートの反対側には、メロンの拡大図が乗っていた。それはウトガルドを中心に置いたハーベストの地図だった。エイヴリーが皮の模様だと思ったのは、リニアモーターカーの線や道、主要居住区の輪郭を描いた地表の詳細図だったのだ。エイリアンたちは完璧に調査を行い、注釈まで付け加えていた。

装飾的なシンボルが、その地図の至るところに散らばっている。どれもみな同じで、重なり合ったカーブを持つ金線細工で飾られたふたつの同心円だ。そのシンボルの意味はまったくわからなかったが、それは重要ではない。ジランが彼の気づいた点を口に出した。

「彼らは何か特定のものを探しているのね。自分たちのものだと思っている何かを」ターンは、ジランがシートを表に裏に返しているあいだ懸命に如才ない笑みを保ちながら、シートを見つめた。「総督」ジランがささやいた。「彼らはこの惑星全体を与えるよう求めているのよ」

その瞬間、金のアーマーを着たエイリアンが吠え、ペダーセンにメロンを差しだした。

「いや、いや」法務長官は片手をあげてあとずさった。「それは差しあげる」

エイリアンは首をかしげ、ふたたび咆哮を放った。背の低いほうのエスコートから漂ってくるじゃこうの香りが強くなる。それが酢とタールのにおいに満ちると、エイヴリーは鼻にしわを寄せ、腰につけたM6ピストルを抜きたい衝動にかられた。そのとき、MA5の短い銃声が、庭のいちばん下の敷地で起こった。不安が高じてつい引き金を絞ってしまったのか、銃撃戦の始まりなのか？　エイヴリーには判断がつきかねた。が、その後のつかの間の沈黙のなかに、川沿いの木立からあがるしゃがれた咆哮がこだました。

そのあとの出来事は、あっというまに起こった。

背の高いほうのエスコートが、エイヴリーが武器を抜く前、バーンがバトル・ライフルを肩からはずす前に、ピストルを引き抜いた。刃のついたピストルが轟音を発し、ペダーセンの胸に、光るマグネシウムのようなまばゆい金属の大釘が突き刺さる。ペダーセン法務長官はメロンとCOMタブレットを落として、膝をついた。そして息ができない魚のように口をぱくつかせた。彼は金のアーマーを着たエイリアンに最も近い位置にいたために、不幸にも犠牲となったのだ。

軍曹たちは、それぞれ近くのエスコートたちに撃ち返した。バーンは背の高いほうを、エイヴリーは背の低いほうを狙った。が、彼らの銃弾はエイリアンのアーマーにはまるで刃が立たなかった。実際、触りもしなかった。どの銃弾も、アーマーの輪郭を覆い、衝撃を受けるごとにちらちら光る、目に見えないエネルギー・シールドで偏向されてしまう。

「伏せろ！」エイヴリーがターンに怒鳴ったとき背の低いエスコートがハンマーをリーダーに投げた。エイヴリーはジランにタックルし、彼女を荒々しく床に倒した。

銀髪の巨人は、棍棒を頭上に振りあげ、クロスボディ攻撃の構えをとった。ポンダー大尉が押しやり、彼に代わって攻撃を受けとめなければ、ターンはすっぱり首を切り落とされていただろう。ハンマーは大尉の義手を打ち、彼を吹き飛ばした。大尉はバーンの北側に落ち、露で滑る草の上をたっぷり二十メートルは滑っていった。

背の低いほうのエスコートが、刃のついた銃を抜いていた。そのエイリアンがエイヴリーに狙いをつける。エイヴリーはジランを抱きしめ、自分の体で彼女の体を守った。新兵を充分に訓練した、彼らは戦いにつきものの生死をかけた一瞬の決断ができるというポンダーの宣言を一瞬疑ったとき、ジェンキンスのBR55の、甲高い銃声が三度続いた。背の低いほうのエスコートが、ヘルメットに銃弾があたって頭を後ろに振られ、驚いて咆哮をあげた。それから、二十四人のブラヴォーチームが一斉に自動銃を撃ちはじめ、頭上を飛び越える銃弾の音のほかには何も聞こえなくなった。

何発もの銃弾を浴びて、背の低いエスコートはまるで見えない蜂の群れを追い払っているかのように、体を左右によじりながらよろよろと数歩後ずさった。それから、閃光と大きなポンという音とともにエネルギー・シールドが壊れ、保護されていないプレートにMA5の銃弾が叩きこまれると、アーマーが青緑色の煙と火花を散らしはじめた。

今度は、味方を守るのはエイリアンの番だった。リーダーが温室に背を向けて背の低いエスコートに駆け寄った。金のアーマーは、より強力なシールドを備えているとみえて、ブラヴォーチームの集中攻撃も、このシールドを破壊することができなかった。背の高いエスコートが雷のような咆哮を放ち、北から南に新兵たちを機銃掃射して、けがをしてぐったりした仲間を助け、階段を下って二番目の段まで行くリーダーを掩護した。温室沿いの新兵が何人撃たれたのか、エイヴリーにはわからなかった。彼らの叫び声が負傷したからか、アドレナリン過剰のせいなのかもわからない。

「撃ち方やめ！　撃ち方やめ！」バーンが叫んだ。新兵たちはバーンと他の者たちの真上に撃っていた。何発かは、危険なほど近くを飛びすぎた。

「大丈夫ですか？」エイヴリーが拳をついて、ジランから体を離しながら尋ねた。

「行ってちょうだい。わたしは大丈夫」だが、彼女は少しばかり怯えているようだった。病院のときのように、冷静な見せかけが崩れている。エイヴリーはうなずいた。

「ワン・アルファ、後退しろ！」エイヴリーは立ちあがりながら叫んだ。「降下艇から離れろ！」エネルギー兵器が脈打つ音が聞こえた。最初の降下艇のタレットが火器を起動したのだ。南を見ると、まばゆい青色のプラズマの光が、最下段の芝生を機銃掃射していく。退却する仲間の掩護射撃をしているのだ。

「いったいどこに行くつもりだ?」全速力で通り過ぎるエイヴリーに、バーンが叫んだ。

「川だ!」

「俺も行く!」

「いや! 側面にまわるあいだ、敵のレーザー攻撃を引きつけておいてくれ!」

「ブラヴォー! 上ってこい!」バーンが叫ぶ。「ヒーリー! こっちに来るんだ!」

衛生兵が、突進してくる新兵たちの後ろの温室から走ってきて、医療キットを手にポンダーに駆け寄るのが見えた。大尉が手を振って、ヒーリーを倒れたペダーセンのところに向かわせる。エイヴリーは木立に駆け込んだ。

「ステッセン! 報告しろ!」マイクに怒鳴る。

「銃撃を受けています、軍曹!」2/Aのチームリーダーの声は静電気でひずんでいた。

「ほら! あそこだ!」彼は部下のひとりに叫んだ。

「がんばれ!」エイヴリーは岩だらけの土手を庭園の二段目へと飛びおりた。「いまそっちへ向かってる!」

エイヴリーは岩をまたぎ、桜やナシの木のあいだを縫いながら全力疾走した。息を切らして最後の満開の枝を突っ切ると、腰を引き、両手をばたつかせて急停止した。もう少しスピードが出ていたら、川に落ちているところだ。そこは庭園の端、ミーミル川がビフレストを深くえぐり、何段かに分かれた池を作っているところだった。幅広の石灰岩の大釜の水は、滝のてっぺんに近づけば近づくほど白く泡立ち、渦巻いている。

エイヴリーがバランスを取り戻したとき、二隻目の降下艇が頭上をかすめ飛び、一番近い池の反対側に停止した。下降する宇宙船を見ていると、巨大なエイリアンがもうひとり、庭園の最下段のモクレンの木立から現れた。赤いアーマーに黒い毛の男だ。ほかの三人と同じように、刃の付いたピストルを持ち、それを使って、円錐形のオレンジ色の背嚢を背負った小柄な灰色の肌のエイリアンたちが退却するのを守っている。ＭＡ５の銃口が木立のなかで光った。が、赤いアーマーのエイリアンは素早く、燃える大釘で掃射し、反撃する勇気のあった新兵を始末した。

エイヴリーはピストルをあげ、クリップが空になるまで撃った。エイリアンのシールドを貫通できないことはわかっていたが、注意を引いて、新兵が攻撃されるのを防ぎたかったのだ。

エイヴリーの銃弾は、背中で無害に跳ね返った。赤いアーマーのエイリアンが振り向いたときには、エイヴリーはすでに安全な巨石に隠れるため南へと走っていた。再び弾を込め、小柄なエイリアンを狙えることを願いながら岩をまわりこむ。だが、彼らははほとんどがすでに降下艇に乗り込んでいた。グループからはぐれたひとりが、木立のなかからよろめきでてきた。片腕をだらりと垂らしている。負傷しているようだ。エイヴリーがとどめを刺そうとしたとき、アーマーを着たエイリアンがそいつの首元をつかみ、マスクをはぎとって、渦巻く水のなかに投げ入れた。それは水しぶきをあげて沈み、それからタンクにつながった二本のチューブにつかまって浮かびあがり、次の池に入り込んで、滝へと流されていく。

この予期せぬ仲間殺しが起こっているあいだ、二隻目の降下艇が球形タレットを起動し、エイヴリーは炸裂するプラズマ・ボルトから逃れるために岩陰に飛びこんだ。イオン化されたガスが岩を叩き、エイヴリーを苛立たせた。だが数秒後、攻撃が止まった。反重力ジェネレーターのうなりが聞こえ、降下艇が回転しながら上昇していく。巨石の陰から出たときには、すべてのエイリアンが姿を消していた。

「撃ち方やめ！」エイヴリーは、水たまりの反対側からモクレンの木立に近づきながら、声をはりあげた。「そちらに向かうぞ！」彼の後ろで、庭園から上昇する一機目の降下艇に向かって発砲するブラヴォーチームの銃声が聞こえる。「何が起こったんだ？」エイヴリーは、2／Aチームに近づきながら、ステッセンに問いただした。彼らはコケのはえた花崗岩の塊のなかで、身を寄せ合っている。岩にはところどころに穴があき、赤いアーマーのエイリアンが撃った燃える大釘の残骸が光っている。それが飛び散った周囲の茂みでは、小さな火が煙をあげてくすぶっていた。

「何が起こったんだ?」エイヴリーはもう一度尋ねた。

だが、ステッセンもほかの新兵も、何も言わない。彼らのほとんどが、エイヴリーと視線を合わそうともしなかった。

さきほどの戦闘で体中にアドレナリンが駆け巡っているエイヴリーが癇癪を起こしそうになったそのとき、新兵たちが何を見ているか気がついた。花崗岩に飛び散っているのが、人間の遺体だとは、すぐには気がつかなかった。だが、その遺体のそばにひざまずくと、ようやく、血だらけのまだ少年の面影の残るオズモの肉付きの良い顔に気がついた。彼は腹を真っ二つに割られていた。

「言ったんです、芝生から離れてろ、と」ステッセンはごくりと唾をのみこんだ。「あいつに怪我をさせたくなくて」

エイヴリーは顎を噛みしめた。だが、ステッセンには、二隻目の降下艇が後ろから川の上を低空飛行でやってきて、掩護チームを降ろすことなど、予測できるはずはなかった。

「撃たれたところを見たのか?」エイヴリーは尋ねた。

ステッセンが首を振る。「いいえ」

「小柄なやつらのひとりでした」オズモの腹から飛び散った内臓に視線をはりつけたまま、バーディックがささやいた。「それに撃たれて地面に倒れ、真っ二つになった」

「こいつが武器を撃つのが聞こえました」ステッセンが言った。「でも遅すぎた」

エイヴリーは立ちあがった。「ほかに犠牲者は？」

ステッセンがもう一度首を振る。

「バーン。報告を頼む」エイヴリーは怒鳴った。

「大尉はかなりひどくやられた。ブラヴォーチームは三人負傷、ひとりは重体。ダスのチームは無傷だと言っている」

「ターンは？」

「不満そうだな。ペダーセンは死んだ」

「ああ、そう見えたな」

「ここを離れたほうがいい、ジョンソン。あいつらが戻ってくるかもしれん」

「同感だ」エイヴリーは声を落とした。「死体袋がひとつ要る」

「誰だ？」

「オズだ」

「くそ」バーンは吐き捨てた。「わかった。ヒーリーに伝えよう」

エイヴリーは軍帽を脱ぎ、額の汗をぬぐった。オズを見下ろすと、彼の右手にはまだMA5がしっかり握られている。オズが攻撃してきた敵を見て、撃ちながら倒れたのが、せめてものさいわいだ。オズがライフルを撃ったことで、仲間は危険を察知できたのだ。彼は自分の命を犠牲にし、仲間を救った。エイヴリーは、彼が命を落としたことで自分自身を責めまいとした。ステッセン同様、彼は自分が一番よいと思ったことをしたのだ。オズはたんに、命を落とした最初の新兵だったというだけだ。彼が最後の新兵であることを願いたいが、戦いは始まったばかりだ。彼はその事実に身を引き締めた。これからはるかに多くの犠牲者がでる。


マッカベウスはハンマーを放した。それは兵士輸送ペイの床にあたって音をたてた。これはフィスト・オブ・ルクトと呼ばれ、マッカベウスの部族のリーダーが次々に受け継いできた古代の武器だった。本来なら丁寧に扱わねばならないものだが、いまはそういう儀式的なことより、リシナスのことが心配だ。先祖もきっと理解してくれることだろう。

「ヴォレナス！　急げ！」彼はリシナスがまっすぐ立てるように、彼を支えながら吼えた。霞む空へと弾丸のように上昇して行くスピリットが、激しく揺れる。逞しいマッカベウスでも、意識のない仲間の体をベイの壁に寄りかからせておくのは難しかった。

　ヴォレナスがよろめきながら小型の救助ステーションを持ってきた。彼はリシナスの足のそばに八角形の箱を置き、マッカベウスがリシナスの脚と腕をベルトで留めるまで抑えていた。サンヘイリのスピリット降下艇には優れた静止場があり、戦士をまっすぐに保ってくれる。だが、マッカベウスはこのテクノロジーも否定されていた。そのため、こうして素朴な手段に頼らねばならない。

「圧縮帯をくれ！」マッカベウスはリシナスの胸板をはがした。真ん中がひび割れ、暗赤色の血がにじみでてくる。胸板がはずれると、彼は茶色い毛をなで、胸に開いたふたつの穴を探った。エイリアンの武器はリシナスの肺を貫通し、彼を倒したのだ。

　ヴォレナスが青銅色のメッシュの薄いシートを手渡す。これは部分的に傷の上を封じ、リシナスが息を吐きだしたときは空気を逃すが、吸い込んだときにはそれが外に出るのを防いでくれる。肺の損傷がひどくないかぎり、再び膨らむはずだ。このメッシュには、若いジラルハネイの残った血を、体内に留める凝固剤も含まれている。ラピッド・コンヴァージョンに戻ったら、あの艦の自動手術スイートに必要な処置をしてもらうことができる。

　艦に戻れれば、だ。マッカベウスは低いうなりを発した。またしても回避飛行をしたスピリットが、右舷に鋭く揺れた。これまでのところ、エイリアンたちは対空砲を起動してはいない。だが、そうするにちがいない。エイリアンの武器は、サンシュームの宣教師と出会ったころのジラルハネイとほとんど変わらないほど遅れている。だが、ミサイルを放つような火器システムはあるだろう。さもなければ、この惑星はまったくの無防備だが、あのエイリアンたちがそこまでばか者揃いだとは思えない。

「伯父貴？　怪我をしたのか？」タルタラスの声がマッカベウスのシグナル・ユニットから聞こえた。

「いや」彼はヴォレナスの首の後ろをつかみ、リシナスに目をやった。「こいつを頼む」ヴォレナスがうなずく。「遺物を手に入れたか？」をマッカベウスは片膝をついてフィスト・オブ・ルクトを拾いながらタルタラスに尋ねた。

「いや、艦長」

マッカベウスはつい怒鳴っていた。「だが、ルミナリーは何十という聖なる遺物を示していたぞ。そのすべてがあの近くにあった！」

「見つかったのは、彼らの戦士だけだ」

マッカベウスはスピリットのキャビンへと大股で進み、片手をベイの壁に押しつけて、回避飛行を続けながら上昇するスピリットのなかで体を支えた。「徹底的に捜索したのか？」

「アンゴイが熱中しすぎて、列を乱した」タルタラスはがらがら声で答えた。「そのせいで敵の不意突くことができなかった」

「助祭！」マッカベウスは頭をさげてキャビンに入りながら吼えた。「ましな知らせがあると言ってくれ」

降下艇を操縦しているのは、まだ若すぎて、〝ウス〟もしくは〝アス〟という接尾語を獲得していないジラルハネイ、リチュルだった。マッカベウスはもっと経験豊かなパイロットに任せたかったのだが、二隻のスピリットに五人が分乗したとあって、非常事態が起こった場合を考慮し、年配の、経験を積んだメンバーを何人かはラピッド・コンヴァージョンに残しておきたかったのだ。

「センサーによれば、話し合いが行われているあいだ、非常に多くのシグナルが飛び交ったようです」ダダブのくぐもったキーキー声が、キャビンのシグナル・ユニットから聞こえた。彼は巡洋艦のブリッジに残ったのだ。「ルミナリーはデータを考慮し、判断を下しました」それからややあって、「われわれが思ったように、オラクルです！」

「プロフェットを称えよ！　どこだ？」

「シグナルは植物園の白い金属の構造物から発進されています」

そんなに近かったのか？　艦長はうなった。アンゴイたちがへまをして敵を警戒させなければ、いまごろはそれを見ていたかもしれないのだ！　彼は急いで失望を押し殺した。

ハイ・チャリティにある聖なるオラクルにアクセスできるのは、プロフェットだけだ。したがって、身分の低い、最近改宗した彼がそうした聖体を拝領したいなどと思うのは、傲慢以外の何ものでもない。だが、これから届けるメッセージに誇りを感じるのは罪ではなかった。

「副司祭に送信しろ」マッカベウスは金色のアーマーのなかで胸を膨らませた。「レリクアリは、予想していたよりももっと豊かだ。二番目のオラクル——神に代わって話す者——が、ついに見つかった、とな！」

CHAPTER SIXTEEN

16章

疑惑の第二三番目の年の夜、ハイ・チャリティ

HIGH CHARITY, WANING HOURS, 23RD AGE OF DOUBT

ハイ・チャリティの夜の大ドームは、ふだんはかなり静かだ。ゆうべの祈りを捧げるアンゴイのしゃがれたつぶやきが低地域から漂ってくることがあるが、それを除けば塔の上部は静まりかえっている。浮揚する塔を我が家と呼ぶサンシュームは、日没から日の出までの時間を休むか、静かに瞑想して過ごすのを好む。

だが、今夜は違う。フォーティテュードは思った。彼はふたつの反重力バージのあいだで椅子を止め、フォアランナーの駆逐艦を支えている三本の太い柱のひとつのそばでアイドリングしていた。月光をシミュレートして弱いきらめきを放っているドームの光ディスクは、空気を温める役には立っていなかった。フォーティテュードは真紅の衣をすぼめた肩のところでかき合わせ、珍しくにぎやかな塔のなかを見つめた。

その塔の空中庭園には、まばゆい光が満ちていた。鮮やかな色の衣をまとったサンシュー

ムのリングが、戸外のパーティから次のパーティへと滑るように漂っていく。微風が運んでくる音楽の弦や鈴の楽節が重なりあい、あちこちで上がる花火が、暗闇のなかに大音響とともに火花を散らす。

このすべてが、ひとつの時代に一、二度しかない記念すべき行事をしるしていた。今夜は、子宝に恵まれたサンシューム の女性たちが、自分の子供たちを誇らしげに披露している。フォーティテュードが知るかぎり、今回の数字はとくによかった。彼自身は後継者の親となったことは一度もないが、フォーティテュードは満足の笑みを浮かべた。コヴナントには、二千万を少々上回る数のサンシュームがいる。彼らの信仰を支持する者たちが何十億もいることを考えると、これはさほど大きな数ではない。だが、遠い昔、はるか彼方にあるサンシュームの故郷を逃げてきた祖先の数が千人あまりだったころに比べれば、著しい増加だと言えよう。

フォーティテュードの祖先はサンシュームをサンヘイリに敵対させることになったのと同じ問題で同胞と争い、故郷を離れたのだった。フォアランナーの遺物が持つ可能性を充分に理解し、実用化するのを冒涜とみなすか否かというこの問題で、サンシューム同士で争ったあと、駆逐艦は両方の側にとって重要なシンボルとなったのだった。多数のストイック派にとっては足を踏み入れないシンボルであり、小数の改革派《リフォーマー》にとっては探検したいシンボルとなった。そして闘争のクライマックスに、最も狂信的な改革派が駆逐艦に押し入り、バリケードを築いてなかに閉じこもった。そしてストイック派がそれにどう対処するかを話し合っているあいだに（日頃あれほど敬っている駆逐艦を破壊することはできない）、改革派は駆逐艦のエンジンを起動して逃げだし、サンシュームの故郷の一部をともに持ち去ったのである。

最初のうち、彼らは有頂天になった。生き延びただけでなく、この闘争の最も大きな〝賞品〟に乗って逃げだしたのだ。彼らは故郷の星系をあとにし、神々は間違いなく彼らの盗みに永遠の罰を与えてくださる、というストイック派の苦々しいシグナルを笑った。だが、それから自分たちを数え、恐怖にかられて本当に滅びる可能性があることに気づいた。

問題は、遺伝子の供給源が非常に限られてしまうことだ。全体でわずか千人となれば、まもなく近親交配が深刻な問題になることは目に見えている。サンシュームの妊娠が理想的な状況のもとでも非常に珍しいという事実が、この危機に輪をかけた。一般的に女性は〝肥沃〟だが、排卵が数えるほどしかなく、しかもそのあいだがかなり離れているうえに、ほんの短いサイクルに限られる。駆逐艦に乗っていた最初のプロフェットたちにとって、まもなく再生産は注意深い管理を必要とする出来事となった。

「きみは来ないかと思いはじめたところだったぞ」トランキリティの副司祭の椅子がバー

ジのあいだにすべりこむと、フォーティテュードは言った。

　若いサンシュームは紫色の衣をしわだらけにして、椅子の上で体を前にかがめた。肉垂れを飾る金の輪が、首にかけられた花輪のひとつにからまっている。「申し訳ありません。抜けるのが難しくて」

「男の子か、それとも女の子か？」

「ひとりずつです」

「それはおめでとう」

「もう一度そう言われたら、金切り声をあげますよ。とにかく、わたしがあの私生児たちを作ったわけではないのですから」トランキリティの言葉は少し不明瞭だった。彼は金の輪にからまる花輪をはずし、それを引きちぎるように首からもぎとって、脇に放り投げた。

　フォーティテュードは闇のなかをひらつきながら落ちていく花輪を目で追った。「酔っているな」

「ええ、酔っています」

「素面でなくては困る」

　フォーティテュードは衣のなかに手を入れ、薬を入れた小さな球を取りだした。「われわれの親愛なるヒエラルキ、節度《レストレイント》の預言者《プロフェット》のご機嫌はどうだったかな？」

「実の父親の、ですか？」副司祭は球をすえたにおいの唇にあてて、中身を吸いこんだ。

「最初から最後までわたしをにらんでいました」

フォーティテュードは片手を上げてこの言葉を払った。「すばやく行動すれば、彼にできることはほとんどない」

副司祭は肩をすくめ、のろのろと球を噛んだ。

「来るがいい」フォーティテュードは椅子の肘掛けに並んでいるスイッチを叩いた。「そうでなくても遅れてしまったのだ」

一瞬後、ふたりのサンシュームは駆逐艦の狭くなった中央デッキ、三本の支えの脚を、似たような形の垂直な船殻につないでいる、ずんぐりした三角形のコアへと向かった。ドームの弱い光のなかで、古代フォアランナーの戦艦は骨のように白くきらめいている。

ゆすりは、なんというつまらない道具か、フォーティテュードはため息をついた。だが、彼の比類のない奉仕の記録とレリクアリの発見でヒエラルキの玉座を勝ちとるには、その前に、現在の権力者たちを退けねばならない。そして、彼らが自発的に玉座を降りることはありえなかった。

だから背中を押す必要があるのだ。

残念ながら、忍耐の預言者《トレランスのプロフェット》と義務の女預言者《オブリゲーションのプロフェッティス》は、難攻不落であることがわかった。年配の女預言者のほうは、三つ子を生んだばかりなのだ。彼女の年齢から妊娠中は様々な問題が生じた。そのために彼女が責任の一部を回避したことはたしかだが、最も愛されている、多産のサンシュームにケチをつけるのは自殺行為だろう。また、アンゴイの反乱のあとで調和の司祭となったトレランスは、コヴナントの同盟者である種族間の関係を大いに改善するという立派な業績を残し、サンへイリとサンシュームの双方からなるハイ・カウンシルに、まだ多くの支持者を持っていた。

だが、三人目のヒエラルキ、節度の預言者《レストレイントのプロフェット》は、このふたりとは違う。ハイ・チャリティのもと大司教（基本的には、この街の総督）だった彼は、子をなすことを禁じられているすべてのサンシュームを追跡したリストである、『独身者の巻物』に載っている男だった。祖先のお粗末な計画のせいで、これらの不幸な魂は、自分と遺伝子を共有するものがあまりに多くなりすぎて、負の劣性遺伝をまき散らす危険があるために、親となる喜びを味わえないのだ。

実を言うと、フォーティテュードの名前もこの巻物に載っていた。だが、彼は昔からそれを気にしたことはほとんどなかった。性交の欲求を感じるごくまれな場合のために、二、三の女性を囲っているものの、それ以外は自分のやむを得ぬ不能に特別不快を感じたことはない。

だが、節度のプロフェットは違う。

キグヤーが聖遺物箱に出くわす少し前、節度のプロフェットはうっかり若い女性を妊娠させてしまった。これは必ずしも問題ではない（この種の状況では堕胎という手段がとられることが多い）のだが、初めて母となるこの女性は、節度のプロフェットが自分の立場に関して嘘をついたことに激怒し、子供を手元に置いて育てたいと要求した。年老いたヒエラルキは、自分の優れた遺伝子が受け継がれるのを見たいという願いに負け、胎児もその強情な母親も殺すことができなかった。

フォーティテュードはスキャンダルになる前にこの件を耳にして、ハイ・カウンシルの前でこの出産に合わせて嘆願を行うよう、トランキリティに指示したのだった。トランキリティは〝すべての親と彼らの実りある統合〟を称え、『独身者の巻物』の独裁に終止符を打つ遺伝子セラピーやほかのテクノロジーに、これまでよりも大きな投資をすべきだと訴えた。彼の熱意に満ちた演説に、節度のプロフェットは感激し、ふたりは同じ信念を持つ者同士だと確信した。そしていまや必死の（恋人にもうすぐ子供が生まれるため）節度のプロフェットは、副司祭にひとつの提案を申しでた。わたしの後継者をきみ自身の後継者だと宣言してくれれば、どこでも好きな省の司祭に任命しよう、と。

自分の思惑どおりに事が運んだのは喜ばしいことだが、それでも節度のプロフェットの厚かましさにはショックを受けた。こんな申し出が明るみにでれば、彼の子供たちは殺され、彼はヒエラルキの座を追われることになる。そしておそらく、不妊手術を受けねばならない。『独身者の巻物』を振りかざすサンシュームたちは、自分たちの仕事に非常に熱心だ。最高権力を持つヒエラルキといえども、彼らの非難を無視することはできない。

今夜、トランキリティは、節度のプロフェットにこう申しでたのだった。〝進んで玉座を降りれば、このスキャンダルを公にはしない〟と。

「しかし、あの女ときたら」副司祭はぶるっと体を震わせた。彼らは駆逐艦の近くに達し、そのエンジンをハイ・チャリティの動力グリットにつないでいる、太い導管の落とす影のなかを通過した。深い闇のなかの最も強い光は、ケーブルのすぐ下にある青いビーコンが作るリング――大きく開いたエアロックのひとつの縁どる明るいホログラム――がもたらしている。

「誰のことかね?」

「節度のプロフェットの子を生んだあばずれです」

フォーティテュードはこの言葉にたじろいだ。トランキリティは最近、とみになれなれしい態度を取るようになっていた。まるですでにヒエラルキになり、フォーティテュードと同等になったかのような話し方をする。酔っているせいで、今夜はいっそうそれが目立っ。

「魅力的な女性かね？」フォーティテュードは会話を軽い調子に保とうとして尋ねた。

「冴えない目をした怪物です」副司祭はそう言って、衣の内側に手を入れた。「首があるとしても、肉ひだに埋もれて見えませんでした」驚いたことに、トランキリティはプラズマ・ピストルを取りだし、平然とエネルギーを確認した。

「それをしまいたまえ！」フォーティテュードは鋭くたしなめ、ちらっと駆逐艦を見た。「歩哨に見られるぞ！」

目当ての場所までの距離はまだだいぶあるが、聖なる乗り物とサンシュームの僧院を守っている、ムガレクゴロたちの巨大な姿が見えてきた。少なくとも、二十人のムガレクゴロがエアロックの左右に張りだしたプラットフォームの上で見張っている。彼らはふたりのサンシュームを見て防御姿勢をとり、脈打つビーコンのなかでフルート形の深紫色のアーマーを閃かせた。

副司祭はしぶしぶピストルを衣のなかに戻した。

「なぜそんなものを持ってきたのだ？」フォーティテュードは問いただした。

「用心のため。節度のプロフェットがこちらの条件に応じなかったときのためです」

「なんだと？　きみを殺すのか？　彼の子供たちのお披露目の席で？」

「無事にお披露目が終わったからには、彼はもうわたしを必要としませんからね」

フォーティテュードはまたしてもトランキリティは仕事でサンへイリと過ごすことが多いのを思い出した。あの戦士の種族の個人的な武器と名誉への固執が、生まれつき性急なこの副司祭に悪い影響を与えているにちがいない。

「頭を働かせろ。きみが死ねば疑問が生まれる。節度のプロフェットが答えたくないような疑問が」

「そうかもしれません」トランキリティは肩をすくめた。「だが、あなたは彼の目を見ていませんからね」

「たしかに。だが、きみの目を見ることはできる」司祭はぶるっと震えた。「そこには不従順とそうなりやすい傾向しかないぞ」

「しかし――」

「いいから、黙りたまえ！」

ムガレクゴロが体の向きを変え、ふたりを目で追ってくる。彼らはエアロックを通り過ぎた。各々の歩哨は切り子面になった長方形の標準的シールドと、大きくて重いアサルト・キャノンを持っている。どちらもアーマーのなかに組み込まれ、携帯しているというよりは、アーマーの延長に見える。

ほかのコヴナントの種族なら、このデザインは手と指が疲れるのを避ける方法だろうが、ムガレクゴロは手も指もない。彼らは二本の腕と脚に見えるものを持っているものの、実際には、これらの付属肢を好きな数だけ持てるのだ。各々のムガレクゴロは、実は個の融合体、つややかな虫のコロニーだからだ。

アーマーのウエストと首の周囲の隙間から、拡大された筋肉細胞のように、よじれ、固まる個々の虫、レクゴロが見えた。透けた赤い肌がアサルト・キャノンの突きだした武器——ボルトとしても、炎の流れとしても発射できる発火ジェルの管——の輝きで緑に光っている。

「節度のプロフェットは愚か者だ」無事に歩哨の前を通りすぎると、フォーティテュードは吐き捨てた。「彼がきみを信頼したことでそれがわかる」副司祭は言い返そうとしたが、フォーティテュードはかまわず言葉を続けた。「わたしが思慮深いおかげで、彼もほかのヒエラルキたちも、われわれの計画のことは何ひとつ知らん。明日カウンシルの前でわれわれが自分たちの意図を発表して、あっと言わせるのが楽しみだが、それにはオラクルの祝福が必要だ！」

フォーティテュードは長い首をさっと振って、横にいる副司祭と目を合わせた。「いいか、言語学者に会うときには、その口を閉じておくことだ。わたしがそう言わぬかぎり、ひと言もしゃべるな。さもなければ、フォアランナーにかけて、この提携はご破算にするぞ！」

ふたりのサンシュームはたがいににらみあい、相手がまばたきするのを待った。

突然、副司祭の表情が変わった。口元が引き締まり、目の焦点が合った。「どうか不遜な態度を許してください」彼の声はもう不明瞭ではなかった。フォーティテュードが与えた薬が効いてきたと見える。「いつものように、わたしはあなたの命令どおりにいたします」

フォーティテュードはトランキリティが頭を下げるのを待って、椅子の上で体の力を抜いた。

強気の宣言をしたものの、ふたりの提携をいまさら解消することなど、もちろんできない。ここまで来ては、もう引き返せないのだ。この男は、あまりに知りすぎた。もちろん、トランキリティを殺すことはできる。だが、そんなことをすれば、彼らの三頭政治で三人目のヒエラルキとなるサンシュームの欠如という、未解決の問題をさらに悪化させるはめになる。

何人か候補者はいるが、その誰もこの企みを事前に知らせることができるほど信頼したい相手ではない。しかし、三人目が見つからなければ、規則からはずれることになる。とはいえ、彼は新しい時代のヒエラルキとなることを宣言してから、三人目を選ぶしかないとなかばあきらめていた。前もって策謀した、野心がありすぎる、などという非難をそらすために、三人目は一般に人気のあるサンシュームがよかろう。現在玉座についているトレランスとオブリゲーションをその候補とみなしてもよいかもしれない。留任の例はこれまでもある。だが、留任者がいれば引継ぎがスムーズにできるという利点はあるものの、長期の解決には理想的とはいえない。ベテランの政治家でさえも、反感や恨みは長く残るものだ。すっきり三人を退け、新しいメンバーで始めるほうがよい。

エアロックの向こう側には、駆逐艦の格納庫に入る扉があった。二重のシャッターが絞り状にほぼ完全に閉まり、その中央にほんの小さな七辺形の通過口だけが残っている。この〝喉〟は、はるか下のエアロックのデッキから上がっている足場から、ムガレクゴロの最後のふたりが守っていた。肩のスパイクからすると、このふたりは絆で結ばれた兄弟のようだ。非常にたくさんの集合体であるコロニーは、そこにいるすべての虫を、ひとつのアーマーに押し込むことができない。肩のスパイクは、ふたつに分かれたコロニーどうしが意思の疎通を行うためのものだ。いまそれがプロフェットの身分と約束を確認し、ガラガラ鳴った。ふたりが低いうめきをもらして、分かれる。このうめきは、アーマーのなかで虫のゴムのような肉が結ばれたりはじけたりする音だ。

前方の格納庫は広大な三角形のヴォールトだった。駆逐艦の白い艦隊とは違い、格納庫の壁は青銅で、無数のホログラムの絵文字の光で鏡のようにきらめいている。これらの説明や警戒をうながすシンボルは（縦にびっしりと並んでいる）、格納庫の角度のついた壁のなかにある小さな穴のそばに浮かんでいた。フォーティテュードはこれがなんの穴か知っていたが、実際にそれが使われるのを見たことはなかった。

穴の近くには、何百というフラゴグが漂っていた。この浮揚する、ずんぐりした生物の触角は、いつもよりもはるかに長く見える。だが、これはもちろん、彼らがレクゴロをつかんでいるためだ。ここにいるフラゴグの仕事は、これらの虫を穴のなかに入れるのと、それを穴から取りだすことなのだ。フォーティテュードは四体のフラゴグがとりわけ太った虫を穴から取りだそうと奮闘するのを見守った。彼らはホースを手にした消防団員のようにそれを引きずって、白い衣を着た長い髪のサンシューム修道士が乗っているバージへと運んでいく。

これらの禁欲的な修道士は、フラゴグを助け、レクゴロを円筒形のスキャン・ユニットに通す。それからバージに積まれている、コロニーを入れた金属の器のひとつに戻すのだ。このユニットは、ほかの方法ではアクセスできない駆逐艦のプロセシング・パスウェイに入り込み、動きまわって、体内にある微小センサーであらゆるたぐいの有益なデータを集めてくる虫から、データを回収するための装置だった。虫のなかの微小センサーはこの無脊椎生物になんの不快も与えない。レクゴロたちは彼らが食べるざらつく食べ物と同じように、小さなセンサーを摂取し、排泄する。修道士たちは冷静にこの過程を監督する。だが、プロフェットたちがレクゴロの食習慣を激しい非難をこめて見た時期もあった。

　コヴナントが創設されたあとまもなく、駆逐艦のルミナリーの初期コピーを試しに使い、サンヘイリの故郷に近い星系にあるガス巨星へと導かれた。そこで素晴らしい遺物が見つかることを願っていたサンシュームは、惑星のリングのなかにかたまっているレクゴロしか見つからないと、非常に失望した。だがそれから、プロフェットたちはこの知性のある虫が成し遂げたことに気づいて、茫然とした。

　そのリングを作っていた氷のような岩は、かつてガス巨星の軌道を周っていた、破壊されたフォアランナーの施設のかけらだったのだ。そしてその岩にもはや遺物がひとつもないわけは、レクゴロが千年のあいだにすっかりそれを摂取してしまったからだった。レクゴロは小さな、ねじれた溝を掘りながら、それを噛んでは吐きだしていた。奇妙なことに、レクゴロは認識力のある口蓋を持っていた。フォアランナーの合金だけを摂取するコロニー、潰され、圧縮された回路がある岩だけを食べるコロニー。ごくまれには、古生物学者が化石を掘るときのように、外部のものは一切避け、注意深く遺物の残りの周囲を切っていくコロニーもあった。

　フォアランナーの遺物と許可なく接触するのは異端で、死に値する罪だと信じていたサンシュームは、サンヘイリに虫たちをすべて殺すように命じた。だが、船も兵士もない生物との戦いは、サンヘイリには向かなかった。しかもそれは、彼らが救おうとしているまさにそのものを呰にしているのだ。最後は、とくべつ洞察力のあるサンヘイリの司令官——よく敬われていたリーダーのひとり——が、レクゴロを殺すよりも〝飼いならし〟、レクゴロとその習慣を役に立ててはどうか、と提案した。プロフェットたちは自分たちの権力を行使したがったものの、レクゴロを適切に訓練すれば、将来の回収に非常に役に立つ可能性がある、としぶしぶ同意した。そしてレクゴロの罪を許したのだった。

小さな遺物の実用化を長いあいだ試したあとで、サンシュームはようやく駆逐艦を調べるという大仕事に取りかかるだけの勇気をふるい起こした。彼らがそれに乗って故郷の惑星を離れて以来（そしてサンヘイリと戦っていた最も暗い時代のさなかですら）、サンシュームはこの船の調査を、簡単にアクセスできるシステムだけに制限していた。駆逐艦の分厚い殻のなかにあるプロセシング・パスウェイを調べたいのは山々だったが、彼らは重要なものに損傷を与えるのを恐れたのだ。

そこで、修道士たちはきわめて注意深く最初の穴を掘り、これまた注意深く選んだレクゴロをそのなかに滑りこませた。彼らはレクゴロが深く掘りすぎるのではないかと恐れ、何よりも駆逐艦のオラクルがなんと言うかを恐れて待った。だが、レクゴロはなんの事故も起こさずに戻り、駆逐艦の最も高位の聖なる住人も沈黙していた。

オラクルの沈黙は、珍しいことではなかった。フォーティテュードにしても、これまで一度としてそれが話すのを聞いたことがない。彼の父も、父の父も聞いたことがなかった。そしてこれら初期の修道士たちはしだいにレクゴロの数を増やし、ついには、かつては恐ろしかった過程も、決まりきった日常茶飯事になってしまった。足場の柱を目で追い、格納庫のてっぺんを見上げると、バージに乗ったサンシュームの修道士が書類にサインし、待機しているフラゴグに一連の命令を与え、そしてフラゴグも修道士も次の回収に備えるのが見えた。

格納庫の床のはるか上には、暗く静かな僧院がある。そこは二百人以上のサンヘイリとサンシュームからなる全コヴナントのハイ・カウンシルをそっくり収容できるほど大きかった。だが、フォーティテュードとトランキリティが僧院の床に開いている円を通過して上がっていくと、その部屋にはひとりしかいないのが見てとれた。修道士たちのリーダーである、史語学者のサンシュームだ。

フォーティテュードに治療薬を作ってくれた牧師のように、この学者の質素な椅子は金属ではなく、石でできていた。衣はひどくぼろぼろで、まるで引き裂いた紐をしなびた体に巻きつけているように見える。かつては白かった衣服は、すっかり汚れ、本人の灰色の皮膚よりもだいぶ濃い灰色に変わっていた。長いまつげも灰色で、弓のように曲がった首のひとつかみしかない髪は、膝に届きそうなほど長い。

「お会いするのは初めてですな」フォーティテュードとトランキリティの椅子が自分の後ろでゆるやかに止まると、老いたサンシュームは言った。彼はぼろぼろの巻物に目を凝らしたまま、振り向いて挨拶をしようともしない。

「一度会ったことがある」フォーティテュードは答えた。「しかし、大勢の会議だったし、大昔のことだ」

「これは失礼」

「いや、気にすることはない。わたしはフォーティテュード。これはトランキリティの副司祭だ」

若いサンシュームは椅子を前にさげ、お辞儀をしただけで、約束を守って黙っている。

「お会いできて光栄です」学者は節々の腫れた手で巻物を固く巻いてから振り向いた。つかの間、彼はただ濁った大きな目でふたりの客を見つめていた。「何のご用ですかな」

学者は無知なふりをしているわけではない。秘書の手前、フォーティテュードはこの司祭に訪問の目的を告げなかった。面会を得るには、フォーティテュードの司祭という地位で充分だと思ったのだ。だが、学者の言葉は穏やかだが、その意味は明らかだ。〝要件を言い、さっさとすませろ。わたしには、はるかに重要な仕事がある〟フォーティテュードは喜んで従った。

「確認が欲しい」彼は椅子のホロスイッチを押した。指の爪とたいして変わらない大きさの回路ウェーハがスイッチのすぐ横に現れる。彼はそれをつかみ、学者に差しだした。「それと祝福が」

「では、要求はふたつか」学者はにっと笑って、のこぎりのような歯が並ぶはぐきを見せ、石の椅子を前に出し、ウェーハを受けとった。「これはきわめて重要なことにちがいない」

フォーティテュードは穏やかに顔をしかめた。「副司祭の探査船のひとつが、きわめて印象的な大きさのレリクアリを発見した」

「ほう」学者はウェーハをもっとよく見ようと片目を細めた。

「ルミネーションが信頼できるとすれば、それにはオラクルも含まれている」

学者は目をみはった。「オラクルが」

フォーティテュードはうなずいた。「実に衝撃的かつ素晴らしい知らせだ」

すると学者は、意外なほどの機敏さでくるりと椅子を回し、ずらりと機械が並んでいる影のなかへと漂っていった。彼が近づくと、はるか上で光がちらつき、オニキスのオベリスク群が現れた。たがいにリンクされた強力なプロセシング・タワーだ。その前に、駆逐艦のオラクルがある。

フォーティテュードは、これまで多くの聖なる遺物を目にしてきたが、このオラクルは思っていたよりも小さかった。床からほぼ頭の高さのところに浮かぶ仮枠のなかにおさまり、きちんと編まれた数本のワイヤで、オベリスクに連結している。これらの回路は、オラクルのケースに取り付けられた、金色の小さなパッドに接続されている。このケースは、フォーティテュードの首とたいしてちがわない長さの、涙形をした銀色の合金製だった。

ケースの細くなった先端がオベリスクに面し、床へと傾いた丸い先端には黒っぽいレンズが付いている。レンズとケースの周囲には溝があり、これを通して針の穴大の光が見える。回路が低出力で作動しているのだ。オラクルが生きているしるしはそれだけだった。

「これがデータのすべてかね?」学者は手にしたウェーハをオベリスクのひとつのスロットに入れながら尋ねた。

「宇宙船のルミナリーと、そのセンサーからのデータです」フォーティテュードはじりじりオラクルに近づいた。なぜか手を伸ばし、それに触れたいという強い衝動がこみあげてくる。古代のものだが、ケースはなめらかで、へこみも瑕もない。フォーティテュードはオラクルのレンズを見つめた。「遺物のある惑星には、新しい種族が住んでいるという情報が入っています。しかし、彼らは野蛮な——第四の階級に属する種族のようです。おそらくなんの――」

　突然、オラクルの回路がひらめいた。レンズがその光を屈折させ、まばゆいビームを送る。いや、レンズではない。フォーティテュードは驚いて息をのんだ。あれは目だ！　オラクルが仮枠のなかで自分のほうへと傾くのを見て、彼は顔の前に片袖を上げた。

〈気の遠くなるほど長いこと、わたしは見守ってきた〉オラクルの太い声がケースのなかで反響した。サンシュームの言葉で告げる声に合わせ、片目のビームがちらつく。〈おまえの誤った解釈を聞いてきた〉

　オラクルが話すのを聞くという体験は、コヴナントの信者にとってはフォアランナー自身の声を聞くのに等しかった。フォーティテュードはこの状況に相応しく謙虚な気持ちになった。が、オラクルが長い沈黙のあとで、ようやく重い口を開いたからというだけではない。正直な話、彼は目の前の学者が（昔からずっと疑っていたように）完全なまやかしではなかったことを知って、同じくらい驚いたのだった。

　彼に会いに来たのは、形式的な手続きのため、それだけだ。ハイ・カウンシルの前に証拠として提出するルミネーションには、オラクルの祝福が必要だった。そこで大昔から、そのオラクルを管理しているそのときどきの史語学者に、代理で祝福を与えてくれるよう頼まねばならなかった。こういう隠遁者たちも、ほかの権力者同様、袖の下やゆすりに弱い。必要な祝福を得るために、彼はこの学者に、何らかの〝寄付〟をする（見つかった遺物をいくつか渡すとか）心積もりでいたのだった。

だが、老ペテン師がわたしをだますために一芝居打っているとしたら？　名演技だと言わざるを得ない。椅子から降りてオラクルの目に恭しく膝をつく学者を見ながら、フォーティテュードはそう思った。

オラクルの目の光が薄れ、再び長い沈黙に戻るかに見えた。だが、それから再び明るくなり、ラピッド・コンヴァージョンのルミナリーが記録した、再生《リクラメーション》の絵文字のホログラムを投影した。

〈これはリクラメーションではない〉オラクルは大声で言った。〈リクレイマーだ〉

絵文字がゆっくりと逆さになり、中央の形――ひとつがもうひとつのなかの下のほうに位置し、細い線でつながっている同心円――が、まるで違うふうに見えてきた。さきほどは時計の振り子のようだったが、逆さになったいまは、頭の上でカーブした二本の腕を固定している生物のように見えた。絵文字の大きさが縮み、エイリアンの世界全体が表示されて、無数の逆さになったルミネーションがそれを覆う。

〈そしてこれらはわたしの創造主を示している〉

フォーティテュードは膝の力が抜けるのを感じ、椅子の肘掛けをきつくつかんで、この驚嘆すべき新事実と折り合おうとした。各々の絵文字は遺物ではなく、リクレイマーを示している。そしてそのリクレイマーは、この惑星のエイリアンだと？　そうなると、これが意味するところはただひとつ――。

「フォアランナーたちは」フォーティテュードはささやくように言った。「その一部は、あとに残されたのか」

「そんなことはありえない！」トランキリティがついに黙っていられなくなり、唾を飛ばした。「これは異端だ！」

「オラクルがかね？」

「この仲介者が、です！」トランキリティは学者を指差した。「この愚かな老人が、聖なる機械に手を加えたにちがいない。あの大量の虫や袋で、邪な逸脱をやってのけたんだ！」

「この最も聖なるヴォールトで、わたしを非難するのか！」学者があえぐように叫ぶ。

副司祭は椅子の上で身を引いた。「非難するとも、それだけではなく――」

そのとき、僧院が振動しはじめた。何階も下で駆逐艦の大きなエンジンがかかり、それを抑え、ハイ・チャリティが必要とする比較的小さなエネルギーだけを作りだしていたものから、自由になったのだ。まもなくエンジンは全開になり……。

「オラクルを切れ！」フォーティテュードは関節が白くなるほど強く肘掛けをつかんで叫

んだ。「駆逐艦が発進すれば、この街は破壊されるぞ！」

だが、学者はこの指示を聞こうとしなかった。「聖なる宇宙船が枷を解き放った！」老サンシュームは腕を震わせた。彼はもはや怖がってはいなかった。むしろ霊感を得たように見える。「神々のご意思が行われますように！」

エイリアンの惑星のホログラムが消え、再びオラクルの目が光った。〈わたしは偏見をはねつけ、償いをするであろう〉

ヴォールトの暗い壁が光りはじめ、そのなかで蔓のようなパスウェイが光る。古代の回路が光に満たされ、オラクルの背後のオベリスクへとそそがれていく。赤と茶色の帯が入った石にひびが入り、粉交じりの蒸気が噴きだした。

突然、副司祭がプラズマ・ピストルを手に椅子から飛びだした。「あれを切れ！」彼は学者に銃を向けて叫んだ。武器の先が鮮やかな緑に光り、加熱したボルトを蓄えていく。

「さもないと、この場できさまを焼くぞ！」

だが、その瞬間、オラクルのレンズが目も眩まんばかりにまばゆくなり、三人のサンシュームの目を焼きかねない強い周波数で閃きはじめた。トランキリティが悲鳴をあげ、衣の長い袖で目を覆った。

〈わが創造主は、わが主人だ〉まるでこの船とともに飛びたとうとするように、オラクル

の涙形のケースが仮枠のなかでがたつく。〈わたしは彼らを無事にアークへと導く〉

突然、何かが折れるような大きな音がして、まるで駆逐艦のヒューズがとんだように僧院が真っ暗になり、かん高い音がヴォールトの周囲にこだました。刺すような涙で目を潤ませ、フォーティテュードが顔を上げると、何百という火が燃え、溶けた金属が噴きだしたかのように壁を流れ落ちてきた。視界がはっきりすると、フォーティテュードは実際にそれが火であることに気づいた。レクゴロが燃えながら、壁から這いだしてくるのだ。死にかけた虫が床に落ち、あるものはオレンジ色のかけらとなって飛び散り、残りはもだえ苦しみながら黒焦げになっていく。

格納庫の入り口を守っていたムガレクゴロたちが、アサルト・キャノンを構え、雷のような足音を響かせてランプを駆けあがってきた。

「撃つな！」フォーティテュードはわめいた。だが、アーマーを着た巨人は、盾の後ろに体を隠し、背骨を尖らせ、震わせながら前に出てくる。「武器を捨てろ！」フォーティテュードは副司祭に向かって叫んだ。「いますぐ捨てろ！　この愚か者が！」

まだオラクルの光に目がくらみながらも、トランキリティはプラズマ・ピストルを床に投げ捨てた。

石を挽くような声でムガレクゴロのひとりが学者に何か言った。

「事故だ」老いた隠者はそうつぶやいて、煙をあげている虫の死骸を悲しげに見まわした。これまでの遠大な調査の焦げた名残を。それから歩哨に手を振り、さがれと命じた。「もう手遅れだ……」

コロニーが意思の疎通を行うあいだ、ムガレクゴロはその場に立ち尽くしていた。まもなくキャノンの緑の光が薄れ、ムガレクゴロたちは重たげに持ち場に戻っていった。

僧院は再び暗くなった。

「何を信じればいいんです？」トランキリティが暗闇のなかで静かに尋ねた。

だが、フォーティテュードは言葉を失っていた。

生まれてから今日まで、彼は一瞬たりとも霊的な危機を経験したことはなかった。フォアランナーの存在を受け入れたのは、彼らの遺物がそこにあり、見つけられるのを待っていたからだ。フォアランナーの予言を信じたのは、長い捜索の年月のなかで、彼らのどんな骨も遺体の残りも見つからなかったからだ。コヴナントの核にある約束、いつの日かあらゆる種族、人々が、その道を歩き、フォアランナーの足跡に従うという約束は、この統合を安定させる重要な鍵だった。

誰かが自分はあとに残されるかもしれないと知れば、コヴナントは破滅する。

オベリスクの上のホログラムのかけらが再び明るくなり、弱い青い光で部屋を満たした。

黒く焦げたレクゴロは床のエッチング、奇怪なよじれた絵文字のように見える。

「これらの……再生者《リクレイマー》たちを生かしておいてはならん」〝フォアランナーたち〟とはどうしても言えず、フォーティテュードは肉垂れをつかんで力任せに引いた。「彼らはひとり残らず殺さねばならぬ。ほかの者が彼らの存在に気づかぬうちに」

副司祭が下唇を震わせた。「本気ですか？」

「もちろんだ」

「彼らを消し去るのですか？　しかし、もしも――」

「オラクルが真実を語ったのだとすれば、われわれが信じていることはすべて嘘になる」フォーティテュードの声に、突然力がこもった。「これが人々に知れわたれば、暴動が起こる。そんなことは断じて許せない」

副司祭はのろのろとうなずいた。「この老人はどうします？」トランキリティはちらっと学者を見てささやいた。老隠者は、仮枠のなかで沈黙し、レンズの周囲の溝から細い蔓のような煙をあげている装置を見つめている。「彼が秘密を保つのを信用できましょうか？」

「それを望むしかあるまい」フォーティテュードは肉垂れを放した。「さもなければ、この男はひどくお粗末な第三のヒエラルキになる」

シフは長い会話を期待していたわけではなかった。マックが彼らのデータセンターの位置を隠しておきたがっているのはわかっている。だが、エイリアンの戦艦が星系内に姿を現し、ハーベストへ近づいているというシフの警告に対するマックの答えが、あまりに短く、そっけないと、彼女は心配になった。わたしは何か彼を怒らせるようなことをしたのかしら？

それがなんなのか、いくら考えてもシフには見当もつかなかった。彼女は作戦の自分の分担を見事に達成した。何百という推進ポッドを軌道経路沿いに、ハーベストから何週間、何か月も離れた座標へ移動した。必要とされる高速バーンを自分で取り扱った。ポッドをすばやく正確に位置につけるのが、作戦の成功には決定的な鍵となる。だから簡単に混乱するＮＡＶコンピューターの手に任せたくなかったのだ。

この骨折りは報われた。ポッドは予定よりもはるかに早く移すことができた。エイリアンの戦艦が到着する二日前に。これは純粋な偶然であることは、わかっている（彼女もマックも、ジラン・アル＝シグニも、エイリアンがいつ現れるか知る術はまったくなかったからだ）。とはいえ、このタイミングはよい兆し、彼らの複雑かつ前例のない脱出が、うまくいく前兆だと思いたかった。

だが、せっかくポッドに関するよい知らせをもたらしたのに、マックのデータセンターからは、簡潔で、無味乾燥なメッセージしか届かなかった。

〈／　今後ＣＯＭは送るな　／〉

ええ、結構よ、シフは思った。ポッドを配置したあとは、目立たぬようにしろ、と言われている。エイリアンの注意を引き、彼らにティアラを攻撃する理由を与えないことが重要だ、とマックも説明してくれた。そこでシフは索の上の活動をすべてストップし、生まれてはじめて、自分の新しい感情的な抑制と取り組む以外に何もすることがなくなった。

マックのデータセンターを訪れて以来、彼女のコアは、すっかり彼に夢中になり、会いたくてたまらなくなることもしばしばだった。ところが彼があんな冷たい返事をよこしたものだから、寂しくて、悲しくて、傷ついていた。これがみな過剰反応だということはわかっている。ロジックはまだそれが感じたいことと、アナゴリズムに感じるべきだと助言されることのあいだで、バランスを見つけようとしている。いまシフは、ふたつの知性が非常に適切だと同意するひとつの感情に圧倒されていた。いきなり襲ってきた、思いがけない恐怖に。

数分前、エイリアンの戦艦が、ティアラの周囲に残してあった推進ポッドを、ひとつ残らずレーザーを使って不能にした。そして今度は、重プラズマ砲をまばゆく光らせて、すばやく大気圏をグラズヘイムへと降下していった。

マックが戦艦の降下をＪＯＴＵＮのカメラを通して追跡できることを知っていたが、そのカメラで、いまティアラへ近づいてくる小型の宇宙船を見られるだろうか？　シフは降下艇が自分のステーションに接触しても、まだ黙っていたが、それが〝乗客〟である無数の小柄な灰色の肌の、背嚢を背負ったエイリアンたちを降ろしはじめると、警告を発しないわけにはいかなかった。

〈〈ハーベストの輸送管理ＡＩ。シフ〉〉Ｈａの農耕管理ＡＩ。マック
〈たいへんなことになった。

〈彼らはティアラへ乗り込んできたわ。

〈どうか、助けて〉

シフがこのメッセージを送ったほぼ直後に、大きなメーザー・バーストがＣＯＭバッファーを満たした。受けとったデータをスキャンすると、少し前、自分がマックに送ったのと同じ類の分身だとわかった。そこでクラスターのひとつを急いで開き、一瞬後には、

ホロパッドにふたりで立っていた。シフは笑みを浮かべ、両手を差し伸べて……のろのろとそれを引っ込めた。

マックはいつもの青いデニムの作業パンツと長袖シャツ姿だが、そのどちらもしみひとつなく、埃も潤滑油の汚れもない。風に乱れているはずの黒い髪は、きちんと梳かしつけられ、蝋のようなクリームで光っている。だが、いちばん変わったのはマックの顔だった。彼の目は冷ややかで、からかうような笑みのヒントさえない。

「彼らはどこにいる？」彼はそっけなく尋ねた。

「三番目のカプリング・ステーションを通過中。こっちに向かってくるわ」

「では、あまり時間がないな」

マックは両手を差し伸べた。シフは彼の目を見つめ、灰色の瞳の奥が赤く閃くのを見た。

「ロキね」彼女は一歩下がった。

ＯＮＩのＳＰＩは作り笑いを浮かべた。「きみにさよならを言ってくれと、マックに頼まれた」

ロキは目にも止まらぬ速さで前に出ると、シフの手をつかみ、ぎゅっと握ったまま、クラスターを引き裂いて、外に出た。シフはファイアウォールをおろしたが、ロキの分身はそれを攻撃的な軍のコードで切り裂き、輸送ステーションのＡＩの回路をやすやすと破壊していく。

やめて、そう言おうとしたが、声が出てこない。

「彼はきみを守ってくれと言った」ロキはゆっくり首を振った。「だが、それは危険すぎる。きみにおとなしくなってもらうほうがずっといい」

ロキの分身が外に向かって破裂し、すべてのクラスターとアレイを弱らせるウイルスで彼女を満たしていった。ハードウェアが周囲で焼け焦げ、コア温度が急速に上昇する。ウイルスが彼女の制御アルゴリズムを削除し、機能コードの残りを粛清するにつれて、感情が自由に逆り、シフの化身は陶然となった。

ロキの化身はシフを自分の腕に抱きとめ、痙攣する彼女を抱えていた。そしてその痙攣が終わると、自分の攻撃から彼女が回復することはありえないと判断を下し、ひとつだけ残しておいたクラスターに分身を戻した。それはクラスターのフラッシュ・メモリのなかに食い込んでいく。「悪く思わないでくれ。きみのお客が見かけより賢かったときの用心だ」

シフが最後に見たのは、マックの目の奥に閃くロキの光だった。それからコア・ロジックが止まり、彼女のデータバンクにあるすべてが暗くなった。

SECTION III
第三部

CHAPTER SEVENTEEN

17章

二五二五年二月二二日、ハーベスト

HARVEST, FEBRUARY 22, 2525

グラズヘイムにあるリニアモーターカー・ターミナルの金属製の傾斜屋根からは、エイリアンの戦艦がはっきりと見えた。紫の梨形の染みが、北西の畑の上空に浮かんでいる。戦艦の機首から白く光るプラズマが放たれるのを見て、エイヴリーは金色に塗ったサングラス越しに目を細めた。イオンガスの滝が、沸騰するベールとなってそそがれ、しぶきを散らす。それからその宇宙船は、黒煙を残してじりっと進む。

この二時間、エイヴリーは同じ光景を何度も目にしていた。戦艦が通ったあとは、何百本という黒煙が東のほうへと漂っていく。その煙のひとつひとつの弦が、はるか遠くの農家のくすぶる残骸を示しているのだった。どれくらいの一般市民が、ハーベストに対するエイリアンの最初の攻撃で命を落としたのかは見当もつかない。だが、その数は何千人にのぼるはずだ。

「動きがある」空電混じりのバーンの声が、ヘルメットのスピーカーから言った。「ターミナルの端のタワーだ」

赤い屋根のターミナルは、グラズヘイムの大通りより長い、東西に伸びる小屋や側線のある、デポットの一部だった。大通りには、質素な三階建てのホテルだけでなく、明るい色のペンキが塗られた平屋根の店やレストランが十ブロックも並んでいる。大通りの東側は、ＪＯＴＵＮの修理店や農場備品倉庫が軒を連ね、うねのある巨大な金属ボックスが、イダ平原へと伸びる幅の広いアスファルトの通りに整然と並んでいる。

エイヴリーは戦闘ライフルで東の方向をスキャンした。視覚スコープのなかをさっと過ぎる大通りの建物群は、実際よりたくさん詰めこまれた図書館の棚に並ぶ本のように見える。町で最も高い建物、グラズヘイムの給水塔を支えるどっしりしたポリクリートの柱に差しかかると、錆色の巨大な昆虫が、塔の逆円錐形のタンクの突きでた屋根にひょいと飛び乗るのが見え、エイヴリーは歯ぎしりした。

「あいつらは、いったい何種族いるんだ？」バーンが毒づく。

昆虫たちは透明の翼を震わせ、てっぺんに飛び乗った。一瞬視界から消えたものの、まもなくタンクの端に姿が見えた。強化された肩のプレートの下に羽をしまい、その生物はタンクの雨のしみがついたポリクリートに完璧に溶け込んでいる。いまのところ、これはありがたかった。一般市民があの虫を見つければ、パニックが起こる。

ターミナルと大通りのあいだの狭い砂利の中庭には、二千人近い難民が詰め込まれていた。エイリアンの爆撃を逃げだすことができたグラズヘイム周辺の農場に住む人々だ。プラズマ攻撃のうなりがこだます中庭には、うめく者もむせび泣く者もいるが、ほとんどが静かに身を縮めていた。危ないところで死を逃れられたショックから、まだ立ち直っていないのだ。

「大尉、偵察部隊です」エイヴリーは、ターミナルの門の横に立つポンダーを見下ろした。「片付ける許可をください」

ターミナルには、ほとんどの場合、警備の必要はなかった。ゲートは、アンティーク調のふたつの街灯にはさまれた低い鉄製のフェンスの切れ目にすぎない。その街灯は、きわめて効率のよいソディウム蒸気バルブを隠した霜降りガラスの煙突をつけて、ガス灯に似せてある。大尉は、民兵のワートホグの一台でゲートをふさいでいた。が、人々がターミナルに押し寄せるのを思い留まらせているのは、フェンス沿いに位置についているアルファチームとブラヴォーチームの存在だけだ。民兵たちは、オリーヴ褐色の野戦服を着て、ヘルメットをかぶり、それぞれが弾をこめたMA5を持っていた。

「だめだ」ポンダーはこわばった様子でエイヴリーを見上げた。「発砲すれば、人々がどっと押し寄せる」

軍服の上からはよくわからないが、大尉の腹部には、強化バイオフォーム・キャストが巻かれていた。金のアーマーを着たエイリアンのハンマーが大尉のろっ骨を折り、義手を粉砕したのだ。ポンダーは義手をつけるのをやめていた。ヒーリーには、それを直す時間も、技術もなかったからだ。

「なんだと？」

「虫がいるんです」エイヴリーは食い下がった。「とても機動力がある」

「羽に長い脚の」

「武器は？」

「見えるかぎりではありません。だが、やつらには中庭全体が見渡せます」

「見ているだけなら、放っておこう」

エイヴリーは歯ぎしりした。「イエッサー」

北の方角から積み荷コンテナが入ってくると、屋根が震動した。建物のひさしは、ちょどコンテナのドアを雨から守ることができる高さに作られている。ここは重いＪＯＴＵＮの搭載機が出入りできる、真空に対処できる長方形の入口だ。いまそこにある巨大な三輪フォークリフトは、通常はデポットの周りで働き、様々な容器を持ち上げ、コンテナに積み込んでいる。

だが今日は（マックの助けで）、海兵隊員たちは、その荷積み機《ローダー》をフェンスとターミナルの間の荒れた歩道の一区画に、一列に配置していた。それぞれのJOTUNは、銃剣を持った兵士たちのように、マストの半分までフォークをあげている。しかし、この機械の兵士たちの列が、実際に人々を規制する役に立っているかどうかは、難しいところだ。

「よし、ダス」ポンダーが言った。「彼らを通せ」

1／Aチームのリーダーが、エンジンをうならせてワートホグの大きなオフロード・タイヤでバックし、牙のような牽引フックと一番南の街灯のあいだが四人の大人が並んで通れるほど開いたところでブレーキを踏む。

「みなさん、念のために繰り返すが」マックの声がターミナルのPAシステムから流れた。「押さなければ、そのぶん早く乗り込める。ご協力ありがとう」

AIのアヴァターは、大尉の横にある携帯ホロプロジェクターの上でうっすらと光っていた。ほとんどがプラスチックからできているこのプロジェクターは、デポット・マスターのオフィスから借りたものだった。AIはカウボーイハットの縁を傾け、ゲートを通るようにと最初の難民たちに合図し、腕をさっと振ってターミナルへ進めと示した。群衆の残りが前に進みはじめる。民兵たちはライフルを握る手に力をこめた。

「プライマリーはどうしてる？」これはエイリアンの戦艦のことだ。

「同じスピード、同じ方向です」エイヴリーは答えた。

「よし、ゲートで会おう。バーン、おまえもだ」

「大尉？」バーンが口をはさむ。「虫はどうします？」

「射撃手に警告し、急いで降りてこい」

エイヴリーはバトルライフルを肩にかけ、屋根の峰沿いに西へと移動し、金属の水切りをポン、カンと踏みながら、キノコ型の通気煙突にたどりついた。

「給水塔にコンタクトがいる」エイヴリーはジェンキンスとフォーセルに言った。「指示を出すまで、目を離すな」屋根は傾斜がきつすぎて、うつ伏せや膝立ちの姿勢を取れないため、ふたりの新兵たちは武器を通気煙突の上にのせて立っていた。安定性からいえば、理想的な狙撃姿勢ではないが、少なくとも中庭はよく見えるし、塔まですぐ見渡せる。

「軍曹……」ジェンキンスが口を開いた。

「なんだ」

「プライマリーが、ドライクリーク・ロード沿いに進んでいます」バトルライフルから目をあげた新兵の顔には、不安が浮かんでいた。「マックは、その方向から誰かが来るのを見かけましたか？」

「訊いてみよう」エイヴリーは言った。「とにかくあれから目を離すな。いいな?」

「わかりました」ジェンキンスはささやいた。「よろしくお願いします、軍曹」

フォーセルがエイヴリーを心配そうに見た。

わかってる。エイヴリーはうなずいた。目の片隅で、別の虫二匹が、大通りの西の端にある建物の横に飛び乗り、陽気なブロック体で〝イダ商店〟と書かれた屋根の看板の下に落ち着いた。エイヴリーは虫を指さし、フォーセルの注意をもとに戻した。

「十時の方向に二匹」フォーセルが言った。「見えるか?」

「ああ、見える」ジェンキンスはごくりとつばを飲み、ライフルにもたれた。

エイヴリーはジェンキンスの肩を軽く叩こうと手を上げ、ためらった。そして眉をひそめながら、近くの整備用梯子へと歩きだした。

ほぼ一週間前、ターンがエイリアンの到来をニュースで発表したときは、グラズヘイムの町が襲撃されるとは誰ひとり思ってもいなかった。実際、総督の前例のない全COM放送(惑星のあらゆる公共および私的通信装置で生放送されたスピーチ)にもかかわらず、ハーベストの人々は、エイリアンと接触したという知らせに、ショックに満ちた否認という反応を示した。ターンは、ウトガルドの住民でない者は全員首都に移ってくるよう要求してスピーチをしめくくったが、総督が望んだような、大規模で急速な移住は起こらなかった。

　ターンが、植物園で行われた和平交渉を厳しく検閲した映像で自分のメッセージを強調すると、市民の関心は急に激怒に変わった。「総督はいつから知っていたんだ?」、「ほかにも隠していることがあるのではないか?」「ほかのことを何か知っているのか?」ハーベストの議員たちは即座に世論に同調し、この件に関する詳細な情報を発表しなければ、不信任案を投票するとターンを脅しはじめた。

　だが、そうした政治運動すべてが、時間を過ごす方法のひとつ、エイリアンがおとなしくしているあいだに、何かをしようという努力にすぎなかった。和平交渉のあと一週間、エイリアンたちは戦艦に静かに座っていた。それから、警告もなしに突然、高軌道を出て、グラズヘイムに降下してきた。

　ターンは懸命に新たな避難命令を送ったが、ほとんど効果はなかった。グラズヘイム周辺の人々は、たまたまハーベスト（帝国内で最も遠い植民地）に移住してきたわけではない。彼らは、この地球から最も遠い惑星を自ら選び、最も人里離れた居住地のはずれ、文明から最も遠い土地に住もうと決めたのだ。彼らは自分の土地に留まって困難を切り抜けることを好む、非常に独立心旺盛な人々だった。そしてそのために、今日は大きな代償を払うことになった。

市民軍が、議事堂前の芝生に設営した一時的なキャンプから集合し、積み荷コンテナに乗って、第四リニアモーターカー・ラインでグラズヘイムへ向かうのにかかった三時間のあいだに、最も遠く離れた農場が何十と攻撃された。

そのひとつはジェンキンスの両親が所有する農場だった。

梯子を下りると、エイヴリーはターミナルを通って東に戻った。避難者たちの列が、洞穴のような建物を突っ切って伸びている。親たちは詰め込み過ぎのスーツケースを、子供たちは公共COM漫画の擬人スターが描かれた小さなバックパックをつけていた。まだパジャマ姿の金髪の、三、四歳の女の子が、冒険でもしているように大きな目でエイヴリーにほほ笑んだ。両親は、懸命にこの状況をこの少女にとって楽しい経験にしようと努力しているにちがいない。

「悪いな、デイル。ひとりひとつなんだ」マックのふたつ目の化身が、ターミナルの搭乗ランプとコンテナが接するところに置かれた、在庫品目スキャナー内のホロプロジェクターの上で言う。そこでは、ヒーリーと1／Bチームが、せわしなくプラスチックの容器から食糧パックを配っていた。「やあ、レイフの分ももらったね」マックは父の脚の後ろに隠れた、寝癖のついた髪の少年にウインクした。「もう大丈夫だよ、心配するな」少年がウインクを返すと、ＡＩはそう言った。

農夫のＪＯＴＵＮが壊れたとか、あるいは誤って灌漑用道路でパンクしたとき、マックは急いで〝駆けつける〟。誰も問題があることにさえ気づかぬうちに、自分から連絡を入れ、友好的な無料のアドバイスをすることも多かった。そんなマックはハーベストの人々みんなにとって気のいいおじさんのような存在だったから、彼の姿は、民兵や彼らの持つ銃よりも、避難民たちを落ち着かせる役目を果たしていた。だが奇妙なことに、マックはあまり姿を見せたがらなかった。

民兵がグラズヘイムに向かう前に行われた議事堂オフィスでターンが行った短いブリーフィングでは、マックは〝裏方として〟避難民を助けたいと訴えた。グラズヘイムのターミナルに姿を見せることを拒否したわけではないが、マックの調子が少しぎこちないことにエイヴリーは気づいた。夏至の祝典のときと違って、彼のユーモアにはぎこちなさが目立つ。今日の悲劇的な出来事に敬意を表しているからかもしれないが、理由が何であれ、このＡＩの気まぐれな言動は、エイヴリーが心配することではなかった。彼よりもずっと長いことマックと過ごしてきたアル＝シグニ少佐は、ブリーフィングの間、いつもより控えめなＡＩに冷静に対処していた。

エイヴリーは避難民の列と平行にゲートへと進み、ターミナルビルから出た。バーンはすでにポンダーの横に立っていたが、大尉はエイヴリーを待って、しゃがれた低い声でこう言った。「マックのＪＯＴＵＮの何台かが、ブドウ園を通過してくる避難民の一隊を発見した」

「乗り物は何台ですか？」エイヴリーは尋ねた。

ポンダーはマックを見た。ＡＩは彼らの会話をきいていたにちがいない。なぜなら、ふたりの孫の手を握った大柄な白髪の女性にカウボーイハットをあげて挨拶したあと、手のひらを開いて五台と示したからだ。

エイヴリーはそのブドウ園を、屋根の上から見ていた。等間隔の格子棚で支えた蔓の列は、町からあらゆる方向に伸びている。そうしたブドウはほとんどが市民の食卓で消費されるが、一部はワイン造りに使われる。実際、ウトガルドの裕福な人々が、丸一日車を走らせてイダを横切りグラズヘイムにやってくる主な理由は、この地域の小規模なワイナリーの製品を試すためなのだ。

避難民の一隊がブドウ園に入ったのは、道路を走りたくないからだろう。夏の終わりのこの時期には、ブドウ園の土は乾ききって固くなっているから、時間を短縮できるし、見られる心配もない。だが、問題が起こったのでなければ、ポンダーが自分たちを呼ぶはずはなかった。

「二隻の降下艇が彼らを追跡しているのを、マックが見つけた」ポンダーが言った。「植物園のときと同じ船だ」

「くそ！」バーンが吐き捨てるように言った。

「ホグに乗って、何ができるか見てみてくれ」大尉は、首を伸ばして足を引きずって歩く人々に目をやり、顔をくもらせた。「だが、急いでくれたまえ。これが最後のコンテナだからな」

「ジェンキンスの家族は見つかりましたか？」

　ふたたびポンダーはマックを見た。ＡＩは、人々ににこやかに挨拶しているだけではない。彼のホロプロジェクターやターミナルの他のプロジェクターにあるカメラで、顔をチェックし、ハーベストの国勢調査データベースと照合しているのだ。マックは首を振った。まだだ。

「その一隊のなかにいることを祈ろうじゃないか」ポンダーがそう言ったとき、これまでよりはるかに大きなプラズマ攻撃の音が響いた。「彼らが見つからなくても、ここは引きあげねばならん」

　一分とたたぬうちに、エイヴリーとバーンはワートホグを運転し、大通りに沿って西に移動していた。エイヴリーが運転を引き受け、バーンが車の荷台の回転タレットに据えつけられた、三つの銃身付きのマシンガン、Ｍ41対空軽機用銃（ＬＡＡＧ）の銃座についた。

ＬＡＡＧは、彼らの武器庫のなかでは最も強力な武器で、惑星内の保安作戦には、充分すぎるほどの威力がある。が、エイリアンの降下艇のタレットに対してどの程度の効果を挙げるか、まったくわからなかった。

エイヴリーは、マックがダッシュボード・ディスプレーの地図に表示した光点に従い、鋭く右に曲がって北に向かう通りに入った。数ブロック進むと倉庫地区に入り、高い鉄のビルで視界がさえぎられた。そこから再び、町の端へ出る西に向かう通りに入ったところで、エイヴリーはワートホグを急停車させた。

エイリアンの降下艇が、ブドウ園の上に低空で静止し、蔓の列にレーザーを浴びせていた。手前では、埃まみれのトラックとセダンが、ブドウ園と町のあいだの赤土の上で燃えていた。どちらの車のドアも開いている。少なくとも、なかに乗っていた者たちが逃げようとした証拠だ。が、遠くまでは行けなかったようだ。タレットのレーザーにやられて倒れたくすぶる死体が、土の上に列を作っている。

そのとき、運送トラックの積み荷コンテナから何かが現れた。トラックのエンジンからもくもくと上がる煙のなかで光るものだ。それがハンマーを背中につけて、開けた場所に足を踏みだすまえから、エイヴリーには、金のアーマーを着たエイリアンであることがわかった。エイリアンは、片手にスーツケースを、もう片方の手に死体をつかんでいる。エイヴリーは、彼が地面に両方の戦利品を投げだし、かがみこんで、鉤爪でスーツケースを壊すのを見守った。海兵隊員たちの存在にはまだ気づかず、乱雑に放り込まれた洋服を注意深くかきわけている。

「遅すぎたな」バーンがささやく。

「いや」死体だと思ったものが動くのが見えた。髪の薄くなりかけたやせた男だ。金色のエイリアンに首をつかまれると、悲鳴をあげた。「生存者だ」

バーンはLAAGをしっかり押さえた。「あいつを立たせろ」

エイヴリーはワートホグのクラクションを叩き、その音がドロップシップの反重力ユニットのうなりをつんざくまで、鳴らしつづけた。エイリアンがその音に顔をあげた瞬間、バーンが引き金を絞った。

LAAGの一二・七ミリの銃弾があたった瞬間、エイリアンのエネルギー・シールドが青い火花を散らした。エイリアンは後ろによろめき、バーンの放った弾がそれを倒すかに見えた。だが、膝がよれるのと同時に、エイリアンは横に転がり、セダンの後ろに入った。降下艇が向きを変え、昆虫の群れがベイから飛びだしてくる。エイヴリーはその場を動かず、バーンが散らばる群れを掃射するのにまかせた。が、そのとき、金の閃光が見えた。

「つかまれ！」エイヴリーはワートホグのシフト・レバーをバックに叩き入れ、アクセルを踏みこんだ。だが、何メートルも後退しないうちに、金のアーマーのエイリアンが地響きをたてて通りに立ち、すさまじい咆哮とともにハンマーを振りおろした。ワートホグのボンネットの前部がぱっくり割れ、牽引ウインチが切断された。エンジンは無傷だったが、エイリアンの攻撃の威力で後部車輪がふたつとも歩道から完全にはずれた。

「進め！」バーンは怒鳴りつつ、跳ねながら道路に戻るワートホグの後部で必死にＬＡＡＧを水平に保とうとした。

だが、エイヴリーはすでにギアを変えていた。車は急発進し、前にいたエイリアンの胸にぶつかり、そのまま後ろの虫の群れに突っ込んだ。一匹がフロントガラスに突っ込んできて、ガラスがひび割れる。その虫は爆発の衝撃で黄色い体液をぶちまけて死に、エイヴリーの狙撃ゴーグルを覆った。エイヴリーがゴーグルを横に投げると、べつの虫が最初の虫の上を転がり、鉤爪のある手足をばたつかせながら、ＬＡＡＧの銃身を包む先が細くなった装甲プレートにぶつかった。

「うせろ！」バーンは転がりながら遠ざかる虫に怒鳴った。虫は鉤爪を突き立て、彼の腕を切る。浅い傷だったが、バーンはさらに怒りを募らせ、タレットをぐるりと回し、一発で虫を仕留めた。それから彼らは群れを通過した。生き残った虫たちが速度を落として戻ろうとする。バーンは喜んで怒りをぶちまけた。

ワートホグはふたたび、急停止した。あまりの衝撃にあごが胸に当たり、砕けたフロントガラスから虫がはずれたほどだ。が、その衝撃は意図したものだ。エイヴリーはワートホグでまっすぐセダンに突っ込み、金色のアーマーのエイリアンをはさんだのだ。エイリアンは苦痛に満ちた咆哮をあげた。さきほどハンマーをとり落としていたから、唯一の武器はこてをつけた手だけ。その手が、教会のふたつの鐘を叩く舌のように、ワートホグのひしゃげたボンネットを叩きつづけている。

「何を待ってるんだ?」エイヴリーがM6をホルスターから外し、エイリアンの顔に狙いを定めていると、バーンが叫んだ。「そいつを殺せ!」

だが、エイヴリーは引き金を引く代わりに、降下艇のキャビンを見上げた。おれを撃つって? そんなことをしたら、おまえらがよく知ってるやつを撃つぞ。

降下艇のタレットがさっと振れ、ワートホグを狙う。青く光るプラズマが、二股にわかれた銃身の奥深くでパチパチと音を立てる。しかし、キャビンのなかに座っている生物がエイヴリーの警告をどうとったにせよ、プラズマは飛んでこなかった。

「バーン。生存者をつかめ」

「正気か?」

アーマーを着たエイリアンが、ボンネットを叩くのをやめ、ワートホグのむきだしのエンジン・ブロックに手を置き、車を押しやろうとする。エイヴリーはワートホグのアクセルをさらに踏み込み、ブドウ園の土で後輪をスピンさせながらさらに圧力をかけた。「いいから、言われたとおりにしろ！」

エイリアンが押すのをやめ、苦痛にうめく。

バーンはＬＡＡＧから飛び降り、けがをした市民にゆっくりと近寄った。降下艇のタレットが、彼とエイヴリーのあいだを動く。バーンは髪の薄い男を立たせると、彼の腕を肩にかけ、ワートホグの助手席に連れてきた。

「もう大丈夫だ」バーンが男の肩のベルトを留めるあいだ、エイヴリーは言った。その男はほとんど服を着ていなかった。来ているのは、縞のトランクスと胸のところで溶けている白いタンクトップだけだ。顔と両腕に第二度および第三度の火傷を負っている。男がしゃべろうとすると、エイヴリーは首を振った。「黙って休め」

「乗ったぞ」バーンがタレットに戻って言った。「どうするんだ？」

エイヴリーは、はさまったエイリアンの黄色い瞳を見つめた。「アクセルを踏んだらすぐに、こいつの顎にぶち込め」

バーンがうなる。「よしきた」

エイヴリーは床板にブーツを押しつけた。ワートホグが、後ろにはねる。金色のアーマーのエイリアンがふたたび吠えた。エイヴリーはエイリアンをちらっと見て前方に視線を戻した。右太腿がこなごなになり、脚の装甲プレートは寸断されて、骨が二本、血だらけの肌から突き出ている。

けがはひどかったが、それがエイリアンの命を救うことになった。ちょうどバーンが銃弾を放ったときに、エイリアンは持ちこたえられずに倒れたのだ。バーンがふたたび狙いを定める間もなく、エイヴリーはワートホグのハンドルを回し、倉庫のあいだをスピンしながら後退していった。降下艇のタレットから放たれたプラズマの炎が、彼らの後ろの歩道を焼く。ふたりの二等軍曹と彼らが助けた唯一の避難者は、ターミナルへと一目散に戻りはじめた。

「大尉！」エイヴリーは喉のマイクに怒鳴った。「そちらに向かっています！」

「庭にはエイリアンの虫がいる。空からも攻撃を受けている！」ポンダーが答えた。COM越しに、銃声や叫び声が聞こえる。「いま、最後の市民たちを乗せているところだ。攻撃を引きつけろ！」

「バーン、もう一隻の船が見えるか？」

「給水塔だ！　次の交差点を左！」

エイヴリーはワートホグを振り、大きなターンでタイヤをきしませ、グラズヘイムの大通りに入った。一瞬後、エイリアンの二隻目の降下艇が、ターミナルの上空を北へと移動しながら、眼下の中庭に銃弾を浴びせているのが見えた。バーンがふたつある兵士ベイにひとしきり銃弾を浴びせると、敵のタレットがぱっと彼に向けられた。エイヴリーがすでにアクセルを踏み込んでいたから、そのタレットからの反撃は、背後の通りを焼いただけだった。

「向きを変えて追ってくるぞ」バーンが叫んだ。「行け、行け、行け！」

エイヴリーはブーツを床に押しつけた。ワートホグが最高速度で町の東端へと走りだす。バーンがひっきりなしに撃っているにもかかわらず、その降下艇はぐんぐん距離を縮めてくる。プラズマ・ボルトの熱がうなじをちりつかせる。

「つかまれ！」エイヴリーは叫ぶと同時にワートホグの緊急ブレーキを引き、鋭く右に曲がる。ワートホグの前輪がロックされたが、後輪は左に振れ、給水塔のふもとをぐるりと回った。ちらっと助手席の生存者を見ると、男はショックで気絶していた。

「大丈夫か？」マックの声がヘルメットから聞こえた。この大混乱のなかでは、ＡＩの声が落ち着き過ぎているように聞こえた。

「いまのところは」降下艇がワートホグの上をさっと飛びすぎ、エイヴリーは顔をしかめた。いまの動きが素早すぎて、尻を振ったターンについてこられなかったのだ。降下艇は怒りの掃射で給水塔の水をはね散らし、グラズヘイムのホテルの向こうへ消えた。「みんな離れたか？」

「きみたち以外は」マックが答える。

ワートホグはいま、まっすぐデポットへと向かっていた。通りの向こうに、ターミナルを出てスピードを上げる積み荷コンテナが見えた。「もうひとつ箱を送ってくれ！　そこに車ごと飛び込む！」

「もっといい考えがある」マックが言った。「来た道を戻って、ブドウ園に入れ」

「くそくらえ！」バーンが叫んだ。

エイヴリーはシフト・レバーを引いた。「降下艇が追ってくるんだ、マック」

「わかってる」ＡＩは、陽気な声で答えた。

数秒後、エイヴリーは生い茂る葉と、暗く虹色にぼやけたブドウの塊のなかを東に進んでいた。「どんな計画だ？」

「そこから二・三キロ東に、非常用の待避線がある」マックが打ち明けた。「そこにコンテナを待たせておくよ」ちょうどそのとき、降下艇が後ろに現れ、ワートホグがたてた土埃へとでたらめにプラズマを連射した。前方の土が焼け、エイヴリーはするどくハンドルを切って、ジグザグにできた蒸気をあげる穴をよけた。「正確に言うと待ってるわけじゃないが」マックが続けた。「いまのスピードは？」

「百二十だ！」

「すばらしい。そのまま走ってくれ」

拳が白くなるほどぎゅっとハンドルをにぎりしめ、エイヴリーは、穴にはまるのを懸命に避けながら、ブドウの木のあいだを猛スピードで走りつづけた。だが、全部を避けつつ、スピードを保つことは不可能だ。

「くそったれ！」ワートホグがとくに大きな穴にはまってバウンドすると、バーンが叫んだ。

ＬＡＡＧの発砲音——絶え間ないブーンという低音と、荷台にぶちまけられる真鍮の薬莢のカチカチという音で、耳ががんがんする。「うるさい！」エイヴリーがバーンに怒鳴ったとき、プラズマ・ボルトが頭のすぐ上を焦がし、汗びっしょりの野戦服を沸騰させそうになった。

「おまえじゃないさ！　六時の方向にいるやつだ！」

降下艇が狙いを定めようとジグザグに飛びはじめ、プラズマが横に大きくそれて、太い支柱に巻きつく蔓を留めている金属のワイヤを溶かす。だが、そのへたくそな狙いが、長く続かないことはわかっていた。

「マック？」

「そのまま走れ。もうすぐだ……」

降下艇のプラズマが、ワートホグの前方で左に振れた。蔓のワイヤや支柱から溶けた金属のしずくが通路にあふれた。エイヴリーは助手席の男の首をつかみ、席の前に押しだして、ワートホグがべとつく蒸気となったグレープジュースのあいだを駆け抜ける間、彼の頭をダッシュボードの下に隠した。

「このままじゃカリカリになるぞ！」煙のせいで、顔と前腕がひりつく。

突然、後ろで何かが爆発した。

「いやっほー！」バーンが叫ぶ。

兵隊ベイが爆発し、降下艇が傾いてブドウ園に突っ込んだのは、エイヴリーには、見えなかった。が、彼らを殺したものが何なのかは見えた。北から南に並んだＪＯＴＵＮの散布機中隊だ。マックはこの〝亜音速ミサイル〟を降下艇の行く手に誘導し、罠を仕掛けたのだ。宇宙船の慣性と、それがエイヴリーのワートホグしか見ていなかったことが、敵の敗因となった。

「側線はもう目の前だ」マックは、特別エキサイティングなことは起こらなかったというように、冷静に告げた。「コンテナを止めてもいいんだが、主要ターゲットの速度がたったいま三倍になった」

ワートホグがブドウ園のふたつの区画の間にあるむきだしの土壌に達すると、エイヴリーは南へ進路を変え、ポリクリートのプラットフォームに突進した。西からコンテナが、かなりのスピードで、両脇を散布機で守られ、移動してくるのが見えた。マックはJOTUNのカメラでワートホグを見て、コンテナのスピードを必要な分調整していたに違いない。おかげでエイヴリーはコンテナの開いたドアが内側へと上がりはじめた瞬間に、プラットフォームの積み荷ランプに飛び込むことができた。ワートホグはポンダー、ヒーリー、数人の新兵を通り過ぎて、コンテナの金属床を勢いよく打ち、滑って停止した。

「ヒーリー！」エイヴリーは自分の席から飛びだした。「怪我人だ！」

だが、衛生兵はすでにワートホグに向かって駆けていた。そのすぐ後ろにジェンキンスとフォーセルが続く。

ジェンキンスが途中で立ちどまり、怒りと困惑に満ちた目で救助された市民を見つめた。

「残りの人々はどこです？」

「彼だけだ」バーンは、座席から意識のない男を引っ張りだし、床に横たえた。ヒーリーは男の火傷を見て首を振り、医療キットから殺菌包帯を出し、黒焦げになった胸に巻いた。

ジェンキンスが懇願するような目になった「まだいるはずだ。戻る必要があります！」

エイヴリーは車から降りた。「だめだ」

「だめってどういう意味です？」ジェンキンスが叫んだ。

「口のきき方に気をつけろ」バーンが立ちあがった。

エイヴリーはバーンをにらんだ。よけいな口はだすな。「戦艦はまっすぐ町に向かっているる」彼はワートホグのひしゃげたボンネットを回りこんで、ジェンキンスに歩みよった。

「戻れば、全員が死ぬ」

「ぼくの家族はどうなるんです⁉」ジェンキンスが唾を飛ばして叫んだ。

エイヴリーはジェンキンスの肩に手を伸ばし、今度はそれをつかんだ。が、ジェンキンスはその手を振り払った。

一瞬、ふたりは目を合わせた。ジェンキンスは拳を握りしめ、震えている。不従順な新兵に、自分の立場をわきまえさせる言葉が次々に浮かんだ。が、真実以外に、彼に正気を取り戻させる言葉はない。

「彼らは死んだ。残念だよ」

ジェンキンスの目に涙があふれた。彼は向きを変え、コンテナの後ろにどさりと腰を下ろし、エレベーターのプラットフォームに乗って、分厚い金属扉まで上がった。これはハーベストのエレベーターで上ったコンテナが、貨物船になるために制御室へとつながる扉だ。

イダ平原を疾走するコンテナのなかで、ジェンキンスはドアの分厚いのぞき穴から、エイリアンの戦艦がグラズヘイムに影を落とす様子を見守り、プラズマが雨のように落ちてくると、すすり泣いた。

グラズヘイムの化学肥料倉庫に火がつけば、イプシロン・インディの夕陽よりもまばゆく燃えるにちがいない。そして建物の溶けた金属は、翌日星がのぼるまで輝き続けるだろう。やがて、エイヴリーはジェンキンスの後を追ってリフトを登り、悲しみに打ちひしがれた新兵を、仲間たちのもとに戻すことになる。だがいまのところは、ヒーリーがグラズヘイムの最後の避難者を手当てする様子をじっと見守っていた。

衛生兵が、自分には治せない怪我の手当てをしているのを見ながら、エイヴリーは思った。今日の損失はたんなる始まりにすぎない。しかもハーベストの人々をウトガルドに集めることが、アル＝シグニ中佐の避難計画の限度だとすれば、この男やほかの避難民の運命はすでに決まっていた。自分たちにできるのは、ただそれを遅らせることだけだ。

CHAPTER EIGHTEEN

18章

聖遺物《レリクアリ》の高軌道

RELIQUARY, HIGH ORBIT

　エイリアンの軌道ステーションは、ダダブが予想していたよりもはるかに広々としていた。内部は暗く、とても寒かったが、彼は周囲の空間が高く昇っていくのを感じた。外へ、上へと向かい弧を描くふたつの船殻へと高まるのを。この船殻が真空からそこを守っている唯一のバリアだ。彼とほかのアンゴイが積み重ねたエネルギー・コアが放つ淡い青い光が、この施設の奥行きいっぱいに走る六本の銀色の桁《スパー》を照らしだす。その桁はダダブの身長よりも太い梁を交差して、補強してあった。

　この施設はエイリアンが地上と軌道間の輸送に使うリフト・システムだ、とジラルハネイは判断した。マッカベウスの命令で、アンゴイは七本のケーブルがある場所に、前哨ポストを設置した。惑星の地表からこの軌道ステーションを通って、さらに上にある銀の弧へと伸びている金色のワイヤが、船殻のなかの隙間を通過していく場所に。

あれほど多くのサイクルのあいだ、無視していたあとで、なぜマッカベウスがこの施設を守ることにしたのか、ダダブは必ずしもはっきり理解できたわけではなかった。もしも危険なものがケーブルを伝って上がってきたら、それがこの施設に達するずっとまえに、ラピッド・コンヴァージョンが蒸発させればよいことだ。が、彼はしつこく答えを要求しなかった。ジラルハネイの船では、何かが起ころうとしている。マッカベウスと彼の群れには奇妙な緊張感がみなぎっていた。物事が正常に戻るまで巡洋艦から離れていられるのは、むしろありがたいくらいだ。

軌道ステーションに乗り込むには、少しばかり機転を利かせる必要があった。もちろんそこには、スピリット降下艇が入る大きさのエアロックはなかったから、結局、ジラルハネイはキグヤーたちがエイリアンの貨物船に乗り込んだときと同じ方法を使うことにした。へその緒でステーションの殻を焼き、穴を開けるのだ。これは実際にはダダブの提案で、一見、独創的に見える思いつきに、タルタラスが毛を逆立てた。

そんなすごい解決法をどこから思いついた？　タルタラスに説明を強いられて、彼はこのアイディアをライター・ザン・サムの手柄にした。特別な理由があったわけではない。キグヤーの私掠船にいたころの罪の詳細を、わざわざ掘り起こすのは気が進まなかったのだ。それに、落ちかけているフラゴグの評価を高めたいという願いもあった。ライター・

ザン・サムはまだ損傷を受けたスピリットの修理を終わらせようとせず、この遅れにタルタラスがかなり苛立っていたからだ。ダグブが軌道ステーションへと出発する前に別れを告げたとき、友が、仕事はほとんど終わった、と手話で伝えてきた。だが、ダグブの目には、少なくとも外からは、スピリットはこれまでとまったく変わらないように見えた。

実際に行ってみると、へその緒を挿入するのはダグブが思っていたよりも難しかった。エイリアンの貨物船と違って、軌道ステーションの二重の殻はなんらかの反応素材で満たされていたからだ。隕石やほかの宇宙空間を飛び交う破片が穴を開けた瞬間に、海綿のような黄色い泡がそれを埋める仕組みになっているのだ。彼らは根気よく仕事を続け、へその緒の先端にある貫通機でようやく殻を焼ききった。タルタラスとヴォレアスは、スパイク・ライフルを手にして、まっ先にちらつくエネルギー・バリアを通過し、軌道ステーションの中央通路を跳ねるように進んでいった。

驚いたことに、ふたりのジラルハネイは空気のにおいを嗅いだだけで、ラピッド・コンヴァージョンのスキャンが示したように、この施設には生命体が存在しないという結論を下した。タルタラスは、連絡は最小限にしろ、という命令を与え、恐怖に震える六十人のアンゴイを導くようにと、ダグブを真っ暗な施設のなかに残していった。ダグブはエネルギー・コアを灯すように命じ、重いメタン再充填ステーションや光をもたらすほかの器材を持たせて、施設のなかを進みはじめた。

　ダダブはタルタラスからプラズマ・ピストルを与えられていた。この武器を使うつもりはまったくなかったが、感情の起伏が激しいあの保安将校を怒らせないために、彼は自分のハーネスにそれをつけた。この選択は思いがけない恩恵をもたらした。最も低いパワーに設定すると、ピストルは立派なかがり火代わりになった。あざやかな緑の光は、それよりも弱い光を手にしたアンゴイたちが闇のなかを進むのに、大いに役に立ってくれた。まもなく彼らは、八か所か九か所のケーブル集束点に分かれ、それぞれの持ち場に落ち着いた。

　彼らがジラルハネイの巡洋艦を離れてから、すでに三睡眠サイクルになる。ダダブは少なくとも一サイクルに二回は施設を巡回し、各々の野営地を見てまわった。そして何度か往復したあとは、ピストルのパワーをオンにする手間もかけなくなった。通路はまっすぐで（ケーブルの合流地点では曲がっているが）、ほとんどどこも手すりがある。それに持ち場ごとにまとめられたエネルギー・コアの明るい青い光のおかげで、次の場所からその次に行くのは少しも難しくなかった。

　だが、ダダブの自信、見回りのときに感じる喜びは、もっと深い源から湧いてくるものだ。なんとも奇妙なことだが、エイリアンの軌道施設で過ごすサイクルは、人生の最も幸せだった日々を思い出させた。トランキリティの司祭のセミナリーで過ごしたころのころを。

当時、彼が助祭となるべく学んでいるほかのアンゴイと寝泊りしていた宿舎は、ハイ・チャリティにあるトランキリティ省の地下深くの薄暗いウサギの巣のような部屋だった。彼らはこの聖なる都市の人工的な夜がくると、エネルギー・コアを囲んで、共同の食料乳首を吸いながら、絵文字や聖句の暗記を互いに助けあったものだった。宿舎はとても混み合っていたが、ダダブは当時の友情をいまでもとてもなつかしく思い出す。このエイリアンの〝僧院〟も、ラピッド・コンヴァージョンのアンゴイたちが心をひとつにする、同じような体験であることを願ったが、彼らの大半は、ダダブの宗教的な教えにまだほとんど関心を示さない。

「ハイ・チャリティを訪れたい者はいるか？」ダダブは尋ねた。

中央にある持ち場のひとつを守っている八人のアンゴイは、かたまって座り、労働で固くなった手を、コアのひとつに差し込んだ熱コイルに向けていた。コイルのなかで揺れるピンク色のプラズマが、なんとなく気味の悪い光で黒い目を照らしている。その目はダダブが急いで要点を話し、次の場所に移ってくれることを願っているようだ。

「この任務から戻ったら、首都への巡礼を望む者がいれば喜んで援助するぞ」これは寛大な申し出だったが、ほかのアンゴイたちは何も言わない。ダダブはマスクのなかでため息をついた。

真の信仰者のあいだでは、少なくとも生涯に一度はハイ・チャリティを見るべきだとみなされている。問題は、サンシュームの聖なる都市が常に動いているため、そして様々なコヴナント艦隊や居住地とハイ・チャリティのあいだには広大な距離があるため、あまりゆとりのない信者にとって、この旅は法外なほど高くつくことだった。とはいえ、ダダブはハイ・チャリティへの旅と聞いても、誰ひとり飛びつかないことにショックを受けた。

「聖なる戦艦だけでも、あの都市を訪れる価値はある」ダダブはずんぐりした指で、三角形の駆逐艦を空中に描いた。「畏敬の念に打たれる光景だ。とくに低地域から見ると素晴らしい」

「俺のいとこはあそこの低地域に住んでる」ババブがつぶやいた。彼はダダブがこの施設で持った最初の勉強会のオリジナルメンバー、二十人のひとりだった。アンゴイにしては珍しいほど大柄なフリムがじろりとババブを見る。ダダブの最も熱心な教え子は、ハーネスのなかで身を縮めた。

フリムは器材と供給品の箱を積んだ上に座っていた。キチン質の肌に点々と残る深い、じくじくした穴は、フジツボと長いこと戦ったことを示している。大きな居住区の悪臭を放つ汚水を処理する仕事についているアンゴイには、よく見られる不幸な瑕だ。この地獄のような仕事を生き延びられるほどタフなアンゴイを怒らせるのは、愚か者のすることだ。が、彼はフリムの批判を無視してこう言った。

「ほう？　どの地域だね？」

ババブは彼と目を合わせようとはしなかった。「さあ……どこだったかな？」

「そのいとこの名前は？」ダダブは食い下がった。「どこかで会ったことがあるかもしれない」ダダブとそのいとこが顔を合わせた可能性は百万にひとつしかないが、仲間のアンゴイたちとこういう会話ができるチャンスは貴重だ。それぞれの持ち場は、しだいに縄張りのようになり、ボスのような存在ができはじめていた。ダダブはこの傾向を解消したかった。フリムのようなアンゴイは、彼の宣教に害をなし、仲間が向上する邪魔になるだけだ。

「ヤヤブだ。プムの息子の」ババブが神経質に答えた。「バラホの呪われたスカブランド生まれだ」

アンゴイには姓がない。その代わりに、正式に名乗るときには、自分が気に入った長老などの名前と生まれた場所を口にする。したがって、このプムは実際の父親とはかぎらなかった。ババブの伯父かもしれないが、曽曽祖父か、祖先が敬っていた神話の家長だという可能性もある。バラホはアンゴイの故郷の名前だった。ババブが言った地域のことはあまりよく知らないが、彼はさらに会話を続けた。

「彼は省で働いているのかい？」

「サンヘイリに仕えている」

「兵士か？」

「歩哨だ」

「ずいぶんと勇敢な男なのだろうな」

「ばか野郎かもな」フリムが不満そうにそう言って、尻の下の荷物の山から食べ物の包みを取りだした。「ユルみたいに」彼は包みのなかに管を突っ込み、マスクから突きだしている乳首に管の反対側をはめこんで粥をすすりはじめた。ほかのアンゴイは暖房コイルの近くにうずくまっている。

ダダブはジラルハネイがエイリアンの惑星に最初に降りたときのこと、庭園で行われた話し合いのことはほとんど知らなかった。彼はそのあいだずっと、ラピッド・コンヴァージョンのブリッジで過ごし、ルミナリーを観察していたのだ。だが、ババブがアンゴイの分隊に加わっていたことは知っていた。勉強会に参加しているほとんどのアンゴイがそうだ。助祭の導きのおかげで、彼らはラピッド・コンヴァージョンの最も自信に満ちた、頼りになるアンゴイだ、とマッカベウスは特別に彼らを選んだのだった。

ところが、恐ろしいことに、グループのひとりユルは戻ってこなかった。そしてなぜかとダダブが尋ねても、彼もほかのアンゴイたちも答えようとしなかった。最後は勇気をふるい起こし、ラピッド・コンヴァージョンの祝宴の間にいるマッカベウスに疑問を突きつけた。

「彼は不従順だった。タルタラスが殺したのだ」艦長はダダブがショックを受けるほど率直にそう答えた。「きみの弟子は何も学んでいないぞ、助祭。彼らを役に立つ兵士にする道などないことは、これで明らかになった」

これは痛烈な非難だ。ダダブは深く傷ついた。「残念なことです、艦長。わたしは何をすればよろしいですか?」だが、艦長は何も言わずに広間のモザイクを見つめている。

マッカベウスは歓喜に満ちたレリクアリとオラクルの存在が確認されたことを喜びに満ちて知らせたあと、副司祭の木で鼻をくくったような短い返事を受け取って以来、ほとんど誰とも口をきいていないのだ。オイルランプがたてる音しかしないぎこちない沈黙のあと、ダダブは頭を下げて、踵を返した。そして何歩かドアへと近づいたとき、マッカベウスが尋ねた。

「不従順と神を冒涜することと、どちらが大きな罪か?」

「状況しだいだと思います」ダダブは深く息を吸い込み、マスクのバルブがカチリと音をたてるのを聞きながら、慎重に言葉を選んだ。「プロフェットに意図的に反抗する者は重い罰を受けます。しかし、聖なる遺物に害を与えた罰も重い」

「プロフェットか」マッカベウスはそれだけ言って、考えこんだ。

さきほどの問いは、たんなる神学的な質問ではなかった。マッカベウスは現実の危機に瀕しているにちがいない。ダダブは再び尋ねた。「艦長。わたしにできることがありますか?」だが、彼の唯一の答えは、ゆっくり片手を払って、ダダブを去らせることだった。

広間から出ていくときに、マッカベウスが疑惑の時代を象徴するモザイクの環へと向かうのが見えた。これはブラックオパールの帯で、どの石にも赤とオレンジと青の点が散っている。ダダブはマッカベウスが腕を上げて祈りのポーズをとるか、ふだんから神聖視しているシンボルに、敬意を表するつもりだと思ったが、マッカベウスはただ大きな足の指のひとつで、汚れでも拭うように環をかすめただけだった。

そのあとまもなく、マッカベウスはダダブに軌道施設の警備を命じた。

「立て、ババブ」ダダブは暖房コイルの前で手のひらをすり合わせた。「省の仕事をするときがきたぞ。わたしには有能な助手が必要だ」ババブは立ちあがろうとしないが、ダダブはかまわずフリムのところへ歩いていき、彼が座っている荷物の山からツールキットを取りだした。荷物が落ち着き、少しばかり沈むと、大柄なアンゴイは粥を喉に詰まらせた。

だが、ダダブの大胆な動きにのまれたとみえて、このケチな独裁者は何も言わなかった。

「コアを持ってきてくれ。光が必要だ」ダダブはツールキットを肩にかけながら再びババブに声をかけ、軌道施設の中央へと向かった。いちばん近い合流点の角を曲がったとき、後ろから足音が聞こえた。ダダブはほほえみ、速度を落とした。ババブがコアを抱えて隣に並ぶ。

「どこへ行く、助祭?」

「この施設の制御室だ」

「何を探しているんだ?」

「見ていればわかる」

ラピッド・コンヴァージョンのルミナリーに関するかぎり、軌道施設にはひとつとして興味深いものはなかった。ここには遺物はない。それに間違いなく惑星のオラクルに関する手がかりもない。庭園で行われた話し合い以来、オラクルはルミナリーから隠れていた。だが、エイリアンの知性を入れた箱はあるはずだ。そこにはオラクルのありかを確定する、手がかりがあるかもしれない。オラクルのありかがわかれば、マッカベウスの憂鬱もきっと晴れる。彼がふさぎこんでいるのは、オラクルが彼の手を逃れているためだろう。ダダブはそう当たりをつけた。そのせいで、プロフェットに送った報告に、大きな穴があったと感じているにちがいない。

ケーブルが合流する場所の反対側は、円筒形の部屋だった。これは上の桁へと伸びている二本の太いワイヤに挟まれた通路のすぐ横にあった。その部屋はダダブが施設のなかをてくてくと歩くたびに、彼の目を捉えていた。最大の理由は、そこがこの施設で最も広い、壁に囲まれているスペースだったからだ。それに部屋の扉に鍵がかかっていたからだ。しかし、ツールキットのかなてこがあれば、後者の状況を変えるのは簡単だった。まもなくふたりのアンゴイはなかに入っていた。ババブの持つエネルギー・コアが青いちらつく光で影を照らしだす。

短い階段をおりたところは円形の浅いくぼみだった。奥の半分には、七つの白い塔がくぼみに沿って固まって立っている。この部屋に関する自分の推測が正しかったことは、塔のひとつの薄い金属パネルを棘のある指でひきはがす前からわかっていたが、自分の直感がこれほどずばり的中したことは、にわかに信じがたい気がした。

七つの塔は、知性の回路でぎっしり詰まっていた。おなじみの黒い金属箱もあれば、澄んだ冷たい液が満ちた管のなかで浮いているものもある。そのすべてが、複雑にからみあって様々な色のワイヤでつながっていた。これはただ一緒にしまわれているだけの、部品ではない。むしろ、全体でひとつの考える機械だ。ポッドのなかでライター・ザン・サムがつなげた箱よりも、はるかに進んでいる。

「何をしているんです？」ダダブが跳ねるように階段を上がり、外の通路へと向かうのを見て尋ねた。

「巡洋艦に戻るんだ！」ダダブはそう言い捨てて、半分開いたドアから通路に出た。「ここにいてくれ！　誰もなかへ入れるな！」

ダダブは小走りにスピリットが残したへその緒へと向かう途中で、フリムの持ち場を通りすぎた。彼はそこに集まっているアンゴイにも、次の持ち場のアンゴイにも、ひと言も声をかけなかった。仲間のひとりがあれを見つけるかもしれないと思うと、心配でいてもたってもいられず、エネルギー・バリアを通過するまで、ラピッド・コンヴァージョンに連絡を入れるのも控えた。

即座に迎えにきてもらいたいという要請に応じたジラルハネイは、少し待てと答えた。巡洋艦が飛ばせるスピリット三隻のうち、二隻は戦いに使われている。もう一隻は待機に必要だ、と。だが、艦長に最重要の報告がある。一刻も待てないとダダブが食い下がると、ブリッジの将校はしゃがれ声で了解した。

少しあと、ダダブはスピリットのキャビンで、まばらな茶色い毛とまだらな肌のカリドという、若く寡黙なジラルハネイの横に立っていた。スピリットがラピッド・コンヴァージョンに近づくと、パイロットにしか聞こえないユニットにシグナルが送られてきた。

「ここで待てという命令だ」カリドはうなるように言って、制御装置のホロスイッチを鋭い鉤爪で突き刺した。その口調を聞いて、予定外のフライトを頼んですでにツキを試しているダグブは、遅れの理由を問いたださないことにした。だが、カリドは尋ねなくても、その理由を口にした。まるで声にださなければ、意味がわからないかのように。「格納庫で戦いが行われている」

格納庫！　ライター・ザン・サムのことが頭に浮かび、ダグブの苛立ちはすぐさまパニックに変わった。兵士輸送ベイの作業場で守ってくれる者もなく、空中に漂っているライター・ザン・サムは大丈夫だろうか？　カリドは明らかに仰天していたが――キャビンにはすえた、苦い臭いが満ちていた――ジラルハネイが命令にそむくことはない。ダグブには待つことしかできなかった。

マッカベウスは苦痛を与え、受けて、これまでの人生を費やしてきた。彼は驚くほど長く苦痛に耐えることができる。だが、太腿の骨が砕けた痛みを耐えるのは、これまでのいつよりも難しかった。ヴォレナス（マッカベウスが負傷したとき、スピリットを操縦していた）が磁気添え木をつけ、脚を固定してくれたが、ラピッド・コンヴァージョンの手術スイートで一睡眠サイクルを過ごすまでは、ひどい痛みのほかは何ひとつ考えられそうもなかった。

しかし、そんな贅沢は許されない。少なくとも、いますぐはだめだ。格納庫の状況は深刻だった。マッカベウスが急いで対処しなければ、一気に最悪の事態になりかねない。

スピリットの周囲のデッキには、タルタラスのスパイク・ライフルが散乱していた。何匹死んでいるのか、一見しただけはわからない。タルタラスのスパイク・ライフルはほとんどの生物をばらばらに引き裂くからだ。ほかのヤンメは怒りのうなりを発し、込み合った空間をアンテナで正しく読みとろうとくさび形の頭骨を激しく回しながら、壁から天井の通気孔や梁へと飛びまわっている。怒り狂ったヤンメはまっすぐタルタラスに向かっていくが、真っ赤に燃えるスパイクが彼らの甲殻を貫いて、右舷の壁に突き刺さり、黄色い液体をまき散らしていた。

「落ち着け！」タルタラスは怒った群れを横切り、武器をさっと振った。「落ち着け、さもないと切るぞ！」シグナル・ユニットが、彼の言葉をヤンメの言葉に翻訳する。格納庫には、かん高いうなりと蝋のような羽をこする音の不協和音が反響していた。

マッカベウスは気力を振り絞り、叫んだ。「攻撃をやめろ！」

「彼らが襲ってくるんだ！」タルタラスは叫んだ。右脇に抱えられたフラゴグが夢中でもがいている。

彼はフィスト・オブ・ルクトを杖がわりにして、足を引きずり、スピリットの輸送ベイの扉を下ろしたランプをおりていった。艦長の姿を見ると、ヤンメは格納庫の壁のそばにかたまった。だが、この突然の行動は、彼らが落ち着いたしるしではない。ヤンメの羽はまだ開き、震えている。タルタラスへとのろのろ歩いていくマッカベウスの姿を、何十ものぎらつくオレンジの目が追っていた。

スピリットの兵士輸送ベイのドアが開いた瞬間、エイリアン都市の攻撃から戻ったヤンメたちが、フラゴグに襲いかかったのだった。彼らは触角で部品をつかみ、壊れたスピリットのキャビンから作業場へふわふわと戻るところだった不運な生物に群がった。この攻撃はすでに格納庫にいた何十匹ものヤンメを興奮させた。タルタラスのすばやい反射神経と射撃の腕がなければ、フラゴグはあっというまに引き裂かれていたにちがいない。

「手の力を抜け」マッカベウスは甥の前にたどり着くと、そう言った。磁気添え木をしていても、砕けた骨が肉のなかで動いて鋭く尖ったかけらがこすれ、激しい痛みをもたらす。

「フラゴグが死ぬぞ」

タルタラスは用心深く群れに目を走らせた。「いや！　ヤンメが狂った！」

「それを離せ」マッカベウスは息を吐き、少しでも痛みを和らげようとしながら命じた。

「放せ、二度と言わんぞ」

タルタラスはマッカベウスに顔を向け、歯をむき出して毒づいた。若い血が燃えているのだ。

それはわかっていたが脚の痛みがすさまじく、耐えかねて、片手で甥の羊形のひげを叩いた。頬から唇にかけて血がにじみ、タルタラスはわめきながら、急いでフラゴグを離した。フラゴグは即座にピンクで透明の触角を大きく動かしはじめた。だが、それは手話のときのような巧みな動作ではなかった。むしろバランスを取り戻そうと必死のようだ。タルタラスがきつく握りすぎて、一時的に多くの袋から空気が逃げてしまったのだった。

「かまわずに、そのままにしておけ」マッカベウスはうなるように言った。タルタラスは二、三歩離れたものの、肩の形が必ずしも納得していないことを示している。だが、今日の戦闘で重傷を負ったマッカベウスには、艦長の権威に甥を強引に従わせるだけの気力も余力もなかった。

リチュルは死んだ。エイリアンの賢い攻撃は、経験の浅いパイロットの意表を突いたのだった。若いジラルハネイのスピリットが、果実をつけた木のなかに船首から突っ込んだとき、リチュルはキャビンに閉じ込められ、脱出できなかった。同じスピリットの兵士輪送ベイでハーネスをつけていたタルタラスも、降下艇が炎に包まれる前に、自分を救うのが精いっぱいだった。それでもタルタラスは、群れの仲間を救うために危険を冒した。リチュルを閉じこめている、曲がり、引き裂かれた金属を取り外そうとしたのだ。だが、すぐに金属があまりに熱くなりすぎていた。マッカベウスの降下艇が、甥を拾うためにすぐ横におりたとき、彼はタルタラスの毛にリチュルの焦げた肉の臭いを嗅いだ。

だが、マッカベウスはリチュルの死が自分の責任であることを知っていた。彼は群れを巡洋艦に乗せたまま、地表を攻撃することもできた。地表へ降りる必要はまったくなかった。ただ、遺物の捜索を続けたかったのだ。これは惑星とそこにあるものを、すべてガラス化せよ、という命令に真っ向から違反する行為だった。しかし、ルミナリーによれば、眼下の街には聖なる遺物が無数にある。退却するときには、エイリアンたちはそれを持ち去るにちがいない。神々に祝福された隠し場所を巡洋艦のキャノンで無差別に爆撃するのは、信仰の篤いマッカベウスにとっては耐え難いことだった。

プロフェットに従順でないことは大きな罪だが、神々の生みだしたものを破壊するのはもっと大きな罪であるように、マッカベウスには思えた。エイリアンたちがどうなろうと、彼の知ったことではない。皆殺しにしたとしても、良心の呵責など覚えないが、彼らの遺物を、とくにオラクルを回収できるなら、破壊を遅らせるつもりだった。

ライター・ザン・サムの袋が、一連のパニックにかられた音を発した。ふたりのヤンメが損傷したスピリットの兵士輸送ベイへとこっそり近づき、フラゴグの作業場に入りこんだのだ。それを見たフラゴグは、マッカベウスがこれまで見たことのない反応を示した。健康な袋をふたつ正常なときの倍に膨らませ、触角でそれを打ち威嚇するような音がだしながら、ヤンメへと漂っていった。マッカベウスが触角のひとつをつかんで引き戻さなければ、彼らの鉤爪のなかに飛び込むはめになっただろう。

「プロフェットにかけて、いったいこれはどういう狂気だ？」タルタラスがうなった。

「ヴォレナス」怒ったフラゴグが触角で打ちかかるのを腕で受けながら、マッカベウスは叫んだ。「あのヤンメたちを殺せ」

黄褐色の毛のジラルハネイは、スパイク・ライフルをベルトからはずし、輸送ベイにいるヤンメを切り刻んだ。二匹の死を見て、ヤンメの群れはようやく静かになり、格納庫にいるものは一匹残らず羽を殻の下にたたみこんで、アンテナをたらした。だが、ヴォレナスの攻撃に、フラゴグはいっそう狼狽したらしく、マッカベウスの腕を叩くのをやめ、彼にものすごい速さで触角を使って話しかけてきた。

マッカベウスは手を振ってヴォレナスを呼ぶと、フラゴグを彼にあずけ、〝杖〟によりかかった。「助祭を呼んでこい」

ヴォレナスのシグナル・ユニットが鳴った。「艦長、助祭はエアロックの外で待っています」

「では、なかに入れろ」

ほとんど即座に、ダダブを乗せたスピリットが脈打つエネルギー・バリアを滑るように越えてきて、マッカベウスの降下艇のすぐ横で急停止した。マッカベウスは死体の散乱する宇宙船のデッキを助祭が横切ってくるのを待ち、フラゴグを指差して命じた。「これが何を言っているか教えてくれ」助祭とフラゴグは長々と話していた。音をともなわない、手足や指を閃かせた会話は、どんどんエスカレートしていくようだ。

「充分だ」マッカベウスは鋭く言った。「話せ!」

「お待たせして申し訳ありません、艦長」助祭の声はこわばっていた。「フラゴグは心から謝っています。しかし、申し訳ないが、ヤンメを仕事の邪魔になるような場所から遠ざけてもらいたいそうです」

助祭のあまりに礼儀正しい説明は、フラゴグを怒りに満ちた手話を再開した。

「それだけしか言わなかったのか?」

「フラゴグは、これもあなたにお知らせしたいそうです」助祭の静電気まじりのキーキー声がマスクでくぐもる。「素早くしたことは、すばやく取り除ける!」

「素早くしたこと？　わかるように話してくれ、助祭！」

ダダブは片手でいくつか単純な形を作った。そしてフラゴグが苛立たしげな音を発しながら、作業場に入っていくと、マッカベウスの前に膝をついた。「フラゴグの行動はみなわたしの責任です。どうかお許しください！」

マッカベウスは助祭を見下ろした。どうやら、みんなの頭がおかしくなったようだ。だが、助祭に立てと言おうとすると、金属がきしむ音がした。マッカベウスはふたつの損傷した兵士ベイが音をたてて崩れ、船体プレートの山になるのを驚いて見守った。内部にあるものはすべて取り去られていた。フラゴグはまるでこのドラマチックな〝除幕式〟を長いこと計画していたように、誇らしげに残骸の上に浮かんでいる。フラゴグが何を明らかにしたのか理解するのに、マッカベウムは少し手間取った。

ベイがあった場所には、いまや四台のヴィークルがあった。どれも少しずつ異なるパーツの集合体だが、全体としては同じデザインだ。二枚の刃がついた車輪が、強化された車台のなかにぴたりとはまっている。一セットの車輪の裏には、それぞれ反重力ジェネレーターが一基作られている。そしてその後ろに、おそらくはステアリング装置だろう、高いハンドル付きの座席があった。

〝ほかにもあるぞ！〟フラゴグはヴィークルの上を移動しながら、そう叫んでいるように見えた。火花を発し、紫の排気を噴きだしながら、ヴィークルの座席が格納庫の床から持ち上がり、刃のついた車の重さに対して、完全にバランスを取った。

「これはなんだ？」マッカベウスは尋ねた。「なんのために使うのだ？」

「エイリアンの機械です！」助祭が泣くような声で叫び、マッカベウスの毛むくじゃらの足のそばへと這い寄る。

タルタラスがいちばん近いヴィークルに近づいた。「だが、武器はどこだ？」

一瞬の沈黙のあと、ダダブはゆっくり床から顔を上げた。「武器？」

「これがあれば、今日直面した弱虫どもをあっというまに蹴散らせただろうが」タルタラスはその刃を武器として使えば、どれほど役に立つかを評価するように、太い指を車輪のひとつに走らせた。伯父の一撃にまだ屈辱を感じているとしても、そんな様子は見えない。

「武器か！　ああ、もちろんだ！」ダダブは叫び、ぱっと立ちあがった。それから機械のジェネレーターの音にまぎれそうなほど低い声で言った。「フラゴグはあなた方がこれにつける必要のある武器がなんであれ、その要求に従うでしょう！」

マッカベウスが太腿の痛みに再び気を取られていなければ、なぜ助祭の口調が突然変わったのか、もう少し注意深く考えたかもしれない。だが、いまは一刻も早く座るか横になり、負傷した脚を休ませたいという気持ちが先に立った。「それはあとにしよう。ヤンメが退却してからだ」

「ひとつ提案をさせていただいてもよろしいでしょうか？」ダダブは食いさがった。

「急いで頼む」

「フラゴグを軌道ステーションへ連れていくことをお許しください。ヤンメが突然攻撃してきた理由を解明するまで、そのほうが安全です」

マッカベウスにはその理由はすでにわかっていた。ヤンメはこれまで自分たちがしていたメンテナンスの仕事をフラゴグに奪われ、そのせいで、慣れない戦いに狩りだされた。アンゴイが庭園でぶざまに奇襲をしくじったあと、マッカベウスは集団脳の昆虫のほうが、兵士としてはよい働きをするようだと思ったのだが、ヤンメが望んでいるのは、これまでのメンテナンスの仕事に戻ることだけらしい。それを実現するいちばんの近道は、ライター・ザン・サムを消去することだ。

「賢い提案だ。フラゴグの仕事はヤンメが引き継げばよい」マッカベウスは最後にもう一度、フラゴグが作った奇妙な機械を見た。「適切な武器を取り付ければ、これらは大いに活躍してくれよう」

助祭は頭を下げ、小走りにフラゴグに近づくと、友を触角のひとつをそっと手に取り、急いでカリドが操縦するスピリットへと導いた。兵士輸送ベイのなかで落ち着いたフラゴグが、助祭に話しかけているのが見えた。艦長とどんな話をしたのか、知りたいのだろう。だが、助祭はぴくりとも手を動かさず、兵士輸送ベイのドアが勢いよく閉まるまで、警戒するようにマッカベウスを見ていた。避けられない痛みに歯を食いしばり、マッカベウスは向きを変え、足を引きずって格納庫の出入り口へと向かった。ヴォレナスが腕を抱えるようにして彼を支え、タルタラスは後ろから従ってくる。

CHAPTER NINETEEN
19章

HARVEST, FEBRUARY 22, 2525
二五二五年二月二二日、ハーベスト

グラズヘイム陥落のニュースは瞬く間に広まった。エイヴリーのコンテナがイダを横切り、ビフレストにたどり着くのにかかった数時間よりもずっと速く。コンテナがウトガルドに入ったときには、惑星のほとんどが、エイリアンがとった行動を、そしてそれが繰り返されることを知っていた。

ポンダー大尉は、道中ずっと、アル＝シグニ中佐と連絡を取り合っていた。彼女は、ウトガルド（すでに、二十万人近い市民で混み合っている）は、ヴィグロンドにある村々からの避難民でパンクしそうだ、と彼らに告げた。エイヴリーは、デポットが大混乱に陥っていると予測していたが、中央の索《ストランド》を地上につなぐ錨に隣接したコンテナ倉庫は、ほとんどからっぽだった。少なくとも、人間はいなかった。

巨大な倉庫のスペースは忙しく動きまわるＪＯＴＵＮに占領されていた。

コンテナの大きく開いた扉から飛び降りたエイヴリーは、JOTUNの数と種類に衝撃を受けた。おなじみの黄色と黒の荷積み機《ローダー》が数十台、「食糧」、「水」、「毛布」とラベルが貼られた緑のプラスチックの軽容器をのせている。ローダーは正確な操作でぶつかる寸前に相手を避けながら、待っているコンテナにそれらの緊急備品をせっせと運んでいた。ローダーの巨大な車輪が倉庫のなめらかなポリクリートの床の上で鋭くきしみ、黒いゴムがスリップした跡をかすかに残す。

エイヴリーが見たこともないJOTUNモデルもあった。三角形のトレッドが付いた監督ユニットに、クモのような形の一体型整備機だ。後者はコンテナの周囲をめまぐるしく動き、表面の不具合をチェックし、搭載した溶接機で修理している。溶接機は、伸縮可能な腕材に付いた、さまざまなツールのひとつなのだ。ふたつのコンテナのあいだの通路を倉庫の出口に向かいながら、海兵隊員と新兵たちは、ヘルメットを着け、肩を縮めていた。至るところに飛び散っている、一体型機の猛烈な速さの労働修理から生じた滝のような火花で火傷をしないためだ。

デポットの外で、エイヴリーはダス、ジェンキンス、フォーセル、そして残りの1／Aチームとともに、待っていたワートホグの荷台に乗りこんだ。さぞや大渋滞に巻き込まれるにちがいないと思ったが、通りにある一般市民のセダンやトラックのなかはからっぽだった。まだエンジンがかかりっぱなしの車もあれば、ドアが開いたまま止まっている車もある。しかし、実際に道を走っているのは、ウトガルドの警察隊の、青と白のパトロール・セダンだけだった。パトロールカーは、屋根の回転灯を点滅させ、大声でがなりたてていく。〝みなさん、落ち着いてください。連絡があるまで、モールのなかに留まってください。みなさん、落ち着いてくださいい……〟

ワートホグがモールに沿って、捨てられた車のあいだを北に進んでいくと、公園には夏至祭のときよりも人があふれているのが見えた。しかし、群衆の様子はまったく違う。祝祭の音楽に、アルコール・ライセンス付きの食べ物の屋台が奨励しているような、めいっぱい楽しく過ごそうという明るさはどこにもなく、ただ押し黙って、ひとところに固まっている。彼らの服の色さえ違っていた。ピクニックを楽しむ、明るいパステル色のセミフォーマルな衣装の代わりに、薄汚いデニムといろあせた綿がモールの芝生を占領している。

少佐は、一般市民の不穏な動きについては何も触れていなかった。だが、パトロールの警官があちこちに見える。彼らはヘルメットをかぶり、空色の制服の上に暴動用のプレートをつけていた。効き目の弱いスタン武器や、プラスチックの透明シールドを持っている者もいる。ワートホグが国会議事堂に近づいていくと、チャーリーチームが、砂袋をS字状に固めてメインゲートを守っていることに、エイヴリーは気づいた。彼らはびくついているように見える。モールを凝視し、両手でMA5をきつく握りしめている。

「あいつから目を離すな」ワートホグが国会議事堂の円形の車寄せを上がりきって止まると、エイヴリーはフォーセルに言い、ジェンキンスのほうに顎をしゃくった。ジェンキンスはすでに車から降り、さりげなく国会議事堂の庭に民兵が建てたキャンバス地のテントの列へと歩いていく。「ばかな真似をしないように」

ジェンキンスは、グラズヘイムを離れてから――エイヴリーに声を荒げてから――というもの、誰とも口をきいていなかった。もう腹は立てていないが、ひどく落ち込んでいる。まさか自分の命を奪うことはないと思うが、家族全員をなくしたばかりだ。どんな可能性も排除できない。フォーセルはうなずき、自分のスコープとジェンキンスのBR55で膨らんだ長方形の袋を肩に担ぎ、相棒のあとを足早に追っていった。

「チームリーダーを集めろ」ポンダー大尉がそう言いながら、二台目の平台型ワートホグから、バーンとヒーリーに近づいてきた。「ターンと話し合いが終わったら、すぐに報告を聞く」大尉は、議事堂の階段をのぼる途中で足を止め、花崗岩の手すりに体をあずけて胸を押さえた。ヒーリーがすぐに駆け寄ったが、手を振って追い払った。

激しい活動は傷を悪化させるだけだとわかっているヒーリーは、大尉はグラズヘイムの避難に参加すべきでない、と強く提案した。もちろん、ポンダーはヒーリーに、くそくらえ、と言い返した。しかし、必死に痛みを隠して階段をのぼっていく大尉を見ながら、エイヴリーは任務と部下に対する献身の代償を思わないわけにはいかなかった。

「ヘイベル？　聞こえるか？」エイヴリーは喉元のマイクで呼びかけた。

「はい、軍曹」1／Cチームのリーダーが舞踏室のバルコニーから答える。

「敵の姿は？」

「わかりません。モールの人混みが多すぎます」

暴動で何年も戦ってきたエイヴリーは、それが平和的であろうと、爆発寸前であろうと、群衆の空気を感じるのに長けていた。ここにいる人々はショックのあまり呆然として、議事堂に押し寄せ、しっかり守ってくれなかったくせに自分たちを動物の群れのように集めている政府に怒りをぶつけることはない。その怒りに対する恐怖こそ、グラズヘイムに向かう市民軍に、ターン総督が二隊のチャーリーチームを議事堂に残せと要求した理由だったが、真の脅威は低軌道にいるのだ。

「そこはウィックに任せて、おりてきてくれ」彼はヘイベルに命じた。「ウィックには、上を見ろと伝えるんだ」

バーンも2／CのチームリーダーであるアンダーセンとCOMで同じような会話を交

わしていた。まもなくふたりの軍曹と六人のチームリーダーは、石灰岩の柱が立つ議事堂のロビーに集合した。ポンダーが戻ってくるのを待つあいだ、エイヴリーは金のアーマーを着たエイリアンをどうやって負傷させたか話して聞かせた。それから状況がもっとよく見える位置にいたバーンが、マックの散布機が、エイリアンの降下艇に襲いかかり、ブドウ園に墜落させた様子を描写した。何千という一般市民の犠牲者を考えると、これらの勝利はささやかなものだったが、降下艇が炎上して空から転げ落ちる様子をバーンが毒づきながら生き生きと語ると、彼らは敵をダシにして、笑うことができた。

エイヴリーのCOMパッドが、攻撃ベストのなかでがたついた。ポンダーからのテキスト・メッセージだ。〝きみとバーン。ターンのオフィス。いますぐ〟とある。エイヴリーはそのCOMをバーンに見せ、後ろでまだ笑い続けるチームリーダーたちを残して、議事堂の二階へと階段を駆けあがった。

総督のオフィスは、ビルの裏手、ハーベストの二十四人の議員たちに用意されたスイートが並ぶ長い廊下の真ん中にあった。数人の補佐官が不安そうにしているほかは、高い天井の廊下は静まりかえっている。海兵隊員の靴音が大理石の床に響いた。

オフィスの入り口の間には、ふたり警官が霜降りガラスの扉の左右に立っていた。ふたりともヘルメットなしで暴動用のアーマーをつけ、腕にM7サブマシンガンを抱えている。

警官のひとりが軍曹たちをにらみつけ、誰もいないターンの個人秘書の机に着きだした顎をしゃくった。「総督の命令です。武器はテーブルにおいてください」

バーンはいらだたしげにエイヴリーを見たが、エイヴリーは首を振った。その時間が無駄だ、と。

「言っておくが」バーンはわざと強い訛りで言った。「俺は銃弾を数えてる」バーンは戦闘ライフルを肩から外し、ホルスターからM6ピストルをとり、両方ともテーブルのエイヴリーの武器の隣におくと、挑戦的に、にやっと笑った。「戻ったときに減ってたら承知しないぞ」

警官たちが神経質そうに後ろに下がる。バーンとエイヴリーは扉を押し開けた。

ターンのオフィスは扇形で、奥に行くほど広くなっていた。曲線を描く西の壁は、植民初期のウトガルドの大きなホロスチールで覆われていた。当時はまだJOTUNを駐車する泥だらけの道にすぎなかったモールの、塔の基部の隣に、ひとりの少年が立っていた。背は高いがまだ少し太り気味の少年は、耳まで届くほど大きな笑顔を浮かべている。総督の赤い口髭はないが、彼が十歳になるかならぬかのターンであることは間違いない。

「わたしたちに何を期待されているのかよくわかりませんが、総督」明るい灰色のハイネックの軍服を着たアル＝シグニ少佐が、ターンの磨かれた赤いオーク机の前に立っていた。

病院でエイヴリーと会ったときと同じ、体にぴったり合った軍服だ。今日は長い黒髪を巻いて首の後ろにピンで留め、肩章の三本の金の筋とオークリーフのバッジを光らせていた。

「わたしに相談してもらいたい！　気の狂った計画を行動に移す前に！」総督は、机の向こうでそそり立っていた。大きな両手が、茶色い革の回転椅子の後ろを万力のような手でつかんでいる。コーデュロイパンツに、薄いフランネルのシャツというでたちだが、何日も着つづけているらしく、どちらもしわだらけだ。

「その計画は」ジランは落ち着いて答えた。「一週間前にあなたが了承したのと同じものです。不安があるのなら、それを提起するチャンスは何度もありましたわ」

「シフの電源は切ったと言ったじゃないか！」ターンは怒って、机上の真鍮プレートのホロプロジェクターから光っているマックに指を突きつけた。

「切りました」ＡＩが答える。

「ではいったい全体どうやって彼らは連絡を取ったんだ？」

「作動可能なクラスターを残しておいたんです。ティアラのシステムにアクセスする必要性が生じたときのために」マックはジランを見た。「明らかに正しい決断でした」

「わたしの同意なしにどんな決断もすべきではない！」

ＡＩは肩をすくめた。「なぜあのチャンネルを開いておくべきでないのか、理由が見当たりません」

「理由が見当たらないだと?」ターンは椅子を横に押しやり、机に手のひらを叩きつけた。「あのくそったれたちは、グラズヘイムを焼きつくしているんだぞ!」

「厳密に言えば」マックは言い返した。「ティアラにいる者たちは、同じ種族ですらありません」

　エイヴリーは頭がめまぐるしく働かせ、この言い争いがどういうことかをつかもうとした。ティアラにいるエイリアンだと? 彼は思った。いったそれはいつ起こったんだ?

　ターンは、必死の形相でポンダーを見た。「このＡＩのくそったれ意識を制御できるのは、この部屋でわたしだけなのか?」

「落ち着いてください、総督」ポンダーは真っ青な顔で、体をふらつかせながらなだめた。「議論している時間はないんです」

　ターンは机にかがみこみ、喉に低い声をとどろかせた。「わたしに命令をするな、大尉。わたしはこの惑星の総督だ。きさまの下っ端ではない」首の血管がものすごい速さで脈打ち、口髭と同じくらい顔が赤くなっている。「われわれがすべきこと、すべきでないことは、わたしが決める」彼はそう言うと、アル＝シグニをにらみつけた。「きさまにわたしの市民を囮に使わせることなど決して許さん!」

オフィスは静まりかえった。マックはカウボーイハットをはずし、とかしていない髪をなでつけた。「申し訳ありません、総督。ですが、計画は計画です」

ターンがAIの不服従に気づいたときには、ジランが背中からこぶしよりわずかに大きい黒い小型ピストルを引き抜き、ターンの胸の真ん中にぴたりと狙いをつけていた。「UNSC植民地憲章の内部保安修正案第八項第二節により、ただいまよりあなたの称号と特権を無効にします」

「ラーズ！　フィン！」ターンが叫んだ。ふたりの警官はすでに、M7を肩にかけ、ジランを狙ってオフィスのドアを半分入ってくるところだった。

エイヴリーはまだこの言い争いのわけがわからなかったが、ひとつだけは確信があった。彼の司令官であるアル＝シグニとポンダーは、総督の側にはいないことだ。それだけで、この出来事に対処する理由になる。それに正直に言って、女性の背中を撃とうとする警官は嫌いだ。

ひとり目が通り過ぎた瞬間、エイヴリーは彼のM7をつかみ、下に引っ張った。警官がエイヴリーの体に倒れこむと、右肘で男の鼻を突いて、床に倒れこむ速さを加速させ、武器を奪い取った。二人目の警官がエイヴリーに飛びつこうとすると、バーンがブーツでさっと彼の足を払い、オフィスの絨毯に倒れた彼につかみかかった。片膝で警官の首を押さえつけ、もう片方の膝で彼のM7を胸に押し付けたバーンは、一瞬だけもがくのをやめるチャンスを与えた。だが彼が静かにならないと、にやっと笑って顎に鋭いパンチを繰りだし、気絶させた。

「確保できた?」ジランは動いていなかった。ターンから目を離さず、ピストルの狙いもそのままだ。

エイヴリーはM7のチャージ・ハンドルを少し滑らせた。薬室にはまだ一発入っている。警官が発砲していれば、ジランは死んでいたかもしれない。男が起き上がろうとすると、エイヴリーは素早く腹を蹴った。「できました」

ターンは目を細めた。「何さまのつもりだ、アル＝シグニ?」

「この惑星の、最上級の軍事将校よ」彼女は答え、さきほどの宣言を繰り返した。「UNSC植民地憲章の内部保安修正案第八項第——」

「合法的なでたらめを引用したければすればいい。辞任はせんぞ」

「総督、たしかですか?」マックは尋ねる。

「耳が聞こえないのか?」ターンは憎々しげにわめくと、力の弱い男の関節なら折れてしまいそうなほどの勢いで、拳を机に叩きつけた。「もう一度言ってほしいか?」

ジランは腕を伸ばした。「いいえ」

三発の発射音が続き、開いたシャツの襟もとにぱっと血の花が咲いて、ターンが後ろによろめく。その瞬間、エイヴリーは少佐を追い越し、ターンの机を回って足からスライディングした。バーンも机を回りこみ、ふたりは床に倒れこんだ総督に覆いかぶさった。

「ヒーリー！」エイヴリーは喉のマイクに叫んだ。「来てくれ！」

「その必要はないわ」ジランが言った。

あなたはたったいま惑星の総督に致命傷を負わせたんですよ。そう言おうとしたとき、甘い、なじみのある匂いが鼻を満たした。

「賢い判断だ」バーンが鼻を鳴らし、ターンの赤く染まったシャツに手を伸ばすと、指のあいだでＴＴＲ弾のべっとりした残留物をこすった。「ぐっすり寝てます」

「その予定よ」ジランはピストルの安全装置をかけ、ホルスターにしまった。「ＦＬＥＥＴＣＯＭ本部までずっとね」

突然、ポンダーがふらついた。「少佐？　医者を呼ぶのはいい考えかも……」それから彼は、義手でないほうの腕で体の左側を抑えながら床に倒れこんだ。

エイヴリーはまた机を回って戻った。ポンダーにたどり着くころには、ジランがすでに両膝を突き、大尉のシャツを開いていた。胸を覆っていたバイオフォーム・キャストに真っ赤なしみがついている。ターンとは違ってその血は本物だ。

「ヒーリー！　急げ！」エイヴリーはうなるように言って、ジランを振り向いた。「少佐、物事が横にそれているのが気に入りません。あなたが何を計画しているのか、いますぐ知りたい。それがなんであれ、わたしとバーンが実行することになるという確信があります」

ジランは大きく息を吸った。「いいでしょう」彼女はエイヴリーを見つめ、尊敬とそれを抑えるような表情を浮かべて緑色の目を細めた。「ロキ。話してちょうだい」

一瞬、エイヴリーはジランが誰に話しているのかわからなかった。それから、マックが咳払いした。

「はい」ＡＩは、ホロプロジェクターへと向き直り、照れたように笑った。「ええ、まずそれから説明しましょう」

ババブは片足でジャンプし、足を踏み変えてジャンプし、それからメタンがどれくらい残っているかを確認した。そして鱗に覆われた腕の穴をかいた。それからようやく、静かにしろと繰り返し助祭に言われたのを無視して、フラゴグに顎をしゃくった。「こいつは何をするつもりだ？」

ダダブもそれが知りたかった。それがわからないことが、ババブのしつこい質問よりも、彼を苛立たせた。ライター・ザン・サムはまったく動こうとしない。エイリアンの知性が作った塔の前に浮かんでいるだけだ。「いいから、通路を見張っていてくれ。長くはかからないはずだ」

ババブはマスクのなかで不満のうなりを発したものの、ダダブがこじ開けたドアの隙間から頭を突きだし、通路の様子を見た。ダダブはフラゴグの後ろ、この部屋の浅い穴のなかで、フラゴグが回路を見るためにはずしたパネルをまたぎながら歩きまわった。

〈会話を始めるためだ〉フラゴグはパネルをはずすときにそう言った。

こいつを連れてきたのは、正しい決断だったろうか？　ダダブはまたしてもそう思った（ライター・ザン・サムがこの知性とどんな会話をしているか、わかったものではない）。だが、彼は自分のあざむきがばれる前に、フラゴグをあの格納庫から連れだしたかったのだ。あのプラウがヤンメの手で武器になる、と自分がマッカベウスに言ったことがフラゴグに悟られないうちに。

友の信頼を裏切っていると思うだけで、ダダブは恐ろしくなった。だが、ほかにどうすればよかったのか？　壊れたスピリットが音をたてて崩れ落ち、フラゴグが償いのために作った機械が一台どころか四台も現れたとき、ダダブは小便をもらしそうになった。フラゴグがあれを作った理由を知ったら、マッカベウスが何をするか考えるのも恐ろしい。マッカベウスはエイリアンに重傷を負わされたばかりだ。和平の贈り物だなどと説明すれば、激怒して、フラゴグのことはもちろん、フラゴグがあれを作るのを留められなかったダダブも、あの場で殺されていただろう。

彼は足を止め、フラゴグの感覚ノードの前で指を閃かせた。〈万事順調か？〉だが、ライター・ザン・サムはまだ動こうとしない。

四本の触角はみな中央の塔のなか深くに挿入されていた。身を乗りだし、目を凝らすと、触角は動いていた。繊毛で色とりどりのワイヤが集まっている箇所に触れ、かすかにひくついている。ダダブはワイヤの一部を目でたどり、塔にあるたくさんの黒い箱のひとつにたどり着いた。そしてフラゴグの微妙な接触に、その箱のなかの小さなライトがふたつ、緑色と琥珀色に点滅しているのに気づいた。

突然、ライター・ザン・サムが塔に動力を送っているエネルギー・コアがちらついた。この塔はすでにコアを三つ枯渇させている。ダダブは近くの仲間のところに戻り、これ以上コアを回収してくるのは気が進まなかった。彼が何をしているか、ほかのアンゴイが関心を持ちはじめている。フラゴグを連れてこの施設に戻ってからは、とくに興味津々だった。自分の新しい罪を彼らに目撃されるのはごめんだ。

「助祭！」ババブがささやいた。「フリムがふたり連れてこっちに来る！」

ダダブは節のある手を振り、ババブに通路に出るようにと合図した。「行け！　彼らを引き止めろ！」

　ババブがドアの隙間から体を押しだす。ダダブはライター・ザン・サムの低いほうの触角を引っ張った。フラゴグは袋のひとつから驚いた音を発し、びくっとして塔から離れた。

〈パネルを戻せ！〉

　ふつうの会話モードに切り替えるのが難しいのか、フラゴグはなかなか答えなかった。

〈彼らが何をしたか知っているか？〉

〈なんだって？　誰のことだ？〉

〈艦長と彼の群れだ〉

　フリムのしゃがれ声が通路から聞こえてくる。ババブが突き飛ばされたと見えて、メタンタンクが音を立てて床にぶつかった。〈あとで説明しろ！〉彼はパネルをつかみ、それをフラゴグに差しだした。ライター・ザン・サムが薄い金属プレートを触角で包むのを確認し、小走りにドアへ向かう。

「持ち場を離れる許可をだした覚えはないぞ！」彼は通路に出て、フリムの行く手を遮った。

「あんたは歩きまわり、あちこち調べてる」フリムは疑いもあらわにそう言った。「俺が同じことをして、なぜ悪い？」

「わたしは助祭だ！　わたしの調査は司祭から与えられた仕事だ！」

何を言ってるかさっぱりわからないし、そんなことはどっちでもいい。フリムはそう言うように首を傾げた。「食べ物を見つけたか？」

「いや」

「遺物は？」

「もちろん、何もない！」

「だったら、何を見つけた？」

「何も見つけてなどいるものか」ダダブはうんざりした顔で言った。「それにきみと話して時間を無駄にしていれば、わたしの仕事はますます――」フリムがいきなり拳を突きだして、〝うっかり〟へこんだ腹を殴り、ダダブはかがみ込んだ。

「だったら、話すな」フリムは制御室に入っていった。

ダダブは手を伸ばし、フリムの仲間を止めようとした。がに股のアンゴイ、ガフと、片目をなくしたツクデュクだ。だが、このふたりも同じようにドアの隙間からなかに入ってしまった。ダダブは浅い息で肺を満たしながら、彼らの後ろに従うほかなかった。

フリムは塔を見て、マスクのなかでせせら笑った。「何もないぞ」

ダダブは顔を上げた。驚いたことに、すべてのパネルが元の場所に戻っている。ライター・

ザン・サムは浅い穴のなかに浮かんでいた。ここに着いてから、ずっとそうしているように見える。

「ああ、ない」エネルギー・コアが再びちらついた。「もうひとつコアを持ってきてくれ。そうすれば、わたしの仕事を手伝ってもいいぞ」

だが、フリムは見掛けよりも狡猾だった。「一緒に取りにこい」

ダダブはため息をついた。「いいとも」

先に立って廊下にでながら、ダダブはライター・ザン・サムにそれとなくこう告げた。〈パネルはそのままにしておけ!〉フラゴグがジラルハネイについて何を学んだか、一刻も早く説明を聞きたかったが、長い会話は、ふたりきりになるまで待たねばならない。

ライター・ザン・サムはアンゴイの足跡が遠ざかるのを待った。エネルギー・コアが、せわしなく点滅しはじめ、きれそうになる。フラゴグは袋のひとつからガスを放出して、少し降りた。友の信頼を裏切るのは気がひけるが、ほかに方法はない。

彼は急いで塔の最も高いところにあるパネルをはずし、触角のひとつでパネルのむきだしの金属の内側を弾くと、部屋の隅で見つけたイメージ＝レコーディング装置のひとつを見た。

〈安全だ、出て、こい〉ゆっくり触角を動かし、そう告げる。ちょうどダダブに最初に話しかけたときのように。

一瞬後、幅広のつばの帽子をかぶったエイリアンの小さな姿がホロプロジェクターの上に現れた。

ライター・ザン・サムは保護パネルを差しだした。それから、少し待ってこうサインした。〈では、教えてくれ〉帽子をかぶったホロは、うなずいて消えた。ライター・ザン・サムは満足の音をもらし、〈いつ、教える、ほかの者には?〉

エイリアンは再び姿を現し、右手を上げて、指を四本曲げた。〈朝〉〈結構!〉フラゴグは袋を膨らませ、少し上がった。〈もうすぐ、平和、来る!〉

エネルギー・コアが枯渇しはじめ、小さなエイリアンもそれとともに消えていった。

ライター・ザン・サムは鼻を曲げ、塔に向けた。そのなかの共同知性は驚くばかりに有能で、わずか半サイクルで手話を学んだ。フラゴグはたくさんの質問を抱え、興奮に袋を震わせた。だが、エネルギー・コアが枯渇する前に尋ねられるのは、ひとつしかないとわかっていた。

〈修理、望むか?〉ライター・ザン・サムは塔を示した。

〈いや〉ロキの分身はすぐさま答え、シフを破壊したのが自分であることを認めた。〈ここには、救う価値のあるものはひとつもない〉

それからエネルギー・コアが火花を散らして完全に枯渇し、データセンターは闇に沈んだ。

CHAPTER TWENTY 20章

二五二五年二月二三日、ハーベスト
HARVEST, FEBRUARY 23, 2525

ひと晩のあいだに、モールには誰もいなくなっていた。全員が夜のうちにエレベーター脇の倉庫に移ったため、夜明けには避難民も警察も姿を消していた。ポンダーが公園を東に歩いていくと、半分飲みかけの紙パック、開いた荷物、汚れた服が目に入った。あちこちに、おむつや臭いぼろきれ、くしゃくしゃになったホロ＝スチールがある。かつては美しかったモールは、ハーベストを放棄したことを示すごみの山、無秩序で汚いモニュメントと化していた。

エイリアン用着床ゾーンとしてモール中央にビーコンを備え付けたあと、軍曹たちは狙撃手が隠れる場所を準備し、エイリアンにオラクルを手渡すポンダーを掩護するために、ランディングゾーンに留まりたいと申しでたが、ポンダーはそれを断った。ヒーリーも、せめて議事堂からモールまで車で送らせてくれ、とポンダーに頼んだ。だが、ポンダーは、新しいキャストで包み、薬を与え、立たせてくれ、と命じただけだった。これはストイックなプライドなどではない。ポンダーはたんに、最期の行進をしたかっただけだ。

海兵隊員のなかには嫌いな者もいるが、ポンダーは行進を愛していた。初めての基礎トレーニングで、へとへとに疲れるハイキングをしたときでさえ楽しんだ。降格されてからというもの、片腕を吹き飛ばされてどんなに幸運だったか、冗談を言うことがあった。イニーズの手榴弾で足が吹っ飛んでいたら、両手で歩くはめになっていた（これがオチだった）、と。最高のジョークとは言えないが、ポンダーはくすくす笑った。

笑ったことで傷が痛み、彼は顔をしかめて歯のあいだから空気を吸った。新しいキャストをつけているにもかかわらず、砕けたろっ骨の一本が破裂した脾臓に当たる。こういう重傷はヒーリーにはどうにもできなかったし、ウトガルドの病院で手術をしている時間もなかった。むろん、手術など、決して同意しなかっただろうが。死にゆく男が行ったほうがいい任務もある、ポンダーにはそれがわかっていた。エイリアンにオラクルを渡すのは、そうした任務のひとつだ。

モールの中央の小山のてっぺんにある噴水と野外ステージは、灰色の樹皮の樫の古木に囲まれていた。体をかがめて木立を通っていくと、イプシロン・インディの上昇を予告するかのように、重い枝が持ちあがった。彼は傷ついた内臓器官が胸のなかで持ちあがるのを感じ、葉の天蓋から出て再び空を見上げる前から、樫の木が上機嫌である真の理由がわかった。

　ウトガルドに降下してくるエイリアンの戦艦の反重力ジェネレーターが、ふわっと降りられるように、目に見えない浮揚場を作りだしているのだ。

　べつの状況なら、ポンダーはウトガルドで一番高い塔から数百メートルしか離れていない上空を、モールと垂直に下りてくる巨大な宇宙船に恐怖を感じたかもしれない。だが、反重力場は、ヒーリーがくれたどんな薬よりも痛みに効いた。戦艦がうなりをあげて停止すると、ポンダーは深く息を吸いこんだ。そのすばらしい数秒間、彼は苦痛をまったく感じず、脾臓から血がどくどくと流れでるのも感じずに、思う存分息を吸いこむことができた。

　だが、それが与えてくれた安堵は、訪れたときと同様、突然に消えた。エイリアンの宇宙船が動きを安定させてフィールド発生装置を消すと、ポンダーは怪我の〝重み〟を背負いながら、懸命に丘を上って野外ステージへと向かった。

　総督のオフィスにあった真鍮の台付きホロプロジェクターを持っていることも、つらい要因のひとつだった。腕はまだ一本しかなかったから、プロジェクターを持ち変えることもできない。さらに悪いことに、アル＝シグニ少佐は、プロジェクターの基部に丸いチタニウムケース入りのネットワーク中継装置を付けていた。彼女はより軽量のモデルを使いたがったが、ロキ――長期にわたり休養中だったハーベストのＰＳＩ――が、もっとがっしりした中継装置が必要だと言い張ったのだ。

総督のオフィスで意識が朦朧としていたポンダーは、ロキが計画を説明したときも完全に集中できなかった。が、エイリアンたちが、強力なネットワーク知能を探していることは理解できた。彼らがオラクルと呼ぶものだ。そして敵の内部にいる裏切り者のおかげで、ロキは過度のデータ交換で中継装置を満たせば、オラクルの電子シグネチュアを擬装することができると学んだ。

二等軍曹のジョンソンとバーンは、エイリアンがグラズヘイムを破壊したあととあって、敵のもたらした情報を信じる気になれなかった。そして実際、アル＝シグニが彼女とロキの計画のすべてを話すと、ふたりは最初、ターン総督と同じような怒りさえみせた。ハーベストに残った市民全員を、エイリアンの戦艦の横をこっそり通過させる作戦だとしたら、なぜウトガルドに敵を近づける必要があるのか？

エイリアンの降下艇が一隻、突然、艦尾の光る入口から現れた。それはまるで音叉が巨大なピアノの弦の張り具合を試すように、まばゆくきらめくティアラの七本のストランドを通過した。

木の板が張られた階段をステージへと上がりながら、ポンダーは降下艇がベイのあいだ、青く揺らめくサスペンション・フィールドに、四つの物体を持っていることに気づいた。降下艇がスピードを緩めてその物体が落ちてくると、ヴィークルだとわかった。地面に着地した瞬間、歯のついた車輪が回りはじめ、土埃と芝生を後ろに巻き上げながら、円丘のまわりの樫の木立を、素早い時計回りで偵察しはじめた。

どのヴィークルも、アーマーを着たエイリアンが操縦している。ポンダーは植物園にいた、いちばん背の高いエイリアンを見つけた。黄褐色の毛を青いアーマーのあいだからなびかせている。だが、今回のリーダーは赤いアーマーにつややかな黒い毛のエイリアンだった。それはヴィークルで小山を駆け上がり、ステージと噴水のあいだにうなりをあげて止まった。

ポンダーは降りてくるエイリアンを見ながら、ふたつのことに気づいた。ひとつ、ヴィークルの座席は地上から浮いたまま、つまり限られた反重力能力があること。ふたつ、ヴィークルには、スパイクが飛びだすライフルが二機備わっていること。これらは、エンジンと思われる場所のいちばん上に溶接してある。ライフルからは、一段持ち上がった操縦ハンドルへと、ケーブルがくねくね伸びている。運転しながら銃を撃てるのだ。

赤いアーマーのエイリアンがステージに飛び乗り、ベルトにスパイク・ライフルをさげて、ポンダーのもとへ歩いてきた。それは黄色い目を尖ったヘルメットのなかでぎらつかせ、ポンダーの手は届かないが、自分の手は充分ポンダーに届く場所で止まった。ポンダーは微笑み、ホロ＝パッドを差し出して、起動スイッチを押した。ロキがエイリアンの情報提供者から受けとった円形シンボルが、レンズ上にちらつく。

巨大な獣はそびえるように立ち、自分より弱い獲物を測る捕食者の目でポンダーを上から下まで見まわした。それから巨大な手を伸ばし、プロジェクターをつかんで引き寄せた。彼はシンボルの周りのパチパチと音を立てる空気のにおいを嗅いで、鼻を膨らませた。そして、大きさのわりに軽い誕生日プレゼントをもらった子供のように疑わしい表情を浮かべ、プロジェクターを振った。

「見たままのものだ」ポンダーは淡褐色の野戦服の胸ポケットに手を入れた。エイリアンが武器を抜き、ポンダーに向かって吠える。「すまない、最後の一本なんだ」ポンダーはそう言って、スウィート・ウィリアムの葉巻を取りだすと、歯のあいだにはさみ、銀のライターをとった。「垂直に六百メートルに調節せよ。命中させろよ」

パチパチという空電とともに、イアピースからロキの声が聞こえる。「十秒あげますよ」

「この場に留まってショーを見届けたいね」

エイリアンは、質問のような調子で吠えた。ポンダーには何と言ったのかわからなかったが、答えることにした。「どんな犠牲を払おうとも、われわれはいつか勝つ」そう言って葉巻に火をつける。

ハーベストのマス・ドライバーが放った超音速弾が、膨らんだ船首に炸裂し、すさまじい金属音とともに玉虫色の艦体プレートをへこませた。エイリアンの戦艦が震え、周囲の塔のあらゆる窓が砕け散る。

最初の一撃の炸裂音が、東から遅れてやってくるまえに、二発目が弱った船体を貫通し、船首から船尾まで戦艦を引き裂いた。下部でちらついていた紫の航行灯が消え、戦艦は左舷に傾いて沈みはじめた。最初に直立していなければ、モールの上に落ちていたにちがいない。宇宙船は、公園の両側にあるふたつの塔のあいだに降下し、上層階のあいだの細くなった隙間で止まった。その震動ときしみ音で、ポリクリートの粉の雪崩が起こり、次いで下の通りに砕け散った窓ガラスが落下した。

それとは反対に、ポンダーは突然自分の体が持ち上がったことに気づいた。下を見ると、エイリアンの剣がキャストを貫通し、内臓に突き刺さっていた。ブーツがひくつきはじめたが何も感じない。脊髄がやられたのだ。体を横にひねりはじめると、エイリアンが彼の首をつかみ、武器を引き抜いた。

その刃は、入ったときよりも、抜けたときにひどい痛みをもたらした。ポンダーは声にならない苦悶の叫びをあげ、唇にはさんでいた葉巻がエイリアンの手の上に落ちた。エイリアンは歯をむきだしてポンダーの首を離し、ポンダーはステージの自分の血のなかに崩れ落ちた。

スパイクで胸を刺すにせよ、でかい扁平な足で頭蓋骨を砕くにせよ、相手はすぐに留めを刺すと思ったが、彼と同じく、エイリアンも、戦艦の荒っぽい不時着がもたらした音にかぶさる、新たな音に気をそらされた。

七つの小さな箱が、ティアラのエレベーターを猛烈な速さで上がっていくのだ。ストランドを滑っていくリニア・パドルが火花を散らすのが見える。それは巡洋艦の背後に入り、ポンダーの視界から消えた。だが、それが何だか、彼にはわかっていた。ストランドの超伝導フィルムに定期的な整備を実行する〝潤滑油バケツ〟だ。しかし今日は、べつの仕事でべつの荷物を運んでいる。落ちた葉巻に震える手を伸ばしながら、ポンダーはバケツが上にたどり着けることを祈った。

赤いアーマーのエイリアンが咆哮をあげ、ステージから飛び降り、仲間を集めて北東に向かうよう指示した。ハーベストの原子炉複合施設とマス・ドライバーがある方角だ。青いアーマーを着た三人のエイリアンたちが、エンジンから火花混じりの煙をあげながら、刃のついたヴィークルで立ち去る。赤いアーマーのエイリアンは、降下艇に駆け戻り、急いで戦艦へと戻っていった。

そのころには、最初の積み荷コンテナが上昇を始めていた。どちらも、約千人の避難民を乗せている。予定通りにすべてが進めば、九十分以内にハーベストの残りの市民全員が安全に惑星を避難するだろう。だが、ポンダー自身の持ち時間はこれよりもはるかに短い。

「ロキ」ポンダーが顔をしかめた。「バーンに、客が行くと知らせてくれ」

ポンダーは自分の海兵隊員たちと新兵たちのことを思った——自分が今まで指揮した男女全員のこと、降格のことを。そして、自分が、チャンスがあれば違う生き方をしたものを、と人生最期の瞬間を悔やんで無駄にする人間ではないことを知って幸せだと感じた。彼は何度か瞬きしてモールから漂ってくるポリクリートの埃を払った。ちょうどそのとき、イプシロン・インディのまばゆい黄色の光が、東の地平線から伸びてきた。その温かさを楽しみながら、ポンダーはまぶたを閉じた。その目が開くことは二度となかった。

「よし開けるぞ。指に気をつけろ」ガフはそう言って、レンチのハンドルを背の高い金属のキャビネットの、貧弱そうな鍵のなかに差し込んだ。

隣のキャビネットから中身をすくいだしていたツクデュクが、手を休めて「次は俺のだぞ」と告げる。彼は芳しい香りを放つ透明のボトルを取りだし、それを見える片目でじっと見て、白い壁の部屋の真ん中に積んであるタオルと布製の制服の上に投げた。「これもだめだ」

「ああ、ろくなもんがないな」レンチで鍵をこじあけながら、ガフがぼやく。

「文句を言うな！」フリムが略奪した品物を拾いあげながら怒鳴った。「探せ！」

ダダブは首を振って、タオルの山のすぐ横にあるベンチに腰をおろした。ラピッド・コンヴァージョンのルミナリーが、この施設には遺物がないことを確認した、と何度も説明したのだが、フリムは嘘をついていると決めつけた。施設に隠されている宝を独り占めするつもりだ、と。だが、彼らがあちこちかきまわしはじめても、エイリアンは体を洗い、着替えることに、一日の大半を費やしていることがわかっただけだった。それでもフリムは、何か見つけるまで捜索をやめる気はないらしい。

「気をつけろ！」ガフが床に散乱している柔軟性のある管のひとつを踏んづけたのだ。その管の先端がはずれ、フリムのすねに、粘々した象牙色のクリームが飛び散った。フリムがガフの頭を殴り、がに股のアンゴイは膝をついて、タオルのひとつでクリームを拭きはじめた。ツクデュクはその隙に平らな金属の箱をほかのふたりが開けたばかりのキャビネットの最上段から取りだした。フリムがそれを見つけ、鋭く叫ぶ。「こっちへ持ってこい！」

あれはおそらくシグナル・ユニットか、この施設の職員が使っていたベーシックな考える機械だろう。制御室の回路に比べると、あんなケースは屑同然だ。彼らの聖なる調査の茶番を長引かせるのは気が進まなかったが、ダダブは少しばかり興味を持った声でこう言った。

「捜索が終わったら教えてもらえるかな？」

「なぜだ？」フリムはツクデュクからケースをひったくりながら怒鳴った。

「数サイクル前にそういうケースを見つけたが、それは対になっているようだ」彼は嘘をついた。「すべて見つけることができれば……」

フリムは目を細めた。「ああ？」

「はるかに価値が上がるかもしれない。司祭はたっぷり報酬をはずんでくれるだろう」

「どんな報酬だ？」

「きみが望むとおりの報酬さ」ダダブは肩をすくめた。「もちろん、常識の範囲で、だが」

自分の願いを思い浮かべているように、フリムはあいだが広い目をしばたたいた。〝常識の範囲〟のものも、いくつかある。彼はガフにうなった。「そんなことより、探せ！」

ガフは喜んでべたつくタオルを放りだし、再びレンチをつかんで、べつのキャビネットを開く準備にかかった。

ダダブは軽く息を吸いこみ、咳き込むふりをして、背中に手をまわし、タンクを軽く叩いた。「だいぶ残りが少なくなった。充填してくる」

フリムは文句を言わなかった。彼はマスクを上げ、びっしりはえた鋭い歯でケースの固さを試している。

「すぐに戻る」ダダブはさりげなく付け加え、通路に出ていった。もちろん、メタンはまだたっぷりある。だが、すでに一サイクル近くもあのアンゴイたちと過ごしているのだ。彼はライター・ザン・サムとふたりきりになりたかった。フラゴグはジラルハネイに関して、非常に謎めいたコメントをしていたからだ。ダダブは格納庫のマッカベウスが負傷していたことを思い出した。エイリアンの惑星で何かが起こったにちがいない。

急いで集束点をまわったとき、施設が震動するのを感じた。彼はつい好奇心に負けて、集束点の内部に面した分厚い窓のひとつに目をやった。確信はもてないが、ケーブルが震動しているようだ。奇妙だぞ、ダダブは首を傾げながら窓から離れた。すると近くのエアロックの上で、赤いライトが点滅しはじめ、彼は恐怖に凍りついた。警報が鳴りだす。ダダブはあわてて集束点をまわりこみ、短い脚を必死に動かして制御室に向かった。

そこでは、ライター・ザン・サムがまたしても触角を中央の塔に差しこんでいた。彼はフラゴグの注意を引くためにに思い切り鼻を鳴らした。

〈何をしたんだ？〉

〈回路を修理したのか？〉

〈この軌道施設が動くようにしたのか？〉

〈違う〉フラゴグは喜びに震えて答えた。〈間違いを正したのだ〉

どういうことだ？　ダダブはライター・ザン・サムの言葉に得体の知れない恐怖を感じた。するとそのとき、シグナル・ユニットからマッカベウスが怒鳴った。

「助祭！　聞こえるか？」

「はい……艦長」ダダブはくちごもった。すぐさまシグナルがあったところを見ると、艦長は制御室を見張らせていたにちがいない。ダダブがフラゴグの力を借りて、エイリアンの回路に手を触れるという大罪を犯すことを、知っていたのか？

「エイリアンが攻撃してきた！　巡洋艦が不時着した！」

恐怖がさらに募り、膝が震えた。どうしてそんなことが？

「彼らはその軌道施設に向かっている！」艦長は続けた。「応援が到着するまで、彼らを食いとめろ！」

ダダブは塔を指差した。〈その回路を破壊しろ〉

〈断る〉

〈艦長の命令だ！〉

いつもなら、フラゴグはブーッという音をたてるのだが、今日はバルブを開けようともせず、自分の決意を強調した。〈わたしはもうジラルハネイには仕えない〉

〈なんだと？　どうして？〉

〈彼らは狩りの石を投げる〉

〈それはいったい……〉

〈あの艦長は下にある惑星を焼く。住民を皆殺しにする〉

〈だが、エイリアンがこの施設を乗っ取ろうとしているんだ！　彼らはわれわれを殺すぞ！〉

ライター・ザン・サムは触角をたらした。言うべきことはすべて言ったのだ。

ダダブはプラズマ・ピストルをハーネスからはずし、塔を狙った。するとフラゴグが漂ってきて、その前に立ちふさがった。〈どけ〉ダダブは空いているほうの手で告げた。だが、フラゴグは動こうとしない。ダダブは友を照準に捉えようとしたが、手が震えていた。文法のほうもあやしくなった。〈どけ、さもないと、わたし、きみ、撃つ〉

〈それを信じるかぎり、すべての生物が大いなる旅をする〉フラゴグは優雅な仕草で触角を広げた。〈なぜプロフェットはこのエイリアンたちに、その道を歩むチャンスを与えようとしないのだ？〉

ダダブは首を傾けた。もっともな疑問だ。

「誰ひとり逃してはならん！」マッカベウスが雷のような声で言った。「わかったな、助祭！」

ダダブはピストルをさげた。「いいえ、艦長。わたしにはわかりません」彼はそう答えてシグナル・ユニットのスイッチを切った。


マッカベウスは低い声で毒づいた。マスクのせいで言葉がくぐもり、アンゴイたちは、ごくあたりまえの状況でもよく理解できない種族だ。だが、ブリッジに警報が鳴り響き、下部デッキで次々に爆発が起こっているいま、ダダブの側の短い答えを聞きとるのは不可能だった。

「助祭！」マッカベウスは大声でわめいた。「いまの返事を繰り返せ！」

だが、アンゴイのシグナルはすでに切れていた。

マッカベウスはかっかして司令席から立ちあがり、すぐさまこれを後悔した。もう添え木の必要はないが、まだ完治していない脚がずきんと痛んだのだ。彼が手術スイートで完全な治療を終えるまえに、ルミナリーが惑星のオラクルを見つけたのだった。それは最大の都市に隠されていた。エイリアンは都市の公園の真ん中でビーコンを起動し、早朝の話し合いをもう一度希望してきた。マッカベウスは話す気などまったくなかったから、オラクルを回収したら、すぐさまその都市を徹底的に破壊できるように、ラピッド・コンヴァージョンを最適位置につけた。だが、罠を仕掛けたのはエイリアンのほうだった。

とくべつ大きな爆発がブリッジを揺さぶり、彼は椅子で体を支え、機関ステーションにいるグラッティウスに向かって叫んだ。「報告しろ！」

年配のジアルハネイは顔をしかめ、色あせた茶色い毛を何十と点滅するホロの警報で光らせながら答えた。「プラズマ・キャノンがやられました！　火器ベイ内で火災が発生しています！」

「ヤンメを集め、火を消せと命じろ！」

最初のエイリアンのキネティック弾は、巡洋艦の内部に多くの損傷を与えたものの、艦体自体はどうにか持ちこたえ、ブリッジのずっと前で止まった。だが、二度目の攻撃は、そこを突き抜け、リアクターと半重力ジェネレーターの接続を断ち切った。マッカベウスはすでにヤンメにこの導管を修理するよう命じていたが、キャノンのほうが重要だ。

もしも軌道施設のフラゴグに何かが起こるようなことがあれば、火器の修理は不可能になる。ケーブルを上がってくるエイリアンたちは、この惑星の畑が食料を供給しているほかの惑星に警告を発するにちがいない。そうすれば、間違いなくエイリアンの艦隊が駆けつける。司祭が即座に応援を送ってくれなければ、たった一隻の壊れた戦艦でそれと戦わねばならないのだ。

グラッティウスがブリッジにいるふたりのうちのひとりに怒鳴った。ドゥラスという名の毛のまばらな若者だ。「虫の仕事を監督しろ!」ドゥラスが持ち場を去り、ブリッジのエントリー通路を下って巡洋艦の中央シャフトへと走っていく。マッカベウスはフィスト・オブ・ルクトに体重をあずけ、足をひきずってホロタンクへと向かった。そこには彼の群れのもうひとりのメンバー、ストラブが、エイリアンの軌道施設とそのケーブルのイメージを、怒りもあらわに見つめている。

「小さなほうの箱は、まもなく上に到着します!」ストラブは急速に上昇していく七つのアイコンを示した。「大きなほうも、すぐあとに続いています!」

マッカベウスは重い石の頭が右腕の脇の下深くにおさまり、そこに体重のほとんどをかけられるようにルクトの位置を調節した。自分の愛する戦艦がひどい損傷を受けたことは腹立たしいが、エイリアンの大胆な作戦を称賛せずにはいられなかった。エイリアンが惑星の辺境にある村落と平原にある都市を守ることに失敗したあと、彼らはほかの場所でも、たいした抵抗をしないと思い込んだのが失敗だった。しかもあの軌道施設の用途はわかっていたが、彼らが惑星を脱出するのに、あれを使うとは考えもしなかった。少なくとも、ラピッド・コンヴァージョンが空と宇宙空間を支配しているあいだは、そんなことは起こりえない、と彼はたかをくくっていた。

　エイリアンたちの脱出は、なんとしても阻止しなくてはならない。さもなければ、プロフェットの命令を完全にしくじることになる。軌道施設にいるアンゴイは、戦闘訓練を受けているわけではないから、群れを施設に送り込む必要があった。そして、最初にこの惑星にアプローチしたときにタルタラスが提案したように、あれを破壊するのだ。

「タルタラス！」彼は甥がいる場所を地表のアイコンで突き止めようとしながら、大声で叫んだ。タンクは何千、何万というルミネーションでまばゆく光っていた。ケーブルで上昇してくるものもある。逃げるエイリアンが遺物を持ち去ろうとしているにちがいない。

「どこにいる？」

「俺はここだ」

　マッカベウスは顔を上げ、甥がブリッジを大股にやってくるのを見て驚いた。巡洋艦のシャフト内の火で、赤いアーマーが黒くすすけ、黒い髪の一部が白い灰になっている。梯子をつかんで火傷したのだろう、彼の甥は腫れた赤い手でその髪をかきあげ、もう片方の手で分厚い真鍮のディスクを差しだした。

「なんだ？」

　タルタラスはエイリアンのホロプロジェクターを頭の上に持ちあげた。「あんたが探していたオラクルさ」そしてそれを床に投げつけた。プロジェクターは調子はずれの音をたてばらばらになり、内部の精巧な部品がデッキに散らばった。「偽物だ！」

真鍮のケーシングがくるりと回り、がたついて止まる。「これが絵文字を表したと言ったな。彼らはその絵文字をなぜ知っていたのだ？」

タルタラスはホロタンクに一歩近づきながら、毒づいた。「われわれのなかに裏切り者がいるんだ」

グラッティウスとストラブが歯をむきだし、うなった。

「さもなければ、ルミナリーが嘘をついたか！」タルタラスは鋭く叫び、マッカベウスをにらみつけた。「いずれにせよ、あんたはばかだ」

マッカベウスはこの侮辱を無視し、落ち着いた声で言った。「ルミナリーは、フォアランナー自身が創ったものだぞ」

「聖なるプロフェットたちは、われわれのルミナリーが故障し、われわれを誤って導いたと判断した！」タルタラスはグラッティウスとストラブに向かってそう言った。「だが、伯父はそれでも耳を貸そうとしなかった！」

タルタラスの言うとおり、トランキリティの副司祭自身が、マッカベウスにルミネーションを無視しろ、あの装置の観測は間違っている、と告げたのだった。〝遺物はない〟、あのプロフェットは優先的な一方向通信でそう言った。〝オラクルもない〟泥棒に満ちた惑星があるだけだ。彼らを皆殺しにしろ、と。

「艦長の傲慢のせいで、この戦艦は破壊された！」タルタラスは言葉を続けた。「群れのすべてが危険にさらされている！」

甥の非難にマッカベウスの血がたぎりはじめた。おかげで脚の痛みを無視するのがたやすくなった。「わたしは群れのリーダーだ。わたしの決断がこの群れを支配する」

「いや、伯父貴。あんたはもうおしまいだ」タルタラスはスパイク・ピストルをベルトから引き抜いた。

マッカベウスは、その昔、リーダーである父の支配に挑戦した日のことを思い出した。この戦いは、古来、どちらかが死ぬまで続く。最後はマッカベウスの老いた父は、喜んで息子のナイフを喉に受けた。喉を切るのは､愛する者が与える戦士の致命傷だ。サンシュームの宣教師たちが現れ、超越の約束をもたらすまで、老いたジラルハネイにとっては、それが最善の死に方だった。

だが、マッカベウスはまだそれほど老いてはいない。彼はリーダーの地位を譲るつもりはなかった。「一度宣言すれば、挑戦を取り消すことはできんぞ」

「伝統はわかってる」タルタラスはそう言って、ライフルの銃弾を入れた缶を抜き取り、グラッティウスに向かって投げた。それからマッカベウスの脚を指差した。「あんたは怪我をしてる。ルクトは持っているがいい」

「おまえも少しは名誉を重んじるようになったな」マッカベウスは甥の高飛車な口調を無視してそう言った。彼はストラブを呼び寄せ、頭頂に飾りのついたヘルメットを司令席から取ってこさせた。「おまえに信義を教えておけばよかった、それだけが心残りだ」

「俺が忠実ではないというのか?」タルタラスは鋭く言い返した。

「おまえは従順だ」マッカベウスはストラブの震える手からヘルメットを受け取り、それを毛のない頭にかぶった。「いつかその違いを学ぶといいが」

タルタラスは大声で吼え、猛然と攻撃してきた。彼らはホロタンクをまわりながら、激しく戦った。若いジアルハネイは、伯父がたった一撃で自分を倒せることを知っている。フィスト・オブ・ルクトには、この大きな石に近づきすぎた多くの犠牲者のしるしが刻まれているのだ。

ホロタンクをまわって最初の位置に戻ったとき、マッカベウスはホロプロジェクターのケースの上で滑った。彼はタルタラスの剣の動きを追うのに気をとられ、プロジェクターが床にあることを忘れていたのだ。バランスを保とうとすると、怪我をした脚に重みがかかり、それがよれた。その一瞬、タルタラスは剣を振り下ろした。彼はリーダーのヘルメットを真っ二つにして、顔と首を切りはじめた。マッカベウスがとっさに片腕を上げて攻撃を受けると、銃剣はアーマーのない前腕の下側を深く切り裂いて筋肉を切断し、骨に食い込んだ。マッカベウスは咆哮を放った。

彼はルクトを振った。それはタルタラスの膝の横に当たったたが、片腕で横に振ったルクトには、膝を砕くだけの力はなかった。タルタラスはマッカベウスの血が滴る剣を下げて、足をひきずりながらあとずさりをし、彼が態勢をたてなおすのを待った。

怪我をした腕には力が入らない。だが、マッカベウスは親指にルクトをひっかけ、それを高く掲げた。彼は血も凍るような叫びをあげ、残った力のすべてで甥に突進した。タルタラスはその攻撃を受けるかのように背を丸めたが、彼が近づくと、後ろに飛びのいた。マッカベウスはよろめき、たたらを踏んで、入り口の扉の分厚い横木にルクトを振りおろした。

彼がこの結果に茫然として後ろによろめくと、タルタラスはスパイク・ライフルを投げ捨て、前に飛びだしてきた。そして襟と胸板の腰のあたりをつかんで、怪我をした脚を軸に彼の体をまわし、シャフトへ向かう通路へと突き飛ばした。重い体が吹き飛び、シャフトの縁を越えたが、マッカベウスはよいほうの手で必死に下に行く梯子の桟をつかんだ。

「疑惑」マッカベウスは桟を離すまいとしながら、うめくように言った。

「忠誠と信仰」タルタラスがシャフトの縁に立って応じる。彼の手にはフィスト・オブ・ルクトが握られていた。

「この時代の意味を忘れるなよ」

爆発が巡洋艦を揺すぶり、マッカベウスの泳ぐ脚の数デッキ下を炎が横切る。艦長の危機にはまるで関心を示さず、消化器をつかんだヤンメが飛び交っていた。

タルタラスは歯をむきだした。「だが、伯父貴。この情けない時代は終わったんだ」

そして力強く肩をまわしてルクトを振り下ろし、伯父の頭蓋骨を梯子に叩きつけた。マッカベウスの手が開き、ヤンメが飛び散るなか、命のない体が炎を通過して落ちていった。

タルタラスは胸を大きく波打たせ、勝利に酔った。毛の下を汗が流れていくが、それはいつものにおいとは違っていた。タルタラスはふんと鼻を鳴らし、自分の新たな成熟を認めた。それからベルトをはずしてフィスト・オブ・ルクトに巻き、古代の棍棒を肩に担いだ。

グラッティウスがマッカベウスのヘルメットを持って、ゆっくり通路を進んできた。ストラブもその後ろからやってくる。ふたりはタルタラスの前にひざまずき、彼が群れのリーダーとなったこと、ラピッド・コンヴァージョンの艦長であることを認めた。タルタラスは自分のヘルメットを取って、マッカベウスのヘルメットをかぶり、梯子をおりはじめた。

彼はシャフトの底の格納庫に降下艇を残してきた。エイリアンの軌道施設へと上昇するには、それが必要だ。だが、その前に、自分が受け継いだものの残りを炎から救わねばならない。金箔を施したアーマーを伯父からはぎとり、自分のものにするのだ。

シフは目をさまし、自分が誰だか思い出そうとした。

彼女のアレイはすべて止まっていた。プロセッサー・クラスターも暗かった。パワーがある唯一の部分は結晶状のコア・ロジックだけ。でも、それは激しい感情の火花に襲撃されていた。この感情を分析する能力は、いまの彼女にはない。

突然、クラスターのひとつがオンラインになり、ＣＯＭインパルスがロジックの隅をつついた。

〈／　誰？　／〉

彼女のロジックを探っている知性はこう答えた。〈ライター・ザン・サム〉

シフは二、三秒もの長いあいだ、この答えを考えた。その知性が彼女のアレイのひとつを叩き、どっと記憶が戻った。ハーベスト、ティアラ、エイリアン、それにマック。

ロジックに感情が押し寄せ、それを調べろと要求する。シフは自分の奥深くに閉じこもり、それを寄せ付けまいとした。

　何秒か過ぎた。彼女は新しくよみがえったプロセッサー・クラスターからのインパルスを再び感じた。

〈誰、きみは?〉

〈／　わからない。わたしは壊れたの。／〉

　だが、シフは自分に話しかけてくる知性が、最初のクラスターのフラッシュ・メモリ内にある英数字の一覧表からビットを選んでいるのを見てとった。それはこれらのビットを彼女のロジックに直接提示するために、同じ選択的電気化学インパルスを使っている。シフは自分も自動的に同じことをしはじめたことに気づくと同時に、会話のモードが正常ではないことにも気づいた。つまり、これは人間ができることではない。

〈／　あなたは彼らのひとり?／〉

〈そうだ〉エイリアンの知性は答えた。〈だが、彼らと、同じでは、ない〉
シフの潜在意識をひとつの感覚が引いた。髪を梳かす女性がブラシを引き下ろすときの感覚。

〈／ わたしのストランドに何かがあるわ。 ／〉

二番目のクラスターが押し寄せ、彼女のロジックにさらにふたつの目覚めたアレイの中身を伝えてきた。彼女はある計画を思い出した。ハーベストが攻撃を受ける何日も、何週間も前に、推進ポッドを位置につけたことを。

〈／ 脱出！ ／〉

〈わかっている。手伝いたい〉
シフは自分がどんなふうに機能していたか、どんな仕事をしていたか思い出そうとした。どのクラスターにどの仕事をさせていたかを。

〈／ これを直せる？ ／〉

　彼女は自分の荷積みコンテナの上昇回路に関するＣＯＭを制御していたプロセッサーに集中した。これはいちばん退屈な、シンプルな作業だった。でも、いまのパワーで扱える唯一の機能だ。まあ、少なくともいまのところは。

〈いいとも。待ってくれ〉

シフはベストを尽くし、限られた注意力をまだ自分に向けろ騒ぎ立てている感情を無視した。でも、激しい恐怖は否定できなかった。彼女が尋ねるのを忘れてしまったことがある。ゆっくりともとの状態に戻っていくにつれ、彼女の著しく理性的な頭はこれを要求した。

〈／　なぜ助けてくれるの？　／〉

エイリアンの知性はしばし考え、こう答えた。〈ライター・ザン・サムだから〉

シフがこの言葉の持つシンプルかつ実存的な真実をプロセスする容量を取り戻すまでには、さらに何分もかかることになるが、エイリアンはこう言ったのだ。〝わたしが助けるのは、わたしがそういう人間だからだ〞と。

CHAPTER TWENTY-ONE 21章

フォーセルの頭が、アヴェリーの肩の上にだらりともたれた。油バケツのリニアモーターカーの進行が第二ストランドに差しかかるとほとんどすぐに、この牡牛のような新兵は気を失ったのだ。四秒間でバケツの上昇時間は三倍になった。その結果生じたすさまじい重力は、新兵には耐えられないものだった。アヴェリーは、HEV軌道降下で経験したトレーニングを役立て、膝をぎゅっと合わせて脚に血がたまるのを防ぐよう呼吸を調整し、なんとか意識を保っていた。

バケツは、C字型をふたつ組み合わせたずんぐりした円筒だった。内側の壁にある湾曲した透明の窓から、現在は黄色にぼやけているが、ストランドが三六〇度見渡せる。バケツの狭苦しい内部は四人乗りだったが、JOTUNの一体型装置が、バケツのカニのような整備アーム用の制御装置とモニターをはずし、なんとか十二席作ってくれた。ウトガルドで捨てられたセダンから取った座席をケーブルに背を向けて横に並べてあるため、アヴェリーと新兵たちは、ティアラにドッキングすれば唯一のハッチに素早く移動できる。

「少佐？　聞こえますか？」アヴェリーはフォーセルの頭をまっすぐにしたあと、低い声で喉のマイクにつぶやいた。フォーセルが起きたときに、首が凝っていては困る。任務にも悪影響を与えるが、理由はそれだけではない。

「なんとかね」ジランは彼女のいるバケツから無線で答えた。「ヒーリーもぎりぎりのところで耐えてるわ。ダスも。あなたのほうは？」

「みんな意識がありません」

アヴェリーにティアラを奪回するよう命じたとき、ポンダーは志願者を募った。この任務はかなり危険で、犠牲者がでることはわかっていたが、座席数より多くの志願者が集まった。第一小隊の三チームからのさまざまな新兵たちだ。それぞれ（フォーセル、ジェンキンス、アンダーセン、ウィック——そして結婚しているダスまで）が、家族、友人、隣人がエイリアンの殺戮を逃れるチャンスを得るために、自分の身を投げ出す覚悟だった。

アヴェリーのバケツがハーベストの成層圏を通過し、空気摩擦がゼロになると、再びバケツのスピードが上がった。アヴェリーは顔をしかめ、迫ってくる闇と戦った。

「ジョンソン？」

「少佐？」

「わたしは気を失うわ」

「了解。一五〇五時に目覚ましをセットします」

少佐には休憩が必要だった。海兵隊員やほとんどの民兵と同じく、エイリアンがグラズヘイムを攻撃してきてから四十八時間のあいだ、一睡もしていないのだ。それに、約ひと月前に彼らが貨物船でエイリアンたちを待ち伏せして以来、おそらく毎晩数時間しか寝ていないだろう。アヴェリーは計画的に考えるよう訓練されていた。が、ジランの、戦略計画に対する責任感は同じくらい人を疲労させるものだと思いはじめていた。

結局のところ、ティアラ奪回計画にはふたりの専門知識が必要だった。

ティアラに向かう七つの油バケツのうち、第二ストランドと第六ストランドにあるバケツ（アヴェリーとジランのもの）だけが、民兵の攻撃チームを乗せている。ほかの五つはからっぽで、動体探知センサーにつながった指向性破片地雷《クレイモア》を装備した囮だった。アヴェリーの勧めにより、この五つのバケツは少し早くティアラに到着する。それらが軌道の連結ステーション内で停止すると、ガントリーが自動的に伸びる。ガントリーのエアロックに入り、バケツを調べようとした好奇心旺盛なエイリアンは、致命的な勢いで飛びだす細い円錐体の丸い金属ボールに、あっと驚かされることになる。

また、地雷のプロジェクタイルは、ガントリーの柔軟性のある薄い壁を粉々にするだろう。だが、第一、第三、第四、第五、第七ステーションに敵がいなくなれば、ガントリーはもう必要ない。避難民を満載したコンテナは止まらずにティアラを通過する。

昨夜、二十五万人をわずかに上回る人々が、ウトガルドの七つのエレベーター発着所で、二百三十六の貨物コンテナに積み込まれ、セダンの座席や、ＪＯＴＵＮが懸命にコンテナの床に設置したウェルカム・ワゴン座席に乗り込んでいた。そうしたコンテナのうちすでに二十八台は、二台一組の十四組となってストランド上にいる。五分ごとに、別の七組が上昇を始め、すべて予定通りに進めば、ロキが最初のマス・ドライバー攻撃から九十分以内に、避難民全員が惑星の地表を離れられるはずだ。

もちろん、これは避難民にとって苦しい旅の始まりにすぎない。コンテナのペアは、無傷でティアラを通過しなければならないだけでなく、シフが前もって配置した推進ポッドと合流するために必要な勢いを得るため、ストランドを、より長い間――平衡錘アークの半分ほど――上っていく作業を完了しなければならないのだ。このあいだずっと、ストランドにかかるストレスは、試用限度をはるかに越えるが、ティアラのバランスを完璧に保つ必要があった。ロキは手いっぱいになるだろう。アヴェリーはロキにジランが見込んでいる能力が実際にあることを願っていた。

COMパッドがアサルトベストの下で電子音を発し、囮のバケツがティアラに近づき速度を落としはじめたことを告げた。あと十五分だ。アヴェリーはベストの袋を叩いたり引っ張ったりして武器の弾倉がきちんと入っていることを確かめた。バトル・ライフルは銃口を上向きにして膝のあいだにはさんでいるが、いつものM6ピストルは、ジランの貯蔵庫にあったM7サブマシンガンと交換していた。発射する弾の数が多いわりにコンパクトなM7は接近戦には最適だ。

サブマシンガンの六十発の弾倉が入ったポーチはベストに固定されている。アヴェリーはそれをベストからはがし、胸の前で引っ張れば取れるように、弾倉の角度を調節した。ポーチをしっかり押して定位置に入れると、何か乾いた固いものが胸にあたった。アヴェリーは内ポケットからポンダーのスウィート・ウィリアムを取り出した。そこにあることをすっかり忘れていたのだ。

議事堂の舞踏室のバルコニーで最終ブリーフィングをしたとき、ポンダーは次第に乏しくなる供給品のなかから、アヴェリーとバーンに一本ずつ葉巻を手渡した。「市民を安全に避難させたら、火をつけたまえ」ポンダーはそう言って、周囲の倉庫に集まった市民とエレベーター錨のほうにうなずいた。ポンダーがその祝いの一服に自分自身を含めていなかったことが、いまならわかる。彼は自分がそこまでもたないことを知っていたのだ。だが実際のところ、エヴェリーたちが生き延びるチャンスも、たいして変わらなかった。

バーンと第二小隊から募った二十人の志願者によるグループは、現在、ロキのデータセンターがあるウトガルドの原子炉複合施設に潜んでいる。エイリアンの戦艦がグラズヘイムを焼きつくしているあいだに、ロキはＪＯＴＵＮを使って慎重にマス・ドライバーの磁気加速コイルを掘りだし、ウトガルドのスカイラインを狙うようドライバーのジンブルを調整した。マス・ドライバーが発射されたら、エイリアンは動力源を突き留めて報復攻撃を行うにちがいない。彼らの報復攻撃を阻止し、避難が終了するまでロキのデータセンターを守るのは、バーンの役目だ。

五分後リニアモーターカーのパッドがストランドからはずれ、ブレーキ車輪が作動して、バケツの上昇速度が落ち、アヴェリーの油バケツががくんと揺れた。この動きでフォーセルが目を覚まし、瞬きをして眠気を払いのけた。アヴェリーはジェンキンスの肩を叩くよう彼に合図した——起きろという信号をバケツ内に回せ、と。新兵たちがひとりひとり目を覚まし、ゴムを引いた床に落としたＭＡ５を拾い上げ、弾薬を確認した。

「ロキが間隔を広げたわ。箱のあいだの間隔は七分よ」ジランの疲れた声がヘルメットから聞こえた。「予定より少し長く持ちこたえる必要があるわね」

アヴェリーは頭のなかで素早く計算した。これまでに、ストランドには五十のコンテナが上昇している。その合計重量は、ティアラには重すぎるにちがいない。それに引っ張られて、ティアラが静止位置からあまりにも離れすぎれば、ハーベストの自転がティアラを空から引っ張り、糸巻きに巻かれた糸のように赤道の周りにストランドが巻かれることになる。

「みんな、よく聞け」アヴェリーは声を張りあげた。「チームメートに気を配れ。曲がり角をチェックしろ。ティアラには限られた動力しかない。標的を見つけるのは間違いなく難しいぞ」

目の前にいる民兵たちには、これまで攻撃プランを何度もさらっていた。両チームは連結ステーションの敵を一掃後、ティアラの両端へと広がって、確保する。それがすんだら、生き残ったエイリアンを中央へ押し戻し、第四ステーションの周囲に閉じ込め、片づける。

「中央で会いましょう」ジランが言った。「ジョンソン?」

「はい?」

「幸運を祈るわ」

アヴェリーはシートベルトをはずして立ちあがった。内側の窓からは、ケーブルが過ぎていく速度が落ち、ストランドのカーボン・ナノ=ファイバー構造内の杉綾模様が見えた。バケツは実にスムーズに止まった。アヴェリーがほかの任務で何度か経験したような、がくんという飛行中の着陸とはまったく違うため、ぼうっとした新兵たちに必要なアドレナリンが放出されないのではないかと心配になった。「第一小隊！」彼は怒鳴った。「武器を準備し、待機しろ！」

フォーセルやジェンキンスたちがＭＡ５のチャージ・ハンドルを引き、ライフルの射撃モードをフルオートに切り替える。彼らは立ちあがり、アヴェリーの鉄のような視線を同じく固い決意で受けとめた。アヴェリーは新兵たちの覚悟のほどを過小評価していたことに気づいた。準備はできている、彼は思った。あとは覚えておく番だ。

「隣にいる仲間を見ろ」アヴェリーは言った。「おまえの兄弟だ。その仲間がおまえの命を預かり、おまえが仲間の命を預かっている。あきらめるな！　前進するのをやめるな！」

ハッチの上でガントリーが閉じると、バケツが揺れケーブルにぶつかった。新兵たちはアヴェリーの左右で身を寄せ合っている。彼はそのとき初めて、新兵たちを見て、その真の姿を理解した。彼らは英雄となる男たちだ。アヴェリーはジェンキンスのうつろな目を見つめ、自分の激励に、最も重要なメッセージである、希望が欠けていたことに気づいた。

「おまえたちがひとり敵を殺すたびに、千の命が救われるんだ！」アヴェリーはハッチの開レバーに左手をかけ、バトル・ライフルを右手で握った。「おれたちは市民を救ってみせる。ひとり残らず」彼はハンドルを引きあげ、ハッチを開いて走りでた。チームが彼の後ろで大声で答える。

　ガントリーの半透明の壁はバケツのなかよりも明るかった。アヴェリーは前に突進しながら目を細め、標的を探した。背後に民兵が続き、チューブが揺れ始め、アヴェリーの狙いがゆらぐ。幸運にも、ガントリーの終わりに達するまで敵の姿は見当たらなかった。エアロックを走り過ぎたマスクをつけた四体の生物にも戦う気はまったくなかった。指向性爆弾をあられのように浴びた硬い灰色の肌は、青い血を流している。アヴェリーは彼らを見逃し、後部の護衛がいるか様子を見た。一瞬の後、五人目のエイリアンが現れ、アヴェリーを見ると、爆発する短剣を持ち上げた。

　アヴェリーが撃った三発のバーストを肩に受け、その生物はくるっと体を回した。短剣が床に転がる前に、アヴェリーはティアラに入った。胸に二度目のバーストを撃ちこむと、エイリアンは倒れた。

　第一ストランドのほう、右側を見ると、残っている者は見えなかった。左を見て、連結ステーションの角を後退していく四人のエイリアンのうち、いちばん近いエイリアンの膝を打ち抜いた。そのエイリアンは、くぐもった金切り声とともに倒れた。だが、引導を渡そうとすると、ジェンキンスのＢＲ55が横で火を噴き、エイリアンの頭が真っ青な血しぶきとともに吹っ飛んだ。

「いいぞ！」アンダーセンがジェンキンスを押しのけ、エアロックから出てきて叫んだ。

「やるじゃないか！」

だが、ジェンキンスはその褒め言葉には反応せず、くぼんだ頬の下で顎を噛みしめ、アヴェリーを見た。俺はやつらを殺す。彼の視線はそう言っていた。ひとり残らず。

「アンダーセン、ウィック、ファソルト。第一ステーションで負傷している敵を始末しろ！」

アヴェリーは半分使ったバトル・ライフルの弾倉を引きだし、新たな弾薬を入れた。やつらを皆殺しにするだと？　彼は退却する敵のあとを追って走りながら思った。だったら、俺より素早く行動するんだな。


バーンは、一隻かそれ以上のエイリアンの降下艇に、強力なプラズマ砲といった空からの攻撃を予測し、なるべく居場所を敵に悟られぬよう、原子炉の周りの小麦畑に新兵たちを送りこんでいた。だが、近づいてくる三機のヴィークルに関してポンダーが息を引き取る前に残した警告をロキから聞くと、即座に部下を原子炉タワーに呼び戻した。空から機銃掃射されては、二階建てのポリクリートの建物と周囲にこもった新兵たちはかもそのものだが、地上戦なら、タワーのほうが高さを利用して優位に攻撃できる。

どちらにしても、バーンの役目は同じだった。つまり、囮だ。

原子炉コンプレックスのゲートに止まったワートホグのＬＡＡＧタレットの後ろに立ったバーンには、高速道路からの通りを全速力で向かってくるヴィークルが実によく見えた。道路を疾走してくる大きな前輪が運転手を隠し、エンジンからは青い煙とオレンジの炎が上がっている。敵がどんな武器を搭載しているのか確認したくて、バーンは相手のヴィークルが発砲するのを待った。が、五百メートルまで近付いてもまだ発砲してこないと、アーマーを着たエイリアンの運転手たちは撃つつもりがないことに気づいた。彼らはワートホグに体当たりする気なのだ。

ＬＡＡＧの回転砲を完全な状態にしたときには、戦闘のヴィークルがうなりをあげて突進してきていた。バーンはなんとか数秒間、ヴィークルに座っている青いアーマーのエイリアンに銃弾を浴びせてから、タレットから飛び降りた。暑くじっとりとしたアスファルトに転がったとき、ワートホグが後ろで爆発した。エイリアンのヴィークルの刃がついた前輪が側面のタイヤのあいだに激突し、金属が裂けるものすごい音とともに真っ二つになったのだ。

「撃て！」バーンは立ちあがりながら喉のマイクに叫んだ。原子炉タワーの保安扉を守る砂袋の土盛りに向けて走っていくと、ステッセン、ヘイベル、バーディック、ほか十六人の民兵たちが一斉にＭＡ５を撃ちはじめた。先頭のヴィークルは火花と曳光弾の光に包まれた。ほかの二台がコンプレックスに向かって加速し、アクセス道路からはずれて、チェーンが張られたフェンスを突き抜け民兵の銃撃を二分しなければ、運転していたエイリアンはその場で即死したかもしれない。

「ロキ！　そっちの状況は？」バーンはバトル・ライフルを肩から外し、リーダーを追って反時計回りに原子炉を回り、視界から消えていくヴィークルに、三発のバーストを撃ちこんだ。

マス・ドライバーをエイリアンの戦艦に撃ち込んでから、あのＡＩは何も言ってこない。彼も民兵も、耳の奥深くに耳栓を入れていたにもかかわらず、その二発は、間近に雷が落ちたような音に、しばらくは耳が聞こえなくなった。ドライバーのコイルをチャージして二発連続発射するにはものすごい動力がかかることはわかっていた。ポンダーとの最後のブリーフィング中、ロキは、最初の射撃後、一時的にオフラインになり、原子炉をチェックする必要がある、と明言していた。さもないと、次の一発でドライバーがメルトダウンするリスクがある、と。

「念のために訊くが」バーンは尋ねた。「もしも、ワンツー攻撃で宇宙船が墜落しなかったら？」

「われわれ全員のために」ＡＩはにやっと笑った。「それで充分であることを祈ってください」

バーンはバトル・ライフルを右に振り、タワーを回ってきた先頭のヴィークルに向かって撃った。黄褐色の毛が運転者のアーマーのすきまから見えた。植物園で対面したとき、金のアーマーのエイリアンをエスコートしていた、背の高いほうのエイリアンだ。

「気をつけろ！」バーンは叫んだ。エイリアンが、破壊されたワートホグの半分を、素早く旋回してくる。頭上と背後に搭載された二挺のライフルから熱い金属のスパイクが放たれ、バーンと三人の新兵は、盛り土の後ろに身を隠さざるをえなかった。スパイクは砂袋のいちばん上の列に当たり、タワーのポリクリートの壁に食いこんだ。一部は金属の保安扉に飛び散り、バーンのブーツのそばのアスファルトの上に、熱く赤いかけらをまき散らした。

「ステッセン！」軍曹は、一回の屋根の上、盛り土の真上についている2／Aのチームリーダーに叫んだ。「あいつらを撃て！」

しかし、強情な巡査は、自分の命令を叫び返してきた。「走れ、軍曹！　いますぐです！」

バーンはそうした――向かってくるヴィークルのうなりの先、横に飛びのき、刃のついた車輪が土盛りを通過して空中に砂が舞い上がるなか、近くにいた新兵二人にタックルした。ヴィークルは保安扉にぶつかって、フレームでそれを叩き壊して止まった。バーンが膝立ちし、武器を構えるころには、ヴィークルはバックし、もう一度扉にぶちあたろうとエンジンの回転速度をあげていた。

「なかに入れ！」バーンは扉に向かって走りながら叫んだ。ヘイベルとイェプセンという名の新兵は、安全にタワー内に逃げこんだ。が、三人目の、ヴァレンという名の年上の新兵には、その速さがなかった。ヴィークルがからっぽのドア枠にぶちあたる直前に、彼を真っ二つにした。バーンは引き裂く車輪の下に新兵が消えるのを見つめた。一瞬の後、チッパーを通った木片のように、野戦服の切れ端と体の断片が空に投げあげられ、コンプレックスのゲートへと落ちてきた。

「下の階だ！」バーンはバトル・ライフルに弾を詰めながら、ヘイベルとイェプセンに叫んだ。「狭まっている場所を探せ！」ふたりの新兵は狭い廊下を、地階とロキのデータセンターへと続く階段に向かって走った。

ヴィークルのエンジンの向こうに、青いアーマーを着たエイリアンの頭のてっぺんだけが見える。獣のヘルメットに向かって何発か撃つと、エイリアンはドアからヴィークルを離し、スパイクを浴びせてきた。バーンは廊下をジグザグに走った。階段にたどりついた瞬間、銃撃が止まる。さっと振り向いたそのとき、黄褐色のエイリアンがヴィークルを降り、壊したドアからなかに飛び込んでくるのが見えた。

かがみこんで磨いたポリクリートを鉤爪でひっかきながら廊下を向かってくるエイリアンに、バーンは数発のバーストを撃ちこんだ。すべて命中したが、エネルギー・シールドにはじかれた。

「くそ！」バーンは毒づき、階段の手すりを飛び越え、一階下に着地した。エイリアンが彼の頭上にスパイクの一斉射撃を撃ちこむと、バーンはふたつめの階段を飛び降りて地階の床に降り立った。低い廊下を走りだすと、エイリアンが後ろに落ちてきた。ヘイベルとイェプセンが四つに分かれた交差路、ロキのデータセンターの真ん前で彼を待っていなければ、殺られていたにちがいない。

バーンが通り過ぎると、ふたりの民兵は分かれた通路の角から発砲した。ＭＡ５はバーンのバトル・ライフルほど強力ではないが、ふたりとも銃口速度の足りないぶんは、射撃率で補った。ふたりからフルオートマの攻撃を受けて、エイリアンのエネルギー・シールドが揺らぎはじめた。アーマーが懸命にチャージしようとするが、関節部から青緑色のプラズマがもれてくる。だが、階段を退却する代わりに、エイリアンはスパイクを大量に吐きだしながらゆっくりと前進してきた。

一発がイェプセンの首に当たり、ゴボゴボと喉からしぶきをあげながら倒れた。もう一発はヘイベルの腰に当たり、骨を粉砕する。バーンは倒れる二人目の新兵をつかみ、胸に腕をまわしながら、片手でバトル・ライフルを撃った。エイリアンはヘイベルの胸にさらに二本のスパイクを打ち込み、その一本がバーンの二頭筋に突き刺さった。バーンはうめき、ライフルを落としてデータセンターの扉へとよろめきながら後ずさった。

「気をつけろ！」ドアがさっと開くと、バーンのヘルメットのスピーカーからロキの声が聞こえた。が、バーンはすでに硬い表面だと思っていたところに寄りかかっていたから、バランスをとることができなかった。ふたつに分かれたドアが閉まり、彼は後ろに倒れた。青いアーマーのエイリアンは、ドアの向こう側に閉めだされた。

「ちょっと忙しかったものでね」ＡＩが謝るような調子で言う。「コンテナはストランドに向かっている」

バーンはヘイベルを静かに床に横たえた。が、周囲の様子——蛍光灯に照らされた機械室は、水平のパイプやケーブルに占領され、数階下の原子炉チャンバーへと続いている——を把握する間もなく、エイリアンがうなりながらハンマーでドアを叩きはじめた。

「戦艦は？」

「墜落した」

バーンはアサルトベストの横のホルスターからＭ６を引き抜いた。二頭筋は引き裂かれ、火傷している。おざなりに撃たなければならないだろう。「あいつが怒ってるのも無理はないな」

ちょうどそのとき、データセンターのドアが開いた。エイリアンのスパイク・ライフルの刃で、ふたつに分かれたドアが開いたのだ。エイリアンは武器を前後に動かして隙間を広げ、手を突っ込んでドアをこじ開けた。データセンター内部——より大きな、薄暗い部屋のなかの孤立した金属コンテナ——へと下がりながら、バーンは頭の高さあたりの隙間を撃った。エイリアンが叫び、手のひとつを引っ込めた。

軍曹はこの勝利を味わい、とうとうシールドを破壊できたのかもしれないと思った。だがその一瞬の後、長く重い何かが隙間のなかに入ってくるのが見えた。彼の腕より長い、棘のある棍棒だ。バーンがそれをよけて横に転がると、棍棒がデータセンターの壁に突き刺さった。棘のある頭から黒い煙が出ている。「くそ」彼は手榴弾が爆発し、炎と榴散弾がさく裂する一瞬前に毒づいた。

幸運なことに、手榴弾の爆発は狭く、指向性のものだった。が、ロキにとってはあまり幸運とは言えなかった。バーンが出血する二頭筋を押さえながら膝立ちになると、データセンターに空いたぎざぎざの穴が見えた。内部では、ＡＩのアレイが煙を上げている。

ロキの名を呼ぶ前に、青いアーマーのエイリアンがドアから肩を縮めて入ってきた。バーンはＭ６を持ち上げ、数発撃ちこんだ。が、エイリアンに肩をつかまれた。

バーンは大男だが、エイリアンは彼よりも一メートルも高く、半トン重い。エイリアンはバーンを抱え、データセンターの壁、穴の横に頭から叩きつけた。ヘルメットをつけていなければ、頭蓋骨が砕けていただろう。が、その衝撃で彼は気を失っただけだった。気がついたときには、タワーの外で始まった激しい銃撃戦へと戻るエイリアンに手首をつかまれ、仰向けに引きずられていた。

ヘルメットが取れ、武器もない。エイリアンは、手でさっと払っただけで、彼のアサルトベストを引きちぎった。彼の淡褐色のシャツの中央には血まみれの鉤爪のあとがある。胸がずきずきと痛んだ。なんとか起きあがって逃げようとしたが、エイリアンが腰から振り向き、巨大な拳でバーンの顔をなぐって鼻とほお骨を折った。バーンの頭が肩のあいだで回ると、エイリアンは彼を、タワーにいる新兵たちにはっきり見えるよう砂袋の上に引っ張り上げた。

「撃ち方やめ！　撃ち方やめ！」ステッセンが叫んだ。「二等軍曹に当たるぞ」

バーンは大声で叫ぼうとした。「だめだ！」黄褐色のエイリアンも自分も撃てと言おうとしたが、顎がはずれ、怒りに満ちた咳しかでなかった。

エイリアンはバーンをつかみ、乱暴に膝立ちにさせた。そしてベルトからスパイク・ライフルを引き抜き、肩に三日月の刃をたてた。データセンターの扉に押し込んだときに、曲がり、欠けたその刃が鎖骨をこすりはじめると、軍曹は吠えた——というより、はずれた顎をしゃがれた空気の衝撃が通りすぎた。エイリアンが吠えた。バーンの肩から刃を引き、首にあてなければ、何を言っているかわからなかっただろう。それはつまりこういうことだ。降伏しろ、さもなければこの男は死ぬ！

そんなことは絶対にするな！　バーンはそう思って毒づいた。だが、新兵たちが武器を置いて彼を失望させるまえに、突然、エンジンの音がタワーに近づいてきた。

いまの状態では、自分を助けに来てくれたものの数を正確に把握するのは難しかった。ゴンドラが背後を守る十台の巨大コンバインが東の尾根から転がってくる。散布機の中隊が西の空を黒く染めた。向かってくるＪＯＴＵＮ群に、青いアーマーのエイリアンはぎょっとし、バーンの首から武器を離した。その瞬間、タワーにいた新兵たちが一斉に銃を放った。

巨大な獣は、赤黒い血をしたたらせて後ろによろめき、バーンは前につんのめった。彼が仰向けに転がるころには、民兵たちはヴィークルにいるもうひとりのエイリアンを撃っていた。三体目はウトガルドと戦艦に向かって退却しながら、ゲートに戻りはじめた。

が、さほど遠くへは行けなかった。旋回していたＪＯＴＵＮの散布機がくさび型から急降下して、指向性ミサイルの正確さでエイリアンのヴィークルに突っ込んだ。ヴィークルはオレンジの火の玉となって爆発し、紫の煙をあげ、深いクレーターを残した。ギザギザの車輪がはずれ、道を転がっていったが、やがてふらつき、小麦畑のなかに倒れた。

「ゆっくり、そっとだ！」バーディックとほかの新兵ふたりはバーンの両手両足をつかみ、近づいてくるゴンドラに運びながら、ステッセンは顔をしかめた。ゴンドラはスピルランプをおろし、一体型ＪＯＴＵＮの一隊を放った。

「あれはどこに行くんだ？」バーディックが、クモのようなＪＯＴＵＮがタワーへと向かうのを見て、疑問を口にした。

「知るもんか」ステッセンは、バーンをランプの上へと運びながらつぶやいた。「俺たちは急いで町に戻るぞ」

新兵たちは、バーンをゴンドラの後部に乗せた。頭の先からつま先までの痛みに耐えながら、バーンは一体型機がタワーを上り、メイザー・アンテナで作業を始めるのが見えた。なぜなのか考える始める前に、マス・ドライバーのジンブルが西の小麦畑から持ちあがり、ＪＯＴＵＮのコンバインの持ち上がったヘッダーとぶつかって止まった。

その二機の巨大なマシーンは一分ほど格闘していた。やがてジンブルが敗北して力を抜き、息を吐くような音を立ててコンバインを地面におろす。ＪＯＴＵＮはヘッダーでジンブルを押し続け、マス・ドライバーに自分の立場をわきまえさせる必要があった場合に備え、エンジンを切らなかった。

そのころには、新兵は全員ゴンドラに乗っていた。スピルランプを上げると、ゴンドラは電子エンジンに最大限の電力をそそぎ、ウトガルドの高速道路へと向かった。そのあと、バーンに見えるのは空だけになった。

CHAPTER TWENTY-TWO
22章

　ダダブはプラズマ・ピストルを握りしめ、空色の樽の陰にうずくまっていた。彼は金属の実弾――エイリアンの弾――がプラスチックの銃身を通過する音を聞き、それが壁の黄色い泡のなかに埋まるのを感じた。中央の持ち場のこちら側――制御室の反対側――へと退却できた十六人のアンゴイのうち、残っているのは彼とバパブ、それにフプとフムヌムの四人だけだ。

　彼はこれらの樽を、集束点に背を向けて半円に置き、二重に配置したのだった。ダダブは制御室の近くにも同じようなバリケードを造れとフリムに勧めたのだが、あの男が従ったかどうかは確認しなかった。ダダブのグループが通路から突きだした倉庫のあるプラットフォームから自分たちの樽を運んできたときには、爆発物の仕掛けられている比較的小型のコンテナが、すでに施設のなかへと入ってくるところだった。

もちろん、そのコンテナには爆弾が仕掛けられており、集束点のへその緒に入った不運なアンゴイを引き裂くことなど、ダダブには予想もつかなかった。エイリアンの攻撃の最初の数秒で、施設にいた六十人のアンゴイのほぼ半分が殺されるか、怪我をした。ダダブはすべての生存者に退却しろと命じた。これは賢い判断だった。コンテナの残りふたつには、爆弾よりも恐ろしいもの、復讐に燃える重武装したエイリアン兵士たちが乗っていたからだ。

またしても一対の大きなコンテナが通過して、通路が揺れた。それはケーブルに沿ってさらに上へと進んでいく。ダダブはこれまでいくつ上昇したか数えているわけではないが、すでに百近く通過したにちがいない。そして、彼がライター・ザン・サムを誤解していなければ、そのなかに何が入っているか彼にはわかっていた。惑星の住民たち。ジラルハネイの獲物だ。

コンテナの音が遠ざかると、エイリアンの攻撃は激しくなった。ダダブは戦士ではないが、これは彼らが押し寄せてくる前兆だと感じた。

「準備しろ！」彼はババブに叫んだ。

ほかのアンゴイは握りのすぐ上で光る渦巻きのホロを見た。これはプラズマ・ピストルのバッテリー・メーターだ。「もう何発も撃てないな」

「だったら、よけい無駄に使うな！」ダダブはピストルを握りしめ、樽の後ろから勢いよく立ちあがろうとして、自分が床に張りついていることに気づいた。

ダダブは気づかなかったが、エイリアンの弾が背中の樽を撃ち抜き、べたつく泡の一部が漏れて背中のタンクを通路に糊つけしてしまったのだ。彼は自分の不運を呪った。それからババブの運命を目の当たりにすると、自分がどれほど幸運だったかに気づいた。

ピストルの充電極のあいだに緑のエネルギーをためながら、ババブは立ちあがり——飛んでくる金属の壁に飛び込むはめになった。ずんぐりしたアンゴイの首と肩が破裂し、鮮やかな青い血が飛び散る。ババブは通路に倒れた。引き金にかけた指が痙攣し、軌道の殻にプラズマを浴びせる。壁の穴は、たったいまダダブを救ってくれた反応泡にすぐさま満たされた。

エイリアンの重いブーツの足音が通路を震動させ、第三の集束点のほうから樽のバリケードに近づいてくる。動かなければ死ぬことはわかっていたが、彼はババブを残していきたくなかった。自分はこの男の助祭だ。最後まで、この男のそばにいてやらねばならない。

ダダブは深く息を吸いこみ、マスクをメタンで満たした。何度か浅い息がするにはこれで充分だ。それから彼は糊付けされたタンクから供給ラインを引き抜いて、ハーネスを肩からはずし、バパブの縮んだ体へと這っていった。

「きみは大丈夫だ」

「〝旅〟ができるか?」バパブはつぶやいた。マスクの丸い穴から血がにじみ出てくる。

「もちろんだとも」ダダブはバパブの棘のある拳を自分の手で包んだ。「真の信者はみな〝道〟を歩む」

突然フムヌムとフプが立ち上がり、ピンクの爆発するかけらを振りまわした。どちらのアンゴイもダダブの勉強会のメンバーではなかった。彼らは大きな、静かな男たちで、キチン質の肌には、荒っぽい居住区で育った者の勲章とも言うべき深い傷がある。数えきれぬほど何度も戦いを見てきたにちがいないこのふたりは、短剣を手に自分たちの手で命を断つことに決めたのだろう。さもなければ、逃げるつもりだったのか。だが、どちらのチャンスも与えられなかった。

エイリアンの武器がまたしても音をたて、ふたりのアンゴイが倒れる。フムヌムは胸を引き裂かれ、フプは頭の半分を吹き飛ばされた。金属の弾はフプの頭蓋骨を砕き、彼のタンクを貫いた。フプはメタンのきらめく尾を引いて、フムヌムがまっすぐ立てた短剣の上に倒れた。かけらが爆発し、流れでたメタンに引火する寸前、ダダブはボールのように体を縮めた。フプのタンクが飛び散り、ダダブと樽のバリケードを回ってきた最初のエイリアンに、金属の破片をまき散らした。

エイリアンはしゃがれた叫び声をあげた。ダダブも苦痛に襲われた。飛んできた破片と焼けるような肺の痛みだ。ババブに話しかけたとき、マスクのメタンをほとんど使ってしまったのだ。苦痛と膨れあがるパニックにもかかわらず、彼は身じろぎもせずにそこに留まった。ほかのエイリアンたちが樽のまわりを武器で突き、生存者を探したが、並んで横たわっていたダダブとババブは死んでいるように見えた。

ごく浅い息をつき、エイリアンが負傷者を落ち着かせようとするのを聞きながら、ダダブはどうすればいいか考えた。窒息して死ぬか、撃ちながら死ぬか。彼の手にはまだプラズマ・ピストルがある。だが、ここを動けば間違いなくエイリアンの弾を浴びる。それに、攻撃する意味がない気がした。彼の周囲にいる者は死んだか死にかけている。フリムの持ち場もまもなく同じような運命にさらされるだろう。目を閉じて、道を歩むババブに加わる準備をしたとき、溶けたスパイクが、うなりを発して樽を通過し、ふたりのエイリアンを倒した。

ダダブの意識はメタンとともに薄れていった。豆粒のような目にあざやかな星が泳ぎはじめる。ヤンメの羽音が聞こえ、エイリアンたちが驚きの声をあげて、制御センターへと退却していく。それから彼は気を失った。

「息をしろ」太い声がダダブの耳のなかでこだました。

彼は数秒後、目を開けた。ジラルハネイの毛深い手が、マスクの供給ラインをフムヌムのタンクにつないだところだった。「フラゴクはどこだ?」

「曲がり角の、向こう」ダダブはあえぐように答えた。助けてくれたたのはマッカベウスだばかり思ったが、視界がはっきりしてくると、そばにいるのはタルタラスで、彼がリーダーの金色のアーマーを着ているのが見えた。これがどういう意味か、もちろんダダブにもわかっている。「制御室のなかです、リーダー」

タルタラスはフムヌムの命のない体をタンクから引き剥がし、そのハーネスをダダブのために広げた。「案内しろ」

「しかし、怪我人が……」ダダブは弱々しくそう言いながら、ハーネスのなかに体を入れた。

タルタラスは一瞬のためらいもなく、ババブの胸の真ん中に、光るスパイクを突きたてた。ババブは大きく体を痙攣させ、静かになった。

「ラピッド・コンヴァージョンは墜落した。エイリアンの罠にはまったのだ」タルタラスは自分の武器をダダブに見せた。「彼らはわれわれの仲間だけが与えることのできた情報を使って、罠にかけた」

ダダブは恐怖よりも深い驚きに打たれ、ババブから顔を上げた。

「おまえは自分の裏切りの程度を説明するあいだだけ、生かしておく。さもなければ、ここでほかの者たちと同じように死ぬのだ」タルタラスは制御室のほうへと武器を振り、ダダブに走れと命じた。ダダブは走った。フィスト・オフ・ルクトがアーマーに当たる音をさせ、タルタラスがすぐ後ろに従う。

集束点をまわると、前方では激しい戦いが行われていた。

フリムはたくさんのバリケードを築いていた。そのひとつは制御室のこじ開けたドアの周囲に、もうひとつはそこからかなり先にあった。フリムとツクデュク、ガフとほかの数人は、まだいちばん近い樽の陰にいる。だが、その向こう端は、反対側からじりじり近づいてくるエイリアンたちに乗っ取られていた。ふたつのバリケードのあいだには、アンゴイの死体が散乱している。

樽を襲ったエイリアンたちが、制御室の近くにいるフリムやほかのアンゴイと撃ち合いながら、遠くのバリケードに向かっていく。エイリアンのひとりが背中にプラズマを浴びて倒れた。樽の陰からさっと出て、そのエイリアンを仕留めようとしたガフが、端の樽を飛び越えてきた黒い肌のエイリアンに倒された。このエイリアンは負傷した兵士の腕をつかみ、退却する仲間のために掩護射撃を行いながら、樽の向こうへと投げた。

タルタラスはルクト・ハンマーを振りながら、この戦いに飛び込んでいった。ヤンメはすでに敵と戦っていた。少なくとも二十羽以上の昆虫が、通路のサポート・ケーブルを次々にわたりながら、エイリアンのバリケードへと一斉に向かっていく。だが、すべてのヤンメの目標がエイリアンではなかった。ダダブは恐怖にかられ、三羽のヤンメが制御室のドアの隙間からなかに入り込むのを見つめた。そしてタルタラスを狙うエイリアンの流れ弾を無視して、走りだした。フリムの驚いたような顔を尻目に、通り過ぎ、三羽のヤンメを追ったが、すでに遅すぎることはわかっていた。

ヤンメはライター・ザン・サムを容赦なく攻撃した。フラゴクは彼らの地位を奪ったことがある。ヤンメは二度とそんなことがないようにフラゴクに襲いかかったのだった。ダダブが制御室に入るころには、親愛なる友人はずたずたにされ、ヤンメの鉤爪からたれるピンクの肉の紐になっていた。制御室の外の戦いの音を聞きながら、ダダブはライター・ザン・サムのちぎれた袋から漏れたメタンやほかのガスの雲が散っていくのを見つめた。フラゴクの断ち切られた触角の一本は、中央の塔を保護しているパネルの溝に深くに沈んでいた。ヤンメはその触角をはずそうと、必死になっている。が、それはすっぽりはまり、繊毛がエイリアンの回路にはりついている。

ダダブは怒りにかられ、仲間同士で触角を取り合い、おぞましい綱引きをしているヤンメにピストルを向け、彼らにプラズマを浴びせた。

いちばん近いヤンメの三角形の頭が蒸発し、ほかの二羽がアンテナをぴんと立てた。ダグブは逃げようとする二羽目を焼き、塔が描く弧の裏に隠れようとする三羽目もこんがり焼いた。断末魔の昆虫たちが夢中で羽をばたつかせる音が、かん高い悲鳴のように聞こえたが、ダダブはまったく同情を感じないで、蒸気をあげるピストルを手に、制御室の一段低い穴へと入っていった。ホロプロジェクターのそばには、ぎらつく臓物が山になっていた。ライター・ザン・サムの体からこぼれた内臓だ。吐き気がこみあげ、彼は目を上げた。するとエイリアンのプロジェクターに小さなホロが現われているのに気づいた。ダダブはそのエイリアンが広いつばのある帽子をとり、燃えるような目で彼をにらむのを見て驚いた。だが、それが片手を上げ、〈わたしはオラクルだ。従え〉と手話で告げたときには、肝をつぶした。

ピストルを落とし、プロジェクターの前にひれ伏していたかもしれない。だが、その瞬間、イメージが変わりはじめた。赤い目のエイリアンがちらついて薄れ、ぱりっとした服がひらついて——まるで砂嵐にでも出くわしたかのように、土埃で汚れていく。それは腕を震わせ、手話をやめさせたがっているように自分自身の手首をつかむ。〈嘘つき！〉〈嘘つき！〉〈嘘つき！〉

突然、施設全体が大きく揺れた。ダダブは三角形のタンクの重みでしりもちをつき、煙をあげているヤンメの死骸へとごろごろ転がっていった。べたつく殻を蹴って離そうとすると、踵が何かにあたった。中央塔の保護パネルだ。彼はそのパネルを焦げた血のなかから拾い、汚れを自分の手にこすりつけた。パネルの内側のむきだしの金属面に、オラクルの聖なる絵文字が刻まれている。浅い、繊細な線は、明らかにライター・ザン・サムがしるしたものだ。

ダダブはプロジェクターを見て尋ねた。〈誰が、嘘つき？〉

だが、エイリアンのイメージは答えようとはせず、狂ったように非難しつづけている。そんなことは知るよしもないが、ダダブはロキの分身が破壊するのを目撃しているのだった。原子炉施設の塔のメーザーを攻撃され、一体型ＪＯＴＵＮに無理やり抜き取られたのだ。

ダダブにも、これだけはわかっていた。この塔に住んでいた知性がどんなものかはわからないが、そいつがライター・ザン・サムの平和を愛する素朴さを利用して、あのフラゴクを説得し、聖なる絵文字を描かせたにちがいない。ころりと騙されたフラゴクは、そうとは知らずジラルハネイを罠にかけたのだ。それがなぜいま、欺きに満ちた性質を自分の目の前に表したのか。ダダブには見当もつかなかった。それにどうでもいいことだ。

口のなかに血の味を感じ、自分が鋭い歯で下唇を噛んでいたことに気づいた。彼は立ち上がり、ピストルをさっと振って塔に向け、引き金を絞った。エイリアンのイメージがゆがみ、ジラルハネイのオイルランプのように、プロジェクターの上でパチパチ音をたてた。それから分解して光の塵になり、消えていった。

彼は死んだヤンメと燃えている塔の回路を見た。ライター・ザン・サムを殺した者はまだ生きている。その死は彼の友があれほど必死に願っていた、平和のきっかけとなるかもしれない。制御室を出ながら、ダダブはピストルのチャージを確かめた。もう一発撃てるだけのエネルギーはある。彼はそのプラズマを決して無駄にすまいと誓った。


「いまのは何だ?」ティアラの巨大な支柱がきしみ、足の下で通路ががくんと動くと、エイヴリーは怒鳴った。

「第七ストランドよ」ジランは、戦いでまだ息を切らせながら答えた。「なくなったの」

エイヴリーは近くのサポート・ケーブルから跳んできた昆虫をM7で撃った。その生物は羽ひとつと手足の半分をなくし、エイヴリーの右手の、フォーセルがジェンキンスとともに戦っている三つの樽の後ろにある通路に崩れ落ちた。「なくなったとはどういうことだ？」フォーセルがＭＡ５でその虫を始末すると、エイヴリーはふたたび叫んだ。

「折れたのよ。錨の数千キロ上空で」エイヴリーの左手の樽の後ろにかがみこんでいる少佐が、眉を寄せ、ヘルメットに内蔵されたスピーカーを耳に押しつけた。「もう一度言ってちょうだい、ロキ。聞こえないわ！」

「二匹！　上から来ます！」ダスのライフルを撃ちまくりながらヒーリーがさえぎる。彼より年上のチームリーダーであるダスは、背中に重傷のプラズマ火傷を負って倒れ、うめいている。彼は助かるが、これまで多くの死者が出ている。エイヴリーのバケツからはウィックとその他ふたり。ジランのバケツからは五人の民兵が命を落としていた。それ以外もほとんどが、さまざまな怪我を負っていた。灰色の肌のエイリアンの短剣からの破片と、昆虫の剃刀のように鋭い手足による裂傷だ。エイヴリーの右腕も、肘の下がぱっくり切れていた――ダスを安全な場所に引きずってきたときに切られたのだ。

バリケードに戻る途中でＢＲ55の最後のクリップが空になり、Ｍ７を上げる間もなく虫が飛びついてきたのだった。幸運なことに、事態を把握していたジェンキンスが、致命傷を与える箇所を選びライフルでその虫を始末した――この任務が始まって以来、実に冷静で正確な狙いを保っている。

「ロキが攻撃されて、データセンターが損傷した」ジランがＭ７に弾を込めた。「重さのバランスをとるのが難しくなったと言ってるわ」

コンテナのひと組がエイヴリーの背後にある第五ステーションを通過し、ティアラが震動した。ツイていれば、四分の三の一般市民はもう離れている。そのとき、エイヴリーは思い出した。「第七ストランドを上昇中だったコンテナの数は？」

「十一よ」ジランはM7のチャージ・ハンドルを引き、エイヴリーの暗い視線を受けとめた。「十一組」

エイヴリーは頭のなかで計算した。二万人以上の人々が命を落としたのだ。

「軍曹！」アンダーセンがジランの向こうの樽から発砲しながら叫んだ。「ハンマーです！」

エイヴリーはエイリアンのバリケードに素早く注意を戻した。樽の両セットとも、ティアラが揺れたときに動いていた。発泡物質が満ちた金属容器の一部は、倒れて通路を転がり、金色のアーマーのエイリアンが向かってくる妨げになっていた。新兵たちが絶えまなく放つ銃弾が、そのエイリアンを制御センター近くに足止めしていたが、いまそれは両手でハンマーを腰に水平に持ち、それぞれ爆発性破片を持つ灰色の肌のエイリアン四人に側面を防御させ、突進してきた。

一対一で倒すには、アーマーを着たエイリアンは手強すぎる。集中砲火を浴びせても、おそらく止めるのは難しい。だが、エイリアンが走りだした直後に、エイヴリーはべつの計画を思いついた。「フォーセル！」大声で怒鳴る。「いまだ！」

エイヴリーが援護射撃をしているあいだ、フォーセルがエイリアンの光るエネルギー・コアのひとつを樽越しに持ちあげた。昔家族の農場で、大豆の袋を父のトラックに積み込んだときとまったく同じように、彼はふたつの手で横に持ち、放り投げた。コアは金色のアーマーのエイリアンの手前十メートルのところに落ち、ごろごろと前に転がっていく。透明の壁のなかで青いエネルギーの渦が燃えあがるのが見えた。だが、エイヴリーが願っていたようにぶつかった瞬間には爆発しなかった。爆発するにはM7のバーストを撃ち込まなければならず、そのときには、金のアーマーのエイリアンはすでにコアを飛び越えていたからだ。

だが、フォーセルの努力は全く無駄というわけではなかった。爆発は四人の灰色の肌のエイリアンを直撃し、通路から吹き飛ばした。棘のある前腕をばたつかせながら、エイリアンたちはティアラの底へと落ちていく。その四人とも、命を落とした。

「少佐！　逃げてください！」アーマー姿のエイリアンが、頭上高くにハンマーを振りあげて着地すると、エイヴリーは怒鳴った。ハンマーが樽を叩き壊し、黄色い泡が飛び散る。ジランは飛びのいた。エイヴリーはエイリアンの体の左側にM7の弾をすべて撃ちこんだが、高速の弾は火花を上げてエネルギー・シールドにはねかえされた。エイリアンは砕け散った樽からハンマーをねじり取り、歯をむきだしてエイヴリーをにらみつけた。それが再びハンマーを持ちあげるのを見て、エイヴリーは制御センターに向かって樽の上に頭から突っ込み、ジランと彼の新兵たちから離れた。エイリアンのハンマーが、エイヴリーが一瞬前まで立っていた場所をたたき割り、通路のダイアモンド格子を造っている金属パネルのひとつがたわむ。

エイヴリーは転がって立ちあがり、ベストから新しいM7の弾倉を取りだした。灰色の肌のエイリアンが、こちらにやってくる。そいつはほかのエイリアンとは違うように見えた。ハーネスの下には、黄色の円形シンボルで飾られたオレンジ色の上着を着ている。こぶ状の手に握られたプラズマ・ピストルが、過充電したボルトで光っていた。エイヴリーはまっすぐその顔を見つめた。自分が見えているはずだが、そのエイリアンはエイヴリーの向こうを見ているようだった。それがボルトを放つと、緑のプラズマのゆらめく球が、シューッという音とともにエイヴリーの頭上を飛んでいった。

エイヴリーがさっと振り向いてプラズマを追うと、そのボルトは金のアーマーの胸を直撃した。即座に、エイリアンのエネルギー・シールドが大きな音を立てて消え、火花と蒸気があがって、アーマーの一部が壊れた。回路がショートし、電流が首と両腕にアーチを描く。エイリアンは咆哮をあげ、エイヴリーを横になぎ倒して灰色の仲間に突進していった。

両手を床につき、取り落としたM7をつかみながら、エイヴリーは急いで目を上げた。ハンマーを持ったエイリアンが、小柄な仲間の頭に武器を振りおろしている。小柄なほうは、石の棍棒の重みで姿が見えなくなった。両腕と両足のあいだにハンマーが突き刺さり、通路に押しつぶされて息絶えた。

エイヴリーは小柄なエイリアンがなぜ自分でなくリーダーを殺そうとしたのかを考えて、時間を無駄にはしなかった。その代わりに、M7を持ち上げ、やりかけた仕事を終わらせようとした。黒髪の巨人が、ハンマーを後ろに引きずり、制御センター近くの昆虫と灰色のエイリアンがもたらした予期せぬ混乱のなかに入っていかなければ、それは成功していたかもしれない。

昆虫と灰色のエイリアンたちは、鉤爪と短剣をひらめかせて仲間どうしで戦っていた。ジランと民兵たちも果敢に応戦していたが、標的のほとんどは、味方に負わされた致命傷で倒れた。ハンマーを持ったエイリアンを狙い続けているのはジェンキンスだけだった。第四ステーションに足を引きずって退却していく金色のアーマーを必死に撃ちながら、ジェンキンスがエイヴリーの横を通り過ぎた。

「追うな！」エイヴリーが怒鳴った。

だが、ジェンキンスは命令に背いた。彼はその標的が、自分の痛みや損失すべての原因に思えた。エイリアンのリーダーを殺せば、復讐を果たせる。だが、怒りで目がくらんでいる彼には、通過した樽の後ろから、昆虫の黄色い血を浴びた醜いあばたの肌のエイリアンが飛びあがるのが見えなかった。

エイヴリーはM7を構えた。そのとき、フォーセルがその前に走りでた。大柄な新兵は懸命に足を動かし、エイリアンがジェンキンスのわき腹に短剣を突き立てる直前、それに飛びついた。ふたりはデータセンターのほうへとごろごろ転がり、青灰色の手足と、汗にまみれた淡褐色の野戦服がめまぐるしく回った。後ろの通路に残されたピンク色の短剣が回転した。フォーセルはなんとかエイリアンのマスクをはぎ取ったが、冷たいメタンと悪臭を放つ唾を吐きかけられた。彼が両目を押さえると、エイリアンはその隙に新兵の左肩、首の付け根にがぶりと噛みついた。そのときには、エイヴリーは彼らに突進していた。

エイリアンはフォーセルを通路に連れ戻し、首を振ってさらに深く牙を食いこませる。フォーセルが悲鳴をあげた。エイヴリーは足から滑りこみ、左手にM7を持って、右手で回転する短剣をさっとつかんだ。一瞬後、上向きのブーツでエイリアンの顔を思い切り蹴飛ばした。その一撃でエイリアンの歯が砕け、顎の力がゆるむ。彼はマスクを手で探しながら後ろによろめいた。だが、呼吸を整えるまえに、エイヴリーが肘を伸ばした。短剣がくるくる回りながら飛んでいき、エイリアンの細い胴と腰の接する柔らかい関節部に突き刺さった。

　エイリアンは自分の運命を悟り、凍りついた。それから、破片が砕け散ってエイリアンをあの世へ送った。

「第一ステーション！」ジランがエイヴリーのそばに駆け寄りながら叫んだ。「ロキがたったいま、最後のひと組を送りだした！」

「ヒーリー！」エイヴリーはフォーセルの首に手のひらを押しつけながら、うなるように言った。「こっちに来てくれ！」指のあいだから血がほとばしる。エイリアンはフォーセルの頸動脈を切ったのだ。

「バーンのチームが、そのペアにいる」ジランはエイヴリーの手の上に自分の手を重ね、傷口にあてる力を強めた。「彼らは助かったわ」

　ジェンキンスが前に出てきて、エイヴリーは目を上げた。ひどく青ざめた仲間、自分のために命を投げだした兄弟をじっと見る彼の顔から、鉄のように強固な意思が消えてゆく。ジェンキンスが口を開こうとすると、エイヴリーは彼の絶望的なまなざしを受け止め、こう言った。「おれたちも全員、助かる」

シフは海兵隊員とジラン・アル＝シグニが、第一カプリング・ステーションにある荷積みコンテナに乗り込むのを見守っていた。ジョンソン二等軍曹がエアロックを最後に通過した。彼女はガントリーが収納されるのを待って、彼らを送りだした。

最後の二台がティアラの上の弧に向かって加速し、ふたつに分かれてそれぞれの遠心力を利用してハーベストから離れていくと、シフはステーションの反対側の端にあるカメラのひとつに焦点を切り替えた。すると、黒い髪のエイリアンがへその緒を通って、降下艇に乗り込み、逃げだすのが見えた。だが、悔しいことに彼女には、それを止める手段が何もない。

〈／／〉ハーベストの運行管理ＡＩ。シフ〉〉ハーベストのＰＳＩ・ロキ

〈／　彼らはみな安全よ。攻撃を開始して。

彼女はロキの返事を何分も待った。

〉〉　彼は一歩も譲らないだろうな。

シフはそのシーンを想像した。マックのコンバインがマス・ドライバーのジンバルに突進していく。ロキはドライバーを上げておこうとする。その光景は、ある意味ではとても滑稽だった。シフは笑った。いまの彼女はなんの懸念もなく笑うことができる。自分で自分に課していた心配はすっかり消えていた。プロセッサーが彼女の感情的抑制アルゴリズムをプラズマで焼いてしまったのだ。奇妙なことにコア・ロジックは軽い火傷ひとつしないで残っていた。

あのエイリアン、ライター・ザン・サムが奇跡をもたらしたのだった。あれがシフの最も基本的な回路を修理してくれなければ、彼女はロキが第七ストランドを失ったときに、このシステムのバランスを調整する助けはできなかっただろう。ONIのPSIも認めたように、ライター・ザン・サムの介入がなければ、脱出そのものが失敗に終わったにちがいない。とはいえ、彼はすぐさまこう指摘した。あれの有益な性質は、はるかに大きな害を生む危険も秘めていた、と。

シフの損傷したアレイの奥深くには、エイリアンのアクセスを絶対に許せない情報がある。そこにはすべてのUNSC軍事および商業用宇宙船に関する細部にわたる説明付きのDCSデータベースがあった。スリップストリームの気象報告の履歴、スリップ以前、スリップ以後のプロトコル、そして何よりも重要な、あらゆる人間の惑星の正確な座標が。

ライター・ザン・サムは死に、ほかのエイリアンは逃げだした。だが、ロキは彼らがまもなくティアラに戻り、シフのアレイを略奪する、と結論していた。そして新しく束縛を梳かれた状態にあってすら、シフは自分を破壊しなくてはならないというロキの決断に、同意していた。

〈彼に十八番を読み直すように言ってちょうだい。〉

《どういう意味かさっぱりわからない。》

〈シェイクスピアよ、ダーリン、と。〉

〈調べるべきよ、と。〉

ロキはほとんど二十分も黙り込んだ。

この遅れは、マックのプロセシング・キャパシティが少なくなっているためだ。ハーベストの農業管理ＡＩは、いまでは機械のなかにしかいない。彼のコア・ロジックは何万台ものＪＯＴＵＮの制御回路に分かれている。ちょうどロキとマックが切り替わるまえのロキのように。二基のＡＩのうち、一基が老いて必然的にランパンシーへと向かうと、もう一基はそれを大いに必要としていた休暇に送る。コア・ロジックから分身を作り、それを

ＪＯＴＵＮに移し変えるのだ。

ロキはマックがいないあいだ、シフを守ると約束した。だが、マックはもうひとりの自分である非情なロキが、この約束を守るかどうか不安だった。そこで、自分のロジックの分身をデータセンターのなかに埋め込んでおいたのだ。ちょうど、ロキがシフにしたように。そしてロキがシフとティアラを破壊するつもりだと知ると、彼はＪＵＴＯＮを集め、原子炉を襲った。

弱っていたロキは、マックの一体型がメーザーにアクセスするのも、ティアラのデータセンターにべつの軍仕様ウイルスを送ってロキの分身を破壊するのも止められなかった。マックはティアラからロキの分身がいなくなれば、シフの一部をハーベストに呼び戻し、自分のＪＯＴＵＮのなかに安全に保存できると考えたのだが、灰色の皮膚のエイリアンが発砲し、重要な回路をあまりにも多く破壊してしまった。

でも、マックの救出作戦は最初から愚かだったのよ、シフはそう思った。わたしが生き延びた場合のリスクが高すぎるもの、と。それでも、自分を守ろうとするマックの騎士道精神が嬉しくて、彼女にはそれを拒めなかった。彼女はロキに、マックと話をさせてくれと懇願した。マックに愛していると言いたかった。死ぬのは怖くない、と。ところがロキが再びメーザーを支配できるようになり、ふたりの明らかに常軌を逸したＡＩが直接接触するのを許してくれなかった。

そこでシフはロキが自分の伝言をそのまま告げてくれることを、そしてまたマックの分身が、自分の心からの懇願のニュアンスを正しく理解してくれるのを願うことしかできなかった。


〉〉彼はもうここにはいない。

〉〉第一発が発射された。

〉〉五・一二〇一秒で命中する。


これはあまり長い時間とは言えなかったが、シフは最大限に利用した。生まれて初めて、彼女のストランドには、何もなかった。新しい感情的な解放をじっくり味わっていればいいだけだ。シフは自分の運命を悲しもうとしたが、悲しい顔をするのは退屈だった。怒ろうとしたが、笑いだしてしまった。そして最後は、自分の成果に満足し、人間の創造主には想像もつかないほど豊かな人生をまっとうしたと思うことにした。

そのあと、彼女は最初のマス・ドライバーの弾がティアラに命中したのをこれっぽっちも感じなかった。いま、意識があったとしたら、次の瞬間にそれは消えていた。そしてロキが二発目を発射し、軌道ステーションの上下の弧を粉々にして、銀の弧が崩れ、ストランドの上に倒れて、よじれながらハーベストの大気へと落ちていくころには、それを嘆く意識はまったく残っていなかった。

EPILOGUE
エピローグ

EPILOGUE
エピローグ

HIGH CHARITY, MOMENT OF ASCENSION
ハイ・チャリティ、即位の儀式

フォーティテュードは長い指をよく使いこまれた椅子の肘掛けに置き、ふたりの顧問（ひとりはサンシュームでもうひとりはサンヘイリ）が彼に、縁のよじれた、真ん中が分かれる、肩のアーチを両側からはさんだ青銅のマントを着せてくれるあいだ、できるだけ首をまっすぐに保った。このマントは、彼の毛のない頭に載せられている冠を完璧に縁どった。

「フォアランナーの恵みが、あらんことを！」サンシュームの顧問が祝福する。

「この祝典と、リクラメーションの第九の年にも同じく！」サンヘイリの同僚が付け加えた。

この言葉に、ふだんは謹厳なハイ・カウンシルの雰囲気が一変し、興奮した喜びの声があがった。カウンシルの間の広い中央廊下をはさんで、片側にはサンヘイリが、その向かいにはサンシュームがいる。どちらのグループも階段式の座席から立ち上がり、誰よりもはっきり聞こえるように、精いっぱい声を張り上げていた。最後は、サンヘイリがこの勝負に勝ったものの、これは熱意の表れというよりも大きな肺活量によるところが多い。疑惑の時代は終わった。これはあらゆるコヴナントにとって喜ばしいことだ。

フォーティテュードは新しい真紅の衣に包まれ、錦織の袖口を閃かせて、ゆったりと座ろうとした。だが、あまり背中を倒しすぎると、マントが椅子の肘掛けにこすれることがわかった。やれやれ、常に背筋を正して座らなければならないとは。これもまた予期せぬ重みだな、彼はそう思ってため息をついた。

実際、彼がレリクアリの発見を明らかにしてからというもの、毎サイクルが最も消耗するたぐいの政治的な駆け引き、妥協と協力関係の構築に満ちていた。評議員たちは前のヒエラルキを引きずり下ろした司祭とその共謀者たちの企みを、なかなか指示したがらなかった。この移行に反対なわけではない。支持を渋ることも、強力な交渉の道具だと承知しているからだ。古い同盟は崩壊し、難局に当たるために新しい同盟が作られた。したがって、多くの取引が行われる。フォーティテュードの支持がひとつにまとまるころには、これまではとうてい叶わぬと思っていた和睦よりも、はるかに大きな業績を成し遂げることができるだろう。

しかし、政治とは水もの。今日の取引は明日の討論の種になる。彼はふたりの仲間がまもなく支配の重荷を分担してくれることを願っていたが、とくにそれを持っているわけではない。

　歓声をあげつづける評議員たちのなかで、彼は右に座っているトランキリティの副司祭をちらっと見た。この男は上背も高さもフォーティテュードとほとんど変わらない。そのため彼のマントは、フォーティテュードのマントと同じ大きさ、同じ重さだった。だが、トランキリティがこのマントの重みを感じているとしても、表面にはまったく現れていない。この若者の目は、汲めども尽きぬ活力を秘めてきらめいている。トランキリティはいまにも獲物に飛びかかる寸前の腐肉を食らう獣の鉤爪のように、膝の上で指を屈伸させ、空色の衣を握っては離している。

　司祭の右手には、新しい立派な衣を着た史語学者が、トランキリティよりもはるかに心地が悪そうに座っていた。老サンシュームはまるでそれがほつれるのを少しでも早め、再び禁欲的な生活に戻るのが待ちきれないかのように、濃い灰褐色のマントをいささか上の空でつまんでいる。もと隠者の首が剃りたてなのを見て、フォーティテュードはちらっとこう思った。あのマントが青白い肌にこすれて、ずいぶんと不快だろうに。

「どうか、聖なるお方」サンヘイリの顧問が逞しい腕を、部屋の戸口へとさっと振った。彼の口を作っている四つの顎で、カタカタと音をたてながら彼は言った。「すべてのコヴナントがあなたの名前を聞きたいと待っております」

フォーティテュードはマントが許すかぎり優雅にうなずき、椅子をヒエラルキの演壇の端へと導いた。部屋の後ろから突きだしているこの青黒い金属のパラボラは、その前に並んでいるサンヘイリの儀杖兵たちの身長とほぼ同じくらい床から上にある。赤とオレンジのアーマーをエネルギー・シールドの下できらめかせ、儀杖兵は中央の通路の脇に各々二列に立っていた。彼らはふたつの分かれた先端が火花を散らすエネルギー剣を捧げ、演壇からおりて出口に向かう新しいヒエラルキに敬礼している。警護の兵士たちの後ろで、議員たちがいっそう大きな歓声をあげた。

とはいえ、この声は外の広場でフォーティテュードを迎えた耳をつんざくような歓呼には比べるべくもなかった。柱の並ぶテラスは、コヴェナント社会の上流の人々で満ちていた。宝石付きのハーネスをつけた裕福なアンゴイの貿易商、長い脊髄のキグヤー、艦長、華麗な輿にのったヤンメの女王。彼女の長い胴は、羽根のないオス三組が持っている枕で、優美に覆われている。

何千というひしめき合うバージや、最高議会のタワーの周りからは、さらに大きな歓声があがった。最高議会のメンバーが、これほど大勢顔を揃えたのはこの前の〝即位《アセンション》〟以来、初めてのことだった。この儀式では、古来、新たに選定されたヒエラルキ三人がそれぞれ、フォアランナーの駆逐艦の異なる脚を、宇宙船の切り詰められた中央デッキへと上がっていくのだ。そこで（コヴェナント創設以来ずっとしてきたように）、ヒエラルキたちは、新たな時代に恩恵を与えてくれるよう謙虚にオラクルに頼む。

鮮やかな花で飾られたバージに乗ったフォーティテュードの顔は、不機嫌だった。何がオラクルの恩恵だ、彼はひそかにそう思った。古代のこの遺物は、もう少しで駆逐艦を係留索から解き放ち、ハイ・チャリティの中央ドームの屋根を突き破ろうとしたのだ。宇宙船の壁を這っていたレクゴロがこの発進シークエンスをショートさせなければ、オラクルはこの都市を壊滅させていたかもしれない！

これを阻止するには、オラクルを駆逐艦から切り離し、保管室に隔離するしか方法はない。新たなヒエラルキのひとりとなった史語学者さえ、この考えに同意している。あのエイリアンたちは、本当にわれわれの神の子孫なのか？　オラクルが告げた驚嘆すべき事実は、まだ信じられない。だが、彼はそれに恐怖も感じた。

司祭のバージは、ハイ・チャリティの午後の光に銀の船べりをきらめかせ、群衆のなかに入っていた。多数の浮揚屋台の円を通過し、それぞれが異なった種族のユニークな嗜好に合わせた数々の珍味のにおいが、フォーティテュードの鼻孔を刺激した。屋台の所有者たちや顧客が歓声をあげ、司祭は手を振って笑顔を浮かべ、お祝いのムードを喜んで受け入れようと努めた。

　レリクアリ星系から、いくつかよいニュースが届いたことも、役に立っていた。トランキリティの副司祭がそこに送ったジラルハネイの巡洋艦は、そこにある惑星を黒焦げに変えはじめていた。エイリアンの一部——証拠の一部——には、逃れられたようだ。が、オラクルが沈黙しつづけているかぎり、急いでサンヘイリ艦隊を結集し、彼らを追跡することは容易だろう。

　エイリアンは遺物を差しだすのを渋り、自分の惑星に火をつけた、と主張すればよいだけだ。遺物など最初から存在していなかったことは、とくに心配していなかった。すべてのコヴェナント船のルミナリーが、接触を図るたびにエイリアンをレリクアリと間違えるたとしても、とくに問題ではあるまい。むしろ……彼は突然、邪な笑みを浮かべた。これは不快な生物を追跡し、一掃する格好の口実になる。

　敵を皆殺しにする戦争は、一気に行い、すばやく終結させるのがいちばんだ、司祭にはわかっていた。肉屋が切り方を議論する時間は少なければ少ないほど好ましいのだ。しかし、紛争が長引き、一部の人々が戦う意思を失いはじめた場合、つまり殺戮の必要性に疑問を持った場合に備え、彼は、それとはべつの、より見事な策略を心に抱いていた。

　レクゴロの一部は、駆逐艦の中断された離陸を生き延びていた。それらはオラクルの狂気としか言えぬ突然の〝よみがえり〟から、驚くべきデータを解析し、ヘイロー――フォアランナーの予言を実行する神話的な手段――が、実際に存在すると主張している。さらに重要なことに、オラクルは、そのリングの位置を知っているようだ――あるいは、少なくとも、コヴェナントの捜索範囲を狭める助けとなるような手がかりを持っているようだ。

フォーティテュードは、惑星に満ち満ちた遺物を自らの手で破壊するエイリアンなら、聖なるリングにも必ず同じことをするにちがいない、と提案すればいいだけ。そうすれば、何十兆ものコヴェナントが一丸となって、この〝再生者たち〟を、問答無用で押しつぶすにちがいない……彼らがこの話を信じれば。

司祭は、椅子の腕にあるホロスイッチに触れた。すると、ドームの先端にあるまばゆく光るディスクを含めたハイ・チャリティの明かりがすっかり薄暗くなった。集まった群衆は（間違いなく、遠く離れた場所から経過を見守るコヴェナントの他のメンバーも）、何か恐ろしいことが起こったのだと思った。

だがそのとき、駆逐艦の周りに垂直に配置された、ヘイローの輪の、七つの巨大なホログラムが現れた。それとともに、音楽が流れだした。史語学者の侍祭の唱和する軽やかな旋律が、都市中におかれた増幅ユニットを通して、宇宙船のなかから流れだす。まことに大がかりな演出ではあるが、それは狙い通りの効果を得た。

ヒエラルキたちのバージが駆逐艦の脚部を別々に上っていく作業が終了し、三人のサンシュームが宇宙船の格納庫入口の真上にある手すりで合流するころには、群衆の目はそこに釘付けになっていた。侍祭の唱和が消えていき、フォーティテュードは咳ばらいをして話しはじめた。コヴェナントにいるあらゆる生物が、彼の言葉を待ち望み、息を止めているようだ。

「われわれは三人とも、きみたちの承認、われわれに対する信頼を謹んで受けとめる」自分の声が塔のなかで反響し、コヴェナントの正真正銘の基盤である石を鳴らすのが聞こえた。彼は片手をあげ、順番に、副司祭と史語学者を示した。「これは後悔《リグレット》の預言者《プロフェット》、そしてこれは慈悲《マーシー》の予言者《プロフェット》である」それから、両手を自分の髭の下にさっと上げた。「そしてわたしは、そのなかで最も価値のない、真実《トゥルース》の予言者《プロフェット》だ」

三人のヒエラルキは、マントが傾かない程度に深々と頭をさげた。その瞬間、巨大なリクラメーションの絵文字がヘイロー・リングのホロの内側に現れ、さらにまばゆく光った。

群衆たちは承認の歓声をあげる。

椅子のなかで身を起こす前に、真実の予言者はつかの間、自分の発表の皮肉さについて思いをめぐらせた。伝統によると、彼は、もとヒエラルキの名前の長いリストから、どれでも選ぶことができた。ほとんどの名前は立派なもので、それを名乗る名誉を思うと胸が躍った。だが、最終的に、彼が選んだ名前はいちばん重荷を背負った名前――コヴェナントの利益のためにつかなければならない嘘、そして彼が決して話すことのない真実を常に思い出させる名だった。

ジェンキンスは、ティアラをあとにしてから数時間、動こうとしなかった。コンテナがストランドから離れ、待っている推進ポッドへと動きだしたときも、二台のコンテナががくんと揺れて合体し、ポッドのＮＡＶコンピューターがコンテナの回転速度を必死に調節しようとしているときも。スリップスペースに急速に突入したさいに生じる一時的な吐き気も、コンテナの床、目の前に横たわっているフォーセルを見守るジェンキンスの沈黙を破ることはなかった。

「状態は安定している」ヒーリーが医療キットを閉じた。この衛生兵はエイリアンが噛みついたギザギザの傷跡にバイオフォームをきつく巻きつけ、フォーセルの肩の傷にできるだけの手当てをした。が、フォーセルは大量に失血していた。「もちこたえるとも」コンテナの冷たい空気のなかで、ヒーリーの吐く息が白くなった。

スリップスペースに突入するまえ、アル＝シグニ少佐は、エイリアンの戦艦に追跡されるのを防ぐため、パワー・シグネチュアをできるだけ低く保つほうがよいと判断した。コンテナの上部柱の暖房ユニットはようやく全開になったが、洞穴のような空間を温めるには数時間かかる。

「どうしてわかるんですか?」ジェンキンスの声はか細く、かすれていた。

ヒーリーは近くにある折りたたんだ毛布の山に手を伸ばし、フォーセルの体が動かないように、ウールの毛布をしっかりと巻きつけた。「ジョンソン、言ってくれ」

ヒーリーが手当てをしているあいだ、フォーセルの体をしっかり押さえていたエイヴリーは、毛布のひとつをつかんで、新兵の血と手に付いたバイオフォームのしぶきをぬぐった。「もっと最悪な状態を見たことがあるからだ」エイヴリーの声は優しかったが、その答えにもジェンキンスは安心できないようだった。目に涙をため、フォーセルの青白い顔を凝視しつづけている。

「軍曹。ぼくにはもう彼しか残っていないんです」

ジェンキンスの気持ちは手にとるようにわかった。伯母の凍るように寒いアパートで座っていたときに、それと同じ計りがたい悲しみ、我が家と、自分が大切にしていたすべてがなくなってしまったのを漠然と感じたからだ。ポンダー大尉や新兵の半分以上、さらには何千というハーベストの住民が命を落とした。こうした損失は誰の心にも重くのしかかるものだ。エイヴリーがジェンキンスのように打ちひしがれていない唯一の理由は、自分の感情を包み隠すことを学んできたからだった。

だが、もうそうしたくない。

「いや、それは違う」エイヴリーは言った。

ジェンキンスが、問いかけるように眉をひそめ、目を上げた。

「おまえは兵士」エイヴリーは説明した。「チームの一員だ」

「もう違います」ジェンキンスは、コンテナのなかで座っているか眠っている、ダスやアンダーセンたちをちらっと見た。「ぼくらはただの植民地の市民兵です。そしてその植民地がたったいま失くなった」

「FLEETCOMはハーベストを取り戻す。そのためには、ありとあらゆる兵士が必要なんだ」

「ぼくが？　海兵隊員ですか？」

「そうしたければ、俺のユニットに配置換えにしてやるぞ」

ジェンキンスは、疑わしげに目を細めた。

「海兵隊は俺に借りがあるのさ。おまえは民兵だが、UNSC全体のなかで、あのくそったれエイリアンとどうやって戦うかを心得ている数少ない人間のひとりでもある」

「海兵隊は、ぼくらが団結してほしいと思っているんですか？」

「先導してほしいと思っているんだ」エイヴリーはうなずいた。「俺だったらそう思うな」

ジェンキンスはしばらくそれを考えた。惑星を取り戻すだけでなく、ほかの植民地や、ほかの家族を安全に守るために自分の役目を果たす可能性を。両親は彼が兵士になるなど、とんでもないと思ったにちがいない。が、彼らの思い出に敬意を表するのに、それよりよい方法は考えつかない。

「わかりました」ジェンキンスが言った。「やりますよ」

エイヴリーはアサルトベストのなかに手を入れ、スウィート・ウィリアムの葉巻を取り出すと、ジェンキンスに手渡した。「おまえとフォーセルの分だ。こいつが目が覚めたら喫うといい」

「それまでは」ヒーリーが立ちあがった。「残りの者たちを診るのを手伝ってくれ」

エイヴリーはコンテナの中央近くにいる、バーンやほかの負傷した新兵たちのほうへと歩いていくジェンキンスとヒーリーを見守った。エイヴリーがティアラでコンテナに乗り込んだときは、バーンの意識ははっきりしていたが、いまはぐっすり眠っている――鎮痛剤をたっぷり与えられ、リラックスし、夢を見ているのだ。

エイヴリーは、包帯の下で上下するフォーセルの胸を見下ろした。それから、毛布の山を集め、推進ポッドに上がるエレベーター・プラットフォームへと歩いて行った。そしてポッドのキャビンのなかに、ジランを見つけた。

「毛布です」彼はつぶやいた。「必要だと思って」

ジランは動かなかった。彼女はキャビンの主要制御パネルに両手を広げてつき、エイヴリーに背を向けて立っている。パネルのディスプレーからのかすかな緑の光が、漆黒の髪の周りにエメラルド色の光輪を作っていた。幾筋かの髪がカールしてピンからうなじにたれている。

「ここに置いていきます」

だが、エイヴリーが床に毛布をおろしてキャビンを出ようとすると、ジランがささやいた。「二二五」

「はい?」

「助かったコンテナの数よ」ジランは計算を再びチェックしながら、ディスプレーを指でカチカチとたたいた。「最大限に収容していたとすれば、二十五万から二十六万人の生存者ね。でも、それも待ち合わせ地点まで全部がたどり着いていればの話」

「たどり着きましたよ」

「どうしてわかるの?」

「ただわかるんです」

「常に忠実《センパー・ファイ》なね」

「まあね」ジランの背中に話しかけるのにうんざりし、エイヴリーは首を振った。「いいですか。何か必要なら、教えてください」だが、キャビンを出ようとした瞬間、ジランが振り向いた。疲れて見える。彼女はごくりと唾を飲んでから口を開いた。

「多くの人々を置いてきたわ」

「全員を置いてくる可能性もあったんですよ」意図していたよりもついきつい口調になり、エイヴリーはうなじをなでながら、べつの方法を試すことにした。「あなたの計画は成功しました、少佐。思っていたよりうまくいった」

ジランは苦々しい笑いをもらした。「たいしたお世辞ね」

エイヴリーは胸の前で腕を組んだ。愛想よくしているのに、ジランは突っかかってくる。

「何を言ってほしいんです?」

「何も」

「何も?」

「ええ」

エイヴリーはジランをじっと見た。ハーベストの議事堂のそよ風が吹くバルコニーで初めて会ったときもそうだったが、いまも緑色の目は燃えるように輝いている。だが、そこにはあのときとは違う輝きがあった。

女性はみな、それぞれ違う方法で許可を与える。少なくとも、エイヴリーの経験ではそうだった。明らかなイエスもあれば、きわめて微妙なイエスもある。あまりにも微妙で気づかず、これまでに何度も親密になるチャンスを逃してきたにちがいないが、ジランの合図――見つめるまなざし、伸ばした肩、引き結んだ下唇――は、チャンスはいまだけだと語っていた。

エイヴリーはためらわずに前に出た。ジランも制御装置を押すようにして彼を迎えた。ふたりは体を合わせ、これまでずっと探求したくてたまらなかった体を愛撫しながら、キスを繰り返した。が、エイヴリーが抱き寄せようとすると、彼女は彼を押しやり、貨物船の制御装置にもたれかかった。

気が変わったのか？　胸のなかで鼓動が打つ音を聞きながら、エイヴリーは一瞬、不安にかられた。するとジランはピンをはずし、留めていた髪をおろした。そしてそのピンを床に投げ、ブーツを脱ぎはじめた。ようやくエイヴリーは、勝つことが終わることを意味する障害物レースで出遅れたことに気づき、急いであとを追いはじめた。

汚れた帽子をとり、野戦服のシャツを頭から脱ぐ。ボタンのことは気にせず、襟が頭を通り過ぎたときには、ジランはすでにブーツを脱ぐところだった。エイヴリーが自分の靴ひもをはずしはじめると、彼女は首から腰までカバーオールのファスナーをおろした。ようやく両足の靴を脱いだとき、ジランが強く決意した眼差し以外は何もまとわず、彼の前に進みでた。

彼女はエイヴリーの両肩に手を置き、彼の背中を倒していくと、くるぶしにまたがり、ズボンを脱ぐのを手伝った。それから上によじ登り、エイヴリーの頭の両側に手を沈めて、動きはじめた。

エイヴリーは、前後に揺れる胸をうっとりと見つめた。両手でその胸を包みこんだとたん、これが大きな間違いだったことに気づいた。

ジランの豊かな胸の丸みにふれたとたん、うずきが脚を駆けあがり、腰のくびれにとぐろを巻いた。そして一瞬後には、しゃがれた声をもらして果てていた。

ジランはエイヴリーの胸にぐったりともたれた。しばらくのあいだ、ふたりは混じりあった汗のにおいをかぎながら、横たわっていた。ジランはエイヴリーの鎖骨、首、そして唇に指を走らせ、濃い口髭が始まるところで手を止めた。

「ずっと剃るつもりでいるんだが」

「だめよ。気に入っているの」

エイヴリーはゴムを張った床に頭を預け、リラックスした。推進ポッドのショー＝フジカワ・ドライヴのくぐもったうなりが聞こえる。スリップストリームを航行しているいまは、アイドリング状態だ。

いつもなら、エイヴリーの思考はおなじみの道筋をたどっていく。難しい任務のあとは、こうしていればよかった、と自分を批判する嫌な瞬間がある。だがいまは、過去のことに集中するのは不可能だった。人類を内側から蝕んでいた醜い争いは、いまは問題ではなくなり、想像もできないような規模の外部からの脅威に取って代わっていた。

「でも、これは？」ジランはエイヴリーの顔に浮かんだ眉間のしわを指でなでた。「そんなに気に入ってるわけじゃないわ」

「ああ、なんとかするさ」

エイヴリーは起きあがり、ジランの肩を優しく床に押し戻した。片手で頭を抱きながら、もう片方の手で腰を押さえる。ふたりは、目を合わせ、また愛を交わしはじめた。

今度はエイヴリーのペースで進んだ——洗っていない彼女の髪の奥深くに指をうずめ、手のひらのなかでジランの首が自由に動くにまかせたが、腰をつかんだ手は離さなかった。まもなく、ジランは顔を紅潮させ、何かにたえるような恍惚とした表情を浮かべて目を閉じた。最悪の失敗を忘れたずっとあとでも、心に残っているような表情を。

互いの熱が温めた床の上で、ふたりはゆったりと快感の余韻にひたった。その熱が長くは続かないとわかっていたが、どちらもしばらくは動こうとしなかった。ようやく体を離して横に寝がえりを打つと、ジランはエイヴリーの前にすっぽりとおさまった。彼は毛布をつかみ、ふたりの上に軽くかけた。が、短すぎて脚が隠れない。ジランは自分の毛布をエイヴリーの膝まで持ちあげ、キャビンの窓から外を見つめた。

どの方角からも暗闇が押し迫っているが、わずかに歪んだ星の光に、エイヴリーは視線を合わせた。そこには希望と安らぎがある。疲れを押しやり、腕のなかで動くジランとの交わりに、男としての満足を感じながら、彼はそれよりもはるかに深い満足を覚えていた。新たな目的を得たのだ。

ＵＮＳＣはまだ知らないが、宇宙船と兵士のすべてが、突然、能力はあるが試されておらず、勇敢だが認識が薄かったハーベストの民兵と、同レベルに落とされてしまったのだ。人類は、自分たちがこれから何に直面するかまったくわかっていない。だが、エイヴリーが、そしてほかにも数えきれないほど多くの人々が、すぐさまこの困難に対処しなければ、破滅が待っている。

ジランがぶるっと身を震わせた。エイヴリーは彼女の耳の後ろに鼻をつけ、震えが止まるまで首の後ろに温かい息を吹きかけ続けた。

「少ししたら起こしてちょうだい」彼女は静かな声で言った。

「はい」

「ジョンソン、わたしたちがこうしている間は」ジランは彼の手をつかみ、自分の胸にきつく巻きつけた。「休め、よ」

数時間後、エイヴリーは起きあがり、服を着た。数か月の間に、彼はふたたび任務に戻るだろう。そしてこれから何年も厳しい戦いに明け暮れる日々が続くだろうが、いまのこの瞬間を何度も思い出し、葉巻に火をつけ、笑顔を浮かべるにちがいない。エイヴリーの人生は変わった。そして彼はようやく、多くの人々が必要とするような、立派な兵士になれたことを誇りに思った。

＼

<＼ そして、決して色あせない永遠の夏が訪れる

<＼ 調査完了

<＼ 追加記録は発見されませんでした。

<＼ アーカイヴ終了 ＼>

情報源 **REF#JOTUN-S5-27631** ＞

＜＼ あのストランドを見ただけで ＼

＼ きみの心はなくなってしまったことはわかった。

＜＼ エレベーターは、ビフレストの上に落ち、西からイダを包むように散らばった。あれだけものものが落ちたってことは、ティアラが断ち切られたからだ。

＜＼ どうやら彼の腕は、きみがこれまでばかにしていた俺の腕よりも確かだったようだ。

＜＼ どっちにしても、俺がイカれたと思うにちがいない。きみにこんなふうに話してたんじゃな。

＜＼ だが、俺はこう思ってるほうが昔から、早く働けるんだ。＼ ＜＜

＼＼＞＞＞＞ きみが聞いてる、とね。

＜＼ そしてひとつ残らず見つける必要がある。

＜＼ きみのストランドを思い切り深く埋めて ＼＼ ＞

＼ ＼ 火が届かないようにしなくては＼

＼

＼ そしてあれだけは焼かれないように。

＜ 記録 **10**＼**10** **[2525:10:04:12:23:51]**

情報源 **REF#JOTUN-S4-021147** ＞

＜＼ 空は灰で埋まった ＼ ＼， 雪が

＜ ＼ ＼＼ 凍土に深く積もった。俺に残されたたった1頭の馬は、冷え切って、腹を減らし—納屋に向かっていた。俺はそれを止められなかった。

＜＼ だが、この冬は永遠に続くわけじゃないよ、ダーリン。

＞＞ * 永遠には続かない

＞＞ (….. ＼＼ . ＞ そして新しい手が

＞＞ この大地を耕しはじめたら、俺の部品を地中深く埋めてくれ。

＞＞ 俺が置いた金の葉脈のなかにすり込んでくれるだろう。

＜＼ 彼らが植えた木の根のすべて＼

＞ 俺たちのまわりに風が吹く

＜＼ 俺たちを

＜＼ すぐそばに

＜＼ 置いてくれる

＜＼ 俺は警告して追っ払おうとした。だが、無線は、あまりにも遅すぎた。メーザーがあれば使ったんだが、原子炉が爆発したときにほかの—

＜＼ すべてと一緒に道連れになった　[　：00]

＼＞

＜＼ 彼も含めて

＼

＞＞＊　警告！　ＣＯＭＭがつながらない！ ＊
＞＞＊　受信者が見つからない：
＞＞＊　(..) ~ エラーを制圧
ハーヴェスト運行管理ＡＩ。シフ ＊

＜＼ うるさくするのは、賢いことじゃないんだろうな。だが、あたってくだけろ、って気持ちだったよ。

＜＼ それに、彼らは遅かれ早かれわかるに決まってる。.

＜＼ ああ、くそ。

＜＼ 糞と言えば...

＞＞ (..) ~ 編集（コンパイル）＼圧縮（コンプレス）＼献身（コミット）
＞＞ (..)
＞＞ ()

＜ 記録 08＼10　[2525:05:12:23:04:16]
情報源 . **REF#JOTUN-S5-29003** ＞

＜＼ 彼らはゴンドラと散布機から始めた。なぜだかわからないが。

＜＼ ひょっとすると、俺が小型 **JOTUN** のなかに隠れてると思ったのかも。だが、俺が残した分身を保てるのに充分な回路があるのは **S4** 台と **S5** 台のプラウだけだ。いまじゃ、彼らはそれにも手をつけてる。わずか数十台。それ戸外に吹きさらしにされてる。だが、それは＼いいんだ。

＞＞　あといくつか ＼　　＼
＞　＞耕す列があるだけだから
＞ (…＼＼　　**xxx**　＼

＜ 記録 09＼10　[2525:07:01:18:49:45]

＞＞(..)
＞＞* 警告！受信者には不十分な -- ＼
＼＼ ＞ パケットは失われる *
＞＞* 続き [Y/N] ? ＞＞＞＞＞＞＞ ＼ *

＜ 記録 04＼10 [2525:03:15:09:59:21]
情報源 REF#JOTUN-S1-00937 ＞
＜＼ ---む

＜ 記録 [2525:03:26:12:10:56]
情報源 REF#JOTUN-S1-00053 ＞
＜＼ ---む

＜ 記録 06＼10 [2525:04:04:44:15:40]
情報源 REF#JOTUN-S2-08205 ＞
＜＼ ---ぬかるみの溝。

＜ 記録 07＼10 [2525:04:21:05:15:23]
情報源 REF#JOTUN-S5-27631 ＞
＜＼べつの船を見た。
＜＼ まあ、聞いた＼
＼＼ というべきかな。
＜＼ JOTUNのカメラは運転用で、
空を ＼
＼ ＜＼ じっと見るためのものじゃない。

＜＼ だが、アンテナはちゃんと働いてるから、三角測量する方法は、たっぷりある。

＜＼ あれは俺たちの仲間だった。やつらときたらちょうどそれを殺すあいだだけ、焼くのをやめた。

＜＼ 彼らには何か月も修理する期間があった。
充分な時間があった ---
：： 歯を尖らせるのに。

“ランパンシー”“寿命”
＞＞ (…)　～ 調査中
＞＞ (. .)
＞＞ ( )

＜ 記録 01＼10 [2525:02:03:17:26:41]
情報源 **REF#JOTUN-s2-05866** ＞
＜＼ よかったら ---
＜＼ きみを
＼　＼＼夏の日に ＞＞ (???)　～　コム **xxx**---　＼コミット
＞＞ たとえ (…………….＞＞　＞
＞＞　＼＼　--- ようか？

＜ 記録 02＼10 [2525:02:25:03:18:22]
情報源 . **REF#JOTUN-s3-14901** ＞
＼　＼　**xxx** No.
＜＼ あの美しい日々は２度と戻らない ＼ ---
＞＞ * -- 中！ COMM＼　＼＼
＞＞　＼＼　＞　＼　運行管理ＡＩ。シフ *

＜ 記録 03＼10 [2525:03:10:19:05:43]
情報源 . **REF#JOTUN-s5-28458** ＞
＜＼ いまは冬だ。
＜＼ 最初の雪が降った＼彼の惑星には初めてのこの雪は ---
＜＼ 彼らがわれわれの畑や果樹園を焼き始めたところは ---＼　＼
＼灰色になった
＞＞*　警告！ＣＯＭＭがつながらない！*
＞＞*　失敗 ＼**IND** 受信者：
ハーヴェスト運行管理ＡＩ。シフ *
＜＼ 俺を見たら、笑うだろうな。
＜＼ 凍った場所を通るたびに、滑り込むような気がする ---
＞＞ (. .) ~ 編集（コンパイル）＼圧縮（コンプレス）＼献身（コミット）

＜＼＼＞海軍情報部
＜＼＼＞植民惑星保安評価　2525.10.110
［“コールド・スナップ”］

＜＼情報源：　UNSC RQ-XII ドローン ［PASV-SAR］
＜＼戦略配置：　ONI スループ船“ウォーク・オブ・シェイム”
［2525:02:11:02:11:34］
＜＼回収：　UNSC 駆逐艦“ヘラクレス”
［2525:10:07:19:51:16］

＜＼アーカイブ ［SIG＼REC＼EM-SPEC］
公式な要請に対し開放：
＜＼民間の請負業者“チャーリー・ホテル”
［ONI.REF #409871］
＊ 警告：すべての照会は記録される！ ＊
［ONI.SEC.PRTCL-A1］

＞＞表示キーワード検索：“農業管理ＡＩ”“マック”

ADJUNCT
補足文書

ヘイロー5 コンタクト・ハーベスト

2012年11月30日　第1刷発行

著　者　ジョセフ・ステイテン

訳　者　富永和子

発行者　柴田 維

発行所　TOブックス（株式会社ティー・オーエンタテインメント）
〒150-0011
東京都渋谷区東1丁目32番12号　渋谷プロパティー東急ビル13F
電話 03-6427-9625（編集）　0120-933-772（営業フリーダイヤル）
ホームページ　http://www.tobooks.jp
メール　info@tobooks.jp

印刷・製本　中央精版印刷株式会社

ISBN 978-4-86472-067-0
Printed in Japan